MARY CRONOS

NAFISHUR

BAND II

DARIEL

MARY CRONOS

NAFISHUR

DRACO ADEST

DARIEL

Fantasy

Bibliografische Information der Deutschen Nationalbibliothek:
Die Deutsche Nationalbibliothek verzeichnet diese Publikation in der
Deutschen Nationalbibliografie; detaillierte bibliografische Daten sind
im Internet über http://dnb.dnb.de abrufbar.

TB 1. Auflage © 2019 Mary Cronos
www.mary-cronos.world

Cover und Layout: Colors of Cronos
www.colors-of-cronos.de

Herstellung und Verlag:
BoD – Books on Demand, Norderstedt

ISBN: 978-3-7448-0267-3
Dieses Buch ist auch als Hardcover und Ebook erhältlich.

PRAESCRIPTUM

Du hast wirklich lange genug auf diesen Band gewartet. Deshalb fasse ich mich kurz. Ich freue mich riesig, Dich nun endlich mit Nachschub versorgen zu können. Und die lange Wartezeit kompensiere ich direkt, indem Du in diesem Jahr nicht nur Band II, sondern auch gleich noch Band III bekommen wirst. Warum? Tja. Die Geschichte von Band II ist ein kleines bisschen komplexer als geplant geworden und so musste ich sie teilen. Dieser und der Folgeband werden also eng miteinander verbunden sein.

Wie schon bei Nafishur Praeludium erwarten Dich auch bei Band II zwei unterschiedliche Ausgaben: Ein Buch aus der Sicht des Ex-Hunters Dariel Jean Seine und eines aus der Sicht der Feuer-Vampirin Cara Clow.

Und auch in diesem Band lade ich Dich natürlich dazu ein, die QR-Codes auszuprobieren. Dazu ist lediglich ein Smartphone oder Tablet nötig. Es gibt unzählige kostenlose Apps, die diese Codes durch simples Abfotografieren lesen können. Hinter jedem Code findest Du einen Link zu einem versteckten Teil meiner Website. Dort kannst Du zusätzliche Informationen, Grundrisse, Zusatzkapitel und vieles mehr entdecken. Das Beste: Die Inhalte der Links bleiben nicht beim Alten. Immer wieder gibt es Neues zu entdecken! Also probier es aus!

Wie schon bei den ersten Bänden werde ich meine Danksagungen direkt in den ersten QR-Code stecken, damit Du üben kannst und ich mich nicht kurzfassen muss.

Und nun: Viel Spaß in Nafishur!

Ich widme Dariels Version von Band II Christian,
meinem Schützling, den ich zu seiner ersten
Buchveröffentlichung begleiten wollte
und der meines Schutzes nun nicht mehr bedarf.

PROLOG

Die Sonne schien mir warm ins Gesicht. Das wusste ich. Und doch war die Kälte, die durch meinen Körper kroch, beinah unerträglich. Es war, als wäre sie in mein Herz gepflanzt, als würde jeder weitere Herzschlag sie nur noch weiter durch meine Venen jagen. Dagegen verblasste die Wärme der Sonne – so wie auch ihr blaues, sonst so strahlendes Licht nicht zu meinen Augen vordrang. Ich blinzelte; war mir sicher, die Augen offen zu haben; doch was ich sah, war nichts als dunkelste Nacht – ohne Monde, ohne auch nur einen einzigen Stern.

Es fühlte sich alles so falsch an. Als existierte die Welt, die ich zu kennen glaubte, nicht länger. Da war dieses Licht gewesen und dieser Garten, dieser wunderschöne Garten. Er hatte mich an die mediterranen Gärten in Florenz erinnert. Das Licht hatte regelrecht grün gewirkt durch all die exotischen Pflanzen. *Das Paradies.* Das war der erste Gedanke, der mich erfasst hatte, als das Licht meinen Blick langsam freigegeben und all das Grün enthüllt hatte. Wenn es einen Garten Eden in dieser Welt gab, so konnte er nirgendwo anders sein als hier.

Doch dieser Anblick war mir nicht lange vergönnt gewesen. Kaum hatten sich meine Augen an das helle Licht gewöhnt, hatte es auch schon begonnen. Ein Schauer hatte mich ergriffen und ohne, dass ich sagen konnte, woher sie gekommen war, hatte mich eine Macht erfüllt, die dunkler kaum sein konnte. Es war, als würden meine

Sinne nur noch die Kälte und die Dunkelheit erkennen. Im Sekundentakt war es schlimmer geworden.

Was blieb von einem Nafish, wenn alles verschwand, was ihn äußerlich ausmachte, wenn nichts mehr da war außer seinem Geist und Denken?

Das alles war nun vielleicht fünf Minuten her. Ich wusste nicht, ob ich noch aufrecht stand oder kniete oder vielleicht sogar am Boden lag. Ich wusste nur, wie hilflos ich mich fühlte. Ich war immer stolz auf meine

Fähigkeiten gewesen, auf alles, was ich von *ihm* gelernt hatte. Und doch war es nicht genug. Vielleicht hatte ich wirklich das Paradies geschaut und nun musste ich gehen – durfte das Geheimnis nicht teilen. Doch wenn ich gerade im Paradies war, warum fühlte sich das Sterben dann wie eine eisige Hölle an?

KAPITEL I

Ich fiel.

Und fiel.

Und fiel.

Das grelle weiße Nichts vor mir nahm kein Ende. Warum nur hatte ich zugestimmt? Was hatte mich da geritten? Ginga hatte doch eigentlich auch nicht gewollt. Warum fielen wir dann jetzt beide durch dieses verdammte Port-Ding? Dieser Blindflug war die reinste Folter! Es hatte mir schon nicht gefallen, in Paris immer wieder die Luft anhalten zu müssen und so meinen Geruchssinn einzubüßen. Aber das hier war noch viel schlimmer. Meine Wahrnehmung war fast vollständig auf meinen Tastsinn zusammengeschrumpft. Ich hielt die Augen weit aufgerissen, aber da war nichts. Dieses verfluchte Weiß um uns herum verschlang alles!

Ich hörte auch nichts – außer den leisen Herzschlägen meiner Begleiter und das Pfeifen vom Wind, der um uns wirbelte. Ein merkwürdiger Wind – weder kalt noch warm –, der mir abwechselnd meine schwarzen ›Zotteln‹ und Gingas rote Mähne ins Gesicht peitschte. Sie umklammerte mich so fest, dass ich froh war, nicht mehr atmen zu müssen. Arts Krallen vergruben sich in meiner linken Schulter. Die Spuren würden selbst bei meiner neuen, vampirischen Haut sicher noch Stunden zu sehen sein. Die beiden hatten darauf bestanden, sich an mir festzuhalten und nicht an unserem ›Reiseführer‹.

Er war irgendwann, als wir begriffen hatten, dass wir beide so einen schwebenden Brief erhalten hatten, vor der Villa aufgetaucht. Ich traute ihm nicht und Ginga Gott sei Dank auch nicht. Aber er war von Magnus gesandt worden. Unserem ›bescheidenen Helfer in Fragen der Magie‹. Und Ginga behandelte diesen Magnus beinah wie einen König. Dieses kriecherische Verhalten passte nicht zu ihr. Das hatte mich noch misstrauischer gemacht. Vor allem, wenn sie deshalb auch seine Handlanger hofierte.

Der große Zauberer mit seinem Feuer-Hokuspokus hatte sich ja nicht einmal dazu herabgelassen, uns persönlich zu holen. Vielmehr hatte er jemanden geschickt, den ich dank seiner enormen Blässe beinah für einen Vampir gehalten hätte – wäre da nicht der feste, lebendige Herzschlag in seiner Brust gewesen.

Der Fremde hatte sich uns – nach einer anfänglich recht … schlagkräftigen Argumentation – als Sherko vorgestellt. Er sei ein Wächter des Fürsten, eine Palastwache, ein Wanderer. Was auch immer er uns damit sagen wollte.

Mich hatte diese Vorstellung nur wenig beeindruckt. Ginga hingegen schon. Ihre Augen waren immer größer geworden. Vor allem, als er sich einen ›Wanderer‹ nannte. Anscheinend gab es hier drüben in Nafishur Leute, die direkt für dieses Welten-Hopping ausgebildet wurden.

Er hatte sich wirklich bemüht, unsere – gut, primär meine – Fragen zu beantworten. Er hatte tatsächlich hart daran gearbeitet, mein Misstrauen abzubauen. Aber jetzt, in diesem Lichtstrudel, hatte ich das dringende Gefühl, im zu früh vertraut und nicht genug Fragen gestellt zu haben. Vor allem drei Fragen ließen mich nicht los:

Warum hatte ich diesen verdammten Brief ergriffen und geöffnet? Warum hatte ich diesen merkwürdigen Fremden letztlich gewähren lassen? Und warum verdammt noch mal hatte ich nichts aus meiner Erfahrung mit dem letzten schwebenden Brief gelernt?

So etwas wie ›schwebende Briefe bringen nichts als Unheil‹ oder ›Finger weg von schwebenden Briefen‹. Diesmal flog ich vielleicht nicht durchs Wohnzimmer, aber dafür fiel ich geradewegs in eine andere Welt.

Sherko hatte gesagt, ich solle die Augen geschlossen halten.

Aber dafür hatte mein Vertrauen nicht gereicht.

Jetzt tränten meine Augen vor Licht und Wind. Irgendwann konnte ich den Reflex zu blinzeln nicht länger unterdrücken. Ironischerweise schien mein Blinzeln nichts zu verändern. Das Licht dieses als musste mich inzwischen so geblendet haben, dass es keinen Unterschied mehr machte, ob ich die Augen offen hielt oder geschlossen. Mein rechter Arm drückte automatisch Ginga noch etwas fester an mich, während meine linke Hand Art zusätzlich sicherte. Dann presste ich meine Augen so fest wie möglich zusammen, in der Hoffnung, dass es um mich herum wenigstens ein bisschen dunkler werden würde.

Es wurde dunkler.

Das verriet mir zumindest mein übersensibler Tastsinn.

Aber meine Augen waren genauso geblendet wie zuvor.

Trotzdem.

Irgendetwas hatte sich verändert.

»Vorsicht!«, schrie Sherko neben mir gegen den Wind, der just lauter wurde. Seine Hand lag auf meiner freien Schulter. Schon den ganzen ›Flug‹ über. Bis jetzt hatte ich das verdrängen können. Doch nun, als seine Stimme diese merkwürdige Stille durchbrach, bemerkte ich ihn.

Ich versuchte gerade, meine anderen Sinne *vorsichtig* wieder in Betrieb zu nehmen, als ich plötzlich Boden unter meinen Füßen spürte, stolperte und mit meinem lebenden Gepäck im Arm auf meinem Rücken landete.

»Merde!«

»Ich denke nicht, dass der Sturz zu irgendwelchen Verletzungen geführt hat. Ich hätte Euch ja aufgefangen; aber irgendetwas sagt mir, dass euch Dreien *das* noch unangenehmer gewesen wäre als ein Sturz auf den Allerwertesten.«

Ich war einfach auf dem Boden liegengeblieben, versuchte Sherkos Kommentar auszublenden und rieb mir die Augen. Der

Wind des Ports hatte eine Art Tinnitus hinterlassen, der nun alle anderen Stimmen und Geräusche unangenehm überlagerte. Um ihn loszuwerden, war mir jedes andere Geräusch recht.

Während Art seine Krallen bereits aus meiner Schulter befreit hatte und ungefähr einen halben Meter neben meinem Kopf über den Boden tapste – dem Klang nach reichlich unkoordiniert –, hing Ginga noch immer so an mir wie während unseres Flugs.

Was für ein Ritt. Ich war mir ziemlich sicher, dass ich so eine Reise so schnell nicht noch einmal erleben wollte. Was ich hingegen wollte, waren meine Sinne. Alle. Mein Tastsinn vermittelte mir das Bild einer Wiese, auf der wir lagen. Aber was war mit dem Rest und was war, wenn mich mein einer verbliebener Sinn täuschte? Das hier war voraussichtlich Nafishur. Eine fremde Welt. Würde sich eine Wiese hier genauso anfühlen wie auf der Erde?

»Macht Euch keine Gedanken, Dariel Jean Seine. Der Ort ist sicher und ich wache über Euch, bis Eure Sinne zurückgekehrt sind. Das ist als Wächter schließlich meine Aufgabe.«

Das beruhigte mich nur bedingt. Aber für den Moment musste es wohl reichen. Noch immer sah ich nichts als Weiß. So war ich regelrecht hilflos. Seit ich kein Mensch mehr war, hatte ich mich nicht mehr so gefühlt. Genaugenommen seit der Nacht, in der mich Ginga zu ihrem ›Zögling‹ gemacht hatte.

Oh!

Doch!

Als ich von Magnus Bruder aus meinem eigenen Bruder verbannt worden war.

›Nun hör schon auf, dich selbst zu bemitleiden. Reiß dich lieber zusammen und versuch's mit deinen verbliebenen Sinnen‹, hallte Artemis Stimme mit deutlich gereiztem Unterton durch meinen Geist. *›Ich will nicht länger als nötig auf diesen wandernden Wächter angewiesen sein.‹* Diesen Wunsch konnte ich verstehen. Ich auch nicht. *›Dann tu was dagegen! Wenn mich nicht alles täuscht, kommt da hinten dein Lieblingszauberer. Der feurige mit den schwarzen Löckchen.‹* Damit meinte er dann wohl Magnus. Kein Zauberer. Druide an der Akademie, an die unsere liebe Freundin Cara vor kaum mehr als einem Tag verschwunden war.

Oder war das inzwischen länger her? Wie lange hatte diese Reise gedauert? Es hatte sich wie eine Ewigkeit angefühlt. *Also schön.* Welchen Sinn konnte ich versuchen zu reaktivieren? Den Geruch wollte ich mir bis zum Schluss aufsparen. Ich wusste nicht, was und wen es hier in der Nähe gab und ich wollte auf keinen Fall blindlings irgendwelche Bewohner dieser Welt angreifen. Also das Gehör. Ich konzentrierte mich wieder, um das monotone Rauschen zu vertreiben, das sich noch immer stur in meiner Wahrnehmung hielt. Langsam, unendlich langsam, verschwand es und machte Platz für die große Vielfalt anderer Geräusche, die ich seit kurzer Zeit gewohnt war zu hören. Zuerst war da Sherkos gleichmäßiger, fester Herzschlag; dann auch der noch etwas zu hohe Puls von Art. In einiger Entfernung konnte ich noch weitere Herzen hören – kleine und große, schnelle und schwerfällige. Ich fragte mich, zu was für Wesen sie wohl gehörten. Ein Herzschlag stich heraus. Weil er näherkam und weil ich ihn bereits gehört hatte: Magnus. Das weiße Fellknäul hatte recht.

Er hatte sich also doch noch dazu durchringen können, uns entgegenzukommen. Und je näher er kam, desto deutlicher hörte ich Sherkos Herz neben mir schlagen. Desto heftiger und desto schneller. Das war in meinem jetzigen Zustand die reinste Einladung. Mit aller mir zur Verfügung stehenden Selbstbeherrschung drängte ich mein Gehör in eine andere Richtung.

Da war ein Rauschen jenseits von dem des Windes. Erst hielt ich es für Wasser, aber inzwischen war ich mir nicht mehr sicher, ob es nicht vielleicht auch das Laub von Bäumen sein konnte. Ab und an hörte ich Laute, die auf der Erde zu Vögeln gehört hätten. Außerdem lag eine Art leises Surren in der Luft, aber es gelang mir beim besten Willen nicht, dieses Geräusch einzuordnen.

Ich brauchte dringend mehr Sinne!

Und mehr Kontrolle.

»Custos Viator Aevitas! Sherko! Du hast unsere Gäste wohlbehalten hergebracht. Ich war besorgt, ob dich meine Nachricht erreicht hat.« Das war Magnus Stimme. Inzwischen stand er vor uns.

»Selbstverständlich. Es gab keine Probleme.«

Keine Probleme.

Optimist.

Sein Gesicht musste noch immer das Veilchen zieren, das ich auf seinem rechten Auge platziert hatte. Und ich fühlte mich gerade alles andere als ›wohlbehalten‹.

»Das freut mich zu hören. Doch es ist spät und wir haben noch viel vor. Wir sollten uns beeilen.«

Wir hatten es eilig? Wo wollten wir denn hin? Und wie spät war es? War es Tag oder Nacht? Es war relativ mild, aber das musste ja nichts heißen. Der Boden fühlte sich trocken an ... bis auf das Gras. Ich zerrieb einen Halm zwischen meinen Fingern, aber das brachte mir auch keine neuen Erkenntnisse. Dafür hätte ich schon daran riechen oder davon kosten müssen. Beides war noch keine Option.

›Ich denke, ich könnte euch beiden helfen, eure Augen wieder zu regenerieren. Wir haben leider nicht viel Zeit. Aber ihr müsstet mir dafür genug vertrauen, um etwas zu trinken, dass ich euch gebe‹, hallte Magnus Stimme wieder durch meinen Kopf. Sein Angebot war offenbar nicht für Sherkos Ohren bestimmt.

Wie ermutigend.

Alles in mir verkrampfte sich. Ich wollte und musste dringend wieder sehen. Aber etwas von ihm trinken? Ohne zu wissen, was es war? Ich konnte spüren, dass auch Ginga nicht begeistert war. Sie schob ihre jetzt eiskalten Hände unter mein Shirt und drückte sich noch fester an mich. Im Normalfall hätte ich das wohl kaum zugelassen, aber jetzt? Ich spürte ihre Angst vor Magnus und dieser ganzen Welt. Sie verband sich mit meiner eigenen Angst und machte das Ganze noch schlimmer. Am beunruhigendsten war die Tatsache, dass sie noch kein Wort gesprochen hatte, seit wir in dieses Port-Ding aus Licht getreten waren.

›Dafür denkt sie sehr laut. Aber das wirre Zeug willst du nicht hören, glaub mir.‹ Ich hörte, wie Artemis begann, sein Fell zu putzen. Mehr Informationen konnte ich mir wohl nicht erhoffen.

»Also? Darf ich euch helfen?« Oho! Nun sprach er also doch laut. Nun gut. ›Laut‹ wäre übertrieben. Magnus flüsterte.

Ich blinzelte schnell und fest. Immer wieder. Aber es half nichts. Das Weiß verschwand einfach nicht. Wir hatten doch eigentlich große Selbstheilungskräfte. Wieso erholten sich unsere Augen dann nicht?

»Ich nehme an, eure Augen regenerieren sich nicht richtig, weil sie – in Anbetracht des Lichts im Port – eure größte Schwäche sind. Es war zu hell. Darf ich?« Ich zuckte zusammen, als ich merkte, wie Magnus neben mir niederkniete. Sein komisches Gewand – was es auch immer diesmal sein würde – raschelte direkt neben meinem Ohr. Am liebsten hätte ich mich weggerollt. Oder besser noch: wäre weggerannt. Aber welche Chance hätte ich? ›Keine große. Tut mir leid. Und das läge nicht an mir. Xamax wird gut bewacht und ohne meine Begleitung würdet ihr hier wohl als gefährliche Eindringlinge angesehen werden‹

Na, welch rosige Aussichten.

»Erschrick nicht. Ich will mir deine Augen ansehen. Bitte öffne sie.«

Meine Augen waren nicht offen?

»Warte, ich helfe dir.« Noch bevor ich mich aufhalten konnte, packte meine Hand Magnus Handgelenk und ein tiefes Grollen kam aus meiner Kehle. Seine Hand schwebte – von mir gehalten – direkt über meinem Gesicht. Mein Gehör nahm das Klirren einer Klinge wahr, die aus ihrer Scheide gezogen wurde, und kurz darauf spürte ich einen Luftzug und dann ein kühles Metall an meiner Kehle. »Schon gut, Sherko. Das ist nicht nötig.« Das kühle Metall verschwand. »Dariel. Sei so gut und lass mich los.«

Warum fühlte ich mich in seiner Gegenwart immer wie ein dummes Tier, das er versuchte zu dressieren? Aber immerhin merkte ich, dass ich doch nicht so wehrlos war. Zumindest das war ja schon mal beruhigend. Ich konzentrierte mich auf meine Hand und lockerte sie langsam wieder. Das Grollen jedoch konnte ich nicht abstellen. Es war zu instinktiv. Es kostete mich viel Konzentration, Magnus nicht anzugreifen, während ich seine warmen Finger auf meinen Lidern spürte. Dass er nichts mehr sagte, beruhigte mich nicht gerade.

›Er sieht auch nicht sehr glücklich aus‹, kommentierte Artemis.

»Also gut. Ginga? Darf ich auch einen kurzen Blick auf dich werfen?«

Ich zuckte zusammen, als sich Ginga nochmal fester in meine Seite krallte. Diese Frau hatte deutlich zu viel Kraft, um Angst zu haben. Ich merkte, wie sie sich dann aber auf mir bewegte und ihren Kopf drehte. Offenbar hatte sie entschieden, dass Magnus uns zumindest in diesem Moment wirklich helfen wollte.

»Gingas Schäden sind nicht so drastisch. Wahrscheinlich kann sie sich als gebürtige Nafish besser gegen das Licht des Ports wehren. Außerdem hat sie ihre Augen bestmöglich geschützt. Aber ihr könnt beide eine Stärkung gebrauchen ...«

›Wow. Euer Gott konnte doch aus Wasser Wein machen, oder? Dieser Zauberer hier kann ihn aus dem Nichts holen.‹

Wein?

Das war doch nicht etwa ...

»Bitte trinkt das. Ich hoffe, die Menge ist nicht zu viel für euch. Trinkt langsam und wenn ihr merkt, dass es zu viel ist, dann hört auf.« Mit diesen wenig ermutigenden Worten spürte ich etwas Kühles in meiner Hand. Es hatte die Form und Größe eines Schnapsglases. Als sich Ginga etwas aufrichtete und sich nur noch mit einer Hand auf meinem Bauch abstützte – sicher hatte er ihr ebenfalls ein Glas gegeben –, richtete auch ich mich ein Stück auf.

Sherko zog neben mir geräuschvoll die Luft ein. Ob er sich gerade fragte, was uns Magnus da kredenzte? Alkohol oder Blut? Großartige Optionen. Aber meine Reaktion auf seinen Chef eben ließ da wohl keinen Spielraum. Das Knurren, die übermenschlich schnellen Reflexe ... Dieser Wander-Wächter machte nicht den Eindruck, auf den Kopf gefallen zu sein. Er wusste spätestens jetzt, was ich war. Wenn ihm dazu nicht schon unser ›Kennenlernen‹ in Paris gereicht hatte.

Ich drehte das kleine Glas in meiner Hand. Ein Schnapsglas. Wie viel Blut konnte da schon drin sein? Das war doch sicher eher zu wenig als zu viel.

Je näher ich es an meine Lippen brachte, desto mehr konnte ich das Blut wahrnehmen. Obwohl ich nicht atmete, schmeckte oder sah, erspürte ich es doch mit jeder Faser meines Körpers. Ich wusste, dass es köstlich sein würde. Keine Sekunde nach dieser Erkenntnis kratzten auch schon meine Fänge über meine Lippen. Mein Appetit verdoppelte sich schlagartig. Dann konnte ich mich nicht mehr beherrschen. Die Zweifel waren verschwunden und ich exte mit einem Zug das kleine Glas.

***

Die nächsten Minuten waren unbeschreiblich. Ich glaubte, aus vollem Hals zu schreien, aber ich hörte mich nicht. Ich hörte nur das Blut durch meine Adern rauschen. Es jagte durch meine Venen, wie Sportwagen über die Piste. Ich spürte es unter meiner Haut, in meinem Kopf … einfach überall. Eine Hitze, wie ich sie seit meiner Verwandlung nicht mehr gefühlt hatte, überrollte mich. Ich riss an meinem Shirt, an meinem Haar, hatte das Gefühl, schrecklich zu schwitzen, zu verbrennen. Ich wollte mich abkühlen. So dringend. Und dann sog ich die Luft ein. Ich konnte nicht anders.

Eine neue Welle überrollte mich. Eine Welle des Duftes. Aber ich konnte nichts von all dem zuordnen. Da war so viel. Zu viel. Vielleicht Tiere, vielleicht Pflanzen … Mein Geist war vollkommen überfordert – bis ich aus all den Gerüchen den von Ginga herausfiltern konnte. Ich hielt mich an diesem einen exotischen und doch vertrauten Duft fest, um nicht davongerissen zu werden. Das funktionierte auch ganz gut – zumindest nach einer Weile.

Ich dachte, ich hätte mich wieder gefasst. Aber in diesem Moment erreichte das Blut meine Augen. Ich spürte es und ich *sah* es. Denn plötzlich verschwand das schreckliche Weiß. Es wurde erst scheckig und dunkler, dann war es plötzlich völlig dunkel vor mir. Kurz wallte die Angst in mir auf, dass nun alles schwarz war, was zuvor weiß gewesen war. Aber dann begriff ich, dass ich meine Augen schlicht geschlossen hielt und öffnete sie langsam.

Ginga musste beinah synchron das gleiche erlebt haben, denn wir starrten einander gegenseitig in die Augen. Ihre leuchtend grüne Iris war das erste, das ich von Nafishur zu sehen bekam.

Ich merkte, wie fest ich sie hielt, wie nah sie mir war, wie stark wir beide atmeten. Ich denke, es dauerte noch ein paar Minuten, bis wir uns wieder ganz und gar im Griff hatten. Dann erst drehte ich langsam meinen Kopf, um Nafishur zu sehen.

Ich sah nicht viel. Wir lagen auf einer kleinen Lichtung in Mitten eines Waldes. Die Lichtung war so klein und die Bäume so hoch, dass ihre mächtigen Kronen den Himmel fast vollständig verdeckten. Das machte unseren Ankunftsort angenehm schattig. Den Farben des Laubs nach war in Nafishur Herbst. Der Wald und die Lichtung waren in goldenes und rotes Licht getaucht. Vielleicht war es deshalb hier so viel angenehmer als im sommerlich-stickigen Paris. Aber andererseits … gab es hier überhaupt sowas wie Sommer und Herbst?

Das Rauschen kam tatsächlich vom Blätterdach über uns. Jetzt, da meine Ohren wieder korrekt funktionierten, hörte ich auch, wie weit das Rauschen fortgetragen wurde. Der Wald musste riesig sein – so riesig wie seine Bäume. Ich kam mir plötzlich schrecklich klein und unbedeutend vor.

Automatisch stand ich auf – mit Ginga im Schlepptau –, um mich nicht mehr ganz so klein zu fühlen. Es half nur bedingt. Die Giganten um mich herum ließen mich noch immer glauben, dass ich während meiner Port-Reise geschrumpft war. Aber wenigstens hielt ich mich jetzt etwas besser für das gewappnet, was kommen würde – was auch immer das war.

Das Prickeln in meinem Nacken, das mir zuverlässig verriet, dass ich beobachtet wurde, verschwand allerdings nicht. Wahrscheinlich verdankte ich das Sherko. Vielleicht aber auch einigen seiner Kollegen. Diese Insel war den vereinzelten, leisen Herzschlägen nach alles andere als unbewohnt.

Ich nutzte meine wieder voll funktionsfähigen Augen, um meine Umgebung abzusuchen, konnte allerdings niemanden außer uns ausmachen. Sherko hielt noch immer sein Kurzschwert in der Rechten, dessen Klinge ich gerade eben an meinem Hals gespürt hatte. Merkwürdig. Während unserer Reise hatte ich kein Schwert bei ihm gesehen. Und ich war mir sicher, dass es nicht nur mir aufgefallen wäre, wenn er mit einem Schwert durch Paris spaziert wäre.

Sein Blick war starr auf mich gerichtet. Ginga und Art hielt er offenbar für weniger gefährlich. Ich unterdrückte den Wunsch, diesem Wächter zu zeigen, weshalb seine Sorge absolut begründet war.

Als mein Blick auf Magnus fiel, trat er auf uns zu. Er hatte ein paar Meter Abstand zu uns gehalten. Seltsam. Das letzte Mal, das ich auf ihn geachtet hatte, hatte er noch neben mir gekniet. Wie viel Zeit wohl vergangen war, nachdem wir getrunken hatten …

»Beinah eine halbe Stunde«, antwortete mir Magnus einmal mehr ungefragt. »Deshalb müssen wir uns nun auch etwas beeilen.« Ich war noch nicht bereit. Stattdessen starrte ich Magnus an. Was für einen weltfremden Quatsch trug er denn diesmal? In diesem weißen Teil, das außer ein paar dunkelroten Linien und Symbolen keinerlei Farbe enthielt, sah er aus wie eine Mischung aus Mönch und Engel. »Es tut mir leid, dass ich euch so drängen muss.« Aber egal wie harmlos und freundlich er aussah: Deshalb würde ich ihm noch lange nicht vertrauen. »Aber uns bleibt nicht mehr viel Zeit und ich würde mich wohler fühlen, wenn ihr euren neuen Aufgaben an der Akademie möglichst bald nachkommen könntet.«

Ja, unsere neuen Aufgaben. Was das allerdings genau war, hatte uns niemand gesagt. Wächter. Was sollte das sein? Waren wir dann sowas wie Sherko? Brauchte diese Akademie voller Nafish, die mit Feuer um sich werfen konnten, tatsächlich ein eigenes Wachpersonal? Wovor konnten wir denn schon Feuerdruiden schützen?

›Meiner Meinung nach müsste man eher den Rest der Welt vor diesen Feuerhexern schützen‹, murrte Artemis in meinem Kopf.

»Könnten wir uns bitte auf ausgesprochene Gespräche konzentrieren? Hört auf, in meinem Kopf herumzuwühlen!« Ich rieb mir die Schläfen und begann dann einfach loszulaufen. Meine Sinne waren zurück. Ich wollte wissen, was uns erwartete und all das möglichst schnell hinter uns bringen.

»Warte!«

»Warum sollte ich? Ich denke, wir haben es eilig?«, rief ich Magnus über die Schulter zu und verließ die Lichtung. Es wurde noch etwas dunkler um mich herum – nicht, dass meine Augen das störte. Ich genoss die Dunkelheit. Und ich genoss es, zu atmen. Es roch nach feuchter Erde und Laub. Fast wie auf der Erde. Nur hatte dieser Wald eine merkwürdig würzige Note. Ich lehnte mich zu einem der Bäume hinüber und roch an der Rinde. *Richtig.* Es waren die Bäume, die diesen seltsamen Duft verströmten. Sie rochen beinah schon lecker. Aber für mich roch eigentlich nichts mehr ›lecker‹, nichts außer Blut. Irritiert lief ich weiter.

Ich musste vorsichtig sein. Die Wurzeln der Bäume waren ebenso imposant wie der Rest von ihnen. Eine besonders große Wurzel hielt ich anfangs sogar für einen umgestürzten Baum. Dann sah ich, wie sich seine vermeintliche Krone einige Meter weiter tief ins Erdreich bohrte. Rasch tauchte ich unter der Wurzel hindurch und stieß auf einen kleinen Bach. Ich hatte ihn nicht wahrgenommen, bis ich beinah hineingetreten wäre. Sein leises Plätschern ging im Rauschen der Blätter unter und Farne und hohes Gras verdeckten ihn an einigen Stellen fast vollständig.

Ohne groß darüber nachzudenken, kniete ich mich nieder und schöpfte etwas Wasser aus dem Bach, um mich abzukühlen. Nach dem Blut war mir so schrecklich heiß gewesen. Das kühle, klare Wasser war um so angenehmer auf der Haut.

Als ich mich wieder aufrichten wollte, merkte ich, dass das nicht mehr so ohne weiteres ging. Ich spürte einen Widerstand an meinen Füßen und Beinen, dann sah ich an mir hinab.

»Was zum Geier ist *DAS*?!« Ich keuchte erschrocken auf und zerrte an irgendwelchen Ranken, die sich nach und nach um mich wickelten. Je schneller ich mich bewegte, desto fester zogen sie sich um meine Beine und im Nu lag ich am Boden.

Das war der richtige Moment, um in Panik zu geraten. Ich sah mich hektisch um und realisierte erst jetzt, dass keiner meiner Gefährten bei mir war. Wieso war mir das zuvor noch nicht aufgefallen? Mein Atem beschleunigte sich unsinnig menschlich, als eine weitere Ranke begann, auch meinen Oberkörper zu umwickeln. Das waren doch nur ein paar verdammte Pflanzen! Als Vampir war ich alles andere als schwach! Warum konnte ich mich nicht losreißen?!

Als ich begriff, dass mir nichts Anderes übrigblieb, als um Hilfe zu schreien, knebelte mich dieses Mistding bevor auch nur ein Laut meine Lippen verließ. Es schmeckte widerlich bitter und seine

Oberfläche schien mit winzigen Stacheln bedeckt zu sein. Ich merkte, wie mein Gesicht taub wurde, da wo die Ranke meine Haut berührte. Verzweifelt versuchte ich, meinen Knebel durchzubeißen. Wenn das so weiterging, würde ich Nafishur keine 24 Stunden überleben. Ich stolperte von einem Moment der Hilflosigkeit in den nächsten.

›MAGNUS! *Verdammt noch mal! HILF MIR!*‹

Ich konnte nur hoffen, dass er mich hörte. Sonst hatte er seine inneren Ohren doch auch überall! ›*Komm schon … Jetzt kannst du mir beweisen, dass du es gut mit uns meinst.*‹

Hätte ich atmen müssen, dann wäre langsam mein Ende erreicht. Ich hielt die Luft an und versuchte mich auch sonst, nur noch möglichst wenig zu bewegen. Vielleicht würde mich das Ding dann für tot halten und von mir ablassen. Aber andererseits … mein fehlender Puls störte es ja auch nicht.

Weit entfernte Rufe hallten durch meinen Kopf. Man suchte nach mir. Das war etwas Gutes. Gemeinsam würden wir es mit dieser Ranke schon aufnehmen können. Die scharfe Klinge von Sherkos Schwert würde dabei ausgesprochen nützlich sein. Vorausgesetzt, er unterschied zwischen der Pflanze und mir.

»Dariel!« Das war Ginga!

Wie zur Bestätigung wirbelte plötzlich ein roter Haarschopf vor mir herum. Ihre Augen waren weit aufgerissen und ihre Brauen zogen sich so sehr zusammen, dass sich eine kleine Falte zwischen ihnen bildete. Ich spürte ihre Sorge durch unser Band. Aber sie sprach endlich! Ich hätte nicht gedacht, dass ich ihre Stimme so vermissen könnte …

»Komm zu dir, Dariel!« Sie strich über meine Wangen und litt deutlich unter meinem Anblick. Sie sollte mich nicht so ansehen! Ich zog und zerrte wieder an meinen Fesseln. Wenigstens schienen ihr die komischen Ranken nicht wehzutun. Trotzdem wollte ich, dass sie vorsichtig war. Aber der verdammte Knebel hinderte mich am Reden und Gingas Blick lag inzwischen nicht mehr auf mir. Sie sah sich suchend um. »Wir müssen ihm helfen!«

›*… riel …*‹ Irgendwas hallte durch meinen Kopf, aber ich konnte die Stimme nicht verstehen. Wie ein gestörter Radiosender … Ich empfing nur einzelne Silben. ›... *annst ... ören* ...‹ Ich kniff die Augen zusammen und versuchte mich auf die ferne Stimme zu konzentrieren, aber sie entglitt mir immer wieder.

»Magnus Magister, der Bach! Ist es möglich, dass darin Auraelum schwimmt?« Das war Sherkos Stimme. Plötzlich verschwand Ginga aus meinem Blickfeld. Sofort nutzten die Ranken ihre Chance und schlangen sich noch fester um mich. Panisch wartete ich auf das knackende Geräusch, wenn meine ersten Knochen brechen würden.

»Ich halte ihn fest, reibt ihr seine Hände und sein Gesicht mit Auris Remedica ein. Da vorn wächst ein wenig davon! Passt nur auf, dass ihr das Wasser nicht auch berührt.« Das war Magnus Stimme. Auris was? Was hatten die beiden vor? Würden sie mir helfen? Konnten sie das? Was war dieses Auris Irgendwas? »Dariel, konzentriere dich auf meine Stimme und meine Hände, hörst du?«, murmelte Magnus dicht an meinem Ohr und legte seine Hände dann an mein Gesicht. Er musste hinter mir knien, denn ich konnte ihn nicht sehen.

Dann wollte ich es auch gar nicht mehr. Ich schrie in meinen Knebel, als meine Hände und Wangen plötzlich wie Feuer brannten. Ich versuchte mich loszureißen, aber mein Körper bewegte sich keinen Millimeter. Ich wusste nicht, was mich jetzt mehr festhielt: die Ranken oder Magnus.

»Du hast es gleich überstanden Dariel. Ich weiß ja, dass das unangenehm ist, aber es–« Weiter kam er nicht bevor ich aus Leibes-kräften schrie und ihn übertönte.

Moment. Ich konnte wieder schreien?

Ich atmete unnötig schnell, weil ich es endlich wieder konnte, sog den Duft von Ginga ein.

›*Dariel, kannst du mich jetzt hören?*‹

Zögernd nickte ich und wagte es, Stück für Stück an mir hinunterzublicken. Ich kauerte neben dem Bach. An meinen Schuhen züngelten einige dünne Gräser, aber von der riesigen Ranke war nichts mehr zu sehen.

»Was zum Geier war das?«, krächzte ich heiser. Hinter mir hörte ich Magnus erleichtert seufzen. Er ließ mich los, aber bevor er mir hätte antworten können, fiel mir Ginga auch schon um den Hals.

»Er ist wieder zurück!« Nach der Erfahrung mit dieser verrückten Schlingpflanze, empfand ich Gingas Schlingattacke als angenehm harmlos. Ich strich kurz über ihren Rücken, bevor ich sie wieder etwas von mir schob.

»Merci«, murmelte ich betreten. Dann drehte ich mich zu Magnus um und hoffte auf eine Antwort auf meine Frage.

»Du standest unter Drogeneinfluss. Etwas Stromaufwärts wächst ein Auraelumbusch. Er wird auch Goldregen genannt. Sein goldgelber Blütenstaub enthält ein sehr starkes Halluzinogen, das du mit dem Wasser auf deine Haut gestrichen hast. Es hat deinen Geist vollständig blockiert. Deshalb konnte ich dich auch nicht gleich finden.«

Halluzinationen? Wie war es möglich, mir das alles nur eingebildet zu haben? Die Ranken … das alles war so ungemein real gewesen …

Ginga strich mir – noch immer mit diesem scheußlich mitleidigen Blick – meine Haare aus dem Gesicht. »Man sieht fürchterliche Dinge. Manch einer hat daran schon seinen Verstand verloren.« Ihre Hand hielt an meiner Wange inne. »Was … was hast du gesehen?« Diese Frage schien sie sichtlich zu beschäftigen. Warum? Wenn man so schreckliche Dinge sah, wäre es dann nicht besser, sie schnellstmöglich zu vergessen anstatt daran erinnert zu werden? Ich konnte diese elendigen Ranken – Halluzinationen hin oder her – immer noch auf meiner Haut spüren und auf der Zunge schmecken.

›Ich misch mich ja nur ungern ein, aber heute mach ich mal ne Ausnahme: Sie fragt sich, ob du vor ihr *solche Angst hattest; ob du die kleine, kratzbürstige Vampirin gesehen hast. Ich seh dein von Schock erstarrtes Gesicht vor mir wie sie eben. Das hat sich ihr wohl eingebrannt ... Steht dir, wenn du mich fragst.‹*

Ach so ... »Mich hat eine riesige Schlingpflanze von den Füßen gerissen und nach und nach umwickelt und geknebelt. Wäre ich noch ein Mensch, wäre ich an ihr erstickt. Also … zumindest hätte ich geglaubt an ihr zu ersticken.«

Sherko keuchte erschrocken. Gut. Nun konnte er sich endgültig sicher sein. Doch das war mir gerade egal. Im Fokus meiner Aufmerksamkeit stand jetzt meine ›Schöpferin‹.

Ginga nickte betreten. Ich konnte ihr die Erleichterung deutlich ansehen. Hatte sie wirklich geglaubt, ich hätte sie gesehen, wie sie versuchte, mich umzubringen?

»Dann weiß ich, was das Motiv deiner Halluzination hervorgerufen hat. Sieh mal auf deine Füße, Dariel Jean Seine.« Ich folgte Magnus Rat und beobachtete kleine, dünne Gräser, die sich um meine Füße schlängelten. »Algenia Captanda. Oder umgangssprachlich: Schlinggras. Von vielen als Unkraut verschrien. Es wächst überall zwischen normalem Gras und neigt dazu, sich in kürzester Zeit um Dinge zu wickeln, die in seine Reichweite kommen. Aber es ist vollkommen harmlos. Von diesem Kraut kann man sich ohne große Mühen wieder befreien.« Ich hob meine Füße ein Stück und sah, wie die Gräser sofort zerrissen und meinen Fuß wieder freigaben.

Ich schüttelte ungläubig den Kopf. »Und *das* hab ich für eine tödliche Schlingpflanze gehalten?« Ich hielt den Gräsern meine Hand hin und beobachtete, wie sich die dünnen Halme sofort um meine Finger wickelte. Es kitzelte, aber sobald ich an meiner Hand zog, ließ mich das Gras wieder los.

»Also schön. Ich würde empfehlen, mich nun vorgehen zu lassen und mir direkt zu folgen.« Magnus erhob sich hinter mir und Ginga und ich taten es ihm gleich. »Dieser Wald ist dafür gedacht, unerwünschte Eindringlinge vom Zentrum der Insel fernzuhalten. Wenn man sein Ziel nicht kennt, dann kann man hier leicht verlorengehen.« Das musste er mir kein zweites Mal sagen. Ich vertraute ihm zwar immer noch nicht, aber ich war froh, wieder Herr meiner Sinne zu sein und hatte meine Lektion gelernt. Magnus Cronos – oder wie hatte ihn Sherko eben genannt? ›Magister Cronos‹ oder so – hatte uns sicher nicht hierhergeholt, um uns dann in diesem Wald verschwinden zu lassen. Da stünden ihm dutzende einfachere Wege zur Verfügung. »Custos Aevitas? Bitte bilde du die Nachhut, damit unsere Gäste nicht wieder abhandenkommen.« Damit meinte Magnus offenbar Sherko. Wie vorhin auch. Custos Aevitas. War das sein Nachname oder so?

Ich hob Artemis auf meine Schulter – er protestierte nicht – und dann zogen wir weiter. Magnus in seiner kitschigen weißen

Engelsrobe vorne weg und wir hintendrein. Seltsam, dass dieses weiße, lange Gewand nicht einen Fleck hatte, obwohl Magnus neben mir auf dem Waldboden gekniet hatte – mehrmals.

…

Auf der anderen Seite: Was an diesem Typen war nicht seltsam? Während unserer Waldwanderung nutzte Magnus die Zeit, uns mit Informationen zu überschütten. Es war durchaus nicht Herbst hier. Das Jahr hatte in Nafishur gerade erst begonnen. Es war also Frühling: ›Aurantia‹ hieß der Monat. Der Wald hier bestand ›vornehmlich aus Ambrosia‹, einer Baumart, die das blaue Sonnenlicht filterte, so dass unter den Bäumen nur noch die roten und gelben Lichtpartikel zu sehen waren. Dadurch bekam der Wald einen ganzjährigen, goldenen Herbstlook. Außerdem müsse man in diesem Wald, der fast das gesamte Land von Xamax bedeckte, ausgesprochen vorsichtig sein. Das Auraelum, dem ich zum Opfer gefallen war, war noch eine der harmloseren Fallen, die sich in ihm verbargen.

»Xamax ist das Reich der Geistmagie und damit der Ursprung aller Kräfte der Druiden. Letztlich besteht es primär aus dieser bewaldeten Insel. Es beheimatet aber auch den Palast des Fürsten Nafishurs, Cadiz Raiquard Nathum. Deshalb all diese Schutzmaßnahmen.«

Ich stellte mir vor, wie wir mitten in diesem merkwürdigen Wald plötzlich auf einen ehemals prunkvollen, inzwischen zugewucherten Palast stoßen würden. Irgendwie fühlte ich mich wie in einer Indiana Jones-Geschichte.

Stattdessen verließen wir nach einer gefühlten Ewigkeit aber den Wald. Schlagartig war es wesentlich heller um uns herum und ich blinzelte gegen das mich erneut blendende Licht an. Mein erster Reflex war es, sofort wieder im Schatten des Waldes Zuflucht zu suchen, aber dann merkte ich, dass das bläuliche Sonnenlicht durchaus erträglich war. Es blendete, ja. Aber es brannte nicht – oder zumindest kaum – auf der Haut.

Automatisch fand Gingas Hand in meine und hielt mich zusätzlich fest. Vielleicht hatte sie meinen Fluchtreflex gespürt. Ich sah zu ihr und folgte dann ihrem Blick nach vorn. Vor uns, in der Mitte einer sehr großen, hellen Lichtung stand ein reichlich verzierter Pavillon. Sein rundes Dach schimmerte in verschiedenen Grün- und Blautönen. Eine besondere Zierde stellten die in weiß gekleideten Mönche dar, die an jeder Säule des Pavillons standen und deren Gesichter in den Schatten von großen Kapuzen verborgen waren. Ihre Kutten leuchteten in der Sonne so stark, dass ich den Blick schnell wieder abwenden musste.

Wollte uns Magnus in ein Kloster stecken?!

›Nichts dergleichen. Das sind auch keine Mönche – obgleich es auch in Nafishur etwas Ähnliches gibt. Das sind Palast-Wächter, wie Custos Aevitas einer ist. Wir befinden uns am Eingang zum Palast des Fürsten von Nafishur.‹

Mein Blick huschte kurz zu Sherko hinter uns. Und warum trug er keine solche Kutte? Er sah aus wie wir: Schwarze unauffällige Hosen, dunkles Shirt. Hatte er sich nur den Pariser Verhältnissen angepasst?

Ginga musste Magnus Stimme ebenfalls in ihrem Geist gehört haben, denn sie zuckte vor Schreck zusammen und begann dann in hektischem Treiben, sich selbst und dann auch mich von den Spuren des Waldes zu befreien. Damit lenkte sie mich von Sherko ab. Vor allem als sie auch noch meine Hose befingerte. Ich hielt sie mit einer Hand auf Abstand und klopfte die restlichen Gräser selbst ab. Dann sah ich abwartend zu Magnus und hoffte, unser Reinigungsversuch würde reichen. Wenn der Fürst in seinem Palast sauberere Gäste haben wollte, würde er die Anreisebedingungen verbessern müssen.

Magnus nickte uns mit einem Schmunzeln zu. ›Ihr seht ausgezeichnet aus. Macht euch keine Gedanken. Und bitte folgt mir schweigend.‹

Wir nickten und folgten ihm dann zum Pavillon. Als die Wach-Mönche Magnus bemerkten, verdoppelte sich ihr Pulsschlag augenblicklich. Es war beruhigend, dass er auch auf andere eine … aufwühlende Wirkung hatte. Die Wächter zogen sofort ihre Kapuzen von den Köpfen und verneigten sich. Ihre Blicke huschten untereinander hin und her, ohne jemals Magnus Blick zu streifen.

Unser ›bescheidener Helfer in Fragen der Magie‹, wie er sich uns einst vorgestellt hatte, quittierte diese Demutsbekundungen nur mit einem leichten Kopfnicken und ein paar nach Smalltalk klingenden Fetzen Nefishit. Ich presste meine Lippen zusammen, um nicht versehentlich Französisch zu sprechen. Eine andere Welt, ergo eine andere Sprache. Wie hatte ich das verdrängen können? Sherko und Magnus sprachen Französisch mit uns. Aber was war mit den anderen Bewohnern Nafishurs, die nicht regelmäßig mal in Paris vorbeischauten? Wie sollte ich mich denn hier zurechtfinden und mit meinen werten Mitmenschen ... oder eher ›Mitnafish‹ kommunizieren?!

Als wir unter das Dach des Pavillons traten, vergaß ich für einen Augenblick meine aufkeimende Verzweiflung. Der Pavillon war hell und offen und vollkommen leer. Keine Tür – nicht einmal eine Falltür oder Dachluke. Das sollte der Eingang zu einem Palast sein?! Wo denn?! Das einzig Interessante war ein Deckenfresko, das eine Art fliegendes Schloss zeigte, das von sieben Drachen umkreist wurde.

Wir traten vorsichtig näher und sahen Magnus fragend an. Aber er schwieg und einen Moment später schlossen Sherko und er die Augen, hoben ihre komischen Zauberstäbe waagerecht an und murmelten synchron etwas, das die Stäbe leuchten ließ.

Dann begannen sich die leuchtenden Stäbe zu winden und zu wachsen. In Sekundenbruchteilen hielt Magnus einen Stab in Händen, der mich an irgendwelche katholischen Heiligen denken ließ. Ich wich noch etwas weiter zurück, als er sich an einem Ende verästelte und seine Ast-Arme nach mir ausstreckte. Am anderen Ende bildete sich eine Kristallspitze, die weiß-gold glühte. Das Licht pulsierte darin.

Sherkos Stab schien neben dem unseres bescheidenen Helfers regelrecht zu ergrauen. Sein unteres Ende bildete ein Kristall, der silbern schimmerte. Das obere Ende hatte sich zu einem geometrischen Gitter verzweigt.

›Das sind unsere Hirtenstäbe. Ihr erinnert euch sicher daran, dass ich auch das Port für Cara in Paris mit der Hilfe meines Hirtenstabs schuf.‹ Wir nickten langsam und synchron. Oui, ich erinnerte mich. Und auch Sherko hatte auf diese Weise unser Port geöffnet. Aber ich hätte gern auf eine Auffrischung dieser Erinnerungen verzichtet.

Magnus trat genau in die Mitte des Pavillons und wider Erwarten stieß er die Kristallspitze nicht einfach auf den Boden wie zuvor in Paris, sondern beschrieb damit einen Kreis um sich herum. Dann erst stellte er – ohne besonderen Nachdruck – den Stab in die Mitte des Kreises. Er hielt ihn mit beiden Händen fest, während um ihn herum der Kreis, den er unsichtbar gezeichnet hatte, zu leuchten begann – ebenso im Übrigen wie Magnus Augen.

›Kommt zu mir, schnell! Das Licht schadet euch nicht.‹

Für einen kurzen Moment spielte ich mit dem Gedanken, seiner Aufforderung nicht nachzukommen. Woher wollte ich schon wissen, was uns nun wieder erwartete und ob es mir gefallen würde. Aber dann erinnerte ich mich an das, was ich schon wusste: An die zig Wächter um uns herum, die uns wahrscheinlich schon allein aus Langeweile angreifen würden; an den dunklen, magischen Wald mit all seinen giftigen Pflanzen und den das Licht verzaubernden Bäumen; daran, dass wir uns hier auf einer Insel befanden und das Port-Ding, durch das wir gekommen waren, verschwunden war. Also schnappte ich mir Gingas Hand und zog sie mit mir in den Kreis aus Licht. Art fauchte leise. Während wir neben Magnus traten, zeichnete Sherko mit seinem Stab den Kreis nach, den Magnus geschaffen hatte, und gesellte sich dann zu uns. Diesmal verzichtete er darauf, mir seine Hand auf den Rücken zu legen. Vielleicht war das ein gutes Zeichen. Ich konnte nur hoffen, dass diese Reise nicht genauso unangenehm werden würde wie die letzte, und schloss diesmal zur Sicherheit die Augen.

›Diesmal würde ich sie an deiner Stelle auflassen.‹ Vorsichtig öffnete ich meine Augen wieder. ›Es sei denn, du hast Höhenangst.‹ Ich sah Magnus mit hochgezogener Braue an. Höhenangst vor was? Den zwei Stufen hoch zum Pavillon? Ich hörte Magnus in meinem Geist lachen, dann kam das Licht auch von über uns und das Dach erhielt ein leuchtendes Loch. Zwei ängstliche Mitreisende krallten sich wieder an und in mich – langsam gewöhnte ich mich daran – und dann geschah es: Wir hoben ab.

Ich traute meinen Augen kaum, doch wir flogen – angenehmer diesmal: Wie in einem durchsichtigen Fahrstuhl glitten wir in den Himmel. Der Lichtkreis um uns herum beschränkte wohl unsere

›Kabine‹. Ich drehte mich vorsichtig im Kreis und blinzelte in das Sonnenlicht.

Nafishur war wunderschön. Unter uns erstreckte sich der Wald – von hier oben schien er bläuliches Laub zu tragen –, in einiger Entfernung glitzerte ein weites Meer, an dessen Horizont sich ringsum wieder Land andeutete. Der Himmel war voller Fluggefährte. Sie sahen aus wie Heißluftballone und Luftschiffe. Ich bildete mir sogar ein, ein paar Menschen – non, Nafish – durch die Luft fliegen zu sehen. Das bläuliche, kalte Licht gab all dem eine unnatürliche Atmosphäre. Es war, als würde ich einen Fantasyfilm sehen – mit unglaublich vielen Special Effects und in 3D.

›Schön, oder?‹

Ich nickte nur. Ich war zu sehr damit beschäftigt, alle Eindrücke zu verarbeiten. Flog da am Horizont gerade ein riesiger Rochen durch die Luft? Ich schüttelte ungläubig den Kopf.

›Vorsicht. Wir sind gleich da.‹

Ich sah nach oben und zuckte zusammen. Wir rasten mit einer nicht unbeträchtlichen Geschwindigkeit auf einen riesigen über uns schwebenden Felsen zu. Ich war wie erstarrt und wartete auf den Aufprall, doch stattdessen erschien über uns ein Lichtkreis wie der bei unserem Start und wir flogen durch den Kreis und damit in den Felsen. Für einen kurzen Moment war alles um uns herum dunkel – bis auf unseren Liftlichtkreis. Dann standen wir wieder in einem Pavillon. Das Licht um uns erlosch und wir alle – na gut, alle außer Sherko und Magnus – sackten in sichtlicher Erleichterung ein Stück in uns zusammen.

Nun war unter uns auf dem Boden ein Bild zu sehen. Es zeigte die Insel unten im Meer von oben. Auch hier war der Pavillon von diesen Mönchswächtern umgeben. Aber dieser Pavillon stand nicht auf einer sonnigen Wiese. Er stand in einer Art Felsnische. Zu einem Großteil war der Pavillon mit nichts als einer Felswand umgeben. Nur in eine Richtung war die Sicht offen und in diese Richtung verließen wir den Pavillon. Wieder verbeugten sich die Wächter und lüfteten ihre Kapuzen. Magnus nickte ihnen zu. Aber diesmal schwieg er. Vor uns sah ich zwei imposante Steinfiguren in Drachenform. Ihre Flügel trafen einander weit über unseren Köpfen.

Das Ganze sah aus wie ein Tor, aber dahinter war nichts außer Himmel und Wolken. Ein ganzes Stück entfernt – viele hundert Meter – sah ich ein weiteres solches Steintor und dahinter stand er: der Palast. Ja, so musste ein Palast aussehen. Seine Dächer glänzten in der Sonne. Sie sahen so filigran und hell aus, dass man sie beinah für gläsern halten konnte. Die Mauern waren hell wie Sandstein, aber hoch und den Ausmaßen nach auch dick und robust. Überall wuchsen Erker, Türme und Zinnen aus den Wänden, als würde der Palast stetig wachsen und lebendig sein. Alles in allem strahlte er eine merkwürdige Mischung aus Uneinnehmbarkeit und Gastfreundschaft aus.

Die Frage war nur: Wie kamen wir jetzt dort rüber?

›Lasst das meine Sorge sein.‹ Magnus trat zwischen die beiden Drachen – direkt an den Abgrund – und tat etwas, das ich beim besten Willen nicht begriff: Er steckte seinen Hirtenstab in eine Öffnung an einem der beiden Drachen und ließ ihn los. War in diesem Ding nicht seine ganze Macht? Oder zumindest ein Großteil davon? Ließ man einen so mächtigen Teil von sich selbst einfach los? Direkt an einem Abgrund? Und Sherko tat es ihm auch noch gleich! Waren die zwei denn wahnsinnig geworden?

›Das sind wir nicht. Und ja, wir geben damit einen Großteil unserer Macht ab und wir werden sogar noch mehr tun: Wir werden unsere Stäbe hier zurücklassen. Kommt!‹ Mit diesen Worten machte er einen Schritt vorwärts – ins Leere! Non, nicht mehr ins Leere. In dem Moment, in dem Magnus diesen ersten Schritt gemacht hatte und hätte fallen müssen, entstand unter ihm Stein für Stein eine robuste Brücke – so breit wie das Tor.

Artemis Herzschlag hämmerte gegen meine Schulter und fühlte sich an wie mein eigener. Ein einzelnes Pochen hörte ich auch von Ginga. Ich musste dringend herausfinden, wie sie das machte … Aber für den Augenblick gab es Wichtigeres: Wir beeilten uns, so dicht wie möglich hinter Magnus die Brücke zu betreten. Wer wusste schon, wie lange das Teil zu sehen geschweige denn begehbar wäre.

›Auch das sind Sicherheitsvorkehrungen. Sowohl der Lift als auch diese Brücke lassen sich nur mit sehr starker und möglichst reiner

Magie steuern. *Vor allem diese Brücke prüft den Gehalt der positiven Magie. Der Maz. Auf diese Weise können Druiden, die sich der dunklen Magie verschrieben haben, nicht in den Palast gelangen. Zudem ist die Abgabe des Druidenstabes ein Vertrauens- und Demutsbeweis an den Fürsten‹*, dozierte Magnus wie üblich in meinem Kopf.

Ich kannte diesen Fürsten nicht, aber wer es auch war, er musste wirklich gerissen sein. Auf dieser Brücke war man ihm vollkommen ausgeliefert. Die Wächter hinter einem, die Palastmauern vor einem. Von allen Seiten im Schussfeld – und das, während man selbst unbewaffnet war. Nicht zu vergessen, dass dieser Fürst die Brücke sicher von einer Sekunde zur anderen verschwinden lassen konnte. Diesen Weg zu nutzen war lebensmüde.

›Du hast vollkommen recht. Aber diese Brücke ist der einzig legale Weg in den Palast. Sollte man einen anderen versuchen, wird man automatisch als ungebetener Besucher betrachtet und auch so behandelt.‹ Und was das meinte, wollte ich mir lieber nicht so genau ausmalen.

Die Brücke zog sich ewig hin. Ich hatte das Gefühl, seit mindestens einer halben Stunde zu laufen, bevor endlich das Drachentor der anderen Seite näherkam. Am schlimmsten war das Gefühl, des Ausgeliefert Seins. Wir hätten keine Chance, sollte man uns doch nicht mehr empfangen wollen.

›Es ist nicht so schlimm, wie es aussieht. Und ich versichere dir, dass ihr in meinem Beisein mit Sicherheit von niemandem als feindlich betrachtet werdet. Also mach dir bitte keine Sorgen.‹

Die Tatsache, dass Sherko wusste, was wir waren, machte es nicht besser. Er sagte den ganzen Weg über kein Wort, doch sein unruhiger Blick sprach Bände ebenso wie sein Puls. Ich war mir sicher, dass er uns nicht traute. Und das konnte ich ihm nicht mal verübeln.

Als wir endlich das andere Ende der Brücke erreichten, trat Magnus zur Seite und ließ uns zuerst die Brücke verlassen. Bei dieser Gelegenheit bemerkte ich die beiden Hirtenstäbe, die nun hier in der Tornische steckten. *›Ich sagte ja schon, dass es nicht so schlimm ist, wie es aussieht.‹* Magnus betrat hinter uns die

Palastinsel und zog dann seinen Stab aus der Drachenfigur – synchron mit Sherko. Prompt löste sich die Brücke auf. Das hieß: Die einzelnen Steine begannen erst zu wackeln, dann zu fallen und lösten sich während ihres Falls in Luft auf. Ich starrte ihnen ungläubig hinterher.

Also gut. Nun waren wir am fliegenden Palast des Fürsten von Nafishur und einen Fluchtweg gab es nicht mehr. Langsam drehte ich mich um und musterte das riesige Ding aus der Nähe. Seine Mauern wirkten jetzt mehr bedrohlich als einladend. Sie sahen auch von Nahem aus, als seien sie aus Sandstein, aber die helle Farbe ließ die dicken, hohen Mauern nicht freundlicher wirken.

Auch hier standen überall diese Wächter in den weißen Kutten. Aber die hier sahen anders aus. Sie hatten Flügel. Ich starrte einen Wächter mit einem besonders imposanten Flügelpaar an, das an die Schwingen eines Adlers erinnerte, bis mich Magnus Stimme in meinem Kopf wieder auf Kurs brachte.

›Ich werde wieder das Reden übernehmen. Es geht darum, euch dem Fürsten offiziell als Wächter vorzustellen und euch zu weihen. Danach können wir in die Akademie aufbrechen und ich werde hoffentlich Zeit finden, euch alles in Ruhe zu erklären. Dann wird uns auch etwas wegen der Sprache einfallen. Also mach dir keine Gedanken, Dariel Jean Seine. Bis dahin dolmetsche ich für dich in deinem Geist.‹

Na wie wundervoll.

Dann war ja alles gut.

Magnus lächelte mich mit seinem Gutmenschenlächeln an.

Oder war es ein Gutnafishlächeln?

Ein leises Räuspern riss mich aus meinen Überlegungen. Sherko. Ich hatte ihn beinah völlig ausgeblendet. Nun aber gehörte ihm meine volle Aufmerksamkeit. Hatte er eben auf der Brücke noch ganz ähnliche Kleidung wie die unsere getragen, trug er jetzt ein Gewand, das wie Silber schimmerte, aber seidig weich zu sein schien. Wie war ihm das so schnell möglich gewesen? Wie hätte er sich hier umziehen können? Mit seinem Hirtenstab und dieser silbernen Toga sah er aus wie eine Mischung aus Sci-Fi-Held und römischem Senator.

Es war offensichtlich, dass ihm etwas zu schaffen machte. Alles an seiner unruhigen Gestik und dem Blick, der immer wieder von Magnus zu mir und wieder zurück flackerte, wirkte verunsichert. Er kämpfte wohl mit sich selbst: Sollte er Magnus Urteil vertrauen oder uns aufhalten?

Dann drehte er uns plötzlich den Rücken zu und schritt auf den Palasteingang zu. Wahrscheinlich hatte ihn jemand im Geiste überzeugt. Als ich ihm folgen wollte, drückte sich einmal mehr eine kühle Hand in meine. Ich sah zu Ginga, die meinen Blick besorgt erwiderte.

Sie war so still. Ich fragte mich, ob es wirklich so eine gute Idee gewesen war, die Einladung in diese Welt anzunehmen. Ginga hatte sich überwunden. Für Cara. Aber war sie wirklich bereit für all das?

›Art? Kannst du ihr sagen, dass alles gut wird und sie sich keine Sorgen machen soll? Sie soll an Cara denken.‹

Gingas Augen weiteten sich für einen Moment. Dann senkte sie verlegen den Kopf und nickte leicht. Sie war so völlig anders, seit wir in Nafishur gelandet waren. Ich hätte nicht gedacht, dass ich ihre freche, herausfordernde Art so sehr und so schnell vermissen würde.

›Mach dir keinen Kopf, Hunter. Deine Schöpferin ist sicher schneller die Alte, als dir lieb ist‹, kommentierte Artemis trocken meine Gedanken.

Den beiden Quälgeistern zum Trotz beeilte ich mich, wieder zu Magnus und Sherko aufzuschließen. Seine Warnung hallte deutlich in meinem Kopf nach: Allein würden wir mit großer Wahrscheinlichkeit für Eindringlinge gehalten werden. Da zog ich es doch vor, als gebetener Gast aufzutauchen.

Dementsprechend konzentrierte ich mich auf Magnus. Aber meine Hunterinstinkte waren noch wach genug, um meiner Umgebung ebenso Aufmerksamkeit entgegenzubringen. Und meine Vampirinstinkte sorgten dafür, dass ich beidem nachgehen konnte.

Lass den Feind nie in deinen Rücken.

Fühl dich nie sicher.

Achte auf dein Umfeld.

Es waren nicht allein die geflügelten Wachen, die mir Sorgen machten. Wir waren auf dieser Hochsicherheitsinsel in den Wolken zusätzlich von einer Art Stadtmauer umgeben. Das reduzierte unsere Fluchtmöglichkeiten – wenn wir denn jemals welche gehabt hatten – vollends.

Von innen klebten unzählige kleine Erker und ganze Häuser an der Mauer, die die fliegende Insel umgab – jedes ebenso aus dieser Nafishur-Version von Sandstein gebaut wie der Palast. Die Türme und Gebäudeteile waren durch filigrane Brücken über unseren Köpfen verbunden. Der Boden des Innenhofes war im Gegensatz zur wüstenartigen Architektur von saftig grünem Gras bedeckt. Ich hoffte, dass kein Schlinggras darunter war. Und hier und da spendeten Bäume mit merkwürdig röhrenartig geformten Blättern Schatten. Nach wenigen Metern kreuzten wir einen kleinen Bach, der einmal quer durch den Hof zu verlief. Die Frage war bloß, wo das Wasser hier oben herkam und wo es hinfloss. Egal wie intensiv ich auf die Wasseroberfläche starrte, es gelang mir nicht, auch nur die Fließrichtung zu erkennen.

Wir überquerten den Bach – überall im Hof war er mit kleinen kitschigen Holzstegen überbrückt – und hielten auf die nächsten zwei Wächter zu. Während meine Augen den Hof noch immer nach einer Quelle für den Bach absuchten, blieben wir vor dem großen Eingangsportal stehen, das sie bewachten. Es war tiefblau und mindestens fünf, sechs Meter hoch. Es war mit goldenen Ornamenten verziert und jetzt, wo wir den Mauern des Palastes wirklich nah waren, nahm ich auch die feinen goldenen Risse wahr, die überall das Mauerwerk durchbrachen. Sie schimmerten in der blauen Sonne und sahen aus wie pulsierende, goldene Blutgefäße.

Die beiden Wächter – dem Gefieder nach eine weiße Taube und eine Krähe – öffneten hastig das Portal, als sie Magnus erkannten. Dieser Mann musste sich wirklich nirgends vorstellen. Magister Cronos oder so … Er war wichtig, so viel stand fest. Außerdem musste er ein regelmäßiger Besucher hier oben sein. Und momentan war er unsere einzige Chance, den fliegenden Palast wieder zu verlassen.

Während wir das Tor durchquerten, drehte der werte Magister sich noch einmal zu uns um und nickte uns leicht zu. *›In Kürze werdet ihr Fürst Cadiz Raiquard Nathum begegnen. Wenn er sich euch* zuwendet, dann verbeugt ihr euch. *Mehr dürfte nicht von euch erwartet werden. Schaut ernst und möglichst selbstbewusst. Wie heißt das in Luv noch gleich? Nutzt ein Pokerface.‹* Dann sah er Ginga eindringlich an und ich war mir sicher, dass er an sie gewandt noch etwas hinzufügte. Sie nickte leicht.

Dann lief er los – mit schnellen, großen Schritten –, als wären wir nur auf dem Weg in ein unbedeutendes Pariser Shoppingcenter kurz vor Ladenschluss. Dabei erinnerte der Palast eher an eine imposante, gotische Kathedrale. Die Eingangshalle war unglaublich hell und hoch und wurde von vielen viel zu dünn anmutenden Säulen getragen. Unter der Decke schwebten kleine Funken, die zusätzlich für Licht sorgten. Am anderen Ende des Saals tauchte ein schöner begrünter Innenhof mit Statuen und Springbrunnen und vielen blühenden Rabatten und Zierbüschen auf. Leider bogen wir vor ihm links ab und folgten einem Säulengang um den Garten herum, anstatt durch ihn hindurch zu laufen.

Ich wünschte, Magnus ließe sich mehr Zeit. Ich war mir sicher, dass in diesem Palast hinter jeder Tür ein Geheimnis lauerte, und ich hätte wirklich gern die Zeit gehabt, das eine oder andere zu entdecken. Aber die geflügelten Wächter, die im Inneren des Palastes noch präsenter waren als draußen, erinnerten mich wieder und wieder daran, wie wichtig es war, in Magnus Nähe zu bleiben.

Wären wir noch auf der Erde, so hielte ich diesen Ort für den Himmel selbst. Ein fliegender, verzauberter Palast voller Natur und Leben und Gold – und mit Engeln als Wächtern. Ob unser Bild vom ›Himmel‹ aus Nafishur stammte?

Wie ich so meinen Gedanken nachhing, wäre ich beinah in Magnus hineingelaufen. Er war plötzlich stehengeblieben. Ich sah auf und bemerkte, dass wir vor einem weiteren großen Portal angekommen waren. Dieses war weiß und schimmerte violett, wenn man den Blickwinkel änderte. Die goldenen Ornamente waren hingegen ähnlich wie auf dem Eingangsportal.

»Magnus Magister«, Sherko verneigte sich vor unserem bescheidenen Helfer, »ich werde nun wieder auf meine Position im Palast zurückkehren. Es sei denn, Ihr wünscht weiterhin meine Anwesenheit.«

»Ich danke dir, Custos Aevitas. Du hast mir einen großen Dienst erwiesen, indem du diese beiden Wächter für mich aus Luv geholt hast. Ich bin dir zu Dank verpflichtet.«

Einmal mehr verneigte sich Sherko elegant vor ihm. »Das ist meine Aufgabe, Magnus Magister.« Warum nannte er ihn eigentlich  erst beim Vornamen und dann Magister? In jedem Fall verneigte er sich nun auch vor uns und wir taten es ihm gleich.

Unsere Blicke trafen sich beim Aufrichten und ich sah ihm zum ersten Mal direkt in die Augen. Seine Iris war so blass, dass sie beinah weiß war. So blass wie alles an ihm – und doch strahlte er eine Präsenz aus, die alles andere als farblos war. Ich spürte instinktiv, dass es seine Feinde nicht leicht hatten. Und seit Blick verriet mir, dass er gerade darüber entschied, ob ich einer war. Dann galt seine Aufmerksamkeit wieder Magnus und was er nun sagte, blieb mir verwehrt. Bisher hatte Sherko Rücksicht auf mich genommen. Nun aber wünschte er nicht, dass ich verstand, was er sagte.

›Du verpasst nicht viel. Der Typ fragt unter tausend Entschuldigungen, ob sich Magnus bei uns auch wirklich sicher sei.‹

Ein kleines Lächeln huschte über meine Lippen. Ihm war wohl nicht bewusst, dass ich hier der Einzige war, der kein Nefishit verstand. Und ich hatte ja glücklicherweise einen Dolmetscher auf der Schulter.

Nach einer knappen Antwort von Seiten Magnus – dem Nicken nach ein ›Ja‹ –, verschwand Sherko raschen Schrittes aus unserem Sichtfeld. Ob er sich wohl auf Magnus Worte verlassen würde? Er sah nicht gerade überzeugt aus.

›Ihr werdet ihn überzeugen. Durch eure Taten. Er ist zu loyal, um uns ohne einen triftigen Grund Probleme zu bereiten. Und nun haben wir einen Termin.‹ Magnus öffnete mit einer leichten Bewegung seines nun wieder kleinen Zau– Druidenstabs das Portal. *›Ich weiß, es ist eine Herausforderung, in diesem Gebäude nicht staunend in alle Richtungen zu sehen. Und euch fällt es sicher noch*

schwerer, aber bitte haltet nun den Blick etwas gesenkt. Seht am besten einfach immer ungefähr zwei drei Meter vor euch auf den Boden.‹

Hatte er eben nicht noch von ›selbstbewusst‹ geredet? Wie sollten wir denn selbstbewusst auftreten und zugleich nach unten sehen? Das Portal wurde geöffnet und ich beschloss, dass der letzte Hinweis wohl der aktuellste war und starrte stur ein paar Meter vor uns auf den Boden. Er sah aus wie weißer Marmor, der wieder durch diese goldenen Adern durchbrochen war. Lebendiges Gold inmitten von kaltem Stein.

Bei all den hellen freundlichen Farben hier mussten Ginga und ich in unseren typischen dunklen Klamotten wirklich auffallen. Ich konnte nur hoffen, dass Magnus uns vorgewarnt hätte, wenn wir anders hätten gekleidet sein sollen.

›Wartet‹, hallte Magnus Stimme durch meinen Kopf, als wir gerade erst wenige Schritte in den Saal gelaufen waren.

Erst wollte ich aufsehen, um zu verstehen, weshalb wir anhielten; aber ich konnte mich gerade noch so davon abhalten. Da waren Schritte, die in dem offensichtlich großen Saal widerhallten. Sie kamen schnell näher.

KAPITEL II

»Magnus Magister! Magnus!« rief eine zwar männliche, aber relativ hohe Stimme. Sie klang erfreut, was mich etwas beruhigte. Ich fragte mich nur, weshalb auch der Neuankömmling ›Magnus Magister‹ und nicht ›Magister Cronos‹ gesagt hatte. Das war mir schon bei diesem Sherko aufgefallen. Das ›Magister‹ war doch eine Art Titel, oder? Weshalb kam der mal zu Magnus Vor- und mal zu seinem Nachnamen? Ich würde noch verflucht viel lernen müssen.

Die Schleppe eines langen, weißen Gewands kam in mein gesenktes Blickfeld. Und waren das weiße Haare? Aber konnten die Haare eines Menschen wirklich bis zum Boden reichen? Und da hatte Vater *meine* Haare als ›lange Zotteln‹ bezeichnet. Was waren *das* dann für Zotteln? Vielleicht sollte ich diesen Typen mit Cara bekannt machen. Immerhin hatte sie auch recht lange Haare und konnte ihm vielleicht ein paar Tipps geben, wie er seine Mähne davon abhalten würde, den Fußboden zu wischen.

Ein kleines Grinsen stahl sich in mein Gesicht, aber ich hatte mich schnell wieder unter Kontrolle.

»Princeps Primus!«, rief Magnus aus und ich konnte das etwas zu freundliche Lächeln in seinem Gesicht regelrecht vor mir sehen. Dann geschah etwas, mit dem ich nicht gerechnet hatte: Magnus fiel auf die Knie und verbeugte sich tief. Ich starrte ihn an, wie er so in meinem begrenzten Sichtfeld hockte. Er, der Menschen wie Nafish dazu brachte, Angst oder zumindest Demut zu empfinden, sobald er den Raum betrat. Es gab nur eine Person, vor der so ein Mann knien würde. Vor uns musste der Fürst Nafishurs stehen.

Dieser Cadiz irgendwas.

Der Fürst reichte Magnus seine Hand und half ihm wieder auf – nicht, dass das nötig gewesen wäre. Eine Hand mit lauter Ringen. Jeder trug einen anderen Edelstein in seiner Fassung. Noch bevor sich Magnus ganz aufgerichtet hatte, begann ein recht lebhaftes Gespräch zwischen den beiden. Ein Gespräch, dem ich nicht ansatzweise folgen konnte.

Verfluchtes Nefishit!

›Der Typ mit den langen Haaren will wissen, weshalb Magnus hier ist und wen er dabei habe und weshalb. Ich glaube, er versucht lustig zu sein‹, erfüllte Artemis die Dolmetscherrolle, die Magnus eigentlich selbst hatte bekleiden wollen. ›Euer Obermeister scheint ja ein ziemlich hohes Tier zu sein. Sieht zumindest nicht wie ein Gespräch zwischen Untertan und Herrscher aus. Magnus erzählt gerade, dass er beschlossen hat, in diesem Jahr zwei Wächter einzusetzen. Anscheinend ist ihm einer abhandengekommen.‹

Während ich Arts Ausführungen in meinem Kopf lauschte, versuchte ich auch so viel wie möglich aus unserer Umgebung wahrzunehmen – ohne die Regel zu brechen und aufzusehen. Anfangs waren noch mehr schlagende Herzen im Raum gewesen, aber jetzt waren da nur noch drei Herzschläge: Art, Magnus und der Fürst. Wir waren also mit ihm allein. Angesichts der vielen Wachen im Palast war das sicher ein großer Vertrauensbeweis.

›Einer, um den euer Magnus gebeten hat. Er will dem Fürsten wohl ein Geheimnis anvertrauen. Es geht um euch.‹ Automatisch verkrampfte ich mich. Es war ja klar, dass sie auch über uns sprechen würden, aber es gefiel mir nicht. Welches Geheimnis hatte Magnus vor, zu erzählen?

»LUV!?«, hallte es laut vom anderen Ende des Saals. Das Geheimnis also. Eine Welle der Macht rollte über uns hinweg. Es war deutlich zu spüren. Wie ein Aufwallen von Kraft, das die Luft um uns herum knistern ließ. Gingas Hand tastete nach meiner, aber ich schob sie vorsichtig wieder weg. Wir sollten selbstbewusst und ernst wirken. Händchenhalten wäre da sicher die falsche Geste.

Zumal ich gerade deutlich einen Blick auf mir spürte – und das war nicht der von Magnus stahlblauen Augen.

Wenige Momente später tauchte das lange weiße Gewand wieder in meinem Sichtfeld auf. Die zu hohe, melodische Stimme des Fürsten rief mir etwas zu, aber ich verstand es beim besten Willen nicht. *›Du sollst ihn ansehen‹*, hörte ich zugleich Magnus und Art.

Erst jetzt merkte ich, wie dankbar ich im Grunde gewesen war, bisher nicht aufblicken zu müssen. Langsam hob ich den Kopf und meinen Blick. Zu langsam, denn der Fürst ließ sich dazu herab, mein Kinn persönlich etwas schneller anzuheben.

Er wollte mir in die Augen sehen? Na schön. Ich starrte mit festem Blick – und sicher reichlich trotzig – geradeaus.

Aber das hielt nicht lang. Das Gesicht des Fürsten irritierte mich. Was ich vor allem anderen wahrnahm, war die leuchtend violette Iris, die sich regelrecht lebendig in seinen Augen bewegte. Wie violettes Plasma. Ich nahm seine Stimme kaum noch wahr. Seine Augen brannten sich in mein Bewusstsein und dann spürte ich, wie etwas an meinem Geist zog.

Oh nein! Nicht noch mal! Das würde ich nicht wieder zulassen! Magnus und sein Bruder – falls es denn wirklich sein Bruder gewesen war – hatten mir gereicht. Niemand anderes würde mir in meinen Geist folgen. Ich kämpfte gegen das merkwürdige Ziehen in meinem Kopf an. Es fühlte sich in etwa so an, wie das Ziepen früher, wenn Emile an meinen Haaren gezogen hatte, wann immer ich in ihrer Nähe eingeschlafen war. Nur tausend Mal unangenehmer.

So sehr sich mein Inneres auch verkrampfte, ich gab mir die größte Mühe, nach außen nichts zu zeigen. Und je mehr ich mich aus diesem Ziehen herauswandte, desto mehr nahm ich vom Gesicht des Fürsten wahr. Das wiederum lenkte mich ab und befreite meinen Geist zusätzlich.

Der Fürst hatte bei aller Macht, die er ausstrahlte, ein recht zierliches, eher feminines Gesicht. Seine Lippen waren schmal und die Nase ebenso. Aber er war ein Mann. Da war ich mir recht sicher. Und er war deutlich zu jung für so ein Amt und weiße Haare. Er sah kaum älter aus als ich. Er trug keine Krone oder etwas Vergleichbares. Sein Haar hatte einen schlichten feinsäuberlichen

Mittelscheitel ohne irgendwelche Verzierungen. Ich stellte ihn mir mit einer riesigen rosa Schleife im Haar vor und musste Schmunzeln. Das Bild war in meinem Kopf entstanden bevor ich mich hatte aufhalten können.

Eh ich mich versah, war das Ziehen völlig verschwunden und der Fürst wich vor mir zurück. In seinen Augen blitzten für einen kurzen Moment verschiedenste Emotionen auf. Erkannt hatte ich vor allem Verwirrung, Überraschung und Zorn. Das hatte er nun davon. Wer in anderer Leute Köpfe sah, brauchte sich nicht zu wundern, wenn ihm nicht gefiel, was er sah.

Ich verschränkte die Arme vor der Brust und hielt dem Blick des Fürsten weiter stand. Ich konnte nicht einmal wegsehen, als ich merkte, wie die Luft um uns herum begann, sich aufzuladen. Sie knisterte wieder – wie eben bei der Machtwelle. Das Leuchten in den Augen des Fürsten wurde intensiver und ich wusste, dass meine Augen jede Sekunde von blau zu schwarz wechseln würden. Dann kannte der Fürst auch unser anderes Geheimnis.

›*Dariel! Nicht!*‹ Magnus klang erschrocken in meinem Kopf. Offenbar tat ich endlich mal etwas, das ihn aus seiner sonst so stoischen Fassung brachte. Das ließ mich erst recht grinsen.

›*Dariel, Kumpel, hör auf mit dem Scheiß!*‹, knurrte nun auch Art und sprang rückwärts von meiner Schulter.

Feiger Verräter.

Dann begann es. Es sah aus, als würden feine Fäden aus violettem Licht von seinen Augen ausgehen und mich zu Boden ziehen. Und tatsächlich kniete ich mich gegen meinen Willen hin. Meine Arme nahmen eine andere, weniger offensive Haltung ein und mein Kopf neigte sich meinem Knie entgegen. Es war fast wie damals. Ich hatte keine Kontrolle über meinen Körper. Automatisch kam auch die Panik von damals wieder. Verdammter Mist! Was hatte ich da angestellt?! Magnus war nicht lebensmüde. Er würde sicher lieber mich opfern und – so hoffte ich wenigstens – mit Ginga und Artemis verschwinden, solange das noch ging.

Wieder war da dieses Ziehen in meinem Kopf. Diesmal noch stärker. Ich kniff die Augen fest zusammen. Es hieß ja immer, man sähe das Leben an sich vorbeiziehen, wenn man dem Tod ins Auge sehen musste. Ich sah nicht mein Leben. Weder das erste noch das zweite. Aber ich sah all die Menschen, die mir begegnet waren. Manche kürzer. Andere länger. Je nachdem, wie viel Anteil sie an meinem Leben gehabt hatten. Dafür, dass ich sie erst wenige Wochen kannte, nahm Ginga verblüffend viel Platz ein in diesem Gefühls-Flashback. Zu viel.

Irgendwo in weiter Ferne hörte ich eine tiefe Stimme. Magnus womöglich. Er war noch hier? Bevor ich weiter darüber nachdenken konnte, wurde ich zurückgeschleudert und landete einmal mehr mit dem Rücken voran auf dem Boden. Ein Schmerz wie von einer großflächigen Prellung zuckte durch meinen Körper. Aber dafür konnte ich ihn wieder bewegen.

Blitzschnell war ich auf den Beinen. Aber bevor meine vampirischen Instinkte die Kontrolle übernehmen konnten, tauchte Magnus Gesicht vor mir auf. Warme Hände legten sich auf meine Schultern. ›Dariel Jean Seine, ich denke, du hast deinen Standpunkt ausreichend deutlich gemacht.‹ Sein Blick bohrte sich in meinen – aber diesmal ohne in meinen Geist einzudringen. ›Bring mich bitte nicht in die Verlegenheit, noch weitere Gefallen einfordern zu müssen.‹

Ich spürte, wie mich eine betäubende Ruhe erfüllte. Mein Zorn ebbte ab und je mehr er verschwand, desto deutlicher realisierte ich, was für ein Glück ich eben gehabt hatte. Magnus musste den Fürsten irgendwie beruhigt haben. Er hatte mir gerade das Leben gerettet. Da war ich mir sicher.

Schon wieder.

Vielleicht war er ja doch kein so übler Typ. Ich schluckte und nickte leicht, zum Zeichen, dass ich verstanden hatte. Auch Magnus nickte. Dann ließ er mich los und wandte sich wieder dem Fürsten zu. Er breitete versöhnlich seine Arme aus und machte einen Schritt auf den Fürsten zu. Der musterte mich weiterhin unverhohlen verärgert über Magnus Schulter hinweg.

›Magnus erklärt dem Obermacker gerade, dass er dich genau deshalb ausgewählt habe. Du seist sehr gut darin, dich gegen die mentalen Angriffe anderer Druiden zu wehren und würdest dich nicht leicht einschüchtern lassen. Eigenschaften, die für einen

Wächter an einer Akademie wie der seinen von unschätzbarem Wert seien.‹

Er legte also mein negatives Verhalten als meine größte Stärke aus. Und das sollte funktionieren?

›Scheint so. Der Typ hört ihm zumindest zu. Und sieh dir seine Körperhaltung an: Er wirkt immerhin nicht mehr, als würde er dich umbringen wollen.‹ Ich folgte Artemis Rat und musterte vorsichtig den Fürsten. Er wirkte jetzt tatsächlich ruhiger. Er nickte sogar leicht. *›Magnus setzt gerade noch einen drauf: Wenn es selbst dem Princeps Primus schwerfalle, in deinen Geist zu sehen, dann sollte es keinem anderen Nafish möglich sein. Nicht einmal ihm selbst, Magnus, wäre das möglich. Er bezeichnet dich sogar als Naturtalent.‹*

Der Fürst nickte knapp. Dann fiel sein Blick auf Ginga und sie zuckte zusammen. Sicher wollte er jetzt wissen, ob sie wie ich war. Ich spürte ihre Angst, als er bedächtig auf sie zuging. Angst, die mir langsam den Rücken hochkroch. Ich gab mir alle Mühe, mich mutig und sicher zu fühlen – soweit sich das in diesem Augenblick beeinflussen ließ und in der Hoffnung, dass sie meinen Mut so spürte, wie ich jetzt ihre Angst.

Immerhin wich sie nicht vor ihm zurück. Dann blieb er vor ihr stehen. Sehr nah vor ihr. Es störte mich, wie nah er ihr war. Ich spürte den dringenden Wunsch, sie zu schützen und mich zwischen die beiden zu stellen. Das musste das Band sein. Es sorgte ja dafür, dass wir nicht nur gegenseitig unsere Gefühle mit-fühlten, sondern auch dafür, dass wir uns gegenseitig beschützen wollten.

Ich merkte an Gingas Haltung – und an der Leere, die plötzlich von ihr herüberwehte –, dass er jetzt in ihrem Kopf herumwühlte. Es dauerte unerträglich lang, bis er von ihr abließ und ich wieder etwas von ihr empfing. Ekel. Angst. Unsicherheit und … Wut.

Als mein Blick auf die Hände meiner Schöpferin fiel, sah ich, dass sie zu Fäusten geballt waren. Während sich der Fürst bereits wieder zu Magnus umgedreht hatte, um mit ihm über seine Erkenntnisse zu sprechen – oder was auch immer –, spürte ich eine Welle des Zorns, die von Ginga ausging und sich durch einen eisigen Blick von ihr auf den Hinterkopf des Fürsten Luft machte.

Da er uns nun sowieso nicht mehr beachtete, machte ich einen möglichst unauffälligen, seitlichen Schritt auf Ginga zu und drückte leicht ihre Hand. Das Schlimmste hatten wir überstanden.

Das hoffte ich zumindest.

***

Es dauerte noch eine gefühlte Ewigkeit, bis der Fürst seine Diskussion mit Magnus beendete und sich wieder uns zuwandte. Schnell ließ ich Gingas Hand los und brachte etwas Abstand zwischen uns. Den Quatsch mit dem gesenkten Blick ließ ich jetzt. Das würde mir dieser Princeps Irgendwas sowieso nicht mehr abkaufen. Ich hatte mich in eine Haltung begeben, die für einen Unwissenden leicht und leger aussah, während sie mir zugleich einen sicheren Stand gab und die Möglichkeit, mich schnell in eine umfassende Deckung begeben zu können.

Magnus stand schräg hinter dem Fürsten und sah jetzt wieder um einiges entspannter und regelrecht zufrieden aus.

›*Ich* bin *zufrieden. Der Fürst akzeptiert meinen Wunsch und damit euch im Wächteramt der Akademie. Er wird euch einen Schwur abnehmen. Immer wenn er endet und einen von euch ansieht, dann sagt deutlich hörbar* ›consentio‹. *Damit stimmt ihr ihm zu.‹*

Consentio.

Ich sagte mir das Wort im Geist immer wieder vor, damit ich es nicht vergaß. Gleichzeitig fragte ich mich, ob ich wissen wollte, wozu wir da zustimmten.

Letztlich ging es um den Job an der Akademie, um den Schutz von Cara. So viel wusste ich. Dazu konnte ich zustimmen. Wäre ich dagegen, hätte ich diese schreckliche Reise durch dieses Port-Ding nicht mitgemacht. Und außerdem würde ich den Tag wohl nicht mehr überleben, wenn ich jetzt im entscheidenden Moment nicht zustimmte.

Also sagte ich drei Mal brav »Consentio« und fühlte mich dabei, als würde ich einen Telefonvertrag mit unglaublich undurchsichtigen Geschäftsbedingungen abschließen. Der Fürst nickte uns zu. Er sah nicht ganz so glücklich aus wie Magnus – vielleicht in etwa so glücklich wie ich –, aber zumindest kamen mir aus seinen Augen keine violetten Lichtfäden mehr entgegen.

›Streckt eure Hände aus‹, hallte nun wieder Magnus Stimme durch meinen Geist. Wir taten, wie uns geheißen war und der Fürst rief mit einem kleinen Fingerzeig durch die Luft – ganz ohne Hirtenstab oder sonstiges Zubehör – unsere neuen, höchst eigenen Mönchs-Wächter-Klamotten herbei. Sie landeten direkt in unseren Armen. Der weiße, dicke Stoff war erstaunlich leicht und durchwirkt mit dunkelroten Fäden, die vor allem die Nähte mit irgendwelchen Schriftzeichen verzierten.

Magnus musste mir nicht sagen, dass wir uns dafür zum Dank verneigen mussten. Das verstand sich irgendwie von selbst. Zumindest neigte ich leicht den Kopf und schaute möglichst dankbar.

Mit einer schwungvollen Geste drehte sich der Fürst um und rauschte davon. Seine langen Haare schwenkten noch etwas nach und hinterließen den Eindruck von fließendem Wasser.

Ich hätte nicht gedacht, dass unsere Audienz so enden würde. Oder dass sie so verlaufen würde. Zum einen war das alles wenig feierlich, zum anderen hätte ich erwartet, dass wir es wären, die diesen Saal zuerst verließen. Aber das war meine Chance, meine Neugier zu befriedigen. Endlich konnte ich mich umsehen. Und ich hätte es wirklich schade gefunden, wenn mir dieser Anblick verborgen geblieben wäre: Zu aller erst fiel mir die riesige Fensterfront vor uns auf. Der Saal war langgestreckt und während an seinem einen, kurzen Ende das hohe Eingangsportal war, bestand die andere Seite aus einem einzigen, riesigen Fenster. Es war durch Streben unterbrochen und sah so aus wie das große Bleiglasfenster einer ehrwürdigen Kathedrale. Die Streben bildeten ein merkwürdiges Muster. Ich konnte darin allerdings keinen tieferen Sinn erkennen – und auch keine Bilder, wie es in vielen Kirchenfenstern der Fall war. Kein Wunder: Sah man aus dem Fenster, war die Aussicht schöner als jedes Fensterbild es hätte sein können, dann fiel der Blick auf den weiten Himmel, das Meer und das Gebirge am Horizont. Als ich mich nach einer Weile endlich wieder abwenden konnte, drehte ich mich ein Stück und sah, was ich schon fast erwartet hatte: einen Säulengang je auf beiden langen Seiten des Saals. Auch hier waren die Säulen wie im Rest des Palastes hoch und sehr filigran. Sie trugen Bögen, die mit goldenen Inschriften und bunten Malereien verziert waren. Nun fehlte nur noch ein letzter Teil: Die Decke. Langsam hob ich meinen Blick. Sie zeichnete sich durch eine Reihe schmaler Fenster von den Wänden ab und zeigte eine unglaubliche Deckenmalerei, bei der die Sixtinische Kapelle in Rom vor Neid zu Staub zerfallen würde. Eine gigantische Weltkarte. Das also war Nafishur. Ich erkannte das große Meer in der Mitte und war mir sicher, dass wir uns gerade auf der Insel in seinem Zentrum befanden. Wo sonst sollte ein Weltenherrscher seinen Palast haben, wenn nicht hier im Zentrum seiner Welt. Ich sah Flüsse und Seen, Gebirge, eine Wüste und viel Grün.

Ich hätte sicher noch ewig an die Decke gestarrt und versucht, mir die Karte einzuprägen, wenn Ginga nicht an mir gezogen hätte. »Lass uns von hier verschwinden«, zischte sie mir zwischen zusammengebissenen Zähnen auf Französisch zu.

›Ginga hat recht. Bitte folgt mir.‹

Ich hätte erwartet, dass wir den Saal wieder durch das große Portal verlassen würden, aber stattdessen lief Magnus in die entgegengesetzte Richtung – auf das große Fenster zu. Was würde wohl jetzt wieder kommen? Nach einem Intergalaktischen Port, einem unsichtbaren, magischen Fahrstuhl und einer höchst instabilen Brücke.

Es war eine schmale, steinerne Wendeltreppe.

Ich empfand beinah so etwas wie Enttäuschung. Viel zu sehr hatte ich mich daran gewöhnt, dass hier einfach alles anders war, besonders. Die Wendeltreppe war hinter dem letzten rechten Säulenbogen verborgen und sah nicht so aus, als würde sie oft benutzt werden. Wir folgten Magnus einige Meter in die Tiefen der fliegenden Insel. Art saß wieder auf meiner Schulter. Sicher wollte er sich die Stufen ersparen.

Niemand sprach ein Wort. Nicht einmal in Gedanken.

Dann berührte Magnus mit seinem Stab in der handlichen Größe eine alte Holztür und murmelte etwas. Die Tür öffnete sich und gab einen Gang frei, der noch etwas dunkler war als die Treppe. Das einzige Licht hier unten ging von den goldenen Adern in der Wand aus. Und von Magnus weiß leuchtendem Stab.

Der Gang war nicht besonders lang. Schon nach wenigen Metern öffnete er sich in einen großen, wesentlich besser beleuchteten Raum. Überall an den Wänden hingen ovale Lichter, die an große, bodentiefe Spiegel erinnerten.

Sie kamen mir irgendwie bekannt vor.

»Dariel«, raunte mir Ginga zu und klammerte sich an meinen Arm. Sie musste nicht weitersprechen. Es hatte Klick gemacht. Ich wusste jetzt, was da rings um uns herum an der Wand hing.

»Ehrlich jetzt!? Muss das sein?« Ich wusste nicht, was mich mehr ärgerte: Die Tatsache, schon wieder mittels Port-Dings reisen zu müssen, oder die, dass wir so einen aufwändigen Hinweg auf uns genommen hatten, wenn es auch so viel einfacher gegangen wäre. Ich war hin und her gerissen.

»Die Ports im Palast sind gewissermaßen Einbahnstraßen. Sie funktionieren nur in eine Richtung. Eine Sicherheitsvorkehrung.« Das war das erste Mal, dass Magnus wieder mit seiner normalen Stimme zu uns sprach – wenn auch sehr leise. Offenbar ging er nicht davon aus, dass uns jemand hierher gefolgt war.

Ich seufzte gequält. Sollten wir wirklich erneut mittels Port reisen? Eigentlich war ich ganz froh, wieder sehen zu können und all das. Es war anstrengend genug gewesen, größtenteils die Luft anzu-halten. Hier unten roch es im Übrigen so moderig und feucht, wie in jedem zweiten, alten Keller in Paris.

»Diese Ports führen uns an verschiedene Orte in Nafishur. Es sind also Inlandsports. Sie sind weder so hell, noch so anstrengend wie die Ports, die nach Luv führen.« Während Magnus dozierte, drehte er sich im Kreis und inspizierte die Lichtdinger um uns herum auf der Suche nach dem richtigen Port. »Ha! Da ist es ja!« Er zeigte auf eins, das sich zu meiner Linken befand. »Ich glaubte schon, Sherko nochmals bemühen zu müssen. Die Wahl des richtigen Ports ist essenziell.« Essenziell. So, so. Das von ihm gewählte Port sah kein Stück anders aus als die anderen. Wie konnte Magnus die Dinger auseinanderhalten? »Dariel Seine, würdest du dieses Mal wohl auf mich hören und die Augen fest schließen? Ich denke, dann solltest du unbescholten am anderen Ende ankommen. Jetzt ist es weniger ein Flug, als mehr eine kurze Wanderung. Ich werde euch führen.«

Ich nickte. Es war wohl besser so. Etwas Vertrauen würde nach all dem, was ich heute erlebte hatte, drin sein. Immerhin hatte mir Magnus nun schon zweimal das Leben gerettet, seit wir in Nafishur angekommen waren.

Toller Wächter.

Wirklich.

Wir gingen auf das Port zu und Magnus vollführte wieder seinen kleinen Trick mit dem Hirtenstab. In der Zwischenzeit gruben sich Artemis Krallen in meine Schulter und Ginga umklammerte meinen Oberkörper wie Schlinggras. Die gleiche Prozedur wie letztes Mal. Ihr Gesicht verbarg sie an meinem Hals und diesmal überwand ich alle Gründe, die dagegensprachen, und vergrub meins in ihrem Haar. Sofort richteten sich all meine Sinne nach ihr aus. Ich spürte ihre seidige Haut an meiner, ihr feuerrotes Haar kitzelte mich; und auch ohne zu atmen, stieg mir ihr exotischer Duft in die Nase. Ein heißer Schauer überrollte mich, wie er in dieser Situation nicht unpassender hätte sein können. Ich war drauf und dran, sie wieder von mir zu schieben, aber in diesem Augenblick ging es los und ich beschloss, mein Bestes zu geben und mich zusammenzureißen – zu Gunsten meiner strapazierten Sinne.

»Kommt jetzt.« Ich spürte Magnus Hand auf meiner freien Schulter. Er dirigierte mich vorwärts. Das erinnerte mich an diese dämlichen Vertrauensübungen, die wir einst in der Schule hatten machen müssen: Sich blind durch ein Zimmer voller Hindernisse führen lassen. Genau das richtige für einen Hunter, der chronisch misstrauisch war. »Einen Fuß vor den anderen.« Das war leichter gesagt, als getan. Magnus war weder blind, noch hatte er eine Frau am Hals, die sich nur stockend rückwärts bewegte. Aber immerhin schien Magnus recht zu haben: Es war hell, aber das Licht blendete mich nicht durch meine Augenlider hindurch. Es gab auch keinen Wind. Es war vollkommen still. Ich konnte nicht einmal unsere eigenen Schritte hören. Was das Gehen und die Orientierung übrigens nicht gerade erleichterte.

Nach ein paar Metern vernahm ich ein leises Zischen und dann ein Knarren, dann erhielten unsere Schritte ihren Klang zurück. Als würden wir nicht mehr über Watte laufen, sondern plötzlich über Fliesen.

»Ihr könnt die Augen jetzt wieder öffnen.«

Für einen Moment lenkten mich noch Gingas Lippen ab, die über meinen Hals strichen, aber dann öffnete ich die Augen und richtete mich auf. Ich war erleichtert, als ich merkte, dass ich noch immer sehen konnte. Dann nutzte ich meinen so wichtigen Sinn: Vor mir sah ich ein … Büro. Ein klassisches, schönes Arbeitszimmer. Klassisch bis auf … Langsam glitt mein Blick von den weißen, zugestellten Wänden und den antiken Möbeln zum Fußboden. Was war das für ein Belag? Wie eine Fotografie … Ich wich ein Stück zurück und stieß dabei gegen Magnus. Es war mir egal. Der Boden veränderte sich. Er war … Er war gläsern! Das war kein Foto, das da unter uns war die Realität!

Unter uns waren Dächer und Bäume zu sehen, ein großer Innenhof mit wiederum einem gigantischen Baum. Einige Türme reckten sich uns entgegen, aber keiner war so hoch wie wir.

»Was zum …« Mehr bekam ich nicht heraus. Hinter uns hörte ich erneut ein leises Knarren, dann schob sich Magnus an uns vorbei und lief ohne zu zögern über den durchsichtigen Boden. Man sah nicht einmal eine Spiegelung oder Stahlträger oder irgendwas, das an eine Halterung mit Glasplatten erinnerte. Aber keiner von uns fiel, also musste es doch einen Fußboden geben.

»Entschuldigt bitte. Einen Augenblick.« Unser bescheidener Helfer in Fragen der Magie tippte mit seinem Zauberstab gegen ein Buch in einem der Bücherregale und murmelte etwas. Innerhalb von Sekunden breitete sich ein dunkler Holzfußboden unter uns aus. Das erschreckte mich nicht minder. Ich wich vor ihm zurück, bis ich mit dem Rücken an etwas stieß, das genauso kalt war wie ich. Ich drehte mich um und starrte mich selbst an.

Dann sickerte die Erkenntnis nach: Ein Spiegel.

War da nicht eben noch das Port gewesen?

Als ich mich dann wieder an den merkwürdigen Fußboden erinnerte und auf meine Füße starrte, standen sie auf einem soliden

Holzfußboden. Ich hatte nicht einmal bemerkt, wie er sich unter mir ausgebreitet hatte. Verdattert drehte ich mich mit meinem ›Gepäck‹ wieder zu Magnus um, der nun freundlich vor sich hin lächelte. Nachdem ich fragend eine Braue hob, begann er zu erklären. Aber diesmal dozierte er wenigstens nicht in meinem Kopf.

»Es gibt verschiedene Wege, Magie zu wirken. Es gibt Zaubersprüche – die sind kurz und benötigen meist einen Druidenstab zur Stabilisierung. Es gibt Zauberformeln – die benötigen einen fairen Austausch: Man gibt in dem Maß, in dem man etwas erhält. Und dann gibt es Bannzauber – die sind an bestimmte Gegenstände oder Orte gebunden und können über eine Art Passwort ausgelöst werden. Sicher hast du bereits erraten, welcher Zauber dem veränderten Fußboden zu Grunde liegt.«

»Ein Bannzauber«, murmelte ich und starrte das Buch an, das Magnus berührt hatte, um seinen Fußboden zurück in Holz zu verwandeln. Wozu war das gut? War das eine Art Diebstahlsicherung oder ging es einfach um die Aussicht?

Diesmal bekam ich keine Antwort auf meine unausgesprochene Frage. Schade.

Art war der erste von uns, der sich etwas weiter in den Raum hineinwagte. Er sprang von meiner Schulter und tigerte an den Bücherregalen entlang. Das Zimmer schien kein Ende zu haben. Es war kreisrund und hatte nur in der Mitte eine dicke runde Säule, in der eine Tür war. *Wie ein gigantischer Donut*, ging es mir durch den Kopf. Von meinem Standpunkt aus sah ich rechts von uns eine ziemlich gemütlich aussehende Sitzecke mit einem Kamin an der Außenwand und etwas links von mir einen großen alten Schreibtisch. Wo die Wände nicht mit Bücherregalen zugestellt waren, hingen Bilder. Größtenteils Landschaften. Hinter dem Schreibtisch war ein großes Fenster, das – wenn auch in anderen Dimensionen – an das im Palastsaal erinnerte: bodentief, mit Bleiverzierungen.

Was für ein Ort war das?

»Willkommen an der Fürstlichen Feuermagieakademie für Magie und Zauberei in Zambala«, sagte Magnus daraufhin, als hätte er nur auf die Frage in meinem Kopf gewartet. Er lehnte an seinem Schreibtisch und beobachtete uns neugierig. »Das hier ist das Dekanat. Mein Büro. Ein schöner Ort, um von hier aus die Akademie kennenzulernen.«

»Dein Büro«, wiederholte ich und erkannte meine Stimme dabei kaum. Also war er der Dekan der Akademie, zu der er Cara eingeladen hatte. Im Grunde keine wirkliche Überraschung. Ich nickte.

Während meine Augen weiter den Raum erkundeten, versuchten meine Hände, die rothaarige Schlingpflanze von meiner Hüfte zu lösen. Ginga half offenbar auch der Holzfußboden nicht dabei, sich wohl zu fühlen.

»Ganz genau. Ich habe ganz gern den Überblick«, ergänzte er, als würde das irgendwas erklären. Man könnte auch sagen, Magnus stand gern über den Dingen, aber wer wollte ihn schon als eitel bezeichnen? Er war doch schließlich nur ein bescheidener Helfer in Fragen der Magie. Und der Dekan dieser Uni. Oder Akademie. Oder was auch immer.

»Na schön. Also. Wir sind dem Fürsten …«, ich suchte nach dem passenden Begriff, »vorgestellt worden.« Vorsichtig schob ich Ginga zu einem Sessel und drückte ihr unsere Gewänder in den Arm. Ihre Hände waren eisig. »Und jetzt sind wir in der Akademie. Du hast gesagt, hier würdest du uns das Ganze erklären.« Ich verschränkte die Arme vor der Brust. »Ich höre.«

Magnus räusperte sich leise, dann stieß er sich vom Tisch ab und gesellte sich zu uns in die Sitzecke. »Du hast völlig recht. Ich möchte euch nur um eines bitten: Verschwiegenheit. Selbst wenn das bedeutet, dass ihr Cara im Unklaren lassen müsst.« Er sah ernst aus und wenig glücklich. Ein Geheimnis vor Cara haben zu müssen, belastete mich nicht unbedingt. Aber dass ausgerechnet er uns darum bat, machte mich unruhig.

»Solange ich es für verantwortbar halte, werde ich mich daran halten.« Ich ließ mich auf der Armlehne von Gingas Sessel nieder, nachdem sie zögerlich an meiner Hand gezogen hatte.

Magnus nickte. »Also gut. Mehr kann ich wohl kaum erwarten. Vor drei Wochen, also etwa zu der Zeit, zu der auch ihr immer wieder angegriffen wurdet, verschwand unser Wächter Francesco. Es scheint fast so, als hätte er sich einfach in Luft aufgelöst. Aber bei aller Magie in Nafishur: Das ist nicht möglich. Zumindest nicht für ihn und nicht ohne die Hilfe eines anderen.«

»Deshalb der Brief, der uns zu Wächtern berufen hat?«

Magnus nickte. »Wer immer Francesco … hat verschwinden lassen, soll wissen, dass er den Schutz der Akademie nicht geschwächt hat.«

Deshalb also auch zwei Wächter.

»Das Prinzip der Hydra: Wo ein Kopf abgeschlagen wird, wachsen drei neue nach.«

»Drei?«

Magnus lächelte und nickte in Artemis Richtung. Der blieb prompt stehen und fixierte Magnus mit einem zufriedenen Blick. *›Wenigstens einer erkennt meine Fähigkeiten an.‹*

»Okay. Und weiter? Was erwartest du dir von uns? Wir kennen diese Welt nicht, wir sind ›etwas‹ empfindlich gegenüber Feuer und damit in diesem Reich wohl nur ein weniger guter Schutz.«

»Deine Schöpferin kennt diese Welt. Aber was noch wichtiger ist: Diese Welt kennt dich nicht.«

Ich sah ihn irritiert an. Wie meinte er das? Die Welt kannte mich nicht. War das ein Vorteil? Wen meinte er mit ›die Welt‹?

»Ich will damit sagen: Wen auch immer ich in Nafishur um Hilfe bitten würde, ich könnte mir nicht zu hundert Prozent sicher sein, dass diese Person nichts mit Francescos Verschwinden zu tun hat. Ich brauche hier eine Person, der ich vertrauen kann.« Egal wie ernst Magnus mich ansah, im ersten Moment war mir nach Lachen zumute. Ausgerechnet *er* vertraute ausgerechnet *mir*? »Es mag dir absurd vorkommen, aber gerade dein naturgegebenes Misstrauen, das sich nicht von Macht oder Stellung blenden lässt, ist in diesem Fall wertvoll. Du magst mir nicht trauen.« Aber er traute *mir*. Das sagte mir der lange, ernste Blick, der jetzt auf mir ruhte. »Aber das musst du auch nicht, um zu helfen. Verdächtige auch mich. Das wäre nur recht und billig. Ich hatte eine ›Verbindung zum Opfer‹, so heißt es doch in euren Kriminalromanen immer. Unser Wächter ist mir viele Jahre ein treuer Freund gewesen. Ein Freund, den ich einst in Luv fand.« Ach, deshalb der Name. Ein Italiener … Und deshalb wieder ein Wächter aus Luv … Magnus zu verdächtigen, war natürlich Unsinn und das wusste er auch selbst. Warum hätte er zwei neue Wächter berufen sollen, wenn er der Täter gewesen wäre?

»Dafür, dass du so mächtig bist, bist du ausgesprochen misstrauisch. Das hätte ich, um ehrlich zu sein, nicht erwartet.« Ich musterte den Mann vor mir noch einmal. Er wirkte jünger und älter zugleich. Jünger, weil die grauen Strähnchen in seinem Haar, die er noch bei unserem letzten Zusammentreffen in Paris gezeigt hatte, auf wundersame Weise verschwunden waren. Älter, weil sein Blick von ehrlicher Sorge getrübt war. Zumindest war ich mir ziemlich sicher, dass diese Sorge echt war.

»Gerade Macht bringt Misstrauen mit sich. Es gibt jene, die ein Bad in dieser Macht nehmen wollen, und es gibt jene, die sie ganz an sich bringen wollen. Es gibt solche, die die Macht fürchten, und solche, die sie begehren. Einen Nafish zu finden, der weder zu der einen noch zu der anderen Sorte gehört, ist sehr schwer.«

In Magnus Worten schwang Einsamkeit mit und zum ersten Mal seit ich ihn kannte, spürte ich so etwas wie Sympathie für diesen seltsamen Mann. An der Spitze der Macht war es einsam und gefährlich. Und so vertraut, wie er mit dem Fürsten war, gehörte er definitiv an die Spitze der Macht.

»Francesco kam auf meine Bitte hierher. Ich hatte vor, ihm eine Zukunft zu geben, nicht sie ihm zu nehmen.« Er sah erst Ginga und dann mich ernst an. »Bitte helft mir, diese Akademie zu schützen und Francesco wiederzufinden.«

»Und denjenigen, der für sein Verschwinden verantwortlich ist«, ergänzte ich. Magnus nickte. »Nach Möglichkeit auch das, ja.«

Ich stand auf und zog auch Ginga aus ihrem Sessel.

»Also schön. Ich habe geschworen, Menschen zu schützen. Ich nehme an, das bezieht sich nach meinem aktuellen Wissensstand auch auf Nafish. Nur eine Frage habe ich noch.«

»Die da wäre?« Magnus richtete sich ebenfalls auf.

»Warum suchst du nicht selbst nach ihm? Ich meine: Mit all deiner Macht und deinem Einfluss, sollte es da für dich nicht leicht sein?«

»Ich wünschte, es wäre mir möglich.« Er ging um uns herum zu seinem Schreibtisch und strich über eine seltsame Blume, die auf seinem Tisch stand. Ihr Kelch richtete sich daraufhin auf und öffnete sich etwas. Merkwürdiges Ding, aber nicht merkwürdig genug, um mich von dem merkwürdigsten Etwas in diesem Raum abzulenken.

War das alles? Er wünschte, es wäre ihm möglich?! Und ich wünschte, ich bekäme eine bessere Antwort! Der Anflug von Sympathie für Magnus war so schnell verschwunden, wie er gekommen war. Aber ihn schien das nicht zu kümmern.

Warum auch?

Plötzlich sprach Magnus nur noch unverständliches Zeug. Mit wem redete er da? War das Nefishit? Klang beinah wie Latein. Zumindest sah ich vor meinem geistigen Auge zwei Römer miteinander sprechen. Im Palast war ich zu abgelenkt gewesen, um mich auf die Sprache zu konzentrieren. Jetzt lauschte ich angestrengt – und erfolglos. Aber ich hatte auch nie Latein gelernt.

Magnus hob den Blick und musterte mich. Dann hellte sich seine Miene auf. Er kam wieder auf mich zu. »Entschuldige. Ich habe noch eine Kleinigkeit vergessen. Während Ginga wieder in ihrer Heimat ist, brauchst du etwas Hilfe, um Nefishit zu verstehen und zu sprechen.« Ach was. Das fiel ihm früh wieder ein. Wie wollte er mir da helfen? Sprachunterricht geben? Magnus umkreise mich und tippte sich dabei nachdenklich gegen sein Kinn. »Natürlich könnte ich dir Nefishit direkt in den Kopf setzen. Aber eigentlich begrüße ich es, dass du auf Französisch denkst …«

Ach so! Deshalb hatte er mir nicht schon vor dem Fürsten geholfen, die Sprache zu verstehen. Deshalb hatte der Fürst so wütend reagiert. Es ging nicht darum, dass ich den Fürsten nicht verstand. »Du vertraust nicht mal deinem Fürsten? Weiß er das?«

Magnus warf mir einen undefinierbaren Blick zu. Was war das? Ärger? Eine Drohung? Es war, als klopfte etwas Negatives an seine so sorgfältig gepflegte äußere Gutnafish-Fassade. Aber der Blick hielt nur einen Sekundenbruchteil. Dann hatte er sich wieder unter Kontrolle.

»Ich vertraue unserem Fürsten sehr wohl. Aber ich vertraue nicht jedem Bewohner des Palastes. Es gefällt mir nicht, aber ich muss vermuten, dass mein … dass jemand Einfluss auf die Wächter und

Berater nimmt. Womöglich sogar auf die anderen Großmeister und den Fürsten selbst.«

Sein was? Ein eisiges Paar Augen tauchte vor meinem Geist auf. Sein Bruder? Was es das, was er fast verraten hatte? Ich lieferte mir mit Magnus ein Wettstarren. Ich hatte mir vorgenommen, nicht zuerst wegzusehen.

Er seufzte leise und wandte den Blick ab. Wieso fühlte ich mich dennoch nicht, als hätte ich gewonnen? »Dariel. Ich würde dir gern auf magischem Weg einen ... wie heißt das so schön? ... einen Crashkurs in Nefishit geben.«

»Das ist nett gemeint. Aber ich war nie sehr gut in Fremdsprachen. Ich bezweifle, dass es mit einem Crashkurs getan ist.«

Magnus hob seinen Zauberstab hoch.

»Druidenstab. Es heißt Druidenstab, Dariel. Auch wenn ich dir helfe. Ein falscher Fachbegriff bleibt ein falscher Fachbegriff.«

Ich verdrehte die Augen. Aber ich wurde schlagartig ernst, als Magnus Gesicht nur noch Zentimeter von meinem entfernt war und zwischen uns sein verdammter *Druiden*stab auftauchte.

»Entspann dich. Ich werde dir meine Sprachkenntnis übermitteln. Es wird so sein, als hättest du von früh auf auch Nefishit gelernt. Als wäre es eine vollkommen vertraute Sprache für dich.«

Da hatte ich so meine Zweifel. Magnus ignorierte das gekonnt, schloss die Augen und hob den Stab an seine Schläfe. Der Stab begann zu leuchten. Er blendete mich und so neugierig ich auch war, irgendwann wurde das Licht so hell, dass ich die Augen zukniff. Was weißes Licht anging, war ich vorsichtig geworden.

Nach einer Weile spürte ich an meiner linken Schläfe ein leichtes Prickeln. Ich fuhr zusammen, aber es war schon zu spät. Magnus hielt seinen leuchtenden Druidenstab nun wohl an meine Schläfe und auch wenn ich die Augen inzwischen weit aufgerissen hielt, konnte ich Magnus vor mir kaum erkennen. Es war, als hing ein Vorhang zwischen uns. Ein Vorhang aus Worten. Sie hallten durch meinen Kopf und flogen vor meinem geistigen Auge vorbei. Ich sah eine merkwürdige Schrift, die immer vertrauter wurde, und hörte Worte, die nach und nach mehr Sinn ergaben.

Ich wusste nicht, wie lang wir so dastanden. Irgendwann versiegte der Strom an Worten. Ich blinzelte und das Arbeitszimmer tauchte wieder vor mir auf. Magnus hingegen nicht. Er stand schon wieder bei dieser merkwürdigen Pflanze auf seinem Schreibtisch.

»Tasco, wo bleibt Patronus Silva?«

Irritiert sah ich zu Magnus. Wen wollte er sprechen? Und wem sagte er das?

»Patronus Silva ist nicht in der Akademie zu finden, Großmeister Athanasius«, hallte eine fremde Stimme durch den Raum.

»Hm. Dann komm her und hole du unsere neuen Wächter ab.«

»Sehr wohl!«

Als Magnus sich wieder uns zuwandte, sah ich ihn herausfordernd an. Wie hatte er sich das alles vorgestellt? »Was soll das? Wer ist das alles? Silva? Tasco? Athanasius? Und wie soll ich mit denen sprechen?«

»So, wie jetzt, würde ich dir empfehlen.«

Jetzt erst sickerte die Erkenntnis nach. Ich hatte gerade gar nicht Französisch gesprochen. Und Magnus und sein unsichtbares Gegenüber auch nicht.

»Ich … ich kann Nefishit?!« Ich starrte abwechselnd Ginga und Magnus an. Beide nickten mir zu. Wobei Ginga nicht ganz so zufrieden aussah. »Was ist. Spreche ich schlecht?«

»Zu gut«, murmelte sie leise.

›Ich glaube, die Kleine hat sich darauf gefreut, dass du so über ihre Sprache stolperst, wie sie über deine.‹ Na sowas. Erst schwiegen die beiden und kaum sprach ich eine andere Sprache, erwachten auch Ginga und Art wieder zum Leben.

»Natürlich wäre es besser, wenn du die Sprache auf normalem Wege lernen würdest, aber ich schätze, dafür bleibt dir keine Zeit. Du darfst nicht auffallen.«

Also sollte ich es wohl für mich behalten, dass ich kein Nafish war. Auch vor diesem … Tasco? »U-und jetzt? Wer war das eben? Und wo war er?«

»Natürlich war er in seinem Büro. Das hier«, er deutete auf die merkwürdige Pflanze mit einem Blütenkelch wie eine große Schlüsselblume, »ist eine Oratio Remota. Von den Lehrlingen auch

Oramota genannt. Eine Art Telefon. Ihr Prinzip funktioniert nur auf kurzen Strecken wie innerhalb eines Gebäudes. Ähnlich wie ein Dosentelefon in Luv.«

Aha. Blumen als Telefon? Ja, das war natürlich offensichtlich …

Es vergingen ein paar Minuten, in denen niemand sprach, aber viel gedacht wurde. Ich fragte mich zum Beispiel, ob wir nun zum Schutz hier waren oder um Detektiv zu spielen. Magnus behielt seine Gedanken ausnahmsweise für sich. Aber sein Blick ruhte auf uns und ich hätte wirklich zu gern gewusst, was ihm in diesem Moment durch den Kopf ging.

Dann hörten wir Schritte vor der Tür, dicht gefolgt von einem Klopfen. Noch bevor irgendjemand ›Herein‹ gesagt hatte, öffnete sich die Tür und ein Mann betrat das Zimmer. Er sah aus wie ein ziemlich schmächtiger Mensch. Sein Gesicht war eingefallen und unter seinen Augen lagen tiefe Schatten. Er war wahrscheinlich um einiges jünger als Magnus, auch wenn er zurzeit eher älter aussah. Wenn das kein Vampir war, dann brauchte der Kerl dringend Urlaub.

Dem laut hämmernden Herzschlag nach war letzteres der Fall.

Magnus richtete sich lächelnd auf und lief auf ihn zu. Offensichtlich hatte er wieder zu seiner alten Ich-bin-immer-gut-drauf-Form zurückgefunden. »Ah! Tasco! Da bist du ja!«

»Magnus Magister Athanasius?« Der schmächtige Typ ergriff sofort diensteifrig das Wort. *Athanasius* … Damit meinte er Magnus, richtig? Aber er hieß doch Cronos! Verdammt! Selbst wenn mir Magnus seinen Nefishit-Crashkurs verpasst hatte … Das allein würde mich nicht davor bewahren können, mich zu enttarnen. Woher sollte ich wissen, wen man hier wie ansprach. Das Einzige, was ich mir inzwischen merkte, war, dass Magnus Zauberstab Druidenstab hieß.

Aber es war sinnlos, sich jetzt darüber den Kopf zu zerbrechen. Es war sowieso schon zu spät für einen Rückzieher. Stattdessen sollte ich versuchen, die Situation im Auge zu behalten. Der Vampir-verschnitt von einem Nafish verbeugte sich gerade tief und ehrfürchtig vor Magnus. Neugierig verglich ich diese Verbeugung mit der von Magnus vor seinem Fürsten. Diesmal fühlte es sich richtig an. Diese blasse Gestalt war im klassischen Sinne ein Untergebener.

»Tasco. Ich danke dir für dein promptes Kommen. Ich möchte dir unsere neuen Wächter vorstellen. Ginga Stokes und Dariel Jean Seine.« Wir nickten leicht. Tasco hingegen erstarrte sichtlich, als Magnus mich vorstellte. War an meinem Namen irgendetwas seltsam oder hatte er mich so schnell durchschaut? Sah er mir den Vampir an? Oder zumindest die Tatsache, dass ich nicht aus dieser Welt stammte? Plötzlich fühlte sich mein Mund scheußlich trocken an und ein Stechen bohrte sich in meinen Kiefer. Merkwürdig. Die Situation macht mich fast nervöser als unser Treffen mit dem Fürsten. Umso starrer blieb ich stehen. Ich wollte mir meine innere Unruhe um keinen Preis anmerken lassen.

»Mein Name ist Tasco Opera. Ich habe die Ehre, der Sekretär des Dekans zu sein.« Glücklicherweise fing sich Tasco schnell wieder und verneigte sich dann ebenso vor uns. Auch wenn er diesmal nicht seine Zehenspitzen dabei küsste, war mir diese Geste doch unangenehm. Dafür, dass unser bescheidener Helfer ja ach so bescheiden war, hatte ihm die Verbeugung eben viel zu gut gefallen.

Zumindest hatte sie ihm nichts ausgemacht.

Nach der allgemeinen Vorstellungsrunde trat betretenes Schweigen ein. Wir musterten und analysierten uns gegenseitig. Mein Blick fiel auf die weißen Gewänder, die Ginga noch immer fest umklammert hielt. Wir waren sicher alles andere als angemessen gekleidet. Das fiel mir nicht zum ersten Mal auf. Aber erwartete man ernsthaft, dass wir den ganzen Tag in diesen Mönchskutten herumlaufen würden?

Nach einer Weile räusperte sich Magnus leise und klärte uns endlich auf. »Ich habe dich rufen lassen, um unsere Wächter angemessen zu empfangen, Tasco. Es gibt noch einige wichtige Angelegenheiten für die Weihzeremonie zu klären. Doch zuvor möchte ich dich bitten, diese beiden mit Johanna bekannt zu machen. Sie soll ihnen das Akademiegelände zeigen, bis Patronus Silva wieder zurück ist.«

»Johanna?! Aber Magnus Magister Athanasius! Sie ist doch nur die …«, er brach mit Blick auf uns ab.

Magnus lächelte sein spezielles Lächeln und nickte nur. Dann trat er auf Ginga und mich zu. »Wir werden später noch einmal miteinander sprechen. Wenn es euch recht ist, werde ich euch am späten Abend in eurer Unterkunft besuchen. Jetzt muss ich mich leider ein wenig beeilen.« Also schön. Ich nickte und ging auf diesen Tasco zu. Der werte Magnus Magister oder Magister Cronos oder Athanasius oder wie auch immer würde uns also mit seinem Sekretär allein lassen. Das konnte interessant werden – so wie er uns oder vielmehr mich angesehen hatte.

Noch bevor wir das Zimmer verließen, saß Art wieder auf meiner Schulter und Gingas Hand griff nach meiner. Der Gedanke, von fremden Feuerdruiden umgeben zu sein, gefiel mir auch nicht gerade. Aber Magnus würde uns doch nicht hier allein lassen, wenn es gefährlich wäre. Zumindest hoffte ich das. Die beiden mussten dringend an ihren Phobien arbeiten, wenn wir hier zurechtkommen wollten.

KAPITEL III

Als wir Magnus Büro verlassen hatten, standen wir auf halber Höhe auf einer erschreckend langen Wendeltreppe. Sie war vollkommen weiß und mein Wunsch, in ihrer Mitte zum Boden hinab zu blicken, hielt sich in Grenzen.

Ich konzentrierte mich auf die Stufen zu meinen Füßen und den Hall unserer Schritte. All das Weiß um uns herum erinnerte mich unangenehm an meine letzte intergalaktische Reise. Aber wenigstens leuchteten die Steine nicht. Zumindest nicht weiß. Überall zogen sich dünne rote Adern durch Wände, Böden und Decken – wie Blutgefäße durch einen lebenden Organismus. Das Rot schien regelrecht zu glühen, aber vielleicht war der Anblick auch nur zu viel für meine vampirische Fantasie.

Tasco lief uns voraus. Er raste regelrecht die Treppe hinunter. Ich hörte den zu schnellen Herzschlag und die gehetzte Atmung. Hatte er Angst vor uns? Oder vor Magnus? Oder hatte er es einfach nur eilig? »Ich hoffe, alles wird zu Eurer Zufriedenheit sein«, begann er irgendwann zu plappern. »Wir haben selten adligen Besuch aus Xamax.«

Ich wollte gerade fragen, wovon zum Teufel er da sprach, als Ginga stolperte und ich damit beschäftigt war, sie am Fallen zu hindern. Sie hielt sich an mir fest und sah mich mit ihren leuchtend grünen Augen an. Sie wirkten schon um einiges lebendiger als noch eben im Büro. Sie schüttelte kaum merklich den Kopf und zischte nur »Nicht fragen. Ich erklär es dir später!«

Ich nickte leicht, stellte Ginga wieder auf ihre eigenen Füße und sah dann Tasco möglichst adlig an. »Nun. Außergewöhnliche Umstände erfordern außergewöhnliche Maßnahmen.«

Wir wurden durch ein schier endloses Labyrinth aus weißen Gängen und roten Rissen geführt und ich fragte mich ernsthaft, ob wir – vampirische Sinne und gutes Gedächtnis hin oder her – eine Chance haben würden, uns hier allein zurecht zu finden.

»Wir … wir sind gleich da. Ich würde Euch bitten, am Lucernabaum zu warten, während ich die K … Johanna hole. Sie wird jeden Augenblick bei Euch sein.« Mit diesen Worten durchquerten wir eine große, hohe Halle, die sich über mehrere Etagen erstreckte und an deren Ende sich ein großes Portal befand. Vielleicht hatten wir ja endlich den Ausgang erreicht. Ich wusste zwar nicht, was ein ›Lucernabaum‹ war, aber ›Baum‹ klang zumindest nach einem Draußen.

Wenige Sekunden später bewahrheitete sich meine Theorie. Tasco öffnete ein großes Portal. Es sah alt aus und im Vergleich zum Rest irgendwie gewöhnlich: wie eine große, alte Holztür eben aussah. Doch während sie Tasco aufschob, klang sie, als sei sie zehn Mal so groß und schwer. Sicher wieder irgendein Hokuspokus. Damit war an einer Zauberakademie ja zu rechnen. Und daran sollte ich mich besser schnell gewöhnen, wenn ich nicht auffallen wollte.

Als wir aus dem Portal hinaustraten, war ich für einen Augenblick geblendet. Zum Glück wirklich nur für einen Augenblick. Dann tauchte langsam alles vor mir auf: Ein großer, belebter Platz, umgeben von Säulengängen und weiteren alt aussehenden Gebäuden und in, um und auf all dem viele Nafish in rot-schwarzen Umhängen. In der Mitte des ganzen Trubels stand ein riesiger Baum. Er sah etwas herbstlich aus. Zwischen das Grün hatten sich so einige goldene Blätter gemischt. Aber es lag nicht ein Blatt unter dem Baum. Das war dann wohl ein Lucernabaum. Ich versuchte, das beeindruckende Bild des Baums zusammen mit seinem Namen abzuspeichern.

»Also gut. Ich bin gleich zurück! Wartet bitte hier!«

Wir nickten und wichen vor der blauen Mittagssonne zurück in den Schatten des Baums. Die Nafish um uns herum – dem Alter nach wohl alles Lehrlinge – musterten uns neugierig. Einige schienen die weißen Stoffe zu erkennen, die über Gingas Arm hingen. Immer wieder kamen Lehrlinge wie zufällig nah an uns vorbei, aber uns anzusprechen, traute sich keiner.

›Ich habs mir irgendwie voller vorgestellt. Viel ist ja nicht los‹, meldete sich Art mal wieder zu Wort. Er wartete offenbar nun die Momente ab, in denen wir allein waren. Ein Vorgehen, dass ich wirklich begrüßte. Es gab genug, dass wir verheimlichen mussten – auch ohne sprechende Katze.

›Kater. Und keine Sorge. Ich werde diese Akademie jetzt auf meine Weise erkunden. Dann seid ihr mich erstmal los. Es gefällt mir nicht, von jemandem abhängig zu sein und nicht zu wissen, wo ich bin.‹

Das klang für mich eher, als würde ein gewisser Kater nach einer gewissen Katze suchen wollen. Ich konnte nur hoffen, dass Art keine Dummheiten anstellte.

›Unfug. Diese Zicke kann mir gestohlen bleiben.‹

Im nächsten Augenblick war der Casanova von meiner Schulter gesprungen und stolzierte durch einen der Torbögen aus unserem Sichtfeld.

Ich beugte mich etwas zu Ginga hinunter. »Ist jetzt später?«

Sie wollte mir doch das mit den Adligen aus Xamax erklären. Ginga öffnete gerade die Lippen, um mir zu antworten, als sich das Portal erneut öffnete und Tasco – nun in Begleitung – wieder auftauchte. Er lief schnell und machte noch immer einen durch und durch gehetzten Eindruck. Neben ihm stampfte eine Dame mittleren Alters her, der sein Tempo gar nicht zu gefallen schien. Neben ihr sah er noch schmächtiger und überarbeiteter aus. Sie hingegen wirkte wie das blühende Leben: braungebrannt und mit geröteten Wangen. Die strohblonden Haare waren in einer komplizierten Flechtfrisur hochgesteckt. Ihre Augen funkelten vor Tatkraft und Neugier. Einen krasseren Kontrast hätte man kaum erfinden können, als ihn diese beiden Gestalten vor uns abgaben.

»Ich weiß gar nicht, womit ich diese Ehre verdient habe! Dass Magnus Magister Athanasius Cronos nach *mir* rufen lässt!«, eröffnete diese Urgewalt das Gespräch, noch bevor sie uns erreicht hatte.

»Eine Ehre?«

»Aber ja. Der Großmeister schickte extra seinen Sekretär! Ich hab nicht schlecht gestaunt, als Tasco in meiner Küche auftauchte und mich um diesen Gefallen bat. Er meinte, es wäre wichtig, dass ich diese Aufgabe übernähme. Ich fühle mich natürlich geehrt und da wären wir nun.«

»M-Moment. In ihrer Küche?« Das ergab doch gar keinen Sinn. Wovon redete diese Frau da?

Tasco trat unruhig von einem Bein auf das andere. Meine Frage war ihm sichtlich unangenehm. »Nun ja … Das ist Johanna Amelius, die … Köchin der Akademie. Magnus Magister Athanasius hat verfügt, dass sie Euch herumführen soll.« Rümpfte diese kleine, blasse Gestalt gerade die Nase über die Entscheidung seines Chefs? Der Tonfall machte das eigentlich deutlich. Ich mochte Magnus nicht besonders. Aber war es klug, seine Entscheidungen so deutlich anzuzweifeln, wenn man unter ihm arbeitete?

Irgendwie weckte das in mir den Wunsch, Magnus zu verteidigen – wusste der Teufel, warum. »Nun, wenn Magnus das so … verfügt hat, dann werden wir uns mit Freuden in Johannas fähige Hände begeben. Auf Wiedersehen, Tasco.« Mit diesen Worten wandte ich mich von diesem untreuen Sekretär ab und zog zugleich die beiden Damen mit mir.

»M-M-Magnus?!«, flüsterte unsere wohlgenährte Begleitung. Ihre Lippen bebten und ihr Doppelkinn schwang leicht nach. Augenblicklich erbleichten ihre rosigen Wangen. »Wer hat Euch erlaubt, Ihn so zu nennen?!« Schockiert schüttelte sie den Kopf. »Nennt einfach den ehrwürdigen Großmeister Athanasius Cronos beim ersten Namen!«

Ich sah fragend Ginga an und die seufzte gedehnt und brach ihr Schweigen. »Dariel, mein Hübscher. ›Magnus‹ ist keine geeignete Anrede für unseren bescheidenen Helfer in Fragen der Magie.«

Während die Köchin noch versuchte, ihr Gemüt abzukühlen, zog mich Ginga etwas von ihr weg und ergänzte so lautlos wie möglich: »Nicht in der Öffentlichkeit. In Nafishur nennt man sich nur innerhalb der Familie oder unter engsten Freunden beim ersten Namen, wenn man einen Ehrennamen hat. Jede mehr oder weniger wichtige Druidenfamilie hat einen solchen Ehrennamen. Und inzwischen sollte auch dir klar sein, dass unser mysteriöser Freund Magnus ein Großmeister allererster Güte ist. Einer der bedeutendsten und mächtigsten Großmeister Nafishurs. Ich hab ihn noch nie gesehen, hab ja Zambala bisher eher gemieden – all das Feuer und so –, sonst hätte ich ihn wohl schon früher erkannt … wer rechnet denn auch mit sowas! Jedenfalls darf man Würdenträger nur mit Ehrennamen UND Nachnamen ansprechen. Engere Vertraute beschränken sich nach ausdrücklicher Erlaubnis auf den Ehrennamen. Aber den ersten Namen kannst du quasi erst benutzen, wenn du ebenbürtiges Familienmitglied wärst.«

»Oh.« Ich schluckte und fühlte mich ertappt. Mir war gleich klar gewesen, dass das alles nicht gutgehen konnte. Ich musterte Ginga noch einen Augenblick. Sie hatte so plötzlich wieder zu ihrem alten Wesen zurückgefunden, wie sie vorher in Schweigen verfallen war. Offenbar hatte mein Fehler ihr die Zunge gelöst und die Angst vertrieben. »Verzeihung. Ich … Ich bin von außerhalb und hatte nicht viel … ahm … Kontakt mit anderen. Ich kenn mich mit all diesen Gepflogenheiten noch nicht so recht aus. Ihr Name war Johanna? Ist das jetzt ihr erster Name? Oder mach ich da auch etwas falsch? Ein schöner Name übrigens …« Bloß schnell weg vom Thema ›Magnus‹.

»Oh je! Dann steht Euch ja mit der verzogenen Rasselbande aus Möchtegernprinzen und -prinzessinnen noch einiges bevor, geehrter Custos Jean Seine! Aber Eure Bescheidenheit ehrt Euch.« Das hatte ich schon geahnt. Aber wie sprach sie mich da an? War das die korrekte Anrede für einen Wächter? »Johanna ist mein erster Name, aber Ihr könnt ihn gern benutzen. So habe ich mich doch auch vorgestellt. Ich bin schließlich lediglich eine Köchin und keine adlige Druidin.« Sie lächelte mich mitfühlend an. Mitgefühl. Eine Stufe vor Mitleid. Pah! »Und Dankeschön, Custos Jean Seine! Der

Name Johanna soll aus Luv kommen! Ich finde den Gedanken wundervoll! Aber die meisten Nafish rümpfen die Nase, wenn sie ihn hören. Es freut mich, dass ich endlich jemandem begegne, der ihn gern hört! Kommt nur vorbei, wann immer Ihr Hunger habt! Ich mach Euch gern ein paar meiner Spezialitäten.« Wenn sie wüsste, welches die einzige Spezialität war, die sie mir bieten konnte … Aber dafür begriff ich langsam, weshalb Magnus wohl sie ausgewählt hatte, um uns alles zu zeigen. »Aber ich schweife ab. Es ist doch meine Aufgabe, Euch unsere schöne Akademie zu zeigen. Momentan überqueren wir das Atrium, den Innenhof. Er verbindet das Hauptgebäude, in dem der meiste Unterricht stattfindet, mit dem Seitenflügel und den beiden Wohnhäusern am anderen Ende des Platzes, und bildet zwischen den Säulengängen ein Quadrat. Hinter dem Säulengang, auf den wir gerade zulaufen, befinden sich die Außenanlagen der Akademie, während gegenüber das magische Eingangsportal zur Akademie liegt. Aber das habt ihr sicher bereits bei Eurer Ankunft gesehen.«

Nein, das haben wir nicht. Wir sind durch ein Port hinter Magnus Spiegel blindlings in die Akademie gestolpert. Aber das gehörte sicher zu den Dingen, die ich besser für mich behalten sollte. Ich nickte also wissend und schraubte mir ein interessiertes Lächeln ins Gesicht.

»Die Lehrlinge halten sich zwischen den Kursen und Vorlesungen viel im Atrium und in den es umgebenden Säulengängen auf. Aber auch der See und das Wald sind beliebt.« Mit diesen Worten erreichten wir auch schon den Säulenumgang, kreuzten ihn und dann sah ich, was Johanna mit ›Außenanlagen‹ gemeint hatte: Vor uns erstreckte sich eine große, saftig-grüne Wiese voller Blumen. Sie verlief leicht bergab bis zu einem verträumt glitzernden See. An seinem Ufer standen einige Bäume und Bänke, die alle samt besetzt waren, und von Zeit zu Zeit ragten mit Booten bestückte Stege ins Wasser. »Zu Eurer Linken seht Ihr den vorderen Bereich des Waldes, der auf das Gelände der Akademie ragt. Natürlich sind wir hier in den Hochebenen von Wäldern umgeben, aber dieser steht unter besonderem Schutz, so dass die Lehrlinge ihn sicheren Fußes und gern besuchen. Vor allem, wenn es im Sommer wieder richtig heiß wird. Aber lasst uns zuerst nach rechts gehen – zu den Wachstumshäusern und Sportanlagen.« Johannas Gesicht nach hielt sie nicht viel vom Wald. Mein Interesse hingegen war durch ihre Reaktion unmittelbar geweckt. Ich würde mir diesen Wald mit Sicherheit genauer ansehen. Ein Wächter war verschwunden. Was bot sich als Tatort besser an als ein dichter Wald? »Wachstumshäuser wie diese hier soll es übrigens auch in Luv geben. Einige behaupten sogar, dass die Idee von dort stammt! Das wäre doch verrückt!« Johanna strahlte wieder über das ganze Gesicht, während wir quer über die große Wiese zu langgezogenen Glaskästen am Ende des Geländes liefen. *Zu den ›Wachstumshäusern‹* – oder wie wir Luvianer sagen würden: zu den Gewächshäusern.

»Ja, wirklich eine ungeheure Idee«, bestätigte Ginga schnell. Bestimmt um zu verhindern, dass ich uns erneut verriet.

»Von unserer Gärtnerin Gloria Nineda hole ich mir regelmäßig frische Zutaten für alle Mahlzeiten! Bei mir wird immer frisch gekocht! Zaubern können die jungen Druiden noch genug in ihrem Leben! In Luv sollen die Wachstumshäuser auch oft für Gemüse genutzt werden, wusstet ihr das?«

»Nein! Wirklich? Erstaunlich!« Wieder war Ginga schneller.

»Johanna, Sie mögen Luv sehr, oder?«, fragte ich, bevor eine der beiden weitersprach. Ich hatte keine Lust, völlig aus dem Gespräch zu verschwinden und außerdem wollte ich meiner Theorie zu Magnus Motiven nachgehen.

»O, ja.« Sie wurde rot und ihr Herz schlug schneller. Prompt meldete sich mein Kiefer mit einem unangenehmen Ziehen zu Wort. »Ich habe mich hinreißen lassen. Tut mir leid! Aber sonst begegnen mir immer nur Nafish, die abfällig über Luv sprechen. Ich fühlte mich bei Euch so verstanden, dass ich nicht mehr aufhören konnte, darüber nachzudenken.«

»Das ist doch kein Problem, Johanna! Das stört uns nicht im Geringsten«, erwiderte Ginga lächelnd und kniff mich in die Seite. Ich verzog das Gesicht und bemühte mich dann rasch wieder um ein Lächeln – ohne dabei die Zähne zu zeigen. Aber es hatte sich gelohnt. Meine Theorie hatte sich bestätigt. Die gute Johanna war ein Fan der Welt, aus der wir kamen. Wenn er wirklich so ein Gutmensch war, wie er vorgab, dann wollte Magnus ihr damit wahrscheinlich einen Gefallen tun.

 Andererseits war es ziemlich fies, sie ihrer Liebe für Luv so nah zu bringen, ohne ihr zu verraten, woher wir kamen und wer wir waren. Das konnte man schon fast auch als das Gegenteil von ›nett‹ bezeichnen.

Johanna hatte den Schreck inzwischen verdaut und stiefelte weiter durch Blumenwiesen und hohes Gras. Kein Schlinggras, stellte ich erleichtert fest. Wir folgten in ihrem großzügigen Schatten. Glücklicherweise hatte sie ja eine für gutmütige Köchinnen regelrecht klischeehafte Figur.

»Und hier drüben sind die Sportflächen für Flugtrainings und körperliche Ertüchtigung. Die Lehrlinge von heute sitzen ja nur noch vor ihren Büchern oder schwatzen. Die wenigsten kommen auf die Idee, sich regelmäßig zu bewegen.« Von ihr klang diese Kritik reichlich seltsam … »Zum Glück wurde im letzten Jahr dafür ein Unterrichtsfach eingeführt. Nun müssen sie wenigstens ein Mal in der Woche Sport treiben. Aber meiner Meinung nach ist das nicht genug!« Sie bückte sich und hob etwas auf, das Ähnlichkeit mit einem Baseball hatte. »Und meiner Meinung nach hätten die Sportflächen viel weiter weg von den Wachstumshäusern sein müssen. Ständig gehen Scheiben zu Bruch, weil Druidenstäbe, Bälle oder ganze Lehrlinge als Querschläger darin landen!« *Lehrlinge?!*

»Das scheint mir wirklich etwas merkwürdig. Gab es denn dafür keinen geeigneteren Ort?«, mischte sich nun Ginga wieder ein.

»Leider nein. In der Nähe des Sees oder am Waldrand wäre es auch nicht besser gewesen. Aber ich bin gerade dabei, Großmeister Athanasius Cronos von der Notwendigkeit eines Schutzbanns für die Wachstumshäuser zu überzeugen. Genaugenommen dachte ich eigentlich, er hätte mich deshalb rufen lassen.«

Inzwischen hatten wir sowohl die Gewächshäuser als auch den kleinen Sportplatz hinter uns gelassen. Zu unserer Rechten erhoben sich mehrere weitere Gebäude am See entlang, aber unser Weg führte uns in die andere Richtung.

Am Ufer des Sees brannte auch die blaue Sonne auf der Haut –
wenn sie uns auch nicht verbrannte – und ich genoss die Kühle unter
jedem Baum, dessen Schatten wir kreuzten. Das Wetter hier war fast
genauso sommerlich wie in Paris.

Wir erschreckten vier Liebespärchen, was angesichts der
romantischen Stimmung am See wahrscheinlich noch wenig war.
Johanna war jedes einzelne Paar unsagbar peinlich. Mir hingegen
war es eher unsagbar peinlich, ständig jemandem dazwischen zu
platzen.

»Der See ist vor allem für Paare ein beliebter Treffpunkt. Leider.
In meiner Jugend lief das anders. Da ließ man sich nicht so offen bei
einem Stelldichein beobachten. Aber was beschwere ich mich.
Wenn morgen das neue Semester beginnt, wird es hier noch viel
voller sein. Momentan sind ja nur die da, die auch ihre Ferien in der
Akademie verbringen.«

»Oh! Morgen beginnt schon das Semester? Das hatte uns Mag …
ich meine natürlich: Großmeister Athanasius Cronos gar nicht
mitgeteilt.«

»Da fehlen Euch aber wichtige Informationen! Morgen um neun
Uhr ist die Weihzeremonie für die neuen Lehrlinge. Danach sind die
Einführungskurse in die jeweiligen Jahrgänge.«

»Ich bin mir sicher, Großmeister Athanasius Cronos wird uns
heute Abend noch alle wichtigen Informationen zukommen lassen.
Er wollte uns nachher noch besuchen.«

»O! Er will Euch besuchen? Welch eine Ehre!« Auf einmal blieb
Johanna stehen und drehte sich zu uns um. »Wo wir gerade von
Eurem Zuhause sprechen. Wir wären am Ende unserer kleinen
Führung. Hier ist Euer neues Domizil. Ich hoffe, es gefällt Euch!«

Neben uns zur Rechten war der See, zur Linken der Wald und
direkt vor uns stand ein kleines Haus. Es sah völlig anders aus als
all die alten Gemäuer und Säulengänge der Akademie:
Freundlicher, verspielter, mit seinen weißen Fensterläden,
knallroten Dachziegeln und all dem Grünzeug, das an den Wänden
hochrankte. Es erinnerte mich etwas an Caras Villa – nur eben in
viel kleiner und etwas italienischer. Vielleicht das Gartenhaus

passend zur Villa … oder das Bootshaus, wenn man bedachte, wie nah es am See stand und dass es einen eigenen Steg besaß.

Einen Moment lang starrte ich einfach nur das Haus an. Dann sickerten Johannas Worte langsam nach.

»Wie … *unser* Haus?! Wir sollen da drin wohnen?!«

»Ja aber natürlich! Stimmt etwas nicht mit dem Haus?« Johanna sah erschrocken aus. Das war es nicht, was ich meinte.

Ich schüttelte leicht den Kopf. »Wir sollen gemeinsam in *einem* Haus wohnen?! Allein?!«

»Dachtet Ihr, dass Ihr Euch den Platz mit Lehrlingen teilen müsstet?!«

»Nein. Wir … Ich meine …« Ich sah Ginga an, die meinen Blick nur auf undefinierbare Weise erwiderte. »Wir sind kein ... Also. Wir sind nur …«

»Bekannte«, beendete Ginga mein Gestammel kühl.

»Oh! Ich hätte schwören können, Ihr beide seid ein …«

»Paar?! Ganz sicher nicht!«

»Nun, das ist schade, Ihr passt wirklich ausgezeichnet zueinander. Gegensätze ziehen sich an, wisst Ihr!« Sie zwinkerte uns zu. »Ein Sprichwort aus Luv. Aber das ist kein Problem. Es gibt ein weiteres Schlafzimmer im umgebauten Keller. Anweisung von Großmeister Athanasius Cronos. Ich hörte die Arbeiter darüber sprechen. Der Großmeister hätte gesagt, dass ihr Platz braucht und Privatsphäre – blicksicher vor den Lehrlingen. Deshalb sollte der Keller mit einer zweiten Version von Wohnräumen ausgestattet werden. Sicher wusste er, dass ihr einzeln wohnen wollt. Aber es ist alles sehr hübsch geworden, da bin ich mir sicher.« Sie lächelte entschuldigend. »Nur haben die Kellerräume leider nur ein Fenster …« Dann kramte Johanna in ihrer viel zu großen Rocktasche und hielt mir schließlich einen Schlüsselbund hin. »Das sind die Schlüssel für Euer Haus, für die Tore rund um die Akademie, die Bibliothek, die Wohnhäuser und für das Eingangsportal des Hauptgebäudes. Letzterer ist gewissermaßen ein Generalschlüssel, der gleichermaßen auch die anderen Lehrgebäude öffnet. Damit solltet ihr also jede Tür der Akademie öffnen können.« Sie zeigte während ihrer Aufzählung nacheinander auf alle Schlüssel am

Bund. »Die hat mir Tasco vorhin für Euch gegeben. Habt ihr noch Fragen?«

Ich ließ nachdenklich meinen Blick schweifen: Die Säulengänge, das imposante Hauptgebäude mit seinen Türmen und Erkern, die Gewächshäuser und schließlich fiel mein Blick erneut auf die anderen Häuser am nun gegenüberliegenden Ufer des Sees. »Ja, eine. Was ist mit den Gebäuden dort drüben? Warum hast du uns die nicht gezeigt?«

»Ich bin mir sicher, diesen Teil des Geländes wird Euch Patronus Silva besser zeigen können, sobald er an der Akademie eintrifft. Dort am gegenüberliegenden Ufer sind die Bibliothek und ein weiteres Lehrhaus – vor allem für die Prüfungen der Lehrlinge –, sowie die Unterkünfte der Lehrmeister. Seit dreißig Jahren haben wir ein größeres Gelände und mehr Gebäude zur Verfügung, um noch mehr Lehrlinge unterrichten und beherbergen zu können.« Johanna strich mit gesenktem Blick über ihre Schürze, bevor sie uns wieder ansah. »Also. Gibt es sonst noch etwas, das Ihr wissen möchtet, Custos Jean Seine?«

»Non, non. Merci.« Sie sah mich fragend an. Ginga räusperte sich, trat mich unauffällig und setzte dann ein Lächeln auf.

»Er kommt nicht von hier, wie gesagt. Lausiger Dialekt. Nein, wir haben alles. Danke.« Verdammt! Hatte ich gerade Französisch gesprochen?

Johanna nickte fröhlich. Offenbar reichte ihr das als Erklärung. Zum Glück. Aber würde ich an so einem Ort leben, hätte ich sicher auch aufgehört, Fragen zu stellen – zu meiner eigenen geistigen Sicherheit.

Wobei mir just auffiel, dass ich von nun an ja tatsächlich auch hier leben würde.

Während Johanna in Richtung Küche und Hauptgebäude davoneilte, sah ich Ginga zweifelnd an und starrte auf den Schlüsselbund in meiner Hand.

»Na los! Mach schon! Ich will wissen, wie es von drinnen aussieht!«

Ich seufzte leise und wandte mich dann unserem ›Bootshaus‹ zu. Als die Haustür hinter uns zu fiel, sank ich gegen die nächste Wand und schloss meine Augen. Ich wollte nicht wissen, wie es hier drin aussah. Noch nicht. Mein Gehör lauschte auf die Schritte von Johanna, die das Hauptgebäude inzwischen fast erreicht haben musste.

»Wir sind also nur Bekannte, ja?«, flüsterte es an meinem Ohr.

»Das hast du gesagt«, brummte ich.

»Komisch«, fuhr Ginga fort und ignorierte meinen Einwurf. »Und ich dachte immer, ich sei deine Schöpferin und du mein Zögling …« Wie ich dieses Wort hasste! Ginga hingegen gefiel es ganz offensichtlich zu gut. Ohne Magnus, Tasco oder Johanna in der Nähe war sie wieder ganz die Alte und ging prompt ihrer Lieblingsbeschäftigung nach: Sie befingerte mich. Ihre Hände glitten unter meine Lederjacke und zogen sie langsam und mit so viel Berührungen wie möglich von meinen Schultern.

»Was wird das, wenn's fertig ist?«

»Hast du Johanna nicht zugehört? Gegensätze ziehen sich aus …« Sie lachte leise und ihr Atem streifte meinen Hals.

»*AN!* Sie ziehen sich *AN!*« Ich machte mich los, zog meine Jacke selbst aus und ging in das Haus hinein. Es war erstaunlich geräumig. Nach einem kurzen Flur kam man in ein riesiges Wohnzimmer, das von zwei Säulen gestützt wurde und an dessen Rändern sich eine Wohnküche auf der einen und eine Wendeltreppe auf der anderen Seite befanden. In der Mitte stand ein halbmondförmiges Ledersofa. Zumindest sah es tatsächlich aus wie ein Ledersofa. Ich ging darauf zu. Es roch auch wie eins. Erstaunlich. Hatte uns Magnus damit einen Gefallen tun wollen?

»Was ist? Du schleichst um das Sofa herum, als wäre es deine Beute.«

Ich zuckte zusammen und drehte mich zu Ginga um. »Sehr witzig. Ich habe mich nur gefragt, ob das vielleicht … ich meine, sieh es dir an! Kann es sein, dass dieses Ding aus unserer Welt stammt?«

»Du meinst wohl aus *deiner* Welt. *Ich* bin eine Nafish.« Ginga umrundete mich und ließ sich schwungvoll auf das ungewöhnlich gewöhnliche Möbelstück fallen. Ihre grünen Augen fixierten mich neugierig. »Mein süßer Zögling, ist das dein Ernst? Du hast heute zwei Portreisen hinter dich gebracht, Halluzinogene absorbiert, bist mit einem durchsichtigen, magischen Lift geflogen und auf einem fliegenden Palast dem Fürsten Nafishurs begegnet – um nur ein paar Highlights zu nennen. Und all das beschäftigt dich weniger, als ein altes Ledersofa?« Sie hob skeptisch die Brauen, während ihre Fingerspitzen über das Leder der Sofalehne strichen. »Setz dich doch zu mir, dann weißt du, ob es sich auch wie ein Ledersofa aus Luv anfühlt.« Jetzt gesellte sich noch eine etwas anzügliche Note zu ihrem Mimikspiel.

Ich schüttelte lachend den Kopf und durchschritt weiter das kleine Haus. Es sah wirklich beinah alles so aus wie in Paris. Selbst die Küche ähnelte der von Caras Villa. Und alles war hell und freundlich eingerichtet. Erstaunlich.

Als ich die Wendeltreppe erreichte, überlegte ich kurz, ob ich zuerst nach oben oder nach unten gehen sollte. Ich starrte auf die Stufen und war wie versteinert. Ginga hatte ja recht. Ich hatte heute Unglaubliches erlebt. Und nicht nur heute. Vielleicht hatten mich die letzten Wochen ja für das Außergewöhnliche gewissermaßen abgehärtet. Wenn mir in all dem Wahnsinn nun plötzlich etwas Normales begegnete, erregte das eben meine Aufmerksamkeit. Das war wohl die beste Erklärung.

Als sich Ginga an mir vorbeischob, um den Keller zu inspizieren, war für mich klar, dass ich das Obergeschoss unter dem Dach in Augenschein nehmen würde. Die Treppe war aus Metallsprossen und quietschte leise, als ich sie betrat. Sehr gut. Also würde sich ungebetener Besuch stets ankündigen.

Oben angekommen fand ich zwei Türen vor mir. Hinter der linken befand sich ein kleines Badezimmer, das ebenfalls in erschreckend vielen Details dem Bad in Caras Villa ähnelte. Ich fragte mich unweigerlich, woher Magnus selbst diesen Raum ihres Zuhauses kannte. Und dann öffnete ich die rechte Tür und vergaß meine Fragen. Vor mir erstreckte sich ein heller, großer Raum, dessen Zentrum ein massiver Holztisch bildete. Einige Gauben in den Dachschrägen sorgten für das Licht hier oben und neben jedem Fenster hingen dichte, dunkle Vorhänge, um das Zimmer notfalls vollständig abzudunkeln. Sehr gewissenhaft. In den Schränken hing bereits meine Kleidung. Sherko hatte unser Gepäck für uns

›transportiert‹. Wie genau es letztlich hierher kam und woher man gewusst hatte, welches Zimmer ich wählen würde, entzog sich meiner Kenntnis. Ich wollte gerade das große Bett zu meiner Rechten begutachten und die vielen Bücherregale, als ich Ginga leise aufschreien hörte.

Es dauerte keine zwei Sekunden, dann stand ich im Keller neben ihr und sah sie erschrocken an. »Was ist passiert? Ist jemand hier? Geht es dir gut?« Während ich sie mit meinen Fragen torpedierte, versuchten meine Sinne zugleich allein auf die Lösung zu kommen. »Sag schon, was ist los?« Erst musterte ich Ginga, aber sie schien unverletzt. Dann versuchte ich, im Keller die Gefahr zu entdecken, aber abgesehen davon, dass es hier unten nicht wie in einem Keller aussah, sondern eher wie in der Suite eines Fünf Sterne Hotels, fiel mir nichts auf. »Ginga«, knurrte ich nun leise. War das wieder nur ein Trick gewesen? Oder ein Test? Aber zeitgleich mit ihrem Schrei hatte ich eine unmotivierte Welle der Furcht gespürt.

»Mir geht's gut. Ich hab mich nur erschrocken«, murmelte sie nach einer Weile. Ihre Hände gruben sich in den Stoff des dicken, dunkelroten Vorhangs, der hinter ihr an der Wand hing.

Ich verdrehte die Augen. Was sollte hier schon hinter einem Vorhang sein? Wir waren hier im Keller. »Was ist denn? Hast du etwa einen begehbaren Kleiderschrank bekommen?«

Ginga bedachte mich mit einem langen, deutlich nachtragenden Blick und zog dann wortlos den Vorhang zur Seite.

Ich wusste nicht, wie lang ich einfach nur wie erstarrt dastand. Wir waren unter der Erde. Ich hatte nicht mit einem Fenster gerechnet. Auch wenn Johanna sowas erwähnt hatte. Und vor allem hatte ich nicht mit der Aussicht gerechnet, die sich mir bot.

Hinter dem Vorhang befand sich eine große, hoffentlich sehr dicke, Glasscheibe und hinter dieser war der See. Sein Wasser war ausgesprochen klar und so konnte ich sicher an die hundert Meter weit sehen. Womöglich sogar bis zum gegenüberliegenden Ufer. Doch das half mir auch nicht, um zu begreifen, was ich da sah: Fische mit zwei Köpfen, die ständig die Richtung wechselten, Fische ohne Flossen, die wie Torpedos durchs Wasser jagten, unsichtbare Fische, die man nur schemenhaft erkennen konnte, wenn sie zur Wasseroberfläche tauchten und vom Sonnenlicht getroffen wurden. Um nur einige der skurrilen Wesen aufzuzählen, die ich gerade zu Gesicht bekam.

»Was zum Geier ist das?«

»Ein Fenster. War wohl gut gemeint. Nur, wenn man von einem an die zwei Passus großes Purigan begrüßt wird, ist das … ganz leicht … abschreckend.«

»Ein was? Zwei was?« Ginga setzte schon zum Antworten an, aber ich winkte ab. »Weißt du was? Ich will es gar nicht so genau wissen. Ich hatte heute schon deutlich zu viel Nafishur-Unterricht.« Und ich war mir sicher, dass noch einige Lektionen ausstanden, bevor ich endlich die Augen vor der Realität verschließen und schlafen konnte.

»Also schön. Und jetzt? Was machen wir, bis dieser Patronus kommt, um uns den Rest zu zeigen?«

»Wie wäre es, wenn wir duschen und uns etwas angemessener kleiden? Es müssen ja nicht gleich die Kutten sein, aber wenigstens einen Teil dieser weißen Kluft?«

»Klingt nach einer ausgezeichneten Idee. Vorausgesetzt, du kannst nachher schweigen und überlässt mir das Reden. Die Wächtertracht kann auch nicht über deine völlige Unkenntnis hinwegtäuschen.« Resolut packte sie mich am Kragen meines Hemdes und zog mich durch ihr Kellerapartment.

»Woher soll ich all das denn auch wissen. Du hast in Magnus Gegenwart den Mund nicht aufbekommen und er scheint es amüsanter zu finden, mich blindlings in diese Welt taumeln zu lassen. Und– Hey! Was wird das, wenn's fertig ist?!«

Ohne auch nur im Geringsten auf meine Worte einzugehen, hatte Ginga mich durch die Tür ihres Badezimmers geschoben und begonnen, mein Hemd aufzuknöpfen. Würde das denn nie aufhören? Ohne Cara als Anstandsdame war diese Wohngemeinschaft zum Scheitern verurteilt.

»*Du* hast doch vorgeschlagen, dass wir duschen sollten.«

»Ja, aber doch nicht zusammen! Ich habe mein eigenes Bad und werde es allein schaffen, mich auszuziehen.« Ich zog ihre zierlichen Finger von meinem Hemd, ignorierte den gefährlich funkelnden

Blick, den sie mir zuwarf und sah zu, dass ich es aus diesem Keller schaffte, bevor sie mich von neuem in die Finger bekam.

***

»Guten Abend, Custos Jean Seine und Custos Stokes. Willkommen an der fürstlichen Feuermagieakademie zu Zambala. Ich bin Patronus Cole Silva. Mir wurde zugetragen, Euch die Gebäude der Akademie zu zeigen, jetzt wo alle Lehrlinge in ihren Wohnhäusern sind.«

Patronus Cole Silva sah so aus, als sei er nur halb so brav, wie er versuchte, den Eindruck zu erwecken: Ein stolz gerecktes Kinn, ein kleiner Pferdeschwanz und ausgesprochen wache, schwarze Augen. Aber alles gut verpackt in einer adretten und gepflegten Uniform in Rot und Schwarz und einem passenden Umhang, wie Magnus ihn in Paris auch Cara gegeben hatte. Am Revers seines Umhangs war ein kleines Wappen angebracht, das eindeutig etwas mit Drachen und Feuer zu tun hatte. Dank Magnus Crashkurs erkannte ich das ›P‹ in all dem. P für Patronus, wie ich annahm. Das Wappen war auf Hochglanz poliert und er trug es ganz offensichtlich mit Stolz. Was auch immer ein Patronus tat, ich war mir sicher, Cole Silva machte seinen Job gut.

Während ich unseren neuen Gast noch analysierte, begrüßte Ginga ihn herzlich. »Patronus Silva, es freut uns, deine Bekanntschaft zu machen. Wir haben dich schon erwartet.« Sie lächelte zuckersüß, während ihre grünen Augen vergnügt funkelten. »Ist das Du okay?«

»Es ist mir eine Ehre.« Unser Führer verneigte sich schwungvoll und sah uns dann erwartungsvoll abwechselnd an. »Wollen wir direkt aufbrechen?«

»Aber gern«, versicherte nun wieder ich und zupfte an meiner Wächterkleidung herum. Weiß. Pah! Auf den Umhang und die Kapuze hatten wir noch verzichtet und auch meine schwarze Jeans hatte ich noch an, aber um nichts sichtbar Falsches zu tragen, hatten wir uns schon den Rest dieser Wächter-Verkleidung angezogen: eine Art hochgeschlossenen weißen Kaftan. Ich kam mir vor wie ein katholischer Priester in Weiß.

»Ich würde vorschlagen, wir beginnen bei den abgelegeneren Gebäuden und arbeiten uns dann zum Hauptgebäude vor.«

Ich ließ die Haustür einen Spalt breit auf, damit Artemis hineinkonnte, wann immer seine eigene Erkundungstour abgeschlossen war. Langsam fragte ich mich doch, wo er sich herumtrieb und ob er in Schwierigkeiten steckte. Aber schon nach wenigen Metern hatte ich Art vergessen. Im Dunkeln wirkte dieser Ort noch unglaublicher. Es fiel mir schwer, mein Staunen zu verbergen. Aber offiziell lebte ich ja schon immer in Zambala. Oder wenigstens in Nafishur. Ich durfte mich nicht von jeder leuchtenden Blüte oder jedem glitzernden Fisch ablenken lassen. Ebenso wenig wie vom blutroten Vollmond – oder dem zweiten blutroten und nicht ganz so vollen, großen Mond. Beide wiesen deutliche Kraterspuren auf, die sich in einem tiefen, dunkleren Rot abzeichneten.

»Patronus Silva, Cole, wie lange bist du schon an der Akademie?«

Die Wiese glich einem Meer aus Licht. Es sah unglaublich aus. Überall blühten Blumen, die leuchteten. Die kleinen Blütenkelche strahlten in einem wunderschönen Goldton und von Zeit zu Zeit, wenn der Wind auffrischte, wurde ein Teil der Blüten zu leuchtendem Goldstaub und über die Ebene getragen.

»Morgen beginnt mein zweites Jahr hier.«

»Oh! Ein Patronus im Grundstudium? Das ist eine beeindruckende Leistung. Herzlichen Glückwunsch!« Ginga machte das gut. Ich überließ ihr das Gespräch. So konnte ich mich in Ruhe umsehen.

Der See war genauso faszinierend wie die Wiese. Ich sah Lichter knapp unter der Oberfläche schimmern. Als das erste Mal ein solches Licht die Wasseroberfläche durchbrach, erkannte ich, dass es zu einem Fisch gehörte, dessen Schuppen im Mondlicht schimmerten und glitzerten.

»Thank– Danke Custos Stokes.«

Augenblicklich riss mich die kleine Unterhaltung der beiden aus meinen Gedanken. Dieser Versprecher erinnerte mich an meinen eigenen von heute Nachmittag.

Cole Silva.

Vielleicht hatte er ein Geheimnis, das meinem ganz ähnlich war.

»Gehen wir zu den Gebäuden am anderen Seeufer?« Ginga hatte

entweder nichts von Coles Versprecher gemerkt oder sie ignorierte ihn bewusst. Für den Fall, dass letzteres der Wahrheit entsprach, hielt auch ich den Mund. Aber ich würde den Patronus im Auge behalten.

»Ganz genau. Dort drüben befindet sich unter anderem die Bibliothek der Akademie. Sie wurde extra weit entfernt vom Trubel des Akademiealltags errichtet, damit die dort lernenden Lehrlinge nicht gestört werden.« Wir liefen auf einen Steg zu. »Ich würde ein Boot empfehlen. Dann sind wir sicher schneller dort.«

Gegen Coles ausdrücklichen Wunsch übernahm ich das Rudern und so erreichten wir schon nach wenigen Minuten das andere Ufer. Dabei hätte ich gern länger für die Strecke gebraucht. Der See strahlte eine solche Ruhe aus, wie ich sie in Paris an keinem Ort gefunden hatte. Von einem Schwarm aus Lichtfischen, der uns begleitete, ganz zu schweigen.

»Der Steg ist nur wenige Meter links von hier. Wenn Ihr jetzt gegenlenkt, sollten wir perfekt ankommen.«

Das war auch mir klar, aber ich nahm an, dass ein normaler Mensch – oder Nafish – bei den hiesigen Lichtverhältnissen und ohne Ortskenntnis nicht über dieses Wissen verfügte, also war ich stur weiter geradeaus gerudert.

Als wir dann gegen das Holz des Bootsstegs stießen, sprang Cole aus dem Boot, um es ordentlich zu vertauen. Wie ein vollendeter Gentleman half er erst Ginga auf den Steg und reichte dann mir die Hand. Ich zog es allerdings vor, mich allein aus dem gefährlichen Ruderboot zu befreien.

»Die Bibliothek wurde vor 257 Jahren erbaut und war das Erste, das vor dreißig Jahren nach dem großen Brand wieder aufgebaut wurde.«

»Der große Brand?« Das klang nicht gerade nach einem Ort, der Sicherheit für Vampire versprach. Es bestätigte eher all meine Vorurteile gegen Feuerdruiden, die ihr Element erst noch zu beherrschen lernten.

»Dreißig Jahre ist das schon her? Wie die Zeit vergeht. Meine Eltern erzählten mir einst davon. Und selbst die Bibliothek am anderen Ende des Sees war betroffen? Wir dachten, das wäre ein Unfall im Hauptgebäude gewesen.« Ginga versuchte ganz offenbar, meine Unwissenheit zu decken, bevor ich wieder die falschen Fragen stellte.

»Der Brand hatte alle Häuser erfasst. Es gibt viele Theorien zum Brand, aber es wurde nie öffentlich gemacht, wer die Verantwortung für dieses Unglück trug. Allerdings gibt es seither an jeder Akademie Wächter.« Cole nickte abwesend, während er sprach, und es war ihm deutlich anzusehen, dass ihm der Gedanke an eine brennende Akademie Unbehagen bereitete. »Aber Ihr habt recht. Das alles spricht nicht gerade für einen Unfall.«

»Und was ist mit all den Büchern geschehen? Ich meine, wenn die Bibliothek brannte, dann muss das doch Tausende von Büchern zerstört haben.«

Nun lächelte Cole. »Oh, in dem Fall ist unsere Bibliothek das wohl schlechteste Opfer für einen Brandanschlag. Während das Gebäude selbst nahezu vollständig zerstört wurde, haben die allermeisten Bücher ohne große Schäden überlebt. Wir sind hier an der Feuermagie-akademie und die Lehrlinge beherrschen ihr Element anfangs noch nicht. Dementsprechend sind vor allem die Unterrichtsmaterialien mit einem Schutzzauber belegt, der zumindest für eine gewisse Zeit eine Resistenz gegen Feuer aufbaut.«

»Das ist beeindruckend. Verzeih meine Frage, aber ich bin kein Feuerdruide. Weshalb wurden diese Schutzzauber nicht auch über die Gebäude gelegt?«

Inzwischen hatten wir das auch im Dunkeln sehr imposante Eingangsportal der Bibliothek erreicht. Das Gebäude hatte wenigstens drei Stockwerke und hohe Fenster, durch die tagsüber sicher genügend Sonnenlicht ins Innere fiel. Über dem Eingang ragte ein kleiner Balkon mit verzierter Balustrade und einer Drachenskulptur in der Mitte auf.

Wozu brauchte man einen Balkon an einer Bibliothek?

»Weil jeder Zauber seinen Preis hat. Magie ist endlich und sie bedient sich immer einer Quelle. Verhältnismäßig kleinen Dingen wie Büchern einen Schutz aufzuerlegen mag möglich sein, ohne zu viel der eigenen Kraft aufzugeben. Aber alle Gebäude hier? Das würde Unmengen von Magie benötigen und das Gleichgewicht in Zambala schädigen.«

»Ich verstehe. Also ist es der Magie einiger Lehrmeister zu verdanken, dass immerhin die Bücher überlebten.« Wir betraten das nun dunkle Foyer der Bibliothek. »Das ist wirklich beeindruckend.«

»Und wegweisend! Nach uns begannen auch die anderen Akademien, ihr Wissen gegen ihr eigenes Element zu schützen. Wasserschäden in einer Bibliothek sind ebenso wenig zu unterschätzen wie plötzliche Wirbelstürme oder die Rückverwandlung eines Buches in einen Baum. Aber wartet, bis Ihr die Bibliothek gesehen habt.« Die meinte ich eigentlich. Aber als Cole mit einem Zauber die vielen Kerzenleuchter des Foyers entzündete, wusste *ich*, was *er* meinte. Alles in der Halle schien aus Marmor zu sein. Allerdings nicht so weiß, wie das Haupt-gebäude der Akademie, in dem wir vorhin angekommen waren. Im Gegenteil. Der Großteil des Steins war aus rotem Marmor. Auch hier war das Gestein mit leuchtend roten Linien durchwirkt.

Augenblicklich wuchs mein Appetit und ich fragte mich, wie wir uns hier wohl ernähren würden. Wir konnten weder heimlich das Gelände verlassen und so unsere Schutzfunktion aufgeben, noch konnten wir uns an den Lehrlingen oder Lehrmeistern bedienen. Und ich hatte noch eindrücklich in Erinnerung, was ein Schnapsglas voll von dem, was Magnus uns kredenzt hatte, bei mir ausgelöst hatte.

»Wunderschön, nicht wahr? Und das ist nur das Foyer. Hier sind Sitzecken für leise Gespräche, dort drüben Schließfächer und dort vorn kann man Bücher ausleihen. Bei Thret Nostradamus, unserem Bibliothekar.« *Nostradamus? Ehrlich jetzt?*

»Wohin führt diese riesige Freitreppe?«

»Sie führt in den dritten Stock. Dort sind Studierzimmer, die man anmieten kann. Und die großen Türen hier unten zu beiden Seiten führen in die zwei Hauptsäle.« Cole lief auf eine der beiden Türen zu und öffnete sie uns. Mit einer weiteren Bewegung seines Druidenstabs flammten auch hier Dutzende von Kerzen auf ihren Leuchtern auf – jede einzelne war wie ein Windlicht in eine Glaskuppel gekleidet – und erhellten einen riesigen Saal. Er erstreckte sich über zwei hohe Etagen: Einem Erdgeschoss, in dem viele Lesepulte und Schreibtische standen, und einer Empore, die die komplette obere Etage umkränzte. Wie ich schon vermutet hatte, war eine Wand des Saals von hohen Fenstern durchbrochen. Die anderen Wände waren über beide Etagen hinweg voller Bücher und auch zwischen den Arbeitsplätzen standen weitere, hüfthohe Regale. Steinerne Regale, wie ich schnell bemerkte. An den Wänden lehnten Leitern und in jeder Ecke führte eine Wendeltreppe auf die Galerie der zweiten Etage.

Es fiel mir nicht schwer, mir den Raum voller hochkonzentrierter Lehrlinge vorzustellen. Ich war in Paris gern heimlich in Bibliotheken eingebrochen. Jetzt würde ich ganz offiziell einen Schlüssel haben und nachts vorbeischauen können. Ein Gedanke, der mir gefiel. Zumal ich einen Weg finden musste, so schnell wie möglich so viel wie möglich über Nafishur zu lernen. Sicher könnte Magnus mir auch in Sachen Allgemeinbildung einen magischen ›Crashkurs‹ geben. Aber darauf wollte ich lieber verzichten.

Woher konnte ich dann noch wissen, was ich wirklich erfahren und gedacht hatte und was mir eingegeben worden war? Ein schauriger Gedanke, wenn man nicht einmal mehr seinem eigenen Gedächtnis trauen konnte.

»Das ist der Saal Anunna. Der gegenüberliegende Lesesaal ist eine gespiegelte Kopie dieses Saals und heißt Igigu.«

»Ah, also sind die Säle der Bibliothek nach den mythologischen Schöpfungsgottheiten benannt?« Damit nahm mir Ginga die Chance, wieder mit meiner Unwissenheit zu glänzen.

»Genau. Darüber hinaus gibt es noch das große Archiv im Keller, für die eher seltener genutzten Werke und dann die Säle für die Lehrlinge des Hauptstudiums und die Lehrmeister. Cole durchmaß den Saal mit langen Schritten und öffnete eine Tür an der der Fensterfront abgewandten Seite. »Während die beiden Hauptsäle und auch die Studierzimmer oben für alle Lehrlinge nutzbar sind, gibt es einen Bereich, der nur für die höheren Semester gedacht ist. Vor allem, weil die dort zu findenden Bann- und Manipulationszauber nicht in die Hände der noch ungeübten Lehrlinge gehören und nicht kontrolliert werden kann, wer welche nachzulesenden Zauber selbst erprobt.«

»Aber du darfst diesen Raum betreten?« Ginga hatte recht. Er hatte doch eben erst gesagt, dass er gerade erst sein erstes Jahr hier hinter sich hatte.

»Als Patronus und in Ausübung dieses Amtes ist es mir erlaubt. Allerdings nur auf der Basis, dass ich nicht auf die Idee komme, meinen Schlüssel zu nutzen, um hier heimlich zu lesen, was noch nicht für mich bestimmt ist.«

»Ein großes Vertrauen wird dir da entgegengebracht, Cole.«

»Ja«, er lächelte, »dessen bin ich mir bewusst. Aber ich habe nicht vor, Magnus Magister Athanasius Cronos zu enttäuschen.« Cole schien gleich alle Namen und Titel von Magnus auf einen Schlag zu nutzen. War das die eigentliche, korrekte Anrede?

»Das freut uns zu hören.« Ich sah mich um, aber der Raum war wenig spektakulär. Er war wesentlich kleiner und hatte auch nur eine Etage. In seiner Mitte standen vier Schreibtische. Auf allen lagen hohe Bücherstapel und Pergamente. In einer Ecke befand sich eine schmale Treppe, die in die zweite Etage führte.

Cole bemerkte meinen Blick. »Diese Treppe führt zu dem Bereich, der nur Lehrenden erlaubt ist. Dort darf ich Euch – Patronus oder nicht – nicht hinführen. Aber der Raum sieht wohl auch nicht anders aus als dieser. Er ist zusätzlich vom Treppen- absatz im Foyer aus zu erreichen. Die wenigsten Lehrmeister nutzen diese schmale Treppe hier.«

Jetzt erst fiel mir der entscheidende Unterschied zum Hauptsaal auf: Dieser Raum hatte keine Fenster. Lichtquelle waren einzig die Kerzenleuchter, die auch hier wieder aufgeflammt waren, sobald Cole seinen Druidenstab gehoben hatte. Ich fragte mich un- weigerlich, wie ein Nicht-Druide hier Licht machen konnte.

Man wollte wohl sicher gehen, dass wirklich kein Lehrling aus dem Grundstudium auch nur einen kurzen Blick riskieren konnte.

»Das wird sicher auch nicht nötig sein. Zumindest ist uns nun bewusst, wie die Bibliothek aufgebaut ist und wer wo sein darf. Das wird uns unsere Arbeit erleichtern. Ich danke dir.«

»Aber nein, nichts zu danken. Das war ja erst das erste Gebäude.«

KAPITEL IV

Unsere Führung entlang den Gebäuden der Akademie dauerte noch so einige Stunden. Unser Rückweg führte nicht über den See, sondern an ihm vorbei. Dort standen weitere Gebäude: Einige mehr oder weniger in einer Reihe angeordnete für die Lehrmeister, in denen jeder seine eigenen Räumlichkeiten während des Semesters hatte. Und zwei weitere für die Prüfungen, so dass die Lehrlinge während ihrer Prüfungen nicht vom Akademiealltag ihrer Kommilitonen abgelenkt wurden. Wieder am anderen Ende des Sees angekommen, nahmen wir Kurs auf das Atrium, an das sich das Hauptgebäude, der Seitenflügel und die Wohnhäuser anschlossen.

Schon von weitem sah ich das helle Leuchten aus dem Innenhof. Es brach durch die Säulenumgänge und strahlte weit in den Nachthimmel. Was war das? Ich konnte meinen Blick nicht abwenden. Je genauer ich hinsah, desto mehr glaubte ich, leuchtenden Staub aufsteigen zu sehen. Waren das Glutfunken?

»Das zweite Wohnhaus, das ihr dort hinten etwas abseits seht, kam erst nach dem großen Brand dazu. Nach der Wiedereröffnung der Akademie war der Andrang an Druiden größer denn je und es wurden mehr Schlafplätze gebraucht. Außerdem waren die Wohnungen früher wohl nicht ganz so groß und komfortabel. Wenigstens in dem Punkt hatte der Brand sein Gutes«, dozierte Cole ganz wie sein Großmeister, während wir über die leuchtende Wiese liefen, die ich schon vorhin bewundert hatte. Jede leuchtende Blüte, gegen die wir stießen, zerfiel wie eine Pusteblume und ihr Leuchten flog in goldenem Staub davon. Ob das merkwürdige Leuchten im Innenhof einen ähnlichen Ursprung hatte? Nur dass das Licht dort noch viel heller war. Cole musste es auch sehen. Da er aber nicht darauf reagierte, war es wohl für ihn normal und damit nicht gefährlich. Trotzdem … dieses Leuchten machte mich nervös.

»Da das zweite im Grunde nur eine kleine Kopie des eigentlichen Wohnhauses ist, werde ich Euch nur das andere zeigen. So gewinnt ihr einen ersten Eindruck und wir sparen Zeit.«

Erst als wir durch den Säulengang in den Innenhof traten, sah ich den Urheber der Lichtfunken: Es war der Baum, unter dem wir vor einigen Stunden auf Johanna gewartet hatten. Ein Baum, der im Dunkeln leuchtete. Und das nicht, wie etwa ein Reflektionsstreifen auf Sportklamotten oder wie ein paar Kerzen. Eher wie eine riesige Hochleistungs-LED. Der eine Baum erhellte durch das Strahlen seiner Blätter den gesamten Innenhof. Ich korrigierte meine Meinung über den Baum: Der Anblick war atemberaubend schön.

»Ja, unser Lucernabaum ist wirklich ein Prachtexemplar. Sein Leuchten ist so stark, dass nicht einmal unser Verhüllungszauber sein Licht verbergen kann. Deshalb leuchtet er auch in unserer Ruinen-Illusion.«

Ich öffnete schon den Mund, um Cole zu fragen, von welchen Verhüllungszaubern und Ruinen-Illusionen er sprach, aber Ginga verpasste mir einmal mehr einen Seitenhieb und formte mit den Lippen nur ein Wort: »Später«.

Also gut.

Später. Magnus würde mir diese Frage später beantworten müssen.

Wir betraten das Foyer des alten Wohnhauses durch sein imposantes Eingangsportal. Sofort verlagerte sich meine Aufmerksamkeit. Ich war umringt von schlagenden Herzen, die durch die Außenmauern verblüffend gut abgeschirmt gewesen waren.

»Immer drei bis vier Lehrlinge teilen sich eine Wohnung. Nach Möglichkeit sollte jeweils jeder Jahrgang einmal vertreten sein.«

Dazu kamen viele flüsternde Stimmen. Lehrlinge, die sich noch leise in ihren Wohnräumen unterhielten. Auch Cole flüsterte jetzt. »Auf diese Weise können die neuen Lehrlinge von den alten lernen und die älteren ihr Verantwortungsbewusstsein schulen.« Na, wie löblich. Ich fragte mich, wie viele Lehrlinge diese Verantwortung ernst nahmen. Außer Cole. Er war ganz offensichtlich auch so ein pflichtversessener ›Gut-Nafish‹ wie ein gewisser bescheidener Helfer in Fragen der Magie.

Apropos. Ich fragte mich, wo Magnus Cara untergebracht hatte. In dem zweiten Wohnhaus? Hier zumindest konnte ich sie nirgends riechen oder hören und schließlich war sie doch vor uns in Nafishur angekommen.

»Hast du hier auch dein Zimmer«, fragte Ginga, als wir schon wieder fast am Ausgang waren. Dabei hatte ich meine zu eigenständigen Sinne kaum dazu bewegen können, etwas vom imposanten Foyer oder dem Gebäude insgesamt wahrzunehmen.

»Nein, meine Wohnung ist im zweiten Wohnhaus – gemeinsam mit den anderen beiden Patronii. Aber ich bin oft hier, um Nachhilfe zu geben. Im Erdgeschoss gibt es hier mehrere Aufenthaltsräume. Dieses Extra besitzt nur das große Wohnhaus.«

Als wir einmal mehr den Innenhof überquerten, lenkte mich der Lucernabaum – ich hoffte, ich hatte mir den Namen richtig gemerkt – schon weniger ab. Vor allem, als wir nun wieder das Hauptgebäude vor uns sahen. Es war auch bei Nacht beeindruckend mit all seinen Erkern und verzierten Fenstern, die nun vom Licht des Baums beleuchtet wurden und skurrile Schatten warfen.

Aber das Außen war nichts im Vergleich zum Innen. Vorhin hatte uns Tasco so schnell hinausgeführt, dass ich keine Gelegenheit gehabt hatte, mich gründlich umzusehen. Die Eingangshalle war zugleich ein großer Lichthof, der viele Meter über uns in einer kitschigen Glasmalerei endete. Jetzt, bei Nacht, zeigte es die beiden Monde – deutlich vergrößert – und beleuchtete so das Foyer.

Während wir weiter in das Gebäude hineinliefen – durch zahlreiche Gänge und über verschiedenste Treppen – wurde meine Sorge immer größer, mir diesen Grundriss nie im Leben einprägen zu können. Zumal der Grundriss vor meinem geistigen Auge nicht den geringsten Sinn ergab und Cole sich zu allem Überfluss inzwischen schneller bewegte. Als hätte er es plötzlich eilig.

»Das Hauptgebäude hat vor allem auch repräsentative Zwecke. Hier sind die große Aula und weitere Hörsäle samt Audimax zu finden. Die großen Hörsäle passen nur in dieses Gebäude. Daneben befinden sich hier vor allem die Lehr- und Studierstuben der Lehrmeister und deren Hilfskräften.« Er sprach jetzt auch schneller. Irgendetwas schien ihn zu hetzen. Wenn es auch noch nicht ganz so schlimm war wie bei Tasco.

Diesmal war meine Beobachtung wohl nicht unangemessen. Auch Ginga musterte unseren Patronus nachdenklich. »Cole, alles in Ordnung? Du wirkst plötzlich … verändert.«

»O, es ist Euch aufgefallen. Das tut mir leid. Ich hoffe, Ihr haltet mich nicht für unhöflich.« Das wäre nun der letzte Begriff, der mir zu Cole Silva eingefallen wäre. »Magnus Magister Athanasius Cronos hat mir nur noch eine weitere Aufgabe anvertraut. Ich soll einen adligen neuen Lehrling begrüßen, der bald ankommen müsste. Ich hatte nicht damit gerechnet, dass wir so lange brauchen würden.«

»Ach so! Aber das ist doch kein Problem. Wir haben viel gesehen und du kannst uns den Rest auch gern morgen zeigen.«

»Morgen ist durch den Start des Semesters und die Weihzeremonie auch nicht mehr Zeit. Außerdem haben wir es ja fast geschafft.« Er lächelte zerknirscht. »Verzeiht, dass ich meine innere Unruhe so schlecht verbergen konnte. Ich zeige Euch noch rasch den Seitenflügel, dann solltet ihr alle wichtigen Gebäude kennen und Euch allein zurecht finden.«

Der Seitenflügel befand sich links vom Hauptgebäude und überwucherte den Säulenumgang wie eine steinerne Pflanze. Er schien über Jahrhunderte zu dem ›gewachsen‹ zu sein, was es heute darstellte. Das Gebäude wirkte improvisiert. Zusammengestückelt.

Ich tat meine Beobachtung kund.

»Ja, es ist wirklich der reinste Flickenteppich«, stimmte mir Cole zu. »Soweit ich weiß, liegt das an der besonderen Nutzung der Seminarräume. Nicht nur der Brand hat seine Spuren hinterlassen.

Auch viele Lehrlinge. Das Nebengebäude ist für die mehr praktisch orientierten Seminare gedacht.«

»Mehr praktisch orientiert wie in …«

»Elementarmagie mit Schwerpunkt auf dem Feuerelement, Fluch- und Bannzauber, Apportation und ähnlichen Fächern. Kein anderes Gebäude hat so viele Feuer, Explosionen und andere eskalierte Zauber über sich ergehen lassen müssen. Deshalb wurde es immer wieder in Teilen repariert und restauriert und sieht heute so aus, wie es aussieht.« Cole leistete sich eine kleine Entgleisung aus seiner Patronusrolle und schnitt eine Grimasse. »Wie ein wüst vor sich hin wachsendes Unikum.«

Als wir das Gebäude betraten, musste ich den Reflex unter- drücken, hustend das Weite zu suchen. Es mochte innen frisch renoviert und ordentlich aussehen, aber meine untote Nase roch deutlich die Spuren der vergangenen Brände, die Asche, den Ruß … ich konnte regelrecht die heiße, verbrannte Luft von damals wahrnehmen. Ich fühlte mich wie im Innern eines schlummernden Vulkans. Nur die Hitze fehlte. Und jeder meiner Instinkte sagte mir, schrie mir zu, dass ich hier nicht sein sollte.

»Hier gibt es verschiedenste Seminarräume, die den Heraus- forderungen des jeweiligen Fachs angepasst sind.« Was das genau hieß, wollte ich eigentlich gar nicht wissen. Cole erklärte es uns trotzdem. »Es gibt Seminarräume mit gepolsterten Wänden und Decken, in denen der Umgang mit dem Zauberstab geübt wird oder später Zaubersprüche, Entwaffnungszauber und spezielle Apportationszauber. Da fliegen häufiger Lehrlinge durch die Luft und das Landen klappt nicht immer gleich.« Er öffnete die passende Tür und ich glaubte, eine Gummizelle vor mir zu sehen. »Dann gibt es Räume wie diesen hier«, eine weitere Tür öffnete sich, »in dem schon die Hilfsmittel bereitstehen. Hier zum Beispiel die Kessel, Messbecher und Tinkturen zum Mischen der Tränke.« Als wir die zweite und oberste Etage erreichten, gab es nur drei Türen und alle drei sahen reichlich mitgenommen aus. »Hier oben findet der Elementarunterricht statt. Wann immer die Magistri Patrocius und Innocentius nicht nur doziert, sondern ihre Lehrlinge ihr Feuerelement erproben lassen, findet das entweder am See oder hier statt.« Auch diesmal öffnete Cole einen der Seminarräume. Eine Duftwolke aus Asche und verbranntem Holz wehte mir entgegen. »Die Räume von den Elementarmagistri sehen verständlicherweise immer am schlimmsten aus. Es lohnt sich nur bedingt, sie nach den Stunden wiederherzurichten. Also wird nur auf die Stabilität des Mauerwerks geachtet. Natürlich steht die Sicherheit der Lehrlinge an erster–« Er brach mitten im Satz ab und starrte aus dem Fenster. Ich folgte seinem Blick. Es schien ein starker Wind aufzukommen. Der Lucernabaum, der problemlos den Seminarraum ausleuchtete, wirbelte mit seinen Blättern, als hätte ihn eine mächtige Windhose erfasst. Sein Laub löste sich von seinen Ästen und wirbelte in Spiralen in die Luft, während es sich zu golden leuchtendem Staub auflöste.

Ginga neben mir presste ihre Hände an das Fenster und beobachtete fasziniert das Schauspiel. Ich bemerkte sie nur, weil sie mich auf der unbewussten Suche nach dem besten Platz immer weiter zur Seite schob.

Es dauerte nur wenige Sekunden, vielleicht eine Minute, dann hatte der Baum nahezu alle Blätter verloren. Nun konnte ich sehen, dass auch sein Stamm und seine Äste leuchteten – allerdings anders. Wie die Mauern des Hauptgebäudes und der Bibliothek war auch der Baum von leuchtenden Adern durchzogen, die ab und an durch Risse in der Rinde zu sehen waren.

»*Shit!* Die Matrona!« Cole fluchte leise. So leise, dass ein normaler Wächter ihn wohl nicht gehört hätte. »Verzeihung Custodes Jean Seine und Stokes, ich muss gehen. Der Lehrling, von dem ich sprach, dürfte gerade angekommen sein.« Das sah er an der Bewegung des Baums? Mit einem Blick auf Ginga verkniff ich mir die Frage. »Da es Euch erlaubt ist, sich überall auf dem Gelände zu bewegen und zu jeder Zeit, könnt ihr Euch auch gern noch ohne mich umsehen, wenn Ihr mögt.«

»Mach dir keine Gedanken, Cole. Wir werden uns in Ruhe auf den Rückweg machen. Geh du vor. Vielen Dank für deine Führung.« Ginga lächelte zuckersüß und Cole stimmte erleichtert ein, verabschiedete sich und rannte los.

»Ein reizender, junger Mann. Wäre doch was für Cara. Wohl erzogen, gutaussehend und offensichtlich höchsttalentiert, wenn er so früh und wider die Regeln schon zum Patronus ernannt wurde.« Ich starrte auf den nun leeren und nur schwach glimmenden Baum vor dem Fenster. »Ich weiß nicht. Ich finde, er ist *zu* nett. Das ist doch nicht normal. Niemand ist so perfekt. Er hat ein Geheimnis, da bin ich mir sicher. Ein anderes Ich, das er gut versteckt.«

Ich spürte Gingas Blick auf mir. Sekundenlang. Dann begann sie zu lachen. »Ach Dariel, mein Süßer, das klang jetzt wirklich etwas melodramatisch. Eifersüchtig?«

»Unsinn! Was meinst du mit ›wider die Regeln‹?«

»Soweit ich weiß, werden eigentlich nur Lehrlinge im Hauptstudium zu Patronii ernannt. Im Grundstudium stehen andere Dinge im Vordergrund. In der Zeit sind auch keine zusätzlichen Jobs als Lehrhelfer eines Lehrmeisters oder Ähnliches erlaubt. Im Grundstudium soll sich jeder Lehrling auf seine Ausbildung konzentrieren.«

Ich starrte Ginga verdattert an. »Woher weißt du das alles? Du bist keine Druidin und warst es auch nicht. … Moment. Du warst doch vor deinem Vampir-Dasein keine Druidin, oder?«

»Mach dich nicht lächerlich! Ich war eine Morphomo. Aber ich hatte während meiner Zeit in Liminon mal was mit einem Luftdruiden, der Lehrmeister war. Der hat mir einiges darüber erzählt, wie es an den Akademien läuft.«

»Aha« Okay. Das waren in vielerlei Hinsicht zu viele Informationen. »Also schön. Willst du dir hier noch irgendwas ansehen oder wollen wir verschwinden?« Noch während ich sprach, bereute ich meine Frage. Gerade fuhr so etwas wie eine pferdelose Kutsche um den Lucernabaum. War das die Nafishurversion eines Autos? Es dampfte und erinnerte mich an die Steampunkversion einer Autokutsche. Allerdings ich hörte kaum etwas vom Motor. »Was ist das?« Mein Finger zeigte auf das merkwürdige Gefährt.

Ginga kam wieder näher und folgte meinem Fingerzeig. Das war der Moment, in dem sich die Tür öffnete und jemand ausstieg. Eine junge Frau. Sie war blass und hatte ihr langes, schwarzes Haar zu einem Dutt hochgesteckt.

»CARA!« Gingas Freudenschrei hallte laut nach in dem leeren Seminarraum. Sofort hielt sie sich ihre Hände vor den Mund. Beide. Sie sah mich mit großen Augen an und dann beobachtete sie wieder ihre Freundin, wie sie unschlüssig unter dem Baum herumstand. Dann sprach Ginga um einiges leiser weiter: »Sie wartet auf uns, richtig? Auf wen denn sonst? Komm, schnell!« Im Nu hatte sich Gingas Hand wie Schlinggras um meine gewickelt. Sie zog an mir, doch meine Augen hingen weiter an der kleinen Gestalt unter dem riesigen Lucernabaum. Da! Da war ein Schatten, der auf sie zu kam! Jetzt wollte auch ich loslaufen, doch dann erkannte ich den Schatten. Patronus Silva. Hatte er seine Adlige schon eskortiert?

»Sie scheint ihn zu kennen, diesen Cole«, flüsterte Ginga neben mir. Inzwischen zog sie nicht mehr an meinen Händen. Offenbar gefiel ihr unser Beobachtungsposten unter den gegebenen Umständen besser.

»Vielleicht sind sie sich schon gestern hier begegnet.«

»Oooooh! Sieh dir nur an, wie verlegen sie schaut. Ich hab doch gleich gesagt, dass er gut zu ihr passen würde! Ich habs dir gesagt!«

Als sich die zwei auf den Weg zum alten Wohnhaus machten, fiel mir auf, dass dieses ... Irgendwas schon wieder verschwunden war. »Verrätst du mir trotzdem noch, was das eben war? Dieses«, ich suchte nach dem passenden Begriff, »Fahrzeug?«

»Ach das. Ein Vapor Pegma. So eine Art Kutschenauto.«

»Cara hat ein Auto!?«

»Natürlich nicht oder siehst du es noch irgendwo? Das war nur gemietet. Wie ... wie ein Taxi. Die Dinger können sich im Grunde nur wohlhabende Druiden leisten. Und vielleicht ein paar auserwählte Adlige anderer Wesensklassen. Ich wette, das hat Magnus für unsere allerliebste Cara organisiert.«

Ich nickte abwesend. Das war anzunehmen. Irgendwie hätte ich nicht erwartet, in Nafishur so etwas wie Autos zu sehen. Aber gut. Es war eher eine Kutsche. Deshalb hatte es Magnus vorhin so eilig gehabt. Sicher musste er sich noch darum kümmern, Cara holen zu lassen. Ob auch sie in Xamax gelandet war?

Unweigerlich musste ich an die lila leuchtende Iris des Fürsten denken und wie er versucht hatte, meinen Geist zu knacken. Die

Gänsehaut breitete sich wie von selbst auf meinen Armen aus. Wie viel hatte er gesehen? Magnus konnte mich lesen. Warum hätte der Fürst scheitern sollen?

»Ist dir kalt?«

Ich starrte Ginga einen Augenblick lang an. Hatte sie das wirklich gerade gefragt? »Seit wann können Vampire frieren?«

»O, im Schnee können wir durchaus frieren. Alles, was deutlich kälter ist als wir selbst, lässt uns frieren.«

Ach so?

»Das wusste ich gar nicht.«

»Ach, mein süßer Nachwuchsvampir, du weißt so einiges nicht.«

Mit einem Augenrollen sah ich zur Decke und fixierte dort einen Brandfleck. »Ja, *du* wusstest auf der Erde sicher sofort über alles Bescheid.«

»So war das doch nicht gemeint! Und nein, wusste ich nicht. Ich wusste ja nicht mal, dass es Luv wirklich gibt. Es heißt ja nicht umsonst ›Luv‹. Großes Nichts. Genaugenommen habe ich auch erst in Luv gelernt, dass Vampire frieren können.«

Schon wieder eine Neuigkeit. »Wieso denn das?«

»Weil es hier keinen richtigen Winter gibt und keinen Schnee. Das große Gebirge im Norden sorgt dafür, dass die kältere Seeluft auf der anderen Seite Nafishurs auf der ›Meeresseite‹ bleibt. Nur in Liminon gibt es zumindest mal sowas wie Hagel oder kalten Wind. Aber Schnee gab es hier noch nie. Und Schnee ist das Einzige, das ich bisher gefühlt habe, das deutlich kälter war als ich selbst.«

»Dann muss der erste Schnee für dich ja ein ziemlicher Schock gewesen sein.«

»Das kannst du laut sagen.« Sie lachte. »Zumal ich damals direkt aus dem Port und in den Schnee gefallen bin – und Cara in die Arme. Aber das ist eine andere Geschichte. Wenn du nicht frierst, warum hast du dann Gänsehaut?«

Gekonnter Themenwechsel. Nun war sie ein Thema los, über das sie nicht sprechen wollte. Aber dafür war meins wieder da. Der Fürst Nafishurs. Ich musste weg von diesem Gedanken. »Nur eine unschöne Erinnerung. Ich musste gerade an unsere Begegnung mit dem Fürsten denken.«

»Oh«, war alles, was Ginga dazu sagte. Mit Worten. Ihre Körpersprache sagte wesentlich mehr. Sie senkte den Blick, umarmte sich selbst und biss sich auf ihre Unterlippe. Unbehagen und Unsicherheit standen ihr ins Gesicht geschrieben. Wie es wohl für sie gewesen war?

Wieder starrte ich nach draußen auf den Baum. Bildete er bereits neue Knospen? War das möglich? »Hör mal. Tut mir leid. Ich weiß auch nicht, was da im Palast in mich gefahren ist.« Außer vielleicht der Fürst. »Ich glaube, das war alles ziemlich knapp. Auch wenn ich Magnus noch immer weder traue noch mag. Er hat mir heute mehrfach das Leben gerettet und das werde ich ihm nicht vergessen. Ich … ich hatte eigentlich nur darauf gehofft, dass er dich und Art da heil herausbringt.«

Sie lachte leise. Freudlos. »Du erinnerst dich schon daran, dass wir miteinander verbunden sind?«

Merde. Ich fuhr mir mit den Händen durchs Haar. »Das heißt, du hättest es gespürt, wenn er mich …« Ich überließ das Ende des Satzes ihrer Fantasie.

»Gespürt?! Du hast keine Ahnung, wie sich das anfühlt, wie mir scheint. Vielleicht sollte ich mich auch mal stärker verletzten. Dann würdest du vielleicht auch besser auf dich achtgeben.« Doch. Ich hatte ihre Verletzungen schon gespürt. Dennoch war es mir nicht bewusst gewesen. »Ja, ich hätte es gespürt. Als würde ich es selbst erleben. Nicht abgeschwächt oder durch einen Filter. Nein, genauso stark, wie du selbst deine Schmerzen fühlst.«

Zögernd zog ich sie zu mir. Ihre Arme waren verschränkt zwischen uns. Instinktiv drehte ich sie, so dass sie mit dem Rücken an mir lehnte und aus dem Fenster sah. Ich legte meine Arme über ihre und beobachtete die Knospen und jungen Blätter des Lucernabaums, die sich schon langsam wieder öffneten. Ich hatte keine Ahnung, was mich zu so viel *freiwilliger* Nähe trieb. Wahrscheinlich hatte ich irgendwie das Gefühl, es ihr schuldig zu sein. »Ssssch. Ist gut. Wir sind beide hier. Tut mir leid, dass ich dich so erschreckt habe. Und es tut mir leid, wenn du meinetwegen Schmerzen hattest.«

Das tat es wirklich.

Wann war ich so ein Softie geworden?

Ihr Haar kitzelte mich, als ich mich vorbeugte, und ihr exotischer Duft betäubte meine Sinne. Ein einzelnes *Dum-Dum* durchdrang die Stille. Ich konnte spüren, wie sie nun die gleiche Gänsehaut wie ich trug, und dann spürte ich, wie sich ihre verschränkten Arme lockerten und sie sich langsam zu mir umdrehte. Ihre grünen Augen durchbohrten mich und in ihnen spiegelten sich die ersten neuen, leuchtenden Blätter des Lucernabaums. Ich spürte ihre Hände über meine Brust streichen, beobachtete sie, wie ihr Blick immer wieder zu meinen Lippen huschte. Ein Gefühl von Aufregung und Vorfreude überrollte mich. War ich das selbst oder kam das von ihr? Spielte das überhaupt eine Rolle? Als unsere Lippen sich trafen, war es mir egal.

Gab es einen logischen Grund dafür, dass sich ein Kuss in Nafishur anders anfühlte als in Luv? Intensiver. Ich zog Ginga gierig an mich, hob sie hoch und stellte mit Genugtuung fest, dass sie ihre Beine um meine Hüfte geschlungen hatte. Im nächsten Augenblick drängte ich sie gegen die verkohlte Wand neben dem Fenster. Sofort musste ich an Paris denken. An den Probelauf, als sie mich in den Club mitgenommen hatte. Ihre Hände schienen überall zu sein, jetzt sowie auch damals.

Wann endete ein Kuss, wenn man nicht atmen musste?

»Mpfagnuf«, nuschelte ich dann erschrocken an ihre Lippen, als jemand anders durch sein Auftauchen den Kuss für uns beendete.

»Was?« Mein Blick huschte zwischen dem, den ich im Innenhof gesehen hatte, und Ginga hin und her. Ich konnte nicht wiederstehen. Ich musste wissen, wie sie jetzt aussah.

Ihr Haar war mehr als zerzaust – kein Wunder: eine meiner Hände war noch immer darin vergraben –, ihre Augen waren tiefschwarz, doch ihre Wangen trugen einen leichten Rosé-Schimmer. Wie um alles in der Welt konnte sie so lebendig aussehen?

»Dariel, was hast du? Alles okay? Ich hab nichts … du … du hast angefangen!«

»Was? Non. Oui. Das ist doch egal.« Was hatte uns noch gleich unterbrochen? Ich zwang meinen Blick zurück zum Innenhof. »Sieh mal, wer da ist.«

Einmal mehr folgte sie meinem Blick und sah Magnus nun auch. »Oha. Der wird auf dem Weg zu uns sein.«

Ich nickte. Davon war auszugehen. »Vielleicht sollten wir uns jetzt etwas … beeilen?«

»Wir sind Vampire. Ich bitte dich. Er läuft ohne jede Hast. Wir überholen ihn locker.« Für Ginga bestand also kein Grund zur Eile. Stattdessen zog sie sich mit ihren Armen und Beinen wieder enger an mich und biss mich in meine Lippe.

»Gwingwa!« Ich knurrte leise.

Sie ließ von meinen Lippen ab, nur um ihre an mein Ohr zu legen. »Wenn du wüsstest, was du mit mir anstellst, wenn du so knurrst.«

Ich schloss die Augen und versuchte auch sonst meine Sinne herunterzufahren, um sie nicht mehr so extrem zu spüren, aber es half nichts. Nur meine Umgebung verschwand immer mehr. *Sie* hingegen blieb im Zentrum meines Bewusstseins.

»Ginga …« Mein Protest wurde immer leiser, während sie am Kragen meines Wächtergewands spielte und meinen Hals küsste.

Aber dann ließ sie mich plötzlich los und stand wieder auf ihren eigenen Beinen. Sie seufzte leise und strich ein letztes Mal über meinen Oberkörper. »Das ist *wirklich* frustrierend. Dieser Großmeister hat ein scheußliches Timing!« Das konnte sie laut sagen. Mein selbstständiger Körper hatte das dringende Bedürfnis, Ginga zurückzuziehen. »Ich sollte ihm das sagen.«

»Als hättest du den Mut dazu.« Ich musste lachen beim Gedanken an unsere bisherigen Begegnungen mit Magnus und Gingas Verhalten in diesen Momenten. Zur Strafe erntete ich einen vernichtenden Blick – und dann war ich allein.

»HEY! WARTE!«, schrie ich und rannte ihr hinterher. Der eher physisch orientierte Teil meines Körpers verfluchte mein loses Mundwerk. Zum Glück war der Seitenflügel nicht ansatzweise so unübersichtlich wie das Hauptgebäude. Und zum Glück war mir Ginga nicht zu weit voraus, um ihrer Spur zu folgen. Wir liefen einen großen Bogen, statt den kürzesten Weg zu nehmen – der direkt auf Magnus Route lag. Hinter uns wirbelten die leuchtenden Blüten auf. Vielleicht hielt unser Dekan es ja für eine Windböe. Auch wenn ich um eine Portreise gewettet hätte, dass Magnus uns sowieso schon im Seitenflügel bemerkt hatte. Immerhin war das hier seine Akademie.

Wir waren just im Haus, als Magnus vom Küchenfenster aus in Sichtweite kam.

›Wie seht ihr denn aus? Habt ihr den Übeltäter etwa schon gestellt und Euch einen harten Kampf geliefert? Ihr seid voller Ruß – und habt ihr keinen Kamm?‹

Na sowas. Unser Kater war wieder anwesend. Und er beglückte uns direkt mit seiner angeborenen Frohnatur. Aber wenn er recht hatte, dann war das ausgesprochen ungünstig. Was sollte Magnus von uns denken? Ich starrte mein Spiegelbild in der Fensterscheibe an. Ich hatte einen rußigen Handabdruck auf meiner Wange und meine ›Zotteln‹ standen in alle Richtungen ab. Was war da eben nur in mich gefahren? Ich rieb hektisch über meine Wange und versuchte, meine Haare in so etwas wie eine Frisur zu verwandeln. Aber das Wasser aus der Küchenspüle allein half nur bedingt.

›Ich glaub kaum, dass das noch was bringt. Und schau dir die rote Teufelin an. Ihr ganzer Rücken ist schwarz. Habt ihr euch zusammen in einem Aschehaufen gewälzt?‹

Das. Half. Nicht.

»Grüble nicht schon wieder über uns. Frag dich lieber, was Magnus uns noch mitteilen will, und überlege, was du ihn alles fragen wolltest.«

* * *

»Wie ich höre, sorgt ihr in der Akademie bereits für Schlagzeilen und Gerüchte. Johanna und Tasco habt ihr wohl sichtlich beeindruckt. Wie war euer erster Tag?«

Ich war froh, nicht mehr rot werden zu können. Ob die Köchin immer noch der Meinung war, Ginga und ich seien ein Paar? Eine Erinnerung streifte meine Lippen. Wenn wir so weitermachten, hatte Johanna am Ende noch recht. Ich schluckte. Das durfte nicht passieren. Unruhig rutschte ich auf dem Sofa herum. Ginga saß direkt neben mir und ich konnte ihre Nähe deutlich zu deutlich spüren. *Viel* zu deutlich.

Ja, wir waren durch dieses Band verbunden, wir mussten uns retten statt uns töten zu können. Und offenbar sorgte dieses Band ab und zu dafür, dass eine seltsame Form der Anziehung zwischen uns entstand. Eine, die keinen Sinn ergab. Ginga war nicht mal mein Typ. Und sie hatte meinen Vater umgebracht. Und mich. Mehr Gründe jemanden *nicht* zu lieben, brauchte es ja wohl nicht!

»Magnus Magister Athanasius Cronos, Dariel hat sich ständig verplappert. Ich hoffe, die Gerüchte haben nichts mit unserer Herkunft oder unserem Wesen zu tun«, ergriff Ginga das Wort, als ich keine Anstalten machte, aus meinem inneren Monolog aufzutauchen.

»Aber nein. Da kann ich euch voll und ganz beruhigen. Johanna hält Dariel für einen Ascetus aus einem der abgelegenen Monasterien in den Wäldern Zambalas und Tasco ist fest davon überzeugt, dass dein Zögling eine adlige Palastwache aus Xamax ist. Und das erzählen die beiden auch jedem in der Akademie, der nach euch fragt.«

»Was ist ein Ascetus? Und wie kommt Tasco auf die Idee, dass ich adlig bin?«

»Ein Ascetus ist sowas ähnliches wie ein Mönch in Luv. Sicher wegen deiner Unwissenheit und Weltfremdheit«, stichelte Ginga. »Asceti leben sehr abgeschieden vom Rest der Welt. Und was Tasco angeht: Dein zweiter Vorname, mein Süßer. Tasco muss ihn für einen Ehrennamen halten. Genauso wie Johanna und Cole im Übrigen. Deshalb sprechen dich alle so ehrfürchtig an. Das ›Euch‹ ist nicht für uns beide gedacht.«

Also hielten mich die Angestellten für adlig? »Sollte ich diesen Irrtum nicht aus der Welt räumen? Ein Mönch ist das eine, aber ein Adliger? Richtet das nicht zu viel Aufmerksamkeit auf uns?«

Magnus lächelte entschuldigend. »Nachdem ich dich so vorgestellt habe, ist es dafür zu spät. In Nafishur gibt es keine zwei Vornamen. Wenn jemand drei Namen besitzt, dann stets wegen eines Ehrennamens.«

Na bravo. Das war doch sicher Absicht von ihm gewesen. Aber was hatte er damit bezweckt? »Hast du deshalb Tasco gerufen, um uns zu Johanna zu bringen? Damit er von *dir* unsere Namen hört und ohne jeden Zweifel zu diesem Schluss kommt?«

Magnus lächelte ein wortloses ›Ja‹.

»Aber warum? Um ihn zu ärgern? Sowas machst du ja nicht. Aber wieso sonst?«

»Magnus Magister Athanasius Cronos, wolltet Ihr Johanna damit helfen?« Ginga legte den Kopf schräg und musterte unseren schweigsamen Gast. Sie zeigte erstaunlich viel Selbstbewusstsein, wenn man bedachte, mit wem sie gerade sprach. Aber warum nannte sie ihn nicht mehr Magnus? »Sicher hat sich nichts an der Luv-Feindlichkeit geändert, seit ich aus Nafishur herausgefallen bin. Johanna hat auch sowas angedeutet. Sollte Tasco sehen, dass adlige Wächter aus Xamax Luv freundlich gesonnen sind und vor allem dessen Existenz nicht verneinen?«

Ach so. Gingas Worte ergaben Sinn.

Wieder lächelte Magnus ein wortloses ›Ja‹.

Also ging es ihm weniger darum, dass Johanna ohne es zu wissen, jemanden aus Luv getroffen hatte, sondern darum, ihre Position den Luv-Gegnern gegenüber zu stärken. Das war gar nicht so dumm.

»Danke«

»Ist das dein Ernst? Auf unsere Fragen antwortest du nicht richtig, aber wenn ich etwas denke, reagierst du?«

»Entschuldige bitte, Dariel. Deine Gedanken sind stets eine erfrischende Abwechslung zu dem, was sonst in den Nafish in meiner Umgebung vorgeht.« Magnus setzte sein schrecklich freundliches Lächeln auf. »Und wenn du über mich nachdenkst, ist das, als würdest du laut meinen Namen rufen. Da fällt es schwer, wegzuhören.«

»Was für eine Reichweite hast du denn? Wie weit weg muss ich sein, damit du dich nicht mehr *angesprochen* fühlst?« Dieser Druide ging mir einmal mehr gehörig auf die Nerven. Worauf hatte ich mich hier nur eingelassen?

»Das kommt auf verschiedene Faktoren an. Zum einen auf dich und darauf, ob du nur über mich nachdenkst oder mich aktiv rufst.

Zum anderen auf mich und darauf, ob ich gerade durch Magie oder Gespräche abgelenkt bin oder nicht. Zum dritten auf unser beider Umgebung. Ist da etwas, das die Verbindung stört? Von Luv nach Nafishur und andersherum funktioniert Telepathie beispielsweise nicht.«

»Aha« Eigentlich war meine Frage reiner Sarkasmus gewesen und ich hatte keine Antwort erwartet. Aber diesmal hatte ich tatsächlich eine bekommen. »Sollten wir also auf einen wütenden Feuerdruiden stoßen – sagen wir in der Bibliothek –, dann könnte dich mein Hilferuf mit etwas Glück erreichen.«

»So ist es. Allerdings gibt es auch Räumlichkeiten in der Akademie, die abgeschirmt sind.«

»Räume mit gestörter Verbindung? In der Akademie? Wäre es nicht gut und wichtig, wenn jeder Lehrling jederzeit um Hilfe rufen kann? Gerade in Anbetracht des jüngsten Ereignisses.«

»Das kann er ja. So wie jeder andere auch. Mit seiner Stimme. Aber weder in den besonders zugangsgeschützten Räumlichkeiten der Bibliothek noch im Prüfungsgebäude ist es möglich, Telepathie zu nutzen. Im einen Fall sollen die Informationen den Raum nicht verlassen, im anderen Fall keine fremden Informationen in den Raum gelangen. Du glaubst nicht, wie viele Wege ein junger Druide findet, um sein Prüfungsergebnis zu ›optimieren‹.«

Aber natürlich. Betrug durch Telepathie. »Und dein Büro ist doch sicher auch solch ein Ort.«

»Nein. Da muss ich dich enttäuschen.«

Okay, das verblüffte mich.

»Aber willst du nicht deine Gedanken schützen?«

»Das tue ich. Aber das Büro des Dekans als Raum bedarf dieses Schutzes nicht. Außerdem geht eine solche Abschottung nur in beide Richtungen. Würde ich mein Büro derartig absichern, wäre es mir auch nicht mehr möglich, die Rufe anderer wahrzunehmen.«

Ich nickte. »Beherrschen denn alle Druiden Telepathie?«

»Nein, das nicht. Es sind tatsächlich die wenigsten. Aber diese Gabe sieht man seinem Gegenüber nicht an. Wenn derjenige nicht gerade in den Geist hineinspricht, dann erfährt man nichts von dessen Gabe.«

»Und deshalb ist grundsätzlich jeder Lehrling verdächtig, durch Telepathie zu betrügen.«

»Genau. Und nicht nur die Lehrlinge.«

Wieder nickte ich. Es war beruhigend, dass nicht jeder hier versuchte, in meinen Kopf einzudringen. Und doch machte mich der Gedanke nervös, dass ich nicht wissen konnte, wem dieses Kunststück gelingen könnte.

Wir alle hingen schweigend unseren Gedanken nach. Es fiel mir erst auf, als Ginga wieder ihre Scheu überwand und die Stille durchbrach.

»Magnus M-Magister Atha–«, sie brach ab und warf Magnus einen unsicheren Blick zu, »also gut. M-Magnus, die wichtigste Frage, die wir uns stellen, ist: Wer sind wir? Also hier. Offiziell, meine ich.«

»Ihr seid die neuen Wächter der Feuermagieakademie, berufen vom Princeps Primus. Eure Stellung wird niemand anzweifeln.«

Ich sah Ginga an, wie sie jetzt mit sich kämpfte. »Das mag sein, aber wir sollten doch sicher nicht zeigen, dass wir Vampire sind. Welchem Volk gehören wir offiziell an? Wo kommen wir her? Haben wir einen offiziellen Lebenslauf? Eine Tarnung?«

»Ah, meint ihr, das ist nötig? Ich bezweifle, dass ihr euch lange als andere Wesen ausgeben könnt. Es sei denn, ihr könnt Feuer machen, zu Waldgeistern werden oder bekommt einen Fischschwanz.« *Bitte was?!*

»Ich war ein Morphomo! Das zumindest könnte ich zeigen.«

Magnus nickte. »Also schön, das ist eine Möglichkeit für dich. Zumal Morphomos häufig Anstellung im Palast finden. Dariel könnten wir vorübergehend zu einem, hmmm«, nachdenklich musterte er mich und wie von selbst stellte ich mir vor, als männliche Meerjungfrau verkleidet herumzulaufen. »Wie wäre es mit einem Kephaliden? Das würde erklären, weshalb man ihn nicht so leicht verletzen kann und auch seine Blässe, wenn er aus dem weißen Marmorgeschlecht stammt. Zugleich gibt es keine weiteren äußeren Merkmale.«

»Aber natürlich! Das ist genial!« Ginga klatschte begeistert in die Hände. Meine Begeisterung hielt sich in Grenzen. Was war jetzt wieder ein Kephalide? Das einzig beruhigende war, dass ich wohl doch nicht als Meermann herumrobben musste.

»Schön. Und was eure Biografie angeht: Ich möchte euch ungern noch mehr Regeln auferlegen. Denkt euch etwas aus und teilt mir eure Geschichte mit. Am besten sollte sie erklären, weshalb Dariel ab und an einen merkwürdigen Dialekt hat und nicht alle Gepflogenheiten kennt.«

Wir nickten. Ich war verblüfft, dass Magnus uns freie Hand ließ. Und erleichtert. Zumindest, solange Ginga nicht auf die Idee kam, uns als Paar auszugeben.

»Also gut. Was sollten wir noch klären? Habt ihr weitere Fragen?«

»So einige.« Ich ergriff wieder das Wort – der beste Weg, nicht mehr darüber nachzudenken, was ich nun offiziell sein würde. »Wir haben gerade Cara ankommen sehen. Wie geht es ihr? Wo ist sie?« Jetzt war Gingas Strahlen fort. Ich spürte, wie ihre Anspannung stieg. Sie elektrisierte mich mit.

»Cara geht es ausgezeichnet.« Magnus warf Art einen Seitenblick zu. »Und Aby auch.« Dann sah er wieder uns an. »Cara ist gestern morgen mit mir«, wieder lag sein Blick auf dem Kater, »und Aby in Medivia gelandet, der Hauptstadt Zambalas. Während des Semesters wird sie kaum Zeit haben, um den Rest des Feuerreichs zu entdecken. Deshalb wollte ich ihr wenigstens diese kleine Chance geben, über den Tellerrand der Akademie hinaus zu blicken. Sie hat sich ausgezeichnet geschlagen und sogar schon einige Freunde gefunden, wie mir scheint.« Sofort sah ich Cole vor meinem geistigen Auge und wie verlegen Cara eben in seiner Gegenwart gewesen war. Vielleicht hatte sie auch schon mehr als nur Freunde gefunden. »Und gerade dürfte ihr Patronus Silva ihre Wohnung zeigen. Ich würde vorschlagen, ihr begrüßt sie morgen nach der Weihzeremonie. Das ist natürlich euch überlassen, aber ich denke, noch mehr Aufregung muss jetzt nicht sein. Morgen ist ein wichtiger Tag für sie.«

›Klingt durchaus vernünftig, was der Zauberer da sagt. Aby kann ich doch sicher trotzdem nachher besuchen.‹

Glaubst du ernsthaft, dass Cara das nicht mitbekommen würde? Was denkst du, wie viele weiße Kater hier herumlaufen? Ich hab *noch keinen gesehen.* Diesmal richtete ich meine Gedanken direkt an Art. Zur Belohnung wurde ich von einem stechenden Blick durchbohrt.

›*Na schön.*‹

Als Artemis beleidigt das Wohnzimmer verließ, erinnerte ich mich an eine weitere meiner Fragen. »Magnus, als Cara eben ankam, hat sich der Lucernabaum merkwürdig verhalten. Er hat sich bewegt, als wäre er in einem Orkan gefangen und verlor alle Blätter. Daraufhin wusste Cole, dass jemand angekommen war.« Während ich sprach, begriff ich etwas anderes. »Moment mal. Cara ist adlig?!«

»Ja sie ist adlig. Seit dem Tod ihrer Großmutter trägt sie den Ehrennamen der weiblichen Linie der Familie: Thetra. Ihre Familie mag vor ihrer Geburt nach Luv geflohen sein, aber zuvor waren ihre Eltern – beziehungsweise ihr Vater und ihre Großmutter – hier ausgesprochen angesehen. Ihre Mutter wurde so wie Cara in Luv geboren.« Was? Ihre Familie war geflohen? Und dann wurden sie in Luv getötet? Cara hatte mir keine Details erzählt, aber dass ihre Familie nicht auf einen Schlag einer Krankheit zum Opfer gefallen war, lag auf der Hand. Ich erkannte ihre Art der Trauer. Es war die gleiche wie meine. Die Art von Trauer, die nach Antworten und Schuldigen suchte – und nach Rache.

»Ist Cara in Gefahr?«, war die einzige Frage, die ich laut aussprach.

»Das hoffe ich nicht. Deshalb ist sie ja jetzt hier. Damit sie besser geschützt ist und sich besser selbst schützen kann. Und deshalb seid auch ihr hier.«

»Ich dachte, wir sollen den verschwundenen Wächter finden.«

Diesmal war das Lächeln auf Magnus Lippen wenig überzeugend. Es erreichte seine Augen nicht. »Ich wäre euch dankbar, wenn euch beides gelänge. Aber natürlich hat das Leben von Cara – und allen anderen Lehrlingen – Vorrang vor Francesco.« Er beugte sich vor und fuhr sich mit einer Hand durch seine Locken. Plötzlich wirkte Magnus beinah menschlich und verletzlich. »Mir ist bewusst, dass die Chancen, Francesco lebend zu finden, nahe null sind. So wenig ich es auch wahrhaben will.«

»Wieso? Weil bereits drei Wochen vergangen sind? Wer hat denn bisher nach ihm gesucht?« Ich erinnerte mich an all die Krimis, die ich gelesen hatte. Bei Entführungen waren 24 Stunden die entscheidende Schwelle. Aber vielleicht war das ja keine Entführung.

»Natürlich gibt es auch hier so etwas wie eine Polizei. Es sind besonders ausgebildete Wächter aus Xamax: Custodes Scrutinandi oder kurz CS. Und natürlich haben sich diese mit dem Verschwinden von Francesco befasst.«

»Aber?« Magnus sah mich unwillig an. *Er* wollte doch, dass wir seinen verschwundenen Wächter fanden. Dann würde er allerdings auch unsere Fragen beantworten müssen.

»Du hast ja recht. Es widerstrebt mir, solche Mutmaßungen zu äußern, aber ich habe Grund zu der Annahme, dass die mit dieser Angelegenheit betrauten Custodes nur ein mäßiges Engagement an den Tag legen auf Grund von Francescos Namen und vermeintlicher Herkunft.«

»Sie suchen nicht nach ihm, weil er aus Luv kommt?« Zumindest war es das, was ich aus Magnus Herumgedrückse herauslas.

»Gewissermaßen. Man kam schnell zu dem Schluss, dass Francesco wieder nach Luv zurückgekehrt sei. Einige seiner Kleidungsstücke und seine persönlichen Dinge fehlten. Es waren keine Spuren einer gewaltsamen Entführung zu finden.«

»Und doch scheinst du dir sicher zu sein, dass Francesco nicht einfach heimgekehrt ist.«

Magnus nickte nur schweigend. Langsam wurde ich ungeduldig.

»Magnus, was weißt du? Was kannst du uns zu Francesco und seinem Verschwinden sagen?« Er schwieg. »Ich denke, wir sollen die Wahrheit herausfinden? Willst du es uns wirklich unnötig schwer machen?«

»Natürlich nicht. Und doch trage ich Verantwortung. Es gibt Dinge, die ich im Vertrauen erfuhr – oder sogar ohne das Wissen der betreffenden Person.« Durch seine Telepathie, na klar. »Auch wenn es einem guten Zweck dient, kann ich dieses Wissen nicht einfach ausnutzen und weitergeben.«

»Es geht hier deiner Meinung nach mindestens um Entführung,

wenn nicht sogar um Mord. Findest du deine Zurückhaltung da nicht unangebracht?«

»Und wo würdest du die Grenze ziehen, Dariel Jean Seine? Wenn du hören könntest, was dein Gegenüber denkt? Würdest du bedenkenlos alles gegen ihn verwenden und das Wissen für deine Zwecke nutzen? Ungeachtet der Konsequenzen?«

»Nicht alles. Aber wenn es um das Leben eines anderen geht? Warum nicht?«

»Weil es – wenn man einmal damit beginnt – schwer ist, eine Grenze zu finden.«

War das sein Ernst? Verdammt noch mal, er hatte alle Möglichkeiten! Aber egal, wie viele Flüche ich in meinem Geist produzierte, es blieb still in meinem Hinterkopf. Diesmal gab es keine ›inoffizielle, unausgesprochene Antwort‹.

Der werte Großmeister hatte wirklich Glück, dass ich so schon unter der Informationsflut litt. Andernfalls hätte ich sicher nicht so schnell lockergelassen. Aber er konnte sich darauf verlassen, dass ich zeitnah wieder an seinen Grenzen kratzen würde.

»Na schön. Behalte deine Grenze. Aber du weißt dennoch mehr über diesen Wächter als wir. Kläre uns auf. Wie war er? Wer war er? Stammt er wirklich aus Italien oder gibt es einen anderen Grund für seinen Namen? Johanna scheint ja auch nicht aus Luv zu stammen.«

»Einverstanden. Ich bin mir sicher, dass Francesco nicht in Luv ist, denn das ist das erste, das ich überprüfte. Ich ging nach Luv und suchte an allen Orten, die auch nur im Entferntesten einen Sinn ergaben. Ich nutzte Ortungsmagie – und fand ihn damit nicht – weder in Luv noch hier.«

»Warte. Du warst vor zwei drei Wochen in Luv unterwegs, um Francesco zu suchen. Also sind wir uns deshalb begegnet? War es dann nur Zufall, dass du Cara, Ginga und mir begegnet bist?«

Nun zeigte sich wieder ein schwaches, aber echtes Lächeln auf Magnus Gesicht. »Nicht ganz, aber Francescos Verschwinden beschleunigte meinen Wunsch, nach Cara zu sehen.« Cara und er … das war auch noch so eine Frage, die mich beschäftigte. Wieso war sie ihm so wichtig? Magnus richtete sich etwas auf und straffte seine

Schultern – wie um sich für das Folgende zu wappnen. »Francesco Navona war ein geborener Nafish, ein Druide, der schon als kleines Kind durch ein Port nach Luv fiel. Ein Priester fand ihn in Rom in einem der Brunnen auf der Piazza Navona. Der kleine Junge sprach eine ihm unbekannte Sprache, die ihn aber an Latein erinnerte. Er kam zu dem Schluss, dass es sich um einen kleinen Franzosen handeln musste, und so gab er ihm den Namen Francesco.« Magnus Lächeln vertiefte sich. »Der Priester nahm ihn bei sich auf und bescherte dem Jungen eine schöne Kindheit. Er wollte ebenfalls Priester werden, doch dann erwachte sein Element in ihm und niemand war da, der ihm hätte erklären können, was mit ihm geschah. Er entzündete Kerzen in der Kirche, ohne diese auch nur zu berühren. Als sein Ziehvater das sah, hielt er ihn für besessen. Um das Kind, das er liebgewonnen hatte, aber zu schützen, schickte er ihn fort, weiter in den Süden des Landes. Er wollte Francesco keinem Exorzisten aussetzen und auch keinem anderen übereifrigen Priester. Schließlich hatte er bisher nichts Böses getan.« Das Lächeln in Magnus Gesicht verblasste so schnell wieder, wie es gekommen war. »Francesco lebte fortan an der Südküste Italiens und arbeitete als Fischer. Aus Angst vor seinem Feuer wählte er einen Beruf, der ihn mit Wasser umgab. So glaubte er sich und seine Mitmenschen in Sicherheit. Bis er eines Tages sein Boot in Brand steckte. Er erschrak über die Größe und Stärke des Feuers, denn bisher hatte er nie mehr als Kerzen oder Herdfeuer entzünden können.« An dieser Stelle sah ich zu Ginga. Sie lauschte Magnus gebannt und ihre Hand umklammerte meine schmerzhaft fest. Machte ihr allein der Gedanke an Feuer solche Angst oder war da noch etwas anderes? »Ich kam gerade rechtzeitig, um ihm zu helfen und lud ihn ein, Lehrling an meiner Akademie zu werden. So kam Francesco wieder nach Nafishur.«

»Wann war das? Wie alt ist Francesco?«

»Francesco war Ende zwanzig, als er mit mir kam. Das war vor gut dreißig Jahren.«

Vor dreißig Jahren? Konnte Magnus da selbst älter als Francesco gewesen sein? Es war schwer zu glauben. Mit so jungen Jahren war er schon Dekan der Akademie gewesen? Oder war er zu der Zeit auch ein Lehrling oder zumindest ein junger, normaler Lehrmeister?

»Und wann wurde er Wächter?« Irgendwie war ich mir sicher, dass Magnus auf die anderen Fragen sowieso nicht reagieren würde. Wahrscheinlich überschritten die Antworten wieder irgendwelche Grenzen.

Allerdings schien auch meine ausgesprochene Frage Magnus nur mäßig zu gefallen. »Seine Ernennung zum Wächter war etwas komplizierter als die eure.« Noch komplizierter? »Nach seinem Studium sollte er eigentlich die Magistri Patrocius und Innocentius in der Elementarlehre unterstützen. Er beherrschte sein Element ausgezeichnet und für einige Monate hatte er auch einen großartigen Lehrmeister abgegeben.«

»Ein Lehrmeister? Aber wieso wurde er dann zum Wächter?«

»Nun. Ich nehme an, Cole erzählte Euch bereits vom großen Brand vor dreißig Jahren?«

Wir nickten beide und mich beschlich das Gefühl, dass ich den Rest dieser Geschichte nicht hören wollte.

»Um die Akademie – oder vielmehr deren Lehrlinge und Lehrmeister zu retten – bot Francesco all seine Kraft und Magie auf. Er tat etwas, dass nicht ohne Grund verboten ist: Er löste sich von seiner Feuermagie und nutzte das Wasser des Sees, um den Brand zu löschen.« Neben mir zog Ginga scharf die Luft ein.

»Ich verstehe nicht. Das klingt wirklich sehr heldenhaft. Aber wieso konnte er danach kein Lehrmeister mehr sein? Hätte er damit nicht eher eine Beförderung verdient?«

»Dariel, wenn sich ein Druide einem Element verschreibt, dann tut er das für den Rest seines Lebens. Es ist eine Art uneingeschränkter Treueschwur. Wir haben die Veranlagung für ein bestimmtes Element. Manche Druiden haben auch die Veranlagung für zwei Elemente. Doch wann immer man sich gegen diese Elemente richtet, ihnen abschwört und ein anderes ruft – noch dazu, um sein eigenes Element zu bekämpfen –, dann verstößt man gegen Gesetze, die nicht von Nafish gemacht sind. Man verliert die Verbindung zu seinem Element und damit die Fähigkeit, es zu beherrschen und zu nutzen. Alle Magie weicht dann von einem. Ein solcher Druide wird ›Verlassener‹ genannt. «

»Also war Francesco nach seiner Tat ein Verlassener, obwohl er damit vielen das Leben gerettet hat?« Das fühlte sich so unfair an.

»Es ist in unseren Augen unfair. Doch Francesco war es, der sich gegen sein eigenes Element stellte, nachdem er es so gut beherrschte. Seine Gründe waren gut und weder er noch einer der anderen Lehrmeister hätten den Brand so schnell anders stoppen können. Keiner der anderen konnte sich durchringen, die Verbindung zu seinem Element zu opfern – außer ihm. Er hat das Wohl der anderen über sein eigenes gestellt.«

»Und damit war er schon ein Wächter, bevor er dieses Amt überhaupt innehatte.«

»Und bevor es dieses Amt überhaupt gab. So ist es. Nach dem Unglück führte ich lange Gespräche mit dem Fürsten und machte ihm deutlich, wie wichtig ein guter Schutz wäre – für jede Akademie. Letztlich stimmte er mir zu und Francesco wurde zum Wächter der Akademie. Zum Dank für seine Tat und sein Opfer erhielt er den Ehrennamen ›Janus‹.«

»Francesco Janus Navona ist also ein Held für diese Akademie. Aber wer hätte ein Motiv, ihn aus dem Weg zu räumen?«

»Ich traue es niemandem zu. Sowohl meine Lehrmeister als auch die Lehrlinge genießen mein vollstes Vertrauen.«

Das glaubte ich ihm sogar … beinah. Wenn da nicht sein Misstrauen gegenüber dem Fürsten wäre.

›Ich sagte dir bereits, dass es nicht der Fürst ist, dem ich nicht vertraue.‹

»Und doch glaubst du, dass jemand Francesco entführt oder sogar getötet hat. Sonst wäre unsere Anwesenheit nicht nötig.« Magnus senkte seinen Blick und starrte wie versteinert auf den Boden zu unseren Füßen. Gut, dann eben anders: »Na schön. Käme denn auch ein Fremder in Frage? Kann man die Akademie einfach so betreten?«

»Das ist es ja. Das ist unmöglich.« Die Antwort kam schnell. Etwas zögerlicher ergänzte Magnus: »Zumindest sollte es das sein.«

Ich nickte nachdenklich. »Auf welche Weise ist das Gelände denn geschützt? Mit einem Zauber, nehme ich an? Oder gibt es auch etwas … Handfesteres? Eine Mauer zum Beispiel?«

»Seit dem Brand ist die Akademie hinter einem Verhüllungszauber verborgen. Nur Lehrlingen, Lehrmeistern, Mitarbeitern und ausdrücklich geladenen Gästen ist es möglich, durch die Ruinen-Illusion hindurchzusehen. Für alle anderen sieht das Gelände der Akademie noch immer so aus wie nach dem Brand: verbrannte Erde und Ruinen. Offiziell haben wir den Ort der Akademie gewechselt und geben diesen nicht bekannt.« Das also hatte Cole vorhin gemeint. »Wer über das Gelände fliegt, sieht nur den Lucernabaum inmitten von Ruinen. Wer die Wälder um unser Gelände herum betritt, wird durch einen Manipulationszauber unbemerkt umgelenkt, sobald er sich dem Gelände zu sehr nähert.«

Ich nickte langsam. »Also gut. Aber wenn jemand wüsste, dass die Akademie noch immer hier ist ... und wenn dieser jemand einen Weg gefunden hätte, diese Illusion zu überwinden ...«

»Dann wäre es natürlich durchaus möglich, dass es ein Fremder gewesen ist. Und doch: Wer sollte ein Interesse daran haben, Francesco zu–« Magnus zögerte. Er scheute sich ganz offensichtlich vor der realistischsten Lösung, »Francesco verschwinden zu lassen?«

»Wenn du kein Motiv siehst, das mit dem Wächter selbst zu tun hat, dann vielleicht mit dessen Rolle an der Akademie. Er war ein Held, richtig? Er verschaffte sicher nicht nur real Schutz, sondern schuf auch ein starkes Gefühl der Sicherheit bei allen, die hier lehren, lernen und leben.«

Magnus nickte kaum merklich. »Ja, die Befürchtung, dass das der Grund war, hatte ich auch schon. Natürlich war Francesco ohne seine Magie nur noch bedingt ein wirklicher Schutz. Zumindest keiner, den nicht jeder Lehrmeister besser hätte bieten können. Doch seine Anwesenheit ermutigte die Lehrlinge und auch das Kollegium.«

»Was ändert sich? Jetzt, wo er nicht mehr da ist?«

»Tatsächlich nicht viel. Ich habe euch hergeholt. Und selbst wenn ich das nicht getan hätte, so wären mir aus Xamax andere Wächter vorgeschlagen worden. Wächter, die stärker gewesen wären als Francesco.« Ja, und sicher auch stärker als wir. »Morgen ist die Weihzeremonie. Ein Ereignis, das unbedingt geschützt werden muss.« Mit diesen Worten stand Magnus plötzlich auf. »Und da wir gerade davon sprechen. Morgen wird vor allem eure Funktion als Wächter von Nöten sein. Ihr werdet nicht allein sein, aber ich lege Wert auf eure Anwesenheit.«

Weihzeremonie klang offiziell. Magnus hatte sie vorhin schon erwähnt. »Cara wird auch da sein, oder? Wenn wir uns ihr nicht vorher zu erkennen geben, wird sie uns mitten in der Zeremonie entdecken.«

Magnus schüttelte den Kopf und zeigte mit seinem schrecklich unschuldigen Lächeln auf die schrecklich weißen Gewänder, die über der Sofalehne hingen. »Solange ihr die Gewandung vollständig anhabt, wird Cara euch nicht erkennen. Sie erwartet nicht, euch hier zu sehen.« Er musste meinen wenig begeisterten Blick bemerkt haben. »Ich weiß, dass diese Gewänder nicht eurem Sinn für Mode entsprechen. Aber ich versichere euch: Ihr werdet mir noch dankbar sein. Habt ein wenig Vertrauen.« Er legte sich seinen Umhang wieder um. Unsere Audienz war wohl vorüber. »Ihr solltet euch ausruhen. Ich erwarte euch morgen früh bei Sonnenaufgang am Lucernabaum. Vor der Weihzeremonie werden wir noch einiges zu besprechen haben. Und alles darüber hinaus wird bis nach der Zeremonie warten müssen.«

***

Gingas Kopf landete auf meiner Schulter. Ich zuckte leicht zusammen, aber anscheinend wollte sie sich einfach nur etwas anlehnen. Das würde ich schon überleben. Der erste Tag in Nafishur hatte uns beide geschlaucht. Und nun, da Magnus verschwunden war, machte die Anspannung Platz für die Erschöpfung.

Ich fühlte mich einmal mehr ausgesprochen menschlich. Ob Ginga das auch so ging? Wie lange war sie schon so? Hörte die menschliche Seite irgendwann auf?

»War ich jetzt mutiger?«, fragte meine Schöpferin leise.

»Mutiger?«

»Du hast gelacht. Du meintest, dass ich Angst vor Magnus hätte.«

»Und? Hast du Angst vor ihm?«

Ihr Schweigen zog sich in die Länge. Irgendwann murmelte sie »vielleicht«.

»Dann bist du eben mutig gewesen. Etwas zu tun, vor dem man keine Angst hat, erfordert keinen Mut. Nur wer seine Angst besiegen muss, kann mutig sein.« Zögernd legte ich einen Arm um ihre Schulter und strich über den ihren. »Das … das hat meine Mutter früher immer zu mir gesagt, wenn ich nicht kämpfen wollte.«

Jetzt sah mich Ginga an. Ich konnte ihren Blick spüren, aber ich vermied es, ihn zu erwidern. »Wollte deine Mutter auch, dass du Hunter wirst?«

»Non, das nicht.« Aber sie hatte gewusst, wie wichtig es mir damals war, dass mein Vater zufrieden mit mir war. Sie hatte gewusst, wie ernst ich alles nahm, was er von mir forderte. Und sie hatte gewusst, dass hinter dem Training mehr steckte, als er oder ich ihr erzählten. Ich hatte mich früher oft gefragt, wie viel sie durchschaut hatte.

»Sie wäre bestimmt stolz auf dich.«

»Hm?«

»Wenn sie wüsste, dass du jetzt für einen der mächtigsten Nafish Wächter bist, dann wäre sie sicher stolz.«

»Dafür müsste sie zuerst wissen, was Nafishur ist und was ein Großmeister. Apropos. Was ist ein Kepha … wie hat Magnus das genannt?«

»Ein Kephalide. Ein ›Steinhäuter‹. Das sind die Nafish des Erdreiches Garingea, die dem Erdelement unterworfen sind. Ihre Haut ist so fest und kalt wie Stein und oft auch so blass wie Marmor. Sie können sehr alt werden und werden häufig als private Wächter engagiert, da sie mit ihrer Haut viele Gefahren abwehren können, ohne selbst verletzt zu werden. Das passt also ausgesprochen gut zu dir.« Ginga gähnte herzhaft und schmiegte sich noch etwas enger an mich. »Und Morphomo können ihre Gestalt ändern und kommen aus dem Erzreich. Das ist das große Gebirge hinter uns«, ergänzte sie ungefragt, während sie mit einer Hand den obersten Kragenknopf meiner Wächterkluft öffnete. »Und nun sollten wir uns eine Geschichte ausdenken, wie sich ein Kephalide und ein Morphomo in Xamax trafen, um gemeinsam nach Zambala zu gehen.«

KAPITEL V

Der erste Tag als Wächter stand uns bevor. Ich fühlte mich wie gerädert. Die ganze Nacht hatte ich wach gelegen, nachgedacht und gelauscht, ob sich Ginga doch noch meinem Zimmer nähern würde. Sie war gestern so anhänglich gewesen …

Auch die blutroten Monde hatten mich mit ihrem unheimlichen Licht wachgehalten. Ständig hatte ich an Blut denken müssen. Das Schließen der Vorhänge hätte geholfen, aber ich hatte den Sonnenaufgang nicht verpassen wollen. Jetzt erhielt ich die Quittung: Unvampirische Müdigkeit. Offensichtlich war das gestrige Pensum groß genug gewesen, um auch einen untoten Körper an seine Grenzen zu bringen.

Hätte es eine Wirkung auf unsere Art gehabt – und hätte es sowas überhaupt in Nafishur gegeben –, ich hätte inzwischen mindestens eine Kanne Kaffee intus. Stattdessen stand ich in meinem Badezimmer und starrte mein Spiegelbild an. Ich konnte nicht fassen, was ich da sah. Dieser Aufzug war lächerlich. Ich kam mir vor wie eine Mischung aus Schlumpf und Ku-Klux-Klan-Mitglied. Ich zerrte am hoch geschlossenen Kragen unter der Kutte und starrte mich feindselig an. Selbst unter den merkwürdigen Kutten mussten wir weiß tragen. Wie sollte ich mich geschweige denn eine ganze Akademie in diesen Klamotten verteidigen? Und wie lange würden sie weiß bleiben? Ich wusste, weshalb ich als Hunter stets schwarz getragen hatte.

Ich hob die Kapuze vom Kopf. Wie eine Respektsperson wirkte ich nicht gerade. In diesen Klamotten konnte ich mich nicht mal selbst ernst nehmen. Aber Magnus Wille geschehe, wie in Luv, so auch in Nafishur. Amen.

Mit einem Grollen in der Brust schlug ich die Tür des Badezimmers hinter mir zu und machte mich auf den Weg ins Wohnzimmer. Ich konnte kaum glauben, dass Ginga vor mir fertig war, doch sie saß schon auf dem Sofa – in voller Montur und mit der Kapuze tief ins Gesicht gezogen.

»Gefällt dir das etwa?« Ich blieb vor ihr stehen und hob ihre Kapuze so weit an, dass ich ihr in die Augen sehen konnte.

»An einer Akademie zu arbeiten, in der lauter verzogene Möchtegernerwachsene versuchen, ihr Feuerelement in den Griff zu kriegen? Ganz sicher nicht.« Sie schnitt eine Grimasse. »Diese Liebestöter hier anzuhaben? Tausend Mal mehr ›nein‹!« Dann zog sie mit einer resoluten Geste den Stoff der Kapuze wieder tief in ihr Gesicht. »Aber zu riskieren, dass irgendjemand hier erkennt, was wir sind, wäre Selbstmord. Also sind wir vorbildliche Wächter und tragen diese Gewandung. Ist das klar?«

Mit diesen Worten stand sie auf, presste die Lippen entschlossen zusammen – der einzige noch sichtbare Teil ihres Gesichts – und begann, mein ›Gewand‹ zu richten. Ich seufzte ergeben, nickte mit einem ›also schön‹-Gesicht und machte mich auf den Weg zur Tür. Zum Glück war Art unterwegs. Ich wusste ganz genau, was ich im Geiste hören würde, wenn er uns jetzt sehen könnte. Ich hatte mich noch nicht entschieden, ob ich ihn hinter seinem flauschigen Angesicht für einen pubertierenden Teenager oder einen grantigen, alten Mann halten sollte.

Es war jedenfalls erstaunlich, wie schnell sich der Kater an die neue Welt gewöhnt hatte. Oder war das am Ende keine neue Welt für ihn? Wie viele telepathisch begabte Katzen gab es wohl in Paris? In Luv überhaupt? Es war schon auffällig, dass wir gleich zwei davon gefunden hatten. Mir war nicht bekannt, wie viel Aby ihrer Cara von sich erzählt hatte, aber Art schwieg sich über seine Vergangenheit aus. Nur die Art, wie wir uns ›kennengelernt‹ hatten, sprach Bände. Und genau deshalb vermied ich es, ihn auszufragen.

»Hast du heute noch vor, die Tür zu öffnen? Es sind nur noch drei Stunden bis zur Weihzeremonie. Die Sonne wird jeden Moment auch für Nafish sichtbar sein. Ich glaube nicht, dass wir uns noch weitere innere Monologe und Tagträume leisten können.«

»Seit wann bist du so ernsthaft?« Ich öffnete die Haustür und ließ Ginga zuerst hinaustreten. Eine Geste, für die ich mich durchaus konzentrieren musste, denn der Hunter in mir würde immer zuerst gehen, um das Terrain zu sichern – aber das war hier hoffentlich nicht notwendig.

»Seit unser Leben davon abhängt.« So viel dazu. Vielleicht war es ja doch notwendig. »Ich hoffe, du bist wach und konzentriert. Versprecher bleiben vor den Druiden sicher nicht folgenlos. Es sind nicht alle so naiv wie Johanna.«

Ich seufzte leise. »Es war nur ein Versehen. Wird nicht wieder vorkommen. Beruhige dich.«

»Ich bin ruhig« Ja, das glaubte ich ihr aufs Wort. »Aber du scheinst mir unkonzentriert zu sein. Bist du etwa immer noch müde? Dabei hattest du doch eine Stunde mehr als in Luv. Für einen Vampir – selbst im hungrigen Zustand – eigentlich mehr als genug Schlaf.«

»Und was ist mit intergalaktischen Portreisen, Giften und fürstlichen, mentalen Übergriffen? Darf man danach erschöpft sein?« *Oder weil man nicht schlafen kann aus Angst vor seiner Mitbewohnerin?* »Moment. Was meinst du mit ›eine Stunde mehr‹?«

»Na was ich sage! Auch in Nafishur nutzt man die Einheit der Stunde. Aber Nafishur dreht sich langsamer als Luv, deshalb sind die Tage hier eine Stunde länger als auf Luv.«

Interessant. Während wir die Wiese hinaufliefen, kämpfte sich gerade die Morgensonne über das Gebirge im Osten. Für uns war die Dämmerung schon viel früher zu sehen gewesen, doch nun war er da: der Sonnenaufgang. Gut zu wissen, dass zusätzliche Stunde hin oder her zumindest Tag und Nacht hier ebenso funktionierten wie bei uns.

Es musste Sommer sein, denn schon die ersten Sonnenstrahlen fühlten sich verdammt heiß an. Auch wenn mir gestern in Xamax die gleiche Sonne nichts ausgemacht hatte. Am liebsten hätte ich die Kapuze vom Kopf gezogen, um nicht noch in dicke Stoffe gewickelt zu sein, aber mir war klar, dass das Licht der Sonne für mich noch schädlicher wäre als ihre Wärme.

»Warum ist die Sonne am Morgen so viel heißer als am Tag?«

»Sie ist nicht heißer, aber anders. Wenn du zu ihr sehen könntest, dann würde dir auffallen, dass sie gerade ein eher goldenes Licht hat, während sie tagsüber ein kaltes, bläuliches Licht verstrahlt. Für uns sind die goldenen Strahlen offenbar gefährlicher als die bläulichen.«

»Also können wir tagsüber problemlos in der Sonne herumlaufen, aber am Morgen ist es gefährlich und wir brauchen diese lächerlichen Kutten?«

»Exakt. Und am Abend auch. Das hat irgendwas mit dem Winkel und der Atmosphäre zu tun.«

Ich nickte langsam. »Also war es das, was Magnus mit ›ihr werdet mir noch dankbar sein‹ meinte.«

»Wahrscheinlich.«

Wir durchquerten den Säulengang, der den Vorplatz der Akademie mit seinem riesigen leuchtenden Baum vom Rest des Akademiegeländes trennte. Vom Leuchten des Baums war kaum noch etwas zu sehen. Es glommen nur noch einzelne ›Venen‹ in den Ästen und im Stamm.

»Der Lucernabaum leuchtet nur nachts. Tagsüber sammelt er seine Energie. Nachts lockt er Insekten an.«

»Woher weißt du das alles? Hattest du hier früher eine Eliteausbildung oder fühlt es sich nur so an, weil ich gar nichts weiß?«

»Dass du nichts über Nafishur weißt, steht zumindest schon mal fest.«

Wir warteten keine zwei Minuten unter dem Lucernabaum, da tauchte auch schon Tasco auf. Er sah genauso urlaubsreif wie gestern aus. Inzwischen fragte ich mich, ob er auch ein Druide war oder vielleicht etwas anderes. Es gab hier Druiden und Vampire. Und seit gestern wusste ich auch noch von Steinhäutern und anderen kuriosen Wesen. Die Frage war nur: Welches davon war er? Morphirgendwas? Kepha-Dings? Fischmensch?

»Verzeiht, dass Ihr warten musstet, Custos Jean Seine und Custos Stokes. Gerade sind noch die zusätzlichen Wächter der Palastwache eingetroffen. Ich werde Euch einander vorstellen.«

»Erwartet Magnus«, ein Seitenhieb von Ginga traf mich, »Magister Athanasius Cronos eine Gefahr, die noch weitere Wächter nötig macht?«

Inzwischen hatte mir Ginga die korrekte Anrede für unseren großmeisterlichen ›Einfach Nafish‹ beigebracht: ›Magnus Magister‹ bedeutete ›Großmeister‹ und war eines der höchsten Ämter, die man in Nafishur bekleiden konnte, und ›Athanasius‹ war sein zweiter Vorname und damit sein Ehrenname – so wie mein ›Jean‹. Aber das Wissen allein schützte mich leider nicht davor, ihn in der Öffentlichkeit falsch anzusprechen.

»Das entzieht sich meiner Kenntnis. Meines Wissens nach wird der Magnus Magister alle Wächter noch persönlich instruieren. Ich empfehle Euch, bei dieser Gelegenheit Eure Frage zu äußern.«

Konnte man eigentlich noch hochtrabender sprechen? Er war nur ein verdammter Sekretär. Was für eine Sprache erwartete man dann von uns als Wächtern?

»Das ist ein kluger Ratschlag. Wir werden dem folgen«, erwiderte Ginga an meiner Stelle, als wir das große Portal zur Eingangshalle des Hauptgebäudes öffneten. Am anderen Ende der Halle warteten bereits vier weitere Kuttenträger. Während unsere mit dünnen roten Ornamenten und Schriftzeichen verziert waren, waren die der Palastwachen mit goldenen Inschriften geschmückt. Sicher irgendwelche Zauber. Ich hatte das Gefühl, dass es in Nafishur nichts gab, das einfach nur existierte. Alles hatte irgendeine Bedeutung und alles war irgendwie mit Magie verbunden.

»Verehrte Palastgarde, dies sind die neuen Wächter unserer Akademie, Custos Jean Seine und Custos Stokes. Werte neue Wächter, dies sind die Palastwachen Custodes Aulus, Hatita, Modestus und Nerija.« Sie alle lüfteten während der Vorstellung ihre Kutten und zeigten ihre Gesichter, also taten wir das gleiche. Auch unter den Palastwachen war eine Frau. Nerija. Sie sah aus, wie eine Göttin und nicht wie eine Wächterin. Ihre Haut war kastanienbraun und ebenmäßig, ihre Augen leuchteten in einem hellen Bernsteinton und ihr Blick schien mir bis in die Seele zu sehen – bis ich Gingas Blick auf mir spürte und Nerija den ihren abwandte.

»Ich denke, ich spreche auch im Namen meiner Mitreisenden, wenn ich sage, dass es uns eine Ehre ist, Euch kennenzulernen, Custos Jean Seine.«

»Die Ehre ist ganz unsererseits, Custos Aulus.« Aulus wirkte offen und freundlich. Nicht so, wie ich mir einen Wächter vorstellte. Vielleicht gab es ja deshalb die Kapuzen. Damit auch diejenigen Wächter werden konnten, die nicht naturgegeben über den bösen Blick verfügten.

»Ich freue mich, dass ihr euch bereits miteinander bekannt gemacht habt. Ich hoffe, ihr hattet eine angenehme Anreise, Custodes Palatii.« Mit seinem schönsten Lächeln kam Magnus auf uns zu – diesmal wieder ganz in Rot gewandet. »Ich bin froh, dass der Princeps Primus so kurzfristig zustimmte und euch zu mir sandte.«

»Selbstverständlich. Der Fürst hält viel von Eurem Urteil, Magnus Magister Athanasius Cronos. Doch würdet Ihr uns freundlicherweise erläutern, welche Aufgabe Ihr uns zugedacht habt? Ihr scheint selbst über zwei ausgezeichnete Wächter zu verfügen.« Diesmal war es Modestus, der sprach. Er war der älteste der Vier und schon allein durch seine aufrechte, dominante Körperhaltung wurde deutlich, dass er in diesem Quartett die Rolle des Anführers einnahm.

»In der Tat, das tue ich. Und doch ist mir vor kurzem einer abhandengekommen. Ich muss mich unweigerlich fragen, wie das passieren konnte und weshalb es passiert ist.«

»Ich nehme an, Ihr geht nicht davon aus, dass Euer Wächter aus freien Stücken verschwand.«

»Das steht wahrhaftig nicht zur Diskussion. Es muss also ein Leck in den Mauern und Zaubern der Akademie geben. Jemand muss sich Zutritt verschafft haben, um nicht etwa das Kind einer reichen Druidenfamilie zu entführen, sondern unseren Wächter. Auf der Suche nach dem Warum stoße ich auf die Weihzeremonie. Dem nächsten größeren Ereignis an der Akademie. Es werden Würdenträger anwesend sein, hochrangige Familien und mächtige Druiden. Ich möchte demonstrieren, dass es nichts nutzt, unseren Schutz anzugreifen, denn egal wie viele Wächter verschwinden, es werden stets noch mehr nachkommen.«

Das erschien mir logisch. Und den anderen Wächtern offenbar auch, denn sie alle nickten zustimmend. Es passte auch zu dem, worüber wir in der vergangenen Nacht gesprochen hatten.

»Und natürlich sollt ihr auch genau der Schutz sein, den ich zeigen will. Vielleicht wurde unser Wächter außer Gefecht gesetzt, um die Weihzeremonie zu einem ungeschützten Ort zu machen.«

Vielleicht hatte Magnus aber auch schlicht Sorge, ob wir nach einem Tag bereits unserer Aufgabe gewachsen waren. Zumal ich mir sicher war, dass man für diesen Job normalerweise erst eine Ausbildung absolvieren musste.

»Ich werde euch nun die Aula zeigen, in der die Weihzeremonie nachher stattfinden wird. Bitte folgt mir.« Ohne dass Magnus das große weiße Portal hätte berühren müssen, öffneten sich seine Türen. Sie waren weiß und genauso mit Schriftzeichen verziert wie die Türen des Palastes. In der vergangenen Nacht hatte ich die Zeichen auf den Türen gar nicht bemerkt. Doch je länger ich darüber nachdachte, desto mehr glaubte ich mich an ähnliche Schriftzeichen auf allen größeren Eingangsportalen auf dem Gelände zu erinnern.

»Dieser Raum ist, wie ihr sehen könnt, ein in sich geschlossenes System. Dieses Portal und eine kleine Tür vorn am Podium sind die einzigen Zugänge.« Tatsächlich. Und damit meinte er auch, dass es hier keine Fenster gab. Nichts als weiße Wände – sogar sieben an der Zahl – und ebenso weiße Säulen. Und obwohl es nicht ein Fenster gab, war es taghell. »Eine unsichtbare Bannformel an den Wänden sorgt für die Anpassung der Lichtverhältnisse an die von außen – und zugleich für zusätzlichen Schutz.« Unsichtbar? Da war ich mir nicht so sicher. Ich konnte einige Zeichen an den Wänden sehen. Sie zogen sich einmal um das gesamte gigantische Siebeneck. Sie waren wirklich nicht leicht auszumachen. Definitiv nicht so deutlich wie an den Portalen im Palast oder hier, aber eben doch durchaus sichtbar. Es war ähnlich wie bei Magnus Druidenstab: obwohl die Wände weiß waren, strahlten diese Zeichen noch etwas heller als das sie umgebende Weiß. Und das war nicht alles, was ich an den Wänden sah. »Zusätzlich – das habt ihr sicher bereits festgestellt – ist die gesamte Akademie durchwirkt mit Feuermagie. Es gibt keine Wand, durch die sie nicht fließt.« Genau. Das waren die ›Blutgefäße‹, die ich schon bei unserer Ankunft entdeckt hatte. Das war also Feuermagie. Plötzlich sahen diese Adern in den Wänden gar nicht mehr so appetitlich aus.

»Also ist die Aula gut geschützt.«

»Gegen Angriffe von außen, Custos Hatita. Aber diese Zauber sind nicht dafür gedacht, die Gäste der Zeremonie abzuweisen. Dementsprechend gibt es nichts, das einen Eindringling, der den offiziellen Weg einschlägt, aufhalten würde – außer meinen Wächtern.« Custos Hatita könnte man wohl als den ›Mann fürs Grobe‹ beschreiben. Er war genauso gebräunt wie Nerija und passte kaum in sein Gewand. Man sah deutlich, wie viel Muskelmasse darunter verpackt worden war.

Die Vier konnten unterschiedlicher kaum sein und doch war ich mir sicher, dass sie die Besten der Besten waren, wenn der Fürst sie an Magnus geschickt hatte. Ich fragte mich, was für Wesen die Vier waren. Sicher war nicht jeder von ihnen Druide.

Was hatten Magnus und Ginga nur gestern Abend angestellt? Seitdem fragte ich mich bei jedem Nafish, der mir begegnete, was er wohl war. Und ich fragte mich, ob einer dieser vier Wächter nicht ein besserer Schutz wäre, als ich es sein konnte.

»Also gut, wo sollen wir uns in der Aula positionieren? Oder sollen wir in den Gängen der Akademie patrouillieren?« Modestus lief weiter in die Aula hinein, während er sprach. Ganz so, als würde er versuchen, sich selbst die Antwort zu geben und den optimalen Ort für eine Wache zu finden.

»Natürlich wäre auch eine Patrouille wünschenswert. Wichtiger aber wird wohl der Schutz unserer Gäste sein und damit eure Präsenz in der Aula. Meine Custodes wünsche ich natürlich bei den Lehrmeistern und in meiner Nähe. Eure Unterstützung wäre dementsprechend am Eingangsportal wünschenswert.«

Modestus nickte. »Ich nehme an, sowohl hier unten als auch oben auf der Empore?« Inzwischen hatten wir die Mitte des Raums erreicht und als ich dem Blick des alten Wächters folgte, begriff ich, dass die Säulen, die ich gesehen hatte, nicht die Decke hielten, sondern eine weitere Etage, die zur Hälfte in den Saal ragte. Eine Empore wie in einer der Kirchen in Paris.

»Korrekt. Damit sollte die Sicherheit unserer Gäste gewährleistet sein. Bis zum Beginn der Weihzeremonie würde ich es darüber hinaus begrüßen, wenn ihr die Eingangshalle und das Atrium im Auge behalten würdet. Ich möchte mich derweil mit meinen Custodes besprechen.«

»Natürlich. Wir werden uns aufteilen und kurz vor Beginn der Zeremonie unsere Plätze hier im Saal einnehmen.« Mit einer tiefen Verbeugung verschwanden die vier Wächter aus der Aula. Nerija allerdings nicht ohne mir zuvor noch einen langen, seltsam verheißungsvollen Blick zuzuwerfen.

›Ja, sie ist wirklich ein faszinierendes Wesen. Aber ich hoffe, du bist dir bewusst, welches faszinierende Wesen gerade neben dir steht und dich gleich mit Blicken erdolchen wird.‹ Magnus Stimme klang amüsiert und doch waren wir uns beide sicher, dass viel Wahrheit in seinen Worten steckte. Dafür musste ich Ginga gar nicht erst ansehen. Was war ich? Ihr Eigentum? Ich war doch lediglich ihr ›Zögling‹ – worum ich sie nicht gebeten hatte. Unser erzwungenes Band war alles, das uns aneinanderknüpfte. Oder glaubte sie etwa, da wäre mehr?

Ich atmete tief durch und versuchte, jeden Gedanken an Nerija oder Ginga weit von mir zu schieben. »Also gut. Wir sind allein. Was wolltest du noch mit uns besprechen?«

»Ich will euch eure Plätze hier im Saal zeigen und erklären, was gleich geschehen wird.« Wir schlenderten durch die imposante Aula. Ginga hatte sich um meinen rechten Arm gewickelt und war wieder um einiges schweigsamer. »Dieser Raum ist das Herzstück der Akademie. Der sicherste Ort hier.«

Etwas in seinem Tonfall machte mir klar, dass er mit ›hier‹ nicht nur das Gelände der Akademie meinte, sondern mindestens das gesamte Feuerreich.

›Du bist ausgesprochen aufmerksam. Ich weiß, weshalb ich dich ausgewählt habe.‹

»Und doch sollen sechs Wächter diesen so sicheren Ort bewachen.« Ich überging seinen Versuch, sich bei mir einzuschmeicheln.

»So ist es«, sagte er schlicht, als wir am vorderen Ende des Saals ankamen. Vor uns erhob sich eine Art Bühne, an dessen Rückwand eine Reihe von schlichten, aber hohen, weißen Stühlen stand. ›Wie ich schon den anderen Custodes erklärte: Die Magie in den Wänden kann vor äußeren Gefahren schützen, aber wenn einer der Besucher hinter den Geschehnissen steckt, kann sie nichts ausrichten.‹

Die Magie in den Wänden ... Neugierig trat ich näher an die Wand neben der Bühne heran. Ich zögerte kaum, bevor ich die Hände ausstreckte und die glimmenden Schriftzeichen berührte. Ich merkte nur am Rande, wie Ginga versuchte, mich wegzuziehen. Was ich wesentlich deutlicher wahrnahm, war Magnus, der plötzlich direkt hinter mir stand. Ich konnte seinen Atem in meinem Nacken spüren.

Von diesem Augenblick an musste ich mich vollkommen auf meine Fluchtinstinkte konzentrieren, um nicht vor ihm zu weichen. Dann streckte auch er seine Hand aus und lies sie wage über die Zeichen vor uns gleiten. ›Du kannst sie sehen, nicht wahr?‹

Natürlich konnte ich sie sehen. Sie waren nur schwer zu übersehen. Der ganze Saal schien durch sie zu leuchten.

›Das ist keineswegs natürlich.‹ Ich spürte, wie Ginga neben mir zusammenzuckte. ›Ihr könnt sie beide sehen? Das ist interessant.‹

Sehen schon, aber nicht verstehen. Hatte Magnus Nefishit-Crashkurs nur eine begrenzte Haltbarkeit?

›Mitnichten. Kannst du dich darauf konzentrieren, mir zu zeigen, was du siehst?‹

Ob ich …? Moment. Hieß das, Magnus konnte nicht sehen, was hier auf den Wänden stand? Der große, mächtige Magnus sah diese merkwürdigen Zeichen nicht?

Hinter mir hörte ich ein leises Seufzen.

Also schön. Ich konzentrierte mich auf die Zeichen, die unmittelbar vor mir aufleuchteten und zeichnete sie im Geist nach. Zugleich ließ ich langsam meine Finger an den filigranen Linien entlanggleiten. Als ich die Wand eben einfach berührt hatte, war mir nichts aufgefallen, doch jetzt, da ich diese Zeichen möglichst exakt nachfuhr, begannen meine Fingerspitzen zu kribbeln, als wäre meine Hand eingeschlafen. Es fiel mir Zusehens schwerer, mich auf die Zeichen zu konzentrieren, und ich konnte nur hoffen, dass diese seltsame ›Bildübertragung‹ funktionierte.

›Das tut sie‹, selbst in meinem Kopf klang Magnus Stimme jetzt eher wie ein Flüstern. Ein Lächeln lag auf seinen Lippen, als er an mir vorbeitrat und seine Stirn an den kühlen Stein lehnte.

Ich konnte meinen Blick nicht abwenden und zugleich fühlte ich mich, als würde ich zwei Liebende in ihrem Schlafzimmer beobachten. Die Geste hatte etwas sehr Persönliches, fast schon Intimes an sich. Je genauer ich hinsah, desto mehr bemerkte ich, wie die Zeichen, die in Magnus Nähe waren, stärker aufleuchteten. Als reagierten sie auf seine Nähe. Dabei lehnte er doch einfach nur an der Wand.

›Was du siehst, ist die Essenz des Zauberbanns, der auf diesem Saal liegt. Für Druiden ist diese Essenz unsichtbar und soweit ich weiß, auch für alle anderen Wesen in Nafishur. Es muss an eurer besseren, anderen Wahrnehmung liegen, dass ihr diese Symbole sehen könnt. Es ist die druidische Ursprache dieser Welt. Die Sprache, auf der Nefishit neben dem luvischen Latein größtenteils beruht. Sie wird nicht mehr gesprochen, ist aber die Grundlage aller wirklich mächtigen Zauber.‹

Die Grundlage aller wirklich mächtigen Zauber ...

Ich hob meinen Blick und drehte mich langsam im Kreis. Plötzlich sah ich die beschriebenen Wände mit ganz anderen Augen. Das hieß also, dass dieser beeindruckende Anblick all denen, die hier lehrten und lernten verborgen blieb. Ein Gefühl des Stolzes wuchs in meiner Brust. Da war etwas, das wir hier besser konnten, das wir wussten und alle anderen nicht.

›Ich danke dir, Dariel Jean Seine. Danke, dass du mit mir geteilt hast, was du siehst.‹

Ich drehte mich wieder zu Magnus um und nickte ihm zu.

»A-also gut. Ahm. Wir … wir werden dann auch mal nach dem Rechten sehen, bis es losgeht«, murmelte Ginga und begann von neuem, an meinem Arm zu ziehen.

Magnus räusperte sich leise. »Einen Augenblick noch. Wir sind etwas vom Thema abgekommen.« Er betrat die Bühne über einige Stufen, die sich an der Seite befanden. »Ich würde euch bitten, euch an beiden Enden der Bühne zu positionieren.«

»Am oberen Ende der Treppen«, erwiderte ich, als ich mir den Aufbau der Bühne genauer ansah.

»Genau. So ungern ihr die Wächtergewänder auch nutzt, würde ich euch bitten, sie während der Zeremonie vollständig zu tragen.«

»Damit Cara uns nicht erkennt?«, fragte Ginga leise.

»Das auch. Aber nicht nur sie. Es wurde nicht öffentlich bekannt gegeben, dass Francesco verschwunden ist. Solange du, Dariel, dein Gewand vollständig trägst, kann ein Fremder nicht sagen, welcher Wächter sich unter den Stoffen verbirgt.«

»Hoffst du auf eine verräterische Reaktion des Täters?«

Er seufzte leise. »Das wäre wohl zu schön, um wahr zu sein.« Bildete ich es mir nur ein, oder wirkte Magnus von Minute zu Minute menschlicher in unserer Gegenwart?

›Menschlicher? Ich stamme nicht aus Luv, Custos Jean Seine.‹ Er trat an das Pult, das in der Mitte der Bühne aufgebaut war und untersuchte es. ›Dein völliger Mangel an Respekt und Kenntnis über die Etikette erinnern mich nur sehr an jemanden, für den ich kein Großmeister war, sondern ein Freund.‹

Ich ließ seine Worte einen Moment wirken. Ich erinnerte ihn mit meinem Verhalten an einen Freund? Ich hielt diesen merkwürdigen Nafish ganz sicher nicht für einen Freund. Und ich behandelte ihn auch nicht so. »Du hast merkwürdige Freunde«, murmelte ich und sah ihn abwartend an.

»Ich habe ja auch merkwürdige Wächter«, erwiderte Magnus und war von einer Sekunde zur anderen wieder der immer gut aufgelegte, freundlich-fröhliche, bescheidene Helfer in Fragen der Magie. »Aber wo wir gerade von Freunden sprechen. Bitte patrouilliert nach der Zeremonie zwischen den Hörsälen und sucht dann Cara. Wir sollten im Dekanat miteinander sprechen. Dort sind wir ungestört und vor allem ungehört. Also kommt am besten mit ihr zu mir.«

»Einverstanden. Und was sollen wir tun, bis diese Zeremonie anfängt?«

»Inzwischen ist es kaum mehr als eine Stunde. Es wird nicht mehr lange dauern, bis die ersten Lehrlinge und ihre Familien eintreffen werden. Am besten richtet ihr eure Gewänder und bezieht dann schon eure Posten.« Noch während Magnus sprach, begann Ginga, an meiner Kutte herumzuzupfen. Letztlich zog sie diese schreckliche Kapuze erst mir und dann sich selbst tief ins Gesicht.

Unser bescheidener Helfer in Fragen der Magie nickte zufrieden. »Gut. Ich lege die Aula in eure Hände. Wir sehen uns in einer Stunde.« Mit diesen Worten ließ er uns stehen. Vor meinem geistigen Auge sah ich, wie der Fürst uns den Rücken zugekehrt hatte und aus seinem Audienzsaal verschwunden war. Ich verglich seinen Abgang mit dem von Magnus und fragte mich unweigerlich, weshalb nicht Magnus diese Fürstensache machte. Der Fürst hatte Macht ausgestrahlt. Viel Macht. Und doch. Magnus gäbe auch einen guten Fürsten ab.

Blassblaue Augen umhüllt von schwarzem Nebel tauchten im Geist vor mir auf.

Oder doch nicht?

***

Magnus hatte Recht gehabt. Schon nach wenigen Minuten betraten die ersten Lehrlinge die Aula. Sie alle waren in rot und schwarz gekleidet. Die meisten trugen ihre Umhänge lässig über einer Schulter oder im Arm. Nur die offensichtlich neuen Lehrlinge trugen sie vorbildlich. Aber nicht nur daran waren die neuen deutlich zu erkennen, die während dieser Zeremonie geweiht werden würde. Es gab die Lehrlinge, die schwatzend eintraten, um es sich dann im hinteren Teil des Saals, unter der Empore, gemütlich zu machen. Und dann gab es die Lehrlinge, die von einer Sekunde zur anderen verstummten, als sie den Saal betraten.

Als Cara im Saal nach vorn lief, war er schon recht gut gefüllt, aber ich bemerkte sie dennoch sofort. Zum einen, weil meine Sinne ihren Herzschlag und ihren Duft aus all den anderen Nafish herauslesen konnten; zum anderen, weil Cole neben ihr lief. Und dann war da noch eine andere junge Frau. Sie hatte blonde, lange Locken, braungebrannte Haut und war optisch damit so ziemlich das Gegenteil von Cara.

Die beiden Frauen liefen Arm in Arm während sich Cara staunend umsah und Cole sie in seiner ach so edlen Patronus-Art zu den vordersten Reihen führte. Er war noch mehr herausgeputzt als alle anderen. Unter seinem Umhang trug er jetzt eine Art Uniform und war das ein *Ohrring*?

Rasch konzentrierte ich mich wieder mehr auf Cara. So wie sie die Wände anstarrte, war es auch ihr möglich, die Zeichen zu sehen. Hoffentlich verriet sie das nicht. Vielleicht war es ja allgemein bekannt, dass Vampire mehr sehen konnten als andere Nafish.

Glücklicherweise schien sie zumindest Cole gegenüber nichts von ihrer Entdeckung zu erwähnen. Der Patronus verschwand dafür viel zu schnell zum Eingangsportal, wo er einer Gruppe von Lehrlingen irgendwas erklärte. Aber sein Blick huschte immer wieder zu Caras Hinterkopf. Sie lenkte ihn sichtlich ab.

Als ich dann plötzlich Caras Blick auf mir bemerkte, war ich es, der abgelenkt wurde. Ich senkte rasch den Kopf, um weiter unter der Kapuze zu verschwinden, und versuchte, ihre Stimme aus dem Gewirr an Nefishit herauszuhören. Aber es gelang mir nur, Bruchstücke zu erhaschen. Ich konnte Francescos Namen hören und merkte, dass sie Ginga und mich mit der Palastgarde am Eingangsportal verglich.

Aber sie hatte uns nicht erkannt. Das beruhigte mich.

Am äußersten Rand meines aktuell sehr eingeschränkten Sichtfelds – wie sollte man denn so einen vollen Saal im Auge behalten? – sah ich, wie sich Cole wieder zu den Frauen gesellte. Dann spürte ich auch seinen Blick auf mir. Großartig. Ich würde einen Themenwechsel wirklich begrüßen.

Mein Wunsch wurde mir gewährt, als ich hinter mir plötzlich Schritte hörte. Der Hunter in mir wollte sich umdrehen, doch der Wächter würde stur geradeaus sehen. Ich spürte eine Welle der Macht hinter mir aufwallen, die mir klar machte, dass es nur die Lehrmeister sein konnten, die nun eintraten. Also keine Gefahr.

Wenn sie mit ihrer Magie auch keinesfalls ungefährlich waren.

Während Cara und die anderen abgelenkt waren, hob ich meinen Blick wieder etwas, um den Saal zu überprüfen. Inzwischen gab es keinen freien Platz mehr. An der hintersten Wand und auf der Empore standen sogar einige Zuschauer in Ermangelung von Sitzplätzen.

Und dann war es soweit. Ich spürte seine Anwesenheit, noch bevor sich das weiße Portal öffnete und Magnus eintrat. Er hatte noch immer diese dunkelrote Robe an. Dabei hatte ich damit gerechnet, dass er jetzt wieder Weiß tragen würde.

Je weiter er in den Saal hineinschritt, desto ruhiger wurde es. Cara und die anderen bemerkten ihn nicht, bis er auf ihrer Höhe ankam. Cole hatte neben den Frauen am Rand gehockt und mit ihnen geredet und gelacht. Jetzt sah er so aus, als würde er jeden Augenblick in Ohnmacht fallen. Er kam wenig elegant auf die Beine und verbeugte sich – übrigens so wie der Rest aller Anwesenden in der Aula. Wieder so eine Demutsbekundung vor ihm und wieder machte es ihm nichts aus. Aber vielleicht war Magnus dieses ganze Tam-Tam auch einfach schon zu sehr gewöhnt.

Als er die Bühne betrat, warf er mir einen belustigten Blick zu, doch diesmal bekam ich in meinem Kopf keinen passenden Kommentar zu hören. Stattdessen bat er erst die Lehrlinge und Gäste im Saal, sich zu setzen, und wandte sich dann den Lehrmeistern hinter uns zu – sicher mit einer ähnlich huldvollen Geste.

Erst nachdem das Rascheln von Umhängen und Roben sich gelegt hatte, stellte er sich ruhig an das Pult in der Mitte der Bühne und ließ seinen Blick über den vollen Saal gleiten. Nach einer gefühlten Ewigkeit begann er zu sprechen. Ruhig, beinah leise. Und doch war ich mir sicher, dass ihn jeder hören konnte.

»Vor vielen Jahrzehnten, beinah in einem anderen Leben, begann ein Lehrling an dieser Akademie seine Ausbildung, für den sollte keine Prüfung zu schwer, kein Geheimnis zu gut verborgen, keine Freundschaft zu unwichtig sein.« Eine Rede. Na wunderbar. Das würde dauern. »Eigentlich war er hierhergekommen, weil seine Familie das von ihm erwartete, nicht etwa, weil er es selbst gewollt hätte. Und anfangs lebte er deshalb genauso. Er konzentrierte sich auf das Nötigste und ansonsten vor allem auf das Schöne und Angenehme.« Einige Zuhörer kicherten leise. »Doch dann geschah etwas, das sein Leben veränderte; etwas, das aus dem Dahintreibenden einen Suchenden machte. Was das genau war, ist gar nicht so wichtig. Denn bei jedem Menschen ist es etwas anderes – ein Wort, eine Sentenz, ein ganzes Buch … ein Erlebnis, ein Naturschauspiel, ein Wunder; oder jemand anderes – ein Freund, ein Familienmitglied, ein Lehrmeister. Entscheidend ist, dass euch dieses etwas oder dieser jemand so berührt, wie noch nichts und niemand anderes in eurem Leben.« Er machte eine lange Pause und ich sah, wie er konzentriert seine Zuschauer musterte. Ob einige Lehrlinge in ihrem Kopf eine Zusatzbotschaft erhielten? Neugierig sah ich zu Cara. Aber die hing nur völlig gebannt an seinen Lippen und wartete darauf, dass Magnus endlich weitersprach. »Ganz egal, ob heute euer erstes oder letztes Jahr an dieser Akademie beginnt, dieses etwas, dieser jemand kann euch hier begegnen. So wie einst diesem einen Lehrling, von dem ich sprach. Er hatte ein Geheimnis entdeckt und er wollte es lüften. Um einer Freundschaft willen, um des Wissens willen und um der Wahrheit willen. Dieses Streben nach Freundschaft«, er ließ das Wort wirken, »Wissen«, auch diesem Wort ließ er Raum, »und Wahrheit wünsche ich euch allen und ich hoffe, dass wir Lehrmeister euch bei diesem Streben unterstützen – ja, anfeuern können. Wir sind hier an der Feuermagieakademie. Wem sonst sollte das gelingen?« Zum Schluss hin hob er seine Stimme an und auch wenn ich sein Gesicht aus meiner Position nicht richtig sehen konnte, war ich sicher, dass Magnus jetzt bis über beide Ohren strahlte.

Ich hatte laute Jubelrufe erwartet, aber stattdessen sah ich in lauter glasige Augenpaare. Ob es Magnus Absicht gewesen war, seine Lehrlinge zu Tränen zu rühren? Er trat nun vor das Pult und streckte in einer einladenden Geste die Arme aus. »Damit wir gemeinsam das neue Semester beginnen können, sollen unsere neuen Lehrlinge nun ihre Weihe erhalten. Ich bitte euch, zu mir nach vorn zu kommen.« Zögerlich standen einige Nachwuchs-Lehrlinge auf. Die meisten von ihnen mussten sich durch ihre Sitzreihen drängeln. Cara und ihre Freundin hatten Glück, dass sie einen Randplatz ergattert hatten – und das obwohl sie so spät gekommen waren. »Nur keine falsche Scheu. Es wird mir eine Freude sein, euch zu offiziellen Lehrlingen der Feuermagieakademie von Zambala zu ernennen und euch mit euren ersten eigenen Druidenstäben auszustatten. Kommt nur vor!«

Als sich alle Neulinge vor Magnus am Rand der Bühne aufgestellt hatten und ihn ansahen, rief Magnus einen der Lehrmeister zu sich: Magister Patrocius. Er war nicht mehr der Jüngste, doch seine Haltung strahlte Stolz und Ehrgeiz aus. Er trug eine Schatulle vor sich. Eine Art zu groß geratenes Schmuckkästchen. Es war blutrot und mit Gold verziert.

Ich konnte die aufgeregt schlagenden Herzen der neuen Lehrlinge deutlich hören. Sie hoben sich vom Donnern der anderen Herzen im Saal ab, denn sie schlugen alle mindestens doppelt so schnell.

Magnus rief nun jeden neuen Lehrling einzeln mit Namen auf, während dieser Patrocius vortrat und dem jeweiligen Lehrling eine Art Brosche ansteckte. Sie erinnerte mich an das Ding, das Cole so stolz trug.

Während der Lehrmeister noch mit seiner Aufgabe beschäftigt war, fuhr Magnus mit seiner Rede fort. »Vom heutigen Tag an, sobald ihr in die Weihformel einstimmt, seid ihr Lehrlinge der Feuermagieakademie von Zambala. Eine Akademie, die es sich zur Aufgabe gemacht hat, gleichermaßen euren Verstand zu schärfen und euer Herz zu erweichen. Ein Druide gibt sich voll und ganz dem Element des Geistes hin. Das Einzige, das ihn davon abhalten kann, dem hellen Glanz der Weisheit und Macht zu erliegen, ist das Herz.« Ging es noch schwülstiger? War Magnus selbst dieser Macht nicht auch erlegen? Und der Weisheit? Besser bekannt als Besserwisserei? »Deshalb werdet ihr dreiundsiebzig neuen Lehrlinge heute einen Schwur leisten. Den Schwur, eurer Familie, eurer Akademie und eurer Magie Ehre zu erweisen, sie klug und bewusst einzusetzen und stets das Wohl eures Gegenübers im Auge zu behalten. Ihr schwört auf die Macht des Geistes und versprecht diesem, unserem Element die Treue. Und ihr schwört auf unseren amtierenden Fürsten Cadiz Raiquard Nathum. Dieser Schwur steht für die Treue und Sorge, die ihr all jenen entgegenbringt, die euch in unserer Welt wichtig sind.«

Bis Magnus den zweiten Teil seiner Rede begonnen hatte, hatte ich noch versucht, mir die Namen der neuen Lehrlinge zu merken, aber dann hatte ich aufgegeben. Wahrscheinlich hatte mein ach so tolles Vampirgedächtnis sie sogar irgendwo gespeichert. Aber so schnell würde ich wohl keinen Weg finden, um an diese Informationen wieder heranzukommen.

Die – wie viele? – dreiundsiebzig neuen Lehrlinge waren nun noch nervöser – das verrieten nicht nur ihre Herzschläge. Kaum einer trat nicht unruhig von einem Bein aufs andere. Cara knabberte an ihrer Unterlippe und sah sich hilfesuchend um. Als ihr Blick auf Magnus fiel, ließ sie plötzlich von ihrer Lippe ab. Sie entspannte sich sichtlich und nach ihr ging es auch allen anderen so. Magnus schien den Lehrlingen ihre Unruhe zu nehmen. Wie auch immer er das anstellte.

›Die Weihformel ist sehr wichtig, um sich dem Geistelement zu öffnen, das Druiden zu Druiden macht. Wenn sie während der Formel abgelenkt sind, würde sich das sehr ungünstig auf ihre weitere magische Entwicklung auswirken.‹

Ich war zusammengezuckt, als ich plötzlich wieder Magnus Stimme in meinem Kopf hörte. Ich war nicht davon ausgegangen, dass er sich in diesem wichtigen Moment die Zeit nahm, mich aufzuklären.

»Sprecht mir gemeinsam nach«, sagte er dann wieder deutlich hörbar zu den Lehrlingen vor sich. »Ego potestatem animi voco/ meum vocem audire«, er machte die erste Pause und dreiundsiebzig Zungen wiederholten seine Worte. »Hodie dies milionis mei convoveo/ principali academiai ignis magiai/ principi Cadiz Raiquard Nathum/ et omni populo et animali fidem adservare.« Ich kam mir vor wie in einem katholischen Gottesdienst. Und doch musste ich zugeben, dass das wechselseitige Sprechen dieser Zeilen seine Wirkung hinterließ. Schon jetzt bedeckte eine Gänsehaut meinen ganzen Körper. Wie gebannt beobachtete ich die angehenden Druiden bei ihrer Weihe. »Convoveo ut pars academiam et mundum/ legatum animai conservare et honorare.

Convoveo nec me seducere admittere/ solam potestas sapientiai studere/ sed dignum suae per cor cognoscere/ et vitai servire.« Im Saal war es so still, dass man auch ohne Vampir zu sein, jede noch so kleine Bewegung gehört hätte. »Convoveo me vi meam et magicam meam et animam meam in bonum intendere. Concludenter Taleam Druidem ita album lucebit ut lucem animai meae.«

Am interessantesten aber war die Veränderung in der Mimik und Haltung eines jeden Lehrlings. Mit jedem Wort, das sie nachsprachen, standen sie etwas gerader und blickten etwas entschlossener zu Magnus. Als würden sie sich selbst verzaubern und alle Furcht und Unsicherheit weit von sich wünschen.

»Magie birgt viel Macht in sich. Macht, die ihr kontrollieren können müsst. Macht, die ihr niemals für die falschen Zwecke einsetzen sollt. Wenn ihr in vier Jahren diese Akademie verlassen werdet, dann will ich euch das Weiß dieser Hallen ehren sehen.« Ein zustimmendes Raunen ging durch den Saal und einige begannen, mit ihren Füßen aufzustampfen.

Als Magnus dann aber seinen Druidenstab hob, um wieder seinen kleinen Trick mit dem großen Stab zu vollführen, wurde es schlagartig still. Ich konnte hören, wie sich der kollektive Herzschlag aller Zuschauer beschleunigte.

Wie von selbst machte sich in mir der Wunsch breit, diesen Ort schnellstmöglich zu verlassen. Ich hatte inzwischen begriffen, dass er die große Version seines Stabs immer dann brauchte, wenn er einen größeren Zauber vorbereitete. Und wenn der Dekan der Feuermagieakademie einen großen Zauber vorbereitete – in einem Raum ohne Fenster und mit vielen weiteren Feuerdruiden –, dann wollte der Vampir in mir seinen Sicherheitsabstand deutlich erhöhen. Um so mehr Konzentration benötigte ich, um starr und ausdruckslos weiter geradeaus zu sehen und nicht einmal die kleinste Regung zu zeigen.

Vor allem, als Magnus dann auch noch seinen Stab in die Höhe reckte, etwas von ›Talea Druis‹ murmelte und im nächsten Augenblick Funken von der Decke regneten. Ich konnte mir einen erschrockenen Seitenblick zu Ginga nicht verkneifen. Sie sah genauso verkrampft und schockiert aus, wie ich mich fühlte.

Als ich wieder nach vorn sah, begriff ich, dass die Funken nicht auf mich zielten, sondern auf die Lehrlinge. Wäre es nicht Magnus gewesen, der sie ausgelöst hatte, wäre nun der richtige Zeitpunkt, um sich zwischen die Lehrlinge und ihre Funken zu werfen.

Ich war ausgesprochen froh, dass ich nicht zum Schutzschild werden musste. Die ersten Lehrlinge streckten ihre Hände aus und da verstand ich, dass es sich nicht um Funken handelte, sondern um deren Druidenstäbe. Die Funken zogen einen immer längeren Schweif hinter sich her und erloschen dann zu grauen, dünnen Stäben in den Händen der Lehrlinge.

Neugierig beobachtete ich Cara, die ihren Stab mit zusammengezogenen Brauen kritisch und wenig begeistert musterte. Um sie herum brach Jubel aus, aber sie bemerkte es erst gar nicht.

»Willkommen an der Feuermagieakademie von Zambala!«, rief Magnus, während er seine Arme ausbreitete und mit seinem Magnus-Lächeln in die Runde der Lehrlinge strahlte. Sein Lächeln steckte an. Ich spürte, wie eine Welle der Freude mich überrollte – bis er die Spitze seines Hirtenstabs mit einem markerschütternden Donnern vor sich auf den Boden rammte. Sofort breiteten sich vom Stab aus glutrote Linien im Boden aus. Sie rasten durch den ganzen Saal, die Wände hinauf und bis ins Deckengewölbe. Ich wusste nicht, was schlimmer war: Der Gedanke, von so viel Feuermagie umgeben zu sein, oder der Gedanke, dass sie den Saal in Stücke brechen könnte. Doch noch bevor ich mich mit einer überstürzten Flucht hätte blamieren können, trafen sich alle Glutlinien im Mittelpunkt der Decke und explodierten in einem gigantischen Feuerwerk.

Diesmal konnte ich nicht verhindern, dass mein Körper zusammenzuckte, um sich in Sicherheit zu bringen. Mit etwas Glück hatte diese Schwäche aber niemand bemerkt. Immerhin waren wir so weiß, wie die Wände hinter uns, und das Feuerwerk fesselte die Aufmerksamkeit aller. Wieder brach Jubel aus: Klatschen, Trommeln, Trampeln. Der Saal vibrierte unter den Begeisterungsbekundungen aller Anwesenden.

Noch während dieses Tumults nahm ich wahr, wie sich das große Portal am hinteren Ende des Saals öffnete und drei Gestalten eintraten. Ich sah, wie sie Modestus und Hatita zunickten. Wenn die beiden Palastwächter sie einließen, stellten sie wohl keine Gefahr dar.

»Patronus Silva, Patronus Aslanidou, Patronus Iridium«, rief sie nun Magnus, als sie sich vor ihm verneigten. Aber natürlich. Patronus Silva. Cole. Jetzt erkannte ich ihn auch – trotz der Funken, die noch immer vereinzelt von der Decke regneten und meine Sicht behinderten. »Ich vertraue euch die Sorge um diese jungen Druiden an. Seid ihnen ein Freund, ein Bruder, ein Vertrauter. Begleitet sie auf ihrem Weg in die Welt der Magie. Beschützt sie – vor der Dunkelheit außerhalb und der in ihrem Inneren.«

Alle drei riefen laut »jawohl«, doch ich wusste nicht, was ich davon halten sollte, dass unser werter Patronus Silva dabei nicht zu seinem Großmeister sah, sondern zu unserer Cara. Wäre sie bei ihm also besonders sicher oder überlegte er gerade, was die Sorge für die Lehrlinge so alles umfassen konnte?

»Und nun wird es Zeit für euren ersten Unterricht. Patronus Silva?« Cole trat vor und rief nach und nach Lehrlinge von der Bühne zu sich. Als er vierundzwanzig Lehrlinge beisammen hatte und mit ihnen aus der Halle marschierte, war ich erleichtert, dass Cara keine von ihnen gewesen war.

Als dann auch Patronus Aslanidou – ein braungebrannter Lockenschopf Typ Schürzenjäger mit seinen Lehrlingen verschwand und Cara noch immer auf der Bühne stand, betrachtete ich neugierig den letzten Patronus. Magnus nannte ihn ›Iridium‹ und sein Auftreten unterschied sich deutlich von dem der anderen beiden. Er wirkte steifer, akkurater, strenger. Bei seiner Verbeugung küsste er quasi den Fußboden. Sein Haar war fast so rot wie das von Ginga, doch im Vergleich zu ihrem kurz, glatt und genauso akkurat wie alles andere an ihm. Seiner Hautfarbe nach war er entweder so untotnachtaktiv wie wir oder hielt sich tagsüber ausschließlich in Seminarräumen oder der Bibliothek auf. Aber am meisten prägte sich mir sein Blick ein. Er schien der Erfinder des Pokerface zu sein. Zumindest hatte ich noch nie ein so gutes gesehen.

Während diese Stimmungskanone seine Lehrlinge aufrief, hörte ich Caras Herz immer schneller schlagen. Ich konnte mir vorstellen, wie sehr sie unter der Situation litt. Sie stand nicht gern im Mittelpunkt. Doch als Iridium plötzlich schwieg und alle außer ihr die Bühne verlassen hatten, tat sie genau das.

Ein Raunen ging durch die Menge und Magnus trat neben unsere Freundin. Ich konnte sehen, wie krampfhaft sie ihren Druidenstab umklammerte. »Es ist mir eine besondere Freude, auch in diesem Jahr wieder ein Stipendium vergeben zu können.« Na sowas! Das hatte er uns gar nicht verraten. Und so wie Cara gerade aussah, ihr auch nicht. »Cara Thetra Clow« Er legte seine Hand auf ihre Schulter – eine Geste, die aufs Neue den Beschützer in mir weckte – und führte sie unter noch mehr Applaus von der Bühne.

Als Cara den Saal verlassen hatte, kämpften zwei Gefühle in mir: Erleichterung und Nervosität. Erleichterung, weil ich nun nicht mehr zwischen Caras Schutz und dem aller anderen Anwesenden schwankte. Nervosität, weil ich sie nicht mehr sehen und kaum noch hören konnte. War sie in dieser Akademie wirklich sicher? Magnus Andeutungen einer Flucht aus Nafishur und eines Überfalls in Paris erschraken mich. Cara machte so einen freundlichen, ruhigen Eindruck. Brachte ihre Familiengeschichte sie auch hier in Gefahr?

»Geehrte Magistri, Lehrlinge, Gäste, Freunde, ein neues Semester hat begonnen. Die Sorgen einiger sind mir zu Ohren gekommen, es sei nicht mehr sicher in unserer Akademie. Dem möchte ich dringend widersprechen. Alle Akademien Nafishurs verfügen über einen Bannzauber, der sie für ungebetene Besucher unsichtbar macht. Alle Akademien Nafishurs haben einen Wächter – ernannt vom Princeps Primus selbst.« Ein zustimmendes Raunen ging durch die Reihen. Deshalb also hatte Magnus uns dem Fürsten vorgestellt. Damit niemand an seinem Entschluss zweifelte. »Weil ich aber Ihre Sorge ernst nehme, geehrte Konzilsmitglieder, sind es von nun an zwei Wächter, die unsere schöne Akademie mit ihrem Schutz beehren.« Das Raunen wurde zu Applaus. »Eine vorübergehende Sicherheitsvorkehrung ist darüber hinaus die Bitte an die Lehrlinge des Grundstudiums, sich nach Sonnenuntergang nicht mehr außerhalb des Akademiegeländes aufzuhalten.« Eine nächtliche Ausgangssperre? »Mir ist bewusst, dass ihr alle eure eigenen Entscheidungen treffen könnt und selbstverständlich ist das kein bindendes Verbot. Doch zu eurer eigenen Sicherheit will ich hoffen, dass ihr euch in nächster Zeit daran haltet. Es ist nur eine vorübergehende Maßnahme.«

Ich konnte die Unruhe, die im Saal entstand mit allen Sinnen spüren. Magnus hatte zwar von Sicherheit gesprochen und davon, dass es keinen Grund zur Sorge gab. Aber zugleich verdoppelte er die Wächter und verhängte eine Ausgangssperre. Kein Wunder, dass diese Rede seine Zuhörer nervös machte. Ich fragte mich nur, weshalb er all das nicht schon während der Weihzeremonie gesagt hatte. Würden die neuen Lehrlinge diese Informationen später noch erhalten? Zur Sicherheit sollten Ginga und ich Cara darauf ansprechen.

Auch nachdem Magnus alle Anwesenden entlassen und sich den Lehrmeistern zugewandt hatte, legte sich die Unruhe im Saal nicht.

»Magnus Magister Athanasius!« Einer der älteren Lehrmeister, dieser Patrocius, erhob sich und trat vor Magnus. »Ich würde dich gern allein sprechen. Unter vier Augen.« Sein Blick huschte erst zu Ginga und dann zu mir.

»Selbstverständlich, alter Freund. Ich werde dich in wenigen Augenblicken im Dekanat erwarten.« Magnus neigte leicht sein Haupt, Patrocius tat es ihm gleich. War dieser Lehrmeister ebenso wichtig wie Magnus? Ich konnte es mir einfach nicht vorstellen. Auch wenn er durchaus viel Macht und Würde ausstrahlte.

Aber mir blieb auch nicht viel Zeit, um darüber nachzudenken. Genauso wenig wie Magnus, denn schon standen zwei weitere Lehrmeister vor ihm und verneigten sich. Der eine wirkte jungenhaft und hatte ein regelrecht naives Lächeln im Gesicht, das mich direkt an Magnus immer gute Laune erinnerte. Der andere wirkte ernst und angespannt.

»Magister Finnegan, Magister Cleitan«, begrüßte Magnus sie – sein Lächeln saß noch immer perfekt.

»Magnus Magister Athanasius, zwei Wächter und die Palastgarde? Wen oder was erwartet Ihr?« Es war der ernstere, ältere der beiden, der da sprach. Cleitan. »Rechnet Ihr mit einem Hinterhalt von *ihnen*?«

»Was sollten die schon gegen uns ausrichten, geehrter Cleitan? Gegen die besten Druiden des Landes«, mischte sich der andere, dieser Finnegan, ein, bevor Magnus antworten konnte.

»Von sich selbst überzeugt wie eh und je. Und was willst du tun, um dich gegen sie zu verteidigen? Ihnen ein paar Kräuter entgegenwerfen? Du bist nicht mal ein Feuerdruide.«

»Zu deiner Kenntnis: Es gibt sehr wohl so einige Toxine, die auch auf diese Monster eine lähmende, wenn nicht gar final tödliche Wirkung haben. Aber ich erwarte nicht, dass dir dieses Wissen bekannt ist.«

»Aber, aber! Geehrte Magistri! Ich bitte um Contenance. Ich versichere Euch, geehrter Cleitan, dass keinerlei Gefahr dieser Art über uns schwebt. Es gab lediglich einige Ereignisse, die mich zu einer vorübergehenden Erhöhung des Sicherheitsstandards veranlasst haben.«

»Hat es etwas mit der Eruption des Antakor vor Kurzem zu tun?«, rief ein anderer Magister.

Magnus schüttelte den Kopf. Aber noch bevor er konkreter antworten konnte, kam auch schon die nächste Frage. »Was soll die Garde hier? Das alles erklärt noch nicht deren Anwesenheit.«

»Die Palastgarde unterstützt uns einzig am heutigen Tag. Bedenkt, dass unsere eigenen Wächter erst seit heute im Amt sind. Ein zweiter Wächter ist im Übrigen angesichts des stets wachsenden Akademiegeländes angebracht. Und dass Zambalas Wälder bei Nacht für Lehrlinge des Grundstudiums ungeeignet sind, wissen wir schon lange.«

Inzwischen hatten sich auch die anderen Lehrmeister um Magnus herum versammelt. Nur zwei Druidinnen gehörten in diesen Kreis. Aber vielleicht waren auch einfach nicht mehr alle hier. Ich glaubte, vorhin mindestens drei gesehen zu haben.

»Vielleicht hättet ihr dann weniger dramatische Worte finden sollen vor den Lehrlingen und Gästen der Akademie, Magnus Magister Athanasius«, sagte eine von ihnen mit leiser, aber fester Stimme. Eine ihrer Augenbrauen hatte sie zu einem skeptischen Ausdruck hochgezogen – was zugleich die Strenge aus ihrem Gesicht verschwinden ließ. Sie hatte ganz offensichtlich keinerlei

Probleme, sich Respekt oder Gehör zu verschaffen. Im Gegenteil. Die meisten ihrer Kollegen verstummten augenblicklich. Einige der umstehenden Lehrmeister brummten zustimmend, während sie sich eine Strähne ihres kurzen, schwarzen Bobs zurück hinters Ohr strich und Magnus herausfordernd ansah. Sie war mir auf Anhieb sympathisch.

»Da magst du möglicherweise recht haben, geehrte Desiderata«, erwiderte unser bescheidener Großmeister und neigte lächelnd das Haupt. »Es ist mir aber vor allem wichtig, dass Kollegium korrekt zu informieren. Den Lehrlingen schadet etwas mehr Sorge nicht. Warum sonst sollten sie es in Betracht ziehen, meiner Bitte Folge zu leisten?«

»Und deren Familien? Was, wenn man unsere Akademie nicht mehr für sicher genug hält.«

»Auf welche Akademie sollen sie ihre verzogenen, angehenden Feuerdruiden denn sonst schicken?«, mischte sich jetzt ein Lehrmeister ein, den ich eher vor der Tür irgendeines Pariser Clubs erwartet hätte. Ein sonnengebräunter Muskelberg, dessen Gesicht die eine oder andere Narbe zierte.

»Magister Tumac, bitte«, Magnus musterte seinen Kollegen mit einer Art gutväterlicher Nachsichtigkeit. »Ich bin mir sicher, alle Gäste der Weihe, die nun zu beunruhigt sind, werden sich bei wenigstens einem von uns melden, so dass wir sie beruhigen können.«

Es war interessant, Magnus inmitten seiner Kollegen zu beobachten. Sie alle konzentrierten sich voll und ganz auf ihn. Ich war mir sicher, es wäre keinem von ihnen aufgefallen, wenn ich mich plötzlich unter sie gemischt hätte.

Er war wie die Sonne, um die sie kreisten. Ich fragte mich unweigerlich, ob alle mit dieser Rollenverteilung einverstanden waren. Das gehetzte, übermüdete Gesicht von Tasco tauchte vor meinem geistigen Auge auf. Er hatte Magnus Entscheidung vor uns offen missbilligt. Und auch diese Desiderata und Cleitan schienen nicht ganz einverstanden mit Magnus Vorgehen zu sein.

Es beruhigte mich durchaus, zu sehen, dass es auch noch Nafish gab, die Magnus Hokuspokus nicht erlegen waren. Wenn sie dennoch loyal sein konnten, gelang mir das vielleicht auch. In jedem Fall widersprach nichts seiner Bitte, diese Akademie zu schützen. Der Schutz von Menschen – und jetzt auch Nafish – war Teil der Jobbeschreibung eines Hunters. Und auch das Suchen von Opfern und Tätern gehörte

dazu. Und ganz nebenbei würde es mir möglich sein, mehr über diesen merkwürdigen Großmeister und seine Welt herauszufinden.

Als sich die kleine Versammlung auflöste und die Lehrmeister durch das Portal und den Seiteneingang verschwanden, wandte sich Magnus wieder mir zu. Ginga kam zu uns und musterte mich prüfend. Wollte sie herausfinden, wie gut ich mit all den Nafish um uns herum zurechtkam? Ich musste zugeben, dass ich nicht ein einziges Mal während der Weihe an meinen Durst gedacht hatte. All die Ereignisse hatten mich viel zu sehr gefesselt.

»Die Weihe hätten wir also ohne Zwischenfälle überstanden«, sagte Ginga dann an Magnus gewandt.

»Schon, aber der Tag ist noch nicht vorbei.« Bisher war alles glatt gelaufen. Aber hieß das wirklich, dass nun keine Gefahr mehr drohte? Vielleicht wollte der Täter ja nur, dass wir uns in Sicherheit wiegten.

»Da hat Custos Jean Seine recht«, rief Modestus, der uns inzwischen fast erreicht hatte. Als er vor der Bühne angelangt war, blieb er stehen und verneigte sich. Nerija, Aulus und Hatita taten es ihm gleich. »Ich schlage vor, dass wir auf dem Gelände und vor allem hier im Hauptgebäude patrouillieren – nur zur Sicherheit. Wir sind für den gesamten Tag abgestellt und können gern noch bis in zum Abend helfen.«

Magnus nickte. »Das ist eine ausgezeichnete Idee. Bitte sprecht euch ab und teilt euch auf. Die meisten Lehrlinge sollten momentan in den Hörsälen sein und von ihren Visitatoren begrüßt und in das Semester geführt werden. Der Abschlussjahrgang dürfte im Nebenhaus sein, um seine Prüfungsthemen und Schwerpunkte zu besprechen. Ihr könnt den Schwerpunkt eurer Patrouille also auf das

Innere der Gebäude legen.« An uns gewandt fügte er hinzu: »Ihr wisst um eure Aufgabe. Ich erwarte euch drei dann im Dekanat. Lasst euch ruhig etwas Zeit.« Aber natürlich. Dieser andere Lehrmeister, der ihn noch sprechen wollte. Der alte mit dem strengen Gesicht und der steifen Haltung, der den Lehrlingen in der Weihe die Wappen angesteckt hatte …

›*Patrocius*‹

Genau.

KAPITEL VI

»Bist du dir sicher, dass das der richtige Weg ist?«

»Nein, Ginga, das bin ich nicht! Hier sieht jeder verdammte Gang gleich aus!«

»Wie finden sich alle anderen hier zurecht? Die wenigsten wirken, als hätten sie die Orientierung verloren.«

»Mittels magischem Leitsystem? Keine Ahnung! Du bist doch hier der Nafish und nicht ich!«

Wir liefen inzwischen schon beinah eine Stunde durch die Gänge des Hauptgebäudes. Immer wieder begegneten uns Lehrlinge oder Lehrmeister, drei Mal sogar eine ganze Gruppe. Es schienen die anderen Neulinge zu sein, die herumgeführt wurden. Ich erkannte einige Gesichter wieder. Auch Caras neue Freundin, der Blondschopf, war dabei. Nur unsere Hexe in Ausbildung war nicht unter ihnen.

Das Gebäude war wie ein riesiges, weißes Labyrinth. Ich hätte nichts dagegen gehabt, wenn unsere Führung durch Cole ein paar Orientierungstipps enthalten hätte. Wir stritten schon seit Minuten im Flüsterton und versuchten irgendwie herauszufinden, in welchem Hörsaal Cara war.

Einmal glaubten wir sie gehört zu haben – ihren Puls. Doch in diesem Flur war keine einzige Tür. Nun waren wir wieder in einem Gang mit Türen angelangt. Doch dafür war dieser völlig verlassen. Nicht einen Herzschlag gab es in der Nähe.

»Sollten wir Cara jemals finden, wie wollen wir sie dann eigentlich dazu bringen, mit uns zu kommen? In diesen Kutten sind wir furchterregend und wenn ich das richtig verstanden habe, sollen wir ihr doch noch nicht zeigen, wer wir sind.«

»Naja. Magnus Magister Athanasius Cronos hat nicht unrecht. Wir wissen nicht, wie sie reagieren wird. Also sollten wir ihr uns nicht in aller Öffentlichkeit zum ersten Mal zeigen.«

»Sondern sie stattdessen in *dem* Aufzug wortlos abführen?«

Ginga zuckte mit den Schultern.

»Selbst, wenn wir sie damit nicht zu Tode erschrecken: Was, wenn sie uns stattdessen erkennt?«

»Unsinn. Dich kennt sie doch noch nicht so lange wie mich. Und wenn du Nefishit sprichst und die Stimme noch etwas tiefer klingen lässt …«

»Dann wirkt das sicher wesentlich beruhigender auf sie.« Ich schüttelte verärgert den Kopf. Es war ja eigentlich klar, dass sie diesen Teil auf mich abwälzen würde.

»Ssssch! Still jetzt! Da kommt jemand!«

Wir bogen gerade um eine weitere Ecke, als ›jemand‹ am anderen Ende in den gleichen Gang einbog. Cara. Wir hatten sie endlich gefunden. Und sie uns. Ich konnte hören, wie sich ihr Puls beschleunigte, als sie den Blick hob und uns entdeckte. Ich konnte regelrecht spüren, wie der Wunsch nach Flucht in ihren Adern kitzelte. Wie ihre Muskeln sich anspannten, um ihr einen schnellen Sprint zu ermöglichen. Und trotzdem wurde sie langsamer und nicht schneller. Ihr Blick huschte zu der Tür, die auf halbem Weg zwischen uns lag. War das ihr Hörsaal?

Einen Augenblick lang blieb sie stehen – vielleicht sogar ohne es wirklich zu merken –, dann war ihr Entschluss gefallen. Sie lief mit schnelleren Schritten los. Hatte sie sich vorgenommen, die Tür zu erreichen? Wir mussten ihr wirklich Angst machen. Sie tat mir schrecklich leid. Hätte es wirklich keine angenehmere Lösung gegeben, um uns ihr zu zeigen? In ihrer Wohnung vielleicht? Ich beschleunigte ebenfalls meinen Schritt. Sollte sie wirklich im Hörsaal verschwinden, müssten wir diese Show vor allen Lehrlingen abziehen. Das war für keinen von uns der bessere Weg.

»Cara Thetra Clow«, sagte ich so leise und harmlos wie möglich. Trotzdem versteinerte sie regelrecht. Ich hatte sie genau vor der Tür abgepasst. Ich konnte ihrer Gestik ansehen, dass sie abwog, noch in den Raum zu huschen. Auch wenn ihr Blick auf ihre Füße gerichtet war, bewegte sich ihr Körper – zumindest unbewusst – in Richtung der Tür.

»Bitte begleitet uns zum Dekanat.« Gerade noch rechtzeitig war mir eingefallen, dass sie ja adlig war. Hoffentlich wählte ich die richtige Form der Anrede.»Ich bin mir sicher, dort erhaltet Ihr mehr Antworten als in diesem Raum.« Ich konnte nur hoffen, dass das reichte, damit sie uns folgte. Mit jedem weiteren Wort, das ich sprach, stieg die Wahrscheinlichkeit, dass sie meine Stimme erkannte. Mit etwas Glück rechnete sie einfach nicht damit, dass ausgerechnet ich ausgerechnet hier ausgerechnet als Wächter auf sie treffen würde – und fließend Nefishit sprach.

Soweit so gut. Doch nun stand uns das nächste Problem bevor. Wie in drei Teufels Namen sollten wir jetzt das Dekanat finden? Nur weil Tasco uns gestern dort hinaus und diese merkwürdige Wendeltreppe hinuntergeführt hatte, konnte ich mich doch jetzt nicht daran erinnern. Zumal ich nicht mal wusste, wo genau wir uns momentan befanden. Und als Wächter wäre es mehr als unangemessen gewesen, jemanden nach dem Weg zu fragen. Das hätte nicht gerade zum Ausbau unserer Autorität beigetragen.

Ich sah vorsichtig zu Ginga, die nicht den Eindruck machte, eine bessere Orientierung zu haben. Dabei dachte ich immer, Vampire hätten so ein gutes Gedächtnis und so ausgeprägte Sinne. Sollte es damit nicht ein Leichtes sein? Wenigstens für einen Vampir, der bereits wusste, wie er seine Fähigkeiten richtig einsetzte?

Ach verdammt! Und diese dämlichen Kapuzen, die einem weit ins Gesicht hingen, halfen auch nicht gerade. Wie sollte man sich denn auch zurechtfinden, wenn man kaum mehr als den Fußboden vor sich sah. Sobald Cara von uns wusste, würde ich diese lächerliche Kapuze nicht mehr tragen. Ich konnte mir kaum etwas vorstellen, das für einen Wächter so unsinnig, so ineffektiv war wie eine Kapuze, die seine Sicht drastisch einschränkte.

Nach dem xten falschen Gang stieß Ginga an einer Kreuzung unauffällig mit ihrem Arm gegen meinen und nickte in die andere Richtung. Hatte sie etwa wirklich eine Ahnung, wo wir waren?

Da die Alternative ein geratener Weg gewesen wäre, folgte ich ihrem Rat und wir liefen einen Gang entlang, der mir irgendwie bekannt vorkam. Ich wusste nicht weshalb: Ob es daran lag, dass wir während unseres Irrgangs schon einmal hier entlanggelaufen waren, oder daran, dass hier alles gleich aussah, oder tatsächlich daran, dass wir endlich in dem Gang waren, der zum Dekanat führte.

Ich konnte nur hoffen, dass Cara unsere völlige Unfähigkeit nicht stutzig machte.

Als vor uns das Innere des kreisrunden Turms auftauchte, der so aussah wie der, an dem Magnus Dekanat lag, hätte ich vor Erleichterung am liebsten aufgeschrien. Nun mussten wir nur noch diese schreckliche Treppe hinauflaufen und vor der richtigen Tür anhalten. Caras Herzschlag nach hatte auch sie begriffen, dass wir nun bald da sein würden.

Sie rannte beinah. Aber anstatt möglichst schnell im Turm hinauf zu kommen, stoppte sie an jedem Turmfenster und sah hinaus. Sie merkte nicht einmal, dass Ginga und ich uns ab und an direkt hinter sie stellten und ebenfalls in die Ferne starrten. Der Blick war wirklich atemberaubend.

Die Sonne stand hoch am Himmel. Sicher war es inzwischen schon früher Nachmittag. Das bläuliche Licht gab der Landschaft eine angenehm kühle Note und das Meer am Horizont wirkte so noch blauer. Ich glaubte sogar, Xamax fliegenden Palast im Dunst ausmachen zu können. Die Zinnen glänzten in der Sonne wie Sterne.

Als wir endlich die Tür erreichten, die nur Magnus Dekanat sein konnte, trat ich vor und klopfte. Es fühlte sich dermaßen absurd an, so weit über der Akademie an eine Tür zu klopfen, hinter der laut logischem Menschenverstand nichts sein konnte als Luft. Und doch hörte ich kurz darauf Magnus Stimme, die uns hereinbat.

Ich schaffte es gerade noch, die Tür zu öffnen, da stürmte Cara auch schon an uns vorbei und zielsicher auf Magnus zu. Er saß an seinem Schreibtisch über irgendeinen alten Schinken gebeugt.

»Dekan? Ehrlich? Soviel zu ›nenn mich einfach einen Nafish‹ und ›ich bin ein bescheidener Helfer in Fragen der Magie‹! Hättest du mich nicht vorwarnen können?« Sie hatte Mut. Mit Magnus vor Augen vergaß sie sogar ihre Angst vor uns. Ich musste lächeln über Caras Raserei. So viel Temperament hätte ich ihr gar nicht zugetraut. »Einerseits lässt du mich im Unklaren und andererseits bekomme ich eine Vorzugsbehandlung. Was soll das!?« Sie schlug sogar mit den Händen auf den Tisch. Das war mein persönliches Highlight.

Magnus hingegen schien nicht sehr beeindruckt zu sein. Dabei konnte ich mir nicht vorstellen, dass er so etwas häufiger erlebte. Ich schloss leise die Tür hinter uns. Der Rest der Akademie sollte das wohl besser nicht hören.

»Aber nein! Ich bevorzuge dich nicht, Cara. Ich halte mich selbst durch Magie davon ab, Günstlinge zu entwickeln.« Magnus lächelte sein naiv-freundliches Magnus-Lächeln. Dieses Lächeln, das mich so rasend machte, wie Cara war. Oder bis eben gewesen war. Auf sie schien sein Lächeln den gegenteiligen Effekt zu haben. Ihr Zorn verflog so schnell, wie er gekommen war. Auf Magnus Kopfnicken hin setzte sie sich sogar.

»Und wieso wurde ich dann für dieses … dieses Stipendium auserwählt, obwohl ich NICHTS von all dem hier kann?! Sieh mich doch an! Die fremde Sprache, die fremde Welt. Ich bin unter Garantie eine Niete in allen Fächern! Ich verdiene das Stipendium nicht!«

Aber sie sprach doch gerade Nefishit. Und das ganz tadellos – soweit ich das beurteilen konnte. Sie musste also bereits einen Weg gefunden haben, es genauso schnell zu lernen wie ich. Und ihren Reaktionen nach hatte sie keinen Crashkurs durch Magnus erhalten. Vielleicht ging sie tatsächlich zu hart mit sich ins Gericht.

»Das tust du durchaus.« Nun änderte sich etwas in Magnus Miene. Das Lächeln wich einem ernsten Gesicht, das es immer noch schaffte, freundlich zu wirken. »Cara Thetra Clow, du verfügst sogar über ganz außergewöhnliche Fähigkeiten. Glaubst du denn wirklich, dass sich die Fähigkeiten eines Wesens an seinen Lehrfächern oder seiner Sprachfähigkeit messen lassen? Habe etwas

Geduld. Du wirst noch früh genug erkennen, weshalb ich dich …
weshalb *man* dich berufen hat.«

»Du hast dich gerade selbst verraten! Also doch!«

Ja, da hatte sie recht. Magnus hatte sich verraten. Aber das hatte
er uns ja schon erklärt. Es ging ihm nach Francesco hier und den
Angriffen in Paris darum, Cara zu schützen. Weshalb sie allerdings
so wichtig für ihn persönlich war, das hatte er auch uns noch nicht
verraten.

»Ich habe lediglich dafür gesorgt, dass deine Gaben pünktlich zu
diesem Lehrjahr entdeckt werden. Ich habe nichts hinzugefügt, was
nicht schon vorher da gewesen wäre.«

»M-Moment! Du hast was?!«

Er lehnte sich zurück und legte die Fingerspitzen aneinander wie
Sherlock Holmes, wenn er konzentriert nachdachte. Dann
wiederholte er seine Worte von zuvor. »Ich habe lediglich dafür
gesorgt, dass deine Gaben pünktlich zu diesem Lehrjahr entdeckt
werden. Ich habe nichts hinzugefügt, was nicht schon vorher da
gewesen wäre.«

Schweigen erfüllte den Raum. Aber schweigen war in Magnus
Nähe nicht gleich Schweigen.

»Warum sprichst du nicht laut? Sollen deine tollen Wächter das
nicht hören?«

Ha! Hatte ich es doch geahnt. Er sprach in ihrem Geist mit ihr.
Und ihre Frage war nicht unberechtigt. Zumal wenn man bedachte,
dass wir eben keine fremden Wächter waren, sondern Vertraute.
Und überhaupt. Wie lange sollten wir diese Scharade denn noch
aufrechterhalten. Wäre es nicht sinnvoller, wenn wir uns ihr endlich
zeigten?

›Du hast recht, Dariel. Es ist an der Zeit.‹

Magnus stand auf und kam auf uns zu, während er sich weiter an
Cara richtete. »Cara, ich verstehe deinen Ärger, aber bitte sei
versichert, dass ich bei all dem nur deine Sicherheit im Sinn hatte.
Es musste alles sehr schnell gehen. Es tut mir leid, dass ich keine
Zeit hatte, dir vorher all das zu erklären. Ich hoffe, du nimmst meine
Entschuldigung an, wenn du den Grund für meine Abwesenheit und
Eile erkennst.«

Er nickte uns zu. Das war wohl unser Zeichen. Wir wandten uns Cara zu und lüfteten endlich unsere Kapuzen.

***

»Cara? Alles in Ordnung mit dir?« Ginga klang wirklich besorgt. Aber das konnte sie ruhig auf ihre Kappe nehmen.

»Ich hab gleich gesagt, dass das keine gute Idee ist!« Etwas schlechtes Gewissen tat dieser Drakulina vielleicht gut. Cara war bei unserem Anblick ohnmächtig geworden. Magnus hatte sie aufgefangen und zum Sofa vor dem Kamin getragen.

»Ja, ja. Aber zur Weihzeremonie oder mitten in der Nacht hätte sie sicher auch nicht besser reagiert.« Ihre Augen funkelten mich giftig-grün an. Ein Beweis dafür, dass sie nicht wirklich sauer war. Dann wären ihre Augen schwarz wie die Nacht gewesen.

»Trotzdem. Wir hätten uns ihr wenigstens vorhin zu erkennen geben können …«

»Auf die paar Minuten kam es auch nicht mehr an. Außerdem soll *Er* ihr das ruhig erklären.« Sie nickte zu Magnus hinüber, der uns aus einem kleinen Sicherheitsabstand beobachtete. Er kam prompt näher. Ich wollte gerade etwas erwidern, als Cara von ihrem Platz auf dem Sofa leise stöhnte. Sofort war Ginga bei ihr. Sie lehnte sich nah über ihre Freundin und starrte sie prüfend an. Wie ein hoch kompliziertes Spielzeug, bei dem man sich nicht sicher war, ob es wieder funktionieren würde.

»Ginga, du erschreckst sie noch mehr!«

Wieder funkelte sie mich an. »Halt den Mund, Dariel!« Aber eine Sekunde später lächelte sie auch schon wieder auf Cara hinab. Ich war nicht wichtig genug, um sich jetzt mit mir zu befassen. »Sehr schön. Du bist wieder bei uns. Bitte sei nicht böse. Aber hier ist der sicherste Ort, um in Ruhe sprechen zu können.«

Cara sah wirklich mitgenommen aus. Sie war so blass wie wir und massierte sich jetzt unter leisem Jammern ihre Schläfen. Ohne länger darüber nachzudenken, hockte ich mich neben Ginga. Vielleicht konnte ich so notfalls eingreifen, sollte Ginga es in ihrer Fürsorge etwas übertreiben.

Magnus hatte wohl einen ähnlichen Gedanken, denn als Cara sich vorsichtig aufrichtete, setzte er sich neben sie, während Ginga an ihr zog. Ich fragte mich nicht, woher plötzlich die Tasse mit dampfend heißem Tee kam, die er in der Hand hielt und gerade Cara reichte. Ich hatte beschlossen, mich heute über nichts mehr zu wundern. Und ich hoffte, mein guter Vorsatz hielt bis Mitternacht. Immerhin war das hier eine Stunde später.

Magnus Idee mit dem Tee war gut – der Dankbarkeit in Caras Augen nach. Bestimmt war sie froh, einen Grund zum Schweigen zu haben. Ein Lächeln huschte über mein Gesicht. Sie gab sich wirklich Mühe, uns nicht weiter zu beunruhigen.

»Cara, sag doch was!« *Ach Ginga, lass sie doch erstmal zur Ruhe kommen ...* »Du freust dich doch, dass wir da sind, oder?«

»N-natürlich freu ich mich! Ich … ich kann das alles nur nicht glauben. Und ich verstehe es auch nicht. Was macht ihr hier? Noch dazu in diesem Aufzug!« Erst hatte Cara Ginga total verdattert angestarrt, dann war es nicht so sehr Ginga, als vielmehr ihre Kleidung. »I-Ihr seid Wächter hier?! Wie? … Ich meine, wann? … Warum?« Cara sah so überfordert aus, wie ich mich fühlte, seit wir hier waren.

»Kurz nachdem du fort warst ist es passiert. Da war ein weiterer Brief.« Warum überraschte es mich nicht, dass Ginga nur an ihren Teil der Geschichte dachte?

»Zwei. Es waren zwei Briefe.«

»Das ist doch jetzt egal! Jedenfalls war da diese Nachricht von der Akademie.« Drehte sich ihre kleine Welt eigentlich nur um sie?

»Eine für jeden von uns«

»Ich dachte schon, dein Magnus hätte mich nun doch verpfiffen. Aber es war keine Vorladung, sondern ein Jobangebot.«

»V-Vorladung?!« Diesmal war es erfreulicherweise Cara, die Ginga unterbrach.

»Na, weil ich als Nafish in Luv war. Das ist nur Viatoren, also Wanderern, oder Nafish in Begleitung von Wanderern erlaubt. Ich dachte, dein Magnus hätte mich verraten.«

Viatoren? Ach ja. Wie Sherko einer war. Jemand, der freiwillig wieder und wieder durch diese Port-Dinger sprang.

»O-Okay.« Caras Wangen zeigten eine deutliche Röte. Wieso? Was hatte ich verpasst? »Also war es keine Vorladung, sondern ein Angebot, hier als Wächter zu arbeiten? Aber hast du nicht immer gesagt, du würdest niemals und um keinen Preis wieder hierher zurückkehren? Noch dazu ins Feuerreich?«

Ja, das waren gute Fragen. Fragen, die ich mir auch gestellt hatte. Als ich meinen Brief entdeckt hatte, hatte ich ihn Ginga zuerst verschwiegen. Ich war davon ausgegangen, dass sie mich nicht begleiten würde.

Gerade deshalb war die Vorstellung, Nafishur allein zu entdecken, verlockend gewesen. Vielleicht wäre ich meine Schöpferin auf diese Weise tatsächlich losgeworden. Aber ich konnte mir nicht vorstellen, dass eine Trennung über zwei Welten etwas war, dass mit unserem verdammten Band funktionieren würde.

Erst am Abend, als ich bemerkt hatte, dass auch Ginga sich seltsam verhielt, sprach ich den Brief vorsichtig an und es stellte sich heraus, dass wir beide einen bekommen hatten.

Als diese Unsicherheit beseitig war, hatten wir die Vor- und Nachteile abgewogen. Bot uns Paris wirklich mehr Sicherheit? Thor war ein Problem – und mit ihm die anderen Hunter der Gegend, die bei meiner Beerdigung gewesen waren. Wir waren beide nicht gemeldet, konnten uns nicht ausweisen. Ohne Cara an unserer Seite würde einiges schwieriger werden.

Vor allem aber würde ich immer in der Angst leben, Emile plötzlich über den Weg zu laufen. In Paris war mein Grab zu finden. Meine Schwester trauerte um mich. Auf Dauer war es sicher besser, vollständig zu verschwinden.

Aber letztlich war das alles nicht der ausschlaggebende Grund gewesen. Viel schwerer wog meine Neugier. Eine andere Welt. Eine Welt voller Magie. Wer glaubte sowas? Ich jedenfalls hatte es nicht wirklich glauben können bis ich unsanft auf Xamax gelandet war.

Während ich meinen Gedanken nachhing, schwieg Ginga beharrlich. Sie warf mir einen herzerweichenden Hundeblick zu. Er passte nicht zu ihr. Sie war mehr der Typ ›hinterlistige Katze‹.

Trotzdem half ich ihr. »Ich würde sagen: Außergewöhnliche Umstände erfordern außergewöhnliche Maßnahmen.«

Diese Antwort etablierte sich gerade zu meiner Lieblingsantwort.

»Genau«, stimmte Ginga schnell zu.

Die Antwort war für Cara wenig zufriedenstellend. Das wusste ich. Dazu musste ich sie nicht einmal ansehen.

»Besser hätte ich es auch nicht sagen können«, meinte Magnus.

»Bitte! Könnt ihr mir das Ganze nicht etwas vernünftiger erklären? Ich versteh nur Bahnhof!« Cara wedelte hilflos mit den Armen. »Warum solltet ausgerechnet ihr beide ein Angebot bekommen, um ausgerechnet hier als Wächter zu arbeiten? Und warum solltet ihr auch noch so verrückt sein und zusagen?!«

»Weil wir dich nicht allein in diese fremde Welt gehen lassen wollten und das hier unsere Chance war, dir zu folgen«, antwortete Ginga. Ich ließ ihr gern den Vortritt. »Cara, ich hasse diese Welt. Aber du bist mir zu wichtig, um mich durch Hass oder Angst aufhalten zu lassen, wenn es darum geht, dich zu beschützen.«

Cara nickte kaum merklich und ihr Blick wanderte weiter zu mir. Dann war es jetzt wohl an mir, die richtigen Worte zu finden.

»Weil ich geschworen habe, Menschen zu schützen. Das umschließt nach meinem aktuellen Kenntnisstand auch Nafish. Und dich damit gleich doppelt, denn irgendwie bist du doch beides.« Ich lehnte mich zurück und verschränkte die Arme vor der Brust. Sollte sie davon halten, was sie wollte. »Ich weiß zu wenig über diese Welt und all das Übernatürliche, Merkwürdige hier. Ich muss diese Welt kennenlernen, um mich und andere gegen sie zu verteidigen. Egal ob hier oder in Paris.«

Dann war es an Magnus zu antworten und ich fragte mich, ob er diesmal etwas mehr dazu sagen würde. Cara war nicht die Einzige, die sich diese Fragen stellte. »Dariels naturgegebenes Misstrauen und seine völlige Ungebundenheit von Nafishur machen ihn zum perfekten Wächter. Dass er niemandem vertraut, gibt mir die Chance, ihm Vertrauen entgegenzubringen. Ginga neben ihm bringt die Energie und das Wissen mit, das er benötigen wird. Ich bin mir sicher, sie werden zusammen ein großartiges Wächterteam abgeben.«

Was für eine überzogene Lobeshymne. Magnus Cronos sollte besser ebenfalls lernen, dem einen oder anderen zu misstrauen. Vor allem, wenn er einen ehemaligen Hunter und Neu-Vampir für vertrauens-würdig hielt und sein Wächter spurlos verschwand. In seiner Position konnte er sich sein naives Vertrauen in alles und jeden nicht leisten.

Lila Augen tauchten vor mir auf. Natürlich. Auch Magnus vertraute nicht jedem. Aber wonach entschied er, wem er sein Vertrauen schenkte und wem nicht? Es erschloss sich mir einfach keine Logik.

»Ahm. Danke! Das bedeutet mir wirklich viel. Ich … ich freue mich, dass ihr hier seid.« Cara durchbrach meine Gedanken, als sie wieder das Wort ergriff. Allerdings schien sie ihre Worte an Magnus zu richten und nicht an uns. »Aber hast du nicht eine Kleinigkeit vergessen? Sie sind Vampire! Und das ist die Feuermagieakademie! Das kann doch unmöglich euer Ernst sein.« *Sie* sind vor allem anwesend. Aber Cara hatte ja nicht ganz Unrecht. Das hatte auch mich anfangs abgeschreckt. Und um ehrlich zu sein tat es das noch.

»Nun, das weiß natürlich niemand«, erwiderte Magnus schlicht und sah uns an. Erwartete er jetzt von uns eine mutige Antwort, die Cara sofort beruhigte?

»Und wie lange wird das so bleiben? Wie lange soll es ihnen möglich sein, ihre wahre Natur zu verheimlichen?« Hatte sie denn nicht das gleiche Problem? Und trotzdem war sie hierhergekommen. Sogar in dem Glauben, völlig auf sich allein gestellt zu sein. Aber ja, ich hatte auch meine Zweifel, dass unser Plan lange funktionieren würde.

»So lange wie möglich«, antwortete ich ihr dennoch. Es reichte, wenn sie sich Sorgen um sich selbst machte. Unsere Identität, war unser Problem.

»Lange genug, um allen hier zu beweisen, dass die beiden ihre Arbeit ausgezeichnet machen und ihre Wesensart irrelevant ist«, versuchte es Magnus mit einer Prise Optimismus.

»Es wird schon gut gehen. Wir haben uns eine gute Geschichte einfallen lassen.« Oh ja! Die grandiose Geschichte! Sie stammte zu neunzig Prozent von Ginga und das merkte man meiner Meinung nach auch. Ihre Kreativität ließ sich weder von Realismus noch von Fakten beirren.

»Ihr habt euch eine Geschichte einfallen lassen? Was für eine Geschichte?« Nicht wir. *Sie*. Sie allein. Von mir stammten nur ein paar Einwände, die es durch ihre Sturheitsbarrikaden geschafft hatten.

»Die Geschichte, wer wir sind und wie wir hierherkamen.« Ginga klatschte in die Hände wie ein übereifriges Kind und ließ sich hinter mir in einen Sessel fallen. »Wir kennen uns schon unser halbes Leben lang, haben uns aber aus den Augen verloren. Ich lebte in Krastun nahe an der Grenze zu Garingea. In unserer Kindheit hatte ich mich weit in die Wüsten Garingeas vorgewagt und war von einer Gruppe Kephaliden aufgegriffen worden.«

»Moment. Du überforderst mich!« Das merkte man. Und es erinnerte mich daran, wie es mir in der letzten Nacht ergangen war. Ich hatte Ginga minütlich unterbrechen müssen, um eine Begriffserklärung einzufordern. »Wo sollt ihr gelebt haben und wer hat dich angegriffen?«

»*Auf*gegriffen. Man hat sie für eine kleine Diebin gehalten, die sich an den Oasen meines Vaters bereichern wollte.«

»Genau. Man hielt mich für eine Diebin. Krastun ist das Erzreich, das große Gebirge hinter den Vulkanen am Horizont, aus dem ich tatsächlich stamme. Es umspannt halb Nafishur. Garingea ist das Erdreich, aus dem die Kephaliden stammen, die Steinhäuter. Und so einer soll Dariel sein. Er ist etwas älter als ich und der Sohn eines adligen, angesehenen Oasenwächters. Mein Held setzte sich für mich bei den Untergebenen seines Vaters ein – obwohl er mich nicht kannte – und versprach, mich nach Krastun zurück zu führen, damit ich keinen Ärger mehr machte.« Ginga gefiel sich sichtlich in ihrer Rolle als Erzählerin. Und sie nutzte selbst diesen Moment, um mich wieder zu befingern. »Aber in Wahrheit wollte er natürlich sicherstellen, dass ich wohlbehalten wieder zuhause ankam.«

»Als angehender Wächter war das meine Pflicht!« Sie stellte es ja regelrecht so dar, als hätte ich ihr aus Zuneigung geholfen! »Und dann sah ich sie zum Glück lange nicht wieder.« Ich versuchte möglichst unauffällig, Gingas Hand loszuwerden. Eine deutliche Zurückweisung würde sie nur wieder als Einladung zum Spiel verstehen. »Mein Vater wünschte sich für mich die bestmögliche

Ausbildung und so schickte er mich, nachdem er mich selbst lange trainiert hatte, erst in Garingeas Hauptstadt und dann nach Xamax in den Palast des Geistreiches.«

»Und dort begegneten wir uns endlich wieder!« Ihre Hand war schon wieder in meinen Haaren! Das konnte doch nicht wahr sein!

»Dariels Einsatz für mich und seine Vorstellung davon, wie ein guter Wächter sein sollte, hatten mich so inspiriert, dass ich auch Wächterin werden wollte.« Und das schlimmste war: Immer, wenn ihre Fingerspitzen meinen Nacken streiften, genoss mein Körper ihre Nähe sichtlich. »Ich trainierte hart dafür und eines Tages kam ich nach Xamax und wurde ausgerechnet ihm zugeteilt.«

Was für ein glücklicher Zufall … Als mich ein weiterer Schauer überrollte, zog ich ihre Hand aus meinem Haar und hielt sie fest. Das war die wohl einzige Möglichkeit, ihrem Befingern ein Ende zu machen.

»Ich habe lange in der Oase meines Vaters in ziemlicher Abgeschiedenheit gelebt und als ich dann nach«, wie hieß diese verdammte Stadt noch gleich? »Maz Gea-Anu für die Ausbildung zum … Custos Scrutinandi und später in den Palast von Xamax zog, um Palastwache zu werden, war ich so mit meiner Ausbildung beschäftigt, dass ich kaum etwas vom Leben um mich herum mitbekam.«

»Entschuldige, aber eine Ausbildung zum was? Scru …?«, unterbrach mich Cara.

»Custos Scrutinandi. Oder kurz CS. Das ist gewissermaßen die Polizei hier. Sie ermitteln, wenn es ein Verbrechen gibt. Sind also keine reinen Wächter.«

»Aha. Okay. Und wie kamt ihr bitte darauf, Dariel zu einem Polizisten zu machen?« Wenn Cara wüsste … Natürlich lag das auf der Hand. Aber Magnus wollte schließlich nicht, dass wir Cara zu sehr involvierten. Also brauchten wir jetzt wohl eine andere Erklärung.

»Das bot sich an. Er ist mit seinem zweiten Vornamen hier ein Adliger. Magnus Sekretär Tasco hält ihn für eine Palastwache.« Dem leisen Lachen nach, gefiel sich Ginga noch immer in der Rolle des Erzählers. »Wir wollten das für Dariels Lebenslauf aufgreifen.

Aber Palastwache wird nicht jeder. Dazu braucht man schon mehrere passende Ausbildungen.«

Ich war unglaublich stolz darauf, dass ich mir meinen Teil der Geschichte nicht nur gemerkt hatte, sondern auch alle verfluchten Fremdworte behalten hatte. Es war meine Idee gewesen, mir auch eine Ausbildung zum Custos Scrutinandi anzudichten. Damit würde sich niemand wundern, wenn ich wegen Francesco ermittelte.

»Und dank der Ausbildung zuvor durch meinen Kephaliden-Vater kann ich zum einen viele Teile meiner echten Ausbildung für meine Geschichte verwenden und zum anderen erklären, dass ich nicht alle Gepflogenheiten der höheren Schicht beherrsche. Dafür bin ich zu asketisch aufgewachsen.« Ich musste ein Lachen unterdrücken. Dieser Teil der Geschichte passte wirklich ungemein gut.

»Ich hingegen kenne mich gut aus, habe während meiner Ausbildung viel von Nafishur gesehen und war danach vor allem als Spionin aktiv. Deshalb kennt mich in Xamax kaum jemand.« Das war natürlich Gingas Idee gewesen. Sie fand, dass sie auf diese Weise am besten ihre Abwesenheit erklären konnte. Als Morphomo hatte sie immer wieder andere Gestalten angenommen, um sich verborgen im Auftrag des Fürsten zu bewegen.

»Ein sehr interessanter Lebenslauf. Habt ihr auch eine Idee, wie wir drei uns kennengelernt haben?« Magnus sah uns neugierig an.

Das war eine ausgesprochen freundliche Umschreibung. Wir hatten vielleicht Spaß dabeigehabt, uns diese bizarre Geschichte auszudenken, aber es blieb einfach eine Geschichte. Ein Märchen. Viel zu absurd um wahr zu sein. Ginga war einfach nicht zu bremsen gewesen.

›Dariel, sei nicht so streng mit deiner Schöpferin. Das klingt doch alles gar nicht so verkehrt. Und vor allem so absurd, dass diese Geschichte eigentlich nur vom Leben selbst geschrieben worden sein kann.‹

»Wir sind uns natürlich im Palast begegnet. Zum Ende meiner Ausbildung zur Palastwache trafen wir uns zufällig.« Gingas Fingerspitzen kitzelten mich unter meiner Hand und versuchten sich wieder zu befreien. Aber so schnell würde ich sie nicht loslassen. »Das muss jetzt schon zwei drei Jahre her sein. Wir erwiesen uns als ausgesprochen nützlich in einer delikaten Angelegenheit, über die es uns leider nicht erlaubt ist zu sprechen.«

Und? Findest du das immer noch gut?

Meine Gedanken richteten sich an Magnus. Doch der lächelte nur und schwieg. Dafür zuckte ich zusammen, als ich plötzlich wieder Schauer in meinem Nacken spürte. Ginga hatte meine Unaufmerksamkeit schamlos ausgenutzt.

»Wir sind ein gutes Team, richtig? Das sollte doch alles erklären.«

Cara war ganz offensichtlich noch nicht überzeugt. »Und was ist, wenn euch jemand von dort begegnet, wo ihr angeblich gewesen seid? Was wenn jemand nach Details fragt?«

»Ginga hat gesagt, die vielen Oasen Garingeas sind kaum jemandem bekannt«, ich zog Gingas Hand einmal mehr aus meinem Nacken, »und es gäbe niemanden, der alle Oasen kennen würde – vor allem im Grenzgebiet zu Krastun.« Ich konnte nur hoffen, dass das der Wahrheit entsprach.

»Außerdem haben wir Magnus und den Fürsten, die unsere Geschichte bestätigen können. Das Wort der beiden sollte mehr gelten als das von irgendwelchen Wächtern im Palast, die uns dort angeblich nie gesehen haben«, setzte Ginga noch nach.

»Also schön. Ich werde den Fürsten über diese Version der Geschichte in Kenntnis setzen. Die einzige Sorge bereiten mir die Custodes Palatii, die heute hier in der Akademie sind. Sie sind alle vier erstklassig und kennen tatsächlich jeden Wächter des Palastes mit Namen. Es wird schwer sein, ihnen zu suggerieren, dass sie euch jahrelang übersehen haben.«

»Ihnen das zu suggerieren!? Wie soll das möglich sein?« Ich musterte Magnus. Das hatte er uns verschwiegen. Wie sollten wir eine gute Geschichte entwickeln, wenn wir nicht alle Details kannten, die dazu nötig waren? »Mir war nicht bekannt, dass Nerija und die anderen so gut vernetzt sind im Palast.«

»Nerija, Nerija, Nerija. Was hast du nur schon wieder mit ihr?« War das jetzt ihr Ernst? Ich drehte mich zu Ginga um und richtete mich halb auf, um mit ihr auf Augenhöhe zu sein.

»Ich würde ja behaupten, dass du etwas eifersüchtig bist. Aber dazu ist eine Ginga Stokes doch nicht fähig.«

»Ganz recht! Ich bin nicht eifersüchtig! Und schon gar nicht auf eine kleine Palastwächterin!« Ginga verschränkte ihre Arme vor sich wie ein trotziges Kind.

»Dann bleib beim Thema! Unsere ganze Geschichte ist zerstört, wenn wir dieses Problem nicht gelöst bekommen.«

Ob Magnus oder der Fürst die Wächter mittels Magie manipulieren konnten? Aber das verstieß sicher wieder gegen irgendeine von Magnus Grenzen. Aber was blieb uns anderes übrig. Magnus hatte doch gewollt, dass wir als Palastwachen gesehen werden. Sonst hätte er mich Tasco anders vorgestellt. Aber die vier Wächter, die heute hier mit uns die Akademie beschützten, waren nun das Problem.

»Ahm. Entschuldigt, aber was sind Custodes Palatii? Und wer ist Nerija? Ich würde euch ja mit eurem Problem helfen, aber ich versteh schon wieder nur Bahnhof.«

Ich wollte schon mit einer Erklärung ansetzen, als ich Magnus Blick auf Cara bemerkte. Er gab ihr sicher bereits die Antwort. Das war auch besser so. Auf diese Weise verrieten wir nicht zu viel. Sie sollte sich auf ihre Affinität zu Feuerbällen konzentrieren und nicht Detektiv spielen.

»Ach so! Ich verstehe. Merci.«

»Gut. Dann können wir uns ja jetzt wieder unserem Problem widmen. Sollen wir nun Palastwachen sein oder nicht? Der Fürst hat uns geschickt. Und das ist doch gewissermaßen amtlich. Reicht das nicht?«

»Diese vier Custodes Palatii wollt ihr nicht gegen euch haben. Es würde euch einiges erschweren.«

»Na schön, aber wie gewinnen wir sie für unsere Geschichte?«

Schweigen breitete sich aus. Bis sich Cara plötzlich räusperte. »Ich glaube, ich habe eine Idee.«

Bis eben hatte ich noch immer Ginga angestarrt. Nun wandte ich mich Cara zu. Sie hatte eine Idee? Warum nicht. Schlimmer als Gingas Ideen konnte sie kaum sein.

»Immer raus damit!«

»Ihr hattet euch ausgedacht, dass Ginga als Spionin gearbeitet hat. Das würde ihre Unsichtbarkeit und überhaupt seltene Anwesenheit im Palast ja durchaus erklären. Und was Dariel angeht: Wieso hattest du nicht auch einfach viele Einsätze außerhalb des Palastes?« Der Gedanke war nicht verkehrt. Aber er erklärte nicht alles. Das entscheidende Problem blieb bestehen. »Das würde meine Abwesenheit in jüngster Zeit erklären. Aber was ist mit meiner Ausbildung zum Custos Palatii? Die muss ja im Palast stattgefunden haben.«

Ich beobachtete Cara neugierig. Sie senkte den Blick und ich konnte mit all meinen Sinnen spüren, wie ihr die Röte in die Wangen stieg. Das war also noch nicht alles. Und aus irgendeinem Grund machte der zweite Teil ihrer Idee sie ausgesprochen verlegen. Vielleicht hatte ich vorschnell geurteilt, als ich geglaubt hatte, dass Caras Ideen nicht schlimmer sein konnten als die von Ginga. Mich beschlich ein ausgesprochen ungutes Gefühl.

»Nun ja. Was wäre, wenn du diese Nerija zu einem kleinen Spaziergang einladen würdest und ihr dann von einem jungen, unscheinbaren Lehrling berichten würdest, der sie immer aus der Ferne bewundert hat – für ihre Fähigkeiten und Eleganz, aber es nie wagte, sich ihr zu nähern. Als … als der junge Mann dann seine Ausbildung absolviert hatte, wollte er sich ihr stolz zeigen, doch er wurde sofort auf eine Mission berufen, die ihn nach Garingea führte, in seine Heimat. Fortan war er nur noch selten im Palast und wenn mied er ihre Nähe aus Verlegenheit.«

Sie hatte schnell gesprochen, es schnell hinter sich bringen wollen. Nun war ihre Bombe geplatzt. Ich sollte mich an Nerija heranmachen und ihr gleichzeitig einen kleinen, eingeschüchterten Jungen vorspielen?! Sie konnte das nicht ernsthaft gerade vorgeschlagen haben. Ich hatte schon viele Rollen gespielt in meiner Zeit als Hunter, aber ich würde mich doch nicht zu einem charakterschwachen Trottel machen! »Aus V-Verlegenheit? Was für eine Karikatur von mir soll das sein?! Wieso sollte ich mich vor ihr verstecken?«, platzte es endlich aus mir heraus. »Das ist doch lächerlich! Das würde sie mir nie glauben!«

»Es geht darum, eine Erklärung dafür zu finden, dass sie sich nicht an dich erinnert. Menschen verändern sich. Damals warst du eben noch … etwas schüchtern.«

»Du willst nicht, dass ich schüchtern war. Du willst, dass ich so dermaßen nichtssagend und stumm war, dass mich vier sehr aufmerksame Wächter über mehr als ein Jahr nicht bemerkt haben.« Ich schüttelte ungläubig den Kopf. »Und was soll ich deiner Meinung nach mit den anderen machen? Soll ich mit denen auch flirten?«

»Unsinn! Aber es reicht doch, wenn du bei ihr Zweifel sähst. Du bist von ihr heute sicher nicht unbemerkt geblieben. Es wird ihr unangenehm sein, einen Mann wie dich nicht früher schon bemerkt zu haben und–«

»Einen Mann wie mich?« Was sollte das nun wieder heißen?

Die Röte in Caras Wangen vertiefte sich noch. Sie senkte erneut den Blick und strich sich eine Haarsträhne aus ihrem Gesicht. Ihr Puls donnerte durch ihre Venen. »Naja. Man muss nicht Ginga sein, um zu sehen, dass du …«, sie biss sich auf die Lippen und fragte sich wahrscheinlich gerade, was sie geritten hatte, sich in diese Unterhaltung einzumischen. Beinah tat sie mir leid.

»Dass du unglaublich sexy bist, mein Hübscher«, flüsterte es an meinem Ohr. Ich gab mein Bestes, um den heißen Schauer zu ignorieren, den Gingas Atem in meinem Nacken auslöste. »Aber genau aus diesem Grund wird nichts aus deiner kleinen Idee, Cara, meine Liebe. Zwei, drei Jahre hin oder her. Du glaubst doch nicht ernsthaft, dass eine Frau glauben könnte, dass dieser Mann irgendwann nicht aussah wie ein junger Gott?«

»Ach komm schon, Ginga! Du willst nur nicht, dass er sich mit Nerija trifft. Aber du weißt, dass es funktionieren wird. Gerade deshalb. Sie wird sich verzweifelt erinnern wollen und irgendwann wird sie glauben, sich an ihn zu erinnern. Sie wird einen schüchternen jungen Mann mit leuchtend blauen Augen und schwarzem Haar sehen, der sich immer hinter irgendwelche Hecken und Wände duckt, wenn sie zu ihm sieht. Der Wunsch, sich an ihn zu erinnern, wird sie dazu bringen. Und wenn auch nur eine aus dem Kreis der vier Wächter glaubt, sich an ihn zu erinnern, werden es die anderen bald auch tun. Zumindest wenn die vier wirklich so ein eingespieltes Elite-Team sind. Denn dann vertrauen sie sich und ihrem Urteil.«

»Ja, vielleicht würde das sogar funktionieren.« Ich musste zugeben – mit etwas Abstand – dass die Idee nicht völlig verkehrt war. So wie Cara die Situation beschrieb, konnte es schon klappen. »Aber wie suggeriere ich ihr, dass ich sie beobachtet habe? Ich brauche Informationen zu ihr. Wann war sie im Palast und für wie lang? Wie sah sie damals aus? Was ist ihr bevorzugter Kampfstil? Ich brauche Details zu ihr, die ihr klar machen, dass ich sie durchaus gesehen habe – auch wenn sie mich nie sah.«

»Nun, da kann ich vielleicht helfen.« Ich zuckte regelrecht zusammen. Während unserer kleinen Diskussion hatte ich völlig vergessen, dass Magnus auch noch da war. Auch Ginga neben mir erstarrte und rückte dann etwas von mir ab. Offenbar hatte auch sie seine Anwesenheit verdrängt. So wie ich ihre Nähe. Wann war sie so nah an mich herangerutscht? »Ich kenne Nerija schon sehr lange. Ich war es, der sie nach Xamax brachte, damit sie Wächterin werden konnte.« Natürlich. Wer auch sonst. Der Retter der Witwen und Waisen sammelte all jene ein, deren Talent von der Welt verkannt wurde. Zumindest von der anderen Welt. Der Welt, in der die wohnten, die nichts von Magie wussten.

›Dein Zynismus ist immer wieder erfrischend, Dariel. Aber ja, Nerija ist tatsächlich eine Waise. Also bitte sei vorsichtig. Ich denke, Caras Plan ist gut. Und doch möchte ich Nerija in keinem Fall verletzen.‹

Ich seufzte leise und nickte unmerklich. Vor meinem geistigen Auge sah ich sie, sah, wie sich ihr bernsteinfarbener Blick in meinen bohrte. Diese wachen, klugen, leidenschaftlichen Augen. »Also gut. Was kannst du uns zu ihr sagen?« Ich konzentrierte mich auf Magnus vor mir, um Nerijas Bild loszuwerden. »Du weißt schon: Ohne deine Grenzen zu überschreiten.«

»Nerija ist seit fünf Jahren Custos Palatii. Seit zwei Jahren arbeitet sie unter Custos Modestus. Sie trainierte und lernte mit viel Ehrgeiz und Ausdauer. Wie Modestus mir einst berichtete, hatte sie anfangs Probleme beim Kampf gegen mehrere Gegner in der Luft, doch sie übte so lange heimlich in der Nacht, bis sie sich so geschickt bewegen konnte, dass auch vier oder fünf Gegner gleichzeitig kein Problem mehr darstellten.«

In der Luft? »Das ist wahnsinnig beeindruckend. Ich denke, du brauchst dir keine Gedanken darum machen, dass sie verletzt werden könnte.«

›*Ich meinte keine physischen Verletzungen, Dariel Jean Seine.*‹

»Ihre bevorzugte Waffe ist der Langbogen. Generell alles, mit dem sie von oben gut aus der Ferne arbeiten kann. Das bedeutet aber nicht, dass sie nicht auch im Nahkampf exzellent ist. In ihrer Gewandung verborgen sind unter anderem zwei kurze Dolche für den Notfall und einige Wurfsterne.«

»Also gut. Damit kann ich zumindest mit ihr reden, ohne dass sie mir fremd scheint. Aber nichts davon ist persönlich genug. Ich könnte all das eben auch von irgendeiner Wache im Palast gehört haben.«

»Das mag stimmen, aber nutze etwas deine Fantasie. Ich bin mir sicher, du kannst sie dir gut beim Training vorstellen. Sie hat meist auf dem Vorplatz des Palastes geübt: über dem kleinen Bach. Oder sie flog auf eine der abgelegenen Inseln.«

»Auf was?«

»Neben der Insel des Palastes hast du doch bereits eine weitere kennengelernt. Das ist nicht die einzige. Es schweben noch weitere, kleinere Inseln um den Palast herum. Auf einer landen die Limigan, auf einer sind weitere Ports und einige sind zur Verteidigung gedacht und beherbergen Wachtürme. Diese Türme sind in Friedenszeiten wie diesen selten besetzt und so nutzte Nerija sie gern für das Training von Sturzflügen und Ähnlichem.«

Ich stellte mir vor, wie Nerija auf riesigen Vögeln oder gar Drachen durch die Lüfte jagte – einen Pfeil stets im Anschlag. Stolz wie eine Amazone. Sie musste eine beeindruckende Gestalt abgeben.

›*Wie ich sehe, ist deine Fantasie durchaus in der Lage dazu, die Defizite zu füllen.*‹

Konnte er sich nicht ein einziges Mal aus meinem Kopf heraushalten?

»Na schön. Also, was genau ist der Plan?«

***

157

»Guten Abend, Custos Jean Seine.«

»Guten Abend, Custos Nerija«

Sie war tatsächlich gekommen.

Während der vergangenen Stunden hatte ich mich stets in ihrer Nähe aufgehalten, war ihr aber nie nahe genug gekommen, um eine Unterhaltung zu beginnen. Ich wollte ihr das Verhalten zeigen, dass ich angeblich auch früher im Palast an den Tag gelegt hatte. Ich konnte nur hoffen, dass sie mein Laientheater überzeugte; dass ich so wie früher in Paris jemanden spielen konnte, der mir so gar nicht entsprach.

Die letzten Minuten hatte ich an einer der Säulen des Atriums gelehnt und den Lucernabaum beobachtet, während meine restlichen Sinne nach der Palastwächterin Ausschau gehalten hatten. Es war beinah wie früher als Hunter gewesen. Abwarten, sich selbst zum Köder machen, den Gegner freiwillig in seinen Rücken lassen. Nur dass Custos Nerija kein Gegner war.

Das hoffte ich zumindest.

»Sie … Sie sind noch hier?« Ich hatte ewig gegrübelt, wie ich sie ansprechen sollte. Ich wollte am Anfang nicht zu vertraut klingen. Sie bekleidete ein hohes Amt und dass Magnus die vier Elite-Wächter anders angesprochen hatte, bedeutete ja nichts.

»Ja. Die anderen sind bereits nach Xamax aufgebrochen, aber ich wollte mir die Gelegenheit nicht entgehen lassen, *ihn* bei Nacht zu sehen.« Sie trat aus den Schatten und stellte sich neben mich. Ihr Blick war fest auf den leuchtenden Baum gerichtet. Die einzelnen Blätter spiegelten sich in ihren ohnehin schon goldenen Augen. »Er war schon bei Tag so imposant.« Nun schlossen sich ihre Augen für einen Moment, nur um danach direkt in meine zu sehen. »Man sagt sich, dass es in ganz Zambala keinen Lucernabaum gibt, der so schön ist wie dieser.« Je länger ich ihren Blick erwiderte, umso mehr faszinierten mich ihre schönen Augen, ihre vollen Lippen, ihre leicht geröteten Wangen. »Und das trotz allem, was er verkraften musste.« Jetzt, da meine Sinne sich das erste Mal Zeit nehmen konnten, um diese Frau auf sich wirken zu lassen, fielen mir all die kleinen Details auf. Sie trug eine Art Make-Up – oder vielleicht war es auch ein Tattoo. »Wusstet Ihr, dass dieser Baum durch den großen Brand fast völlig zerstört worden ist?« Halb von ihrem Haar verdeckt, verliefen zarte schwarze und goldene Linien von ihrem Auge hinab bis auf ihre Schulter. Als würde eine filigrane Pflanze an ihr emporwachsen. »Aber er hat all das Leid überwunden und nun ist er so mächtig und schön wie kein anderer im Feuerreich.«

»Ja, wirklich außergewöhnlich schön«, murmelte ich. Wie von selbst strich ich ihr Haar zurück, um das Muster genauer betrachten zu können. Es war in sich verschlungen und schien von winzigen Schriftzeichen begleitet zu sein. Ihre zierlichen, etwas spitzen Ohren trugen kleine, goldene Ringe und ihre Wimpern waren endlos lang, als sie zu mir aufblickte. »Ihr könnt euch sicher nicht an mich erinnern, aber ich freue mich, Euch wiederzusehen. Es ist schon einige Zeit her.« Ich durfte nicht vergessen, weshalb ich sie zu mir gelockt hatte. Und eine leise Stimme sagte mir, dass es mir von Minute zu Minute schwerer fallen würde, ihr eine Lüge vorzuspielen.

Es arbeitete in ihr. Ich konnte ihr regelrecht ansehen, wie sie ihr Gedächtnis durchsuchte. Sie wollte sich an mich erinnern. Ich würde ihr etwas helfen müssen. Nur etwas. Und dann würde ihr Wunsch, sich zu erinnern, die Erinnerung erschaffen.

»Ich«, verlegen wandte ich den Blick ab, »ich war immer sehr … schüchtern.« Ich fuhr mir durchs Haar und starrte in den Lucernabaum. Lügner sahen ihr ›Opfer‹ an. Ich war kein Lügner. Also durfte ich sie nicht die ganze Zeit beobachten. Ich war schüchtern. Also musste ich auch jetzt schüchtern sein. »Aber ich habe es geliebt, dir beim Training zuzusehen. Du hast so verbissen geübt. Und vor allem in der Nacht, konnte ich beinah unsichtbar sein, wenn ich mich hinter den Säulen und Mauern des Palastes verbarg.« Ich lachte nervös und sah wieder zu ihr – aber nur aus dem Augenwinkel. Schüchtern. Kein direkter Blickkontakt. »Himmel! Wie das klingt! Entschuldigt meine Offenheit, Custos Nerija.«

Ihre Mimik wechselte von skeptisch und forschend zu warm und gütig. »Zu schade, dass Ihr Euch vor mir versteckt habt, Custos Jean Seine. Ihr müsst ein ausgezeichneter Wächter sein, wenn Magnus Magister Athanasius Cronos Euch erwählt hat.« Sie strich über mein Gewand, als würde sie eine Falte richten wollen. Als ihr Blick sich wieder auf den Weg zu meinen Augen machte, blieb er einen Moment länger als nötig an meinen Lippen hängen. »Ich hätte Euch zu gern schon früher kennengelernt.« Der Klang ihrer Stimme hatte sich verändert und ihre Hände waren am Kragen meines Gewands erstarrt.

Wäre ich noch ein Hunter und sie meine Beute, dann wüsste ich jetzt, dass ich gewonnen hatte. Doch ich war heute nicht der Hunter. Ich war die Beute. Eine Beute, die ihrem Jäger vorgaukelte, einer von ihresgleichen zu sein.

»Ich … ich war damals noch nicht so gut. Zumindest war ich davon überzeugt, dass Ihr um Längen besser seid.« Ihr Lächeln zeigte keine Spur von Verlegenheit. Sie war sich ihrer Fähigkeiten bewusst und stolz darauf. Ich sah in den Himmel und schloss dann die Augen, als müsste ich mich erst noch überzeugen, den Mut zu finden; dann stieß ich mich von der Säule hinter mir ab und kam ihr dadurch näher als geplant. Die Hitze ihres Körpers strahlte mir entgegen. »Ich wollte mich noch etwas umsehen. Ich … bin selbst erst seit einem Tag hier und das Gelände ist unglaublich bei Nacht. Begleitet Ihr mich ein Stück?« Meine Hand strich wie zufällig über ihren Rücken und ein Teil von mir fragte sich, wie sich wohl ihre Haut anfühlte. Seidig und zart? Oder rau von den Kämpfen, die sie schon ausgefochten und gewonnen hatte?

»Ich sollte sowieso noch einmal über das Außengelände der Akademie patrouillieren. Anweisung von Custos Modestus. Sonst hätte er mir nicht gestattet, länger zu bleiben. Warum gehen wir also nicht gemeinsam?«

Wir schritten nebeneinander her die Wiese hinunter in Richtung des Sees. Sie schien schwächer zu leuchten als in der vergangenen Nacht und doch konnte ich Nerija deutlich erkennen. Ihr Gesicht war ein Pokerface. Schweigen breitete sich über uns aus und mit ihm eine merkwürdige Spannung. Ein Teil von mir wollte ihr näher kommen. Sie war ein faszinierendes Wesen und eine unglaublich attraktive Frau. Doch ein anderer Teil – der untote – wollte fort. So schnell und weit wie möglich. Nerija war nicht nur attraktiv. Sie war auch klug. Ich war mir nicht sicher, ob sie mir meine Anwesenheit im Palast glaubte.

»Und Ihr könnt Euch wirklich nicht an mich erinnern?« Ich zog an meinem Kragen, versuchte ihn zu lockern. »Einmal bin ich Euch heimlich gefolgt, als Ihr an einem der Wachtürme trainiert habt.« Ihre Schritte wurden langsamer. Einmal mehr musterte sie mein Gesicht. Ihr Blick schien zu sagen ›Wie konnte ich dich übersehen?‹. Ob sie mir langsam glaubte? »Ich hätte schwören können, Ihr habt mich gesehen. Ich hatte mich am Fuß des Turms versteckt. Im Schatten. Aber Euer Blick schien jeden Schatten zu durchdringen, als Ihr an mir vorbei-jagtet.«

Wieder strich sie über mein Gewand. Ich konnte ihre Berührungen durch die vielen Schichten von Stoff hindurch spüren. »Ich kam mir tatsächlich ab und an beobachtet vor. Aber ich war mir nie sicher und glaubte letztlich, mir den Blick in meinem Nacken nur eingebildet zu haben.« Für einen Moment schloss ich die Augen und ließ ihre Nähe auf mich wirken. Ich genoss ihren Duft, ihre Wärme, ihre Berührungen.

Sie richtete die Kapuze auf meinen Schultern. Als ihre Fingerspitzen dabei über meinen Nacken strichen, überrollten mich meine Wahrnehmungen. Meine Hände glitten wie von selbst an ihre Hüften. »Vielleicht habe ich dich ja auch heimlich beobachtet.« Ihre Worte waren nur ein Flüstern. Und eine Lüge. Und doch stachelten sie meinen Hunger noch weiter an.

Hunger. Ja, das traf es. Aber was für ein Hunger? War es wirklich ihr Blut, das ich wollte? Wären meine Augen schwarz, wenn ich sie jetzt öffnete? Ich würde es riskieren müssen. Es war nicht meine Idee gewesen, mich mit ihr zu treffen. Mit der Wächterin. Der Custos Palatii. Und es war auch kein Zufall. Ich hatte eine Aufgabe zu erfüllen. Noch etwas mehr und sie würde mir glauben.

Ich konnte nur hoffen, dass mir Ginga nicht dazwischenfunken würde. Ihr hatte der Plan deutlich missfallen. Nicht umsonst hatte ich Cara gebeten, sie abzulenken. Ich warf einen Seitenblick an meiner Begleitung vorbei auf das kleine Haus am Ufer zu unserer Linken. Es brannte kein Licht. Und doch war ich mir sicher, dass Ginga im Haus war. Caras Herzschlag würde ich überall erkennen. Viel zu schnell. Wie ein Kolibri in menschlicher Gestalt. Und Cara wäre nicht in unserem Haus, wenn Ginga nicht bei ihr war.

»Und woher kennt Ihr Custos Stokes? Ihr wirkt sehr … vertraut miteinander.« Die Art, wie sie in ihren Worten zögerte, machte mich nervös. Lag das an dem, was sie Ginga und mir unterstellte, oder daran, dass ihr diese Unterstellung etwas auszumachen schien? Als sie meinen Blick bemerkte, ließen ihre Hände von mir ab und sie lief weiter.

»Ja, wir kennen uns schon lange.« In jedem Fall länger als mir lieb war. »Im Grunde beinah mein ganzes Leben lang.« Zumindest mein gesamtes zweites, untotes Leben lang.

»Es muss schön sein, einen Partner gefunden zu haben, mit dem man sein ganzes Leben teilen kann.« Ihr Blick hing wieder für Sekunden an meinem, bevor sie in den Sternenhimmel sah.

»So eine Art von Partner ist sie nicht! Sie ist meine Schö–«, Himmel! Dariel! Sei vorsichtiger! »Sie ist meine Schülerin, wenn man so will. Sie begann um meinetwillen ihre Ausbildung zur Wächterin und als sie dann nach Xamax kam, wurde sie mir zugeteilt.«

Custos Nerija nickte langsam. Ich fragte mich, ob sie diese Information erleichterte oder ob es ihr egal war, dass wir keine Partner waren. »Sie wollte Euretwegen mit der Ausbildung zur Wächterin beginnen?«

»Ja, wir … wir begegneten uns einst in meiner Heimat in Garingea. Ich half ihr und brachte sie zurück nach Hause. Ich hielt das für meine Pflicht und auf dem Weg erzählte ich ihr, dass ich Wächter werden wollte. Das scheint ihr imponiert zu haben.«

Wieder nickte sie und blieb dann stehen. Wir hatten das Ufer des Sees erreicht.

»Da ist etwas, das ich nicht verstehe. Magnus Magister Athanasius Cronos hält offenbar auch auf Custos Stokes große Stücke, aber ich kann mich nicht an sie erinnern – und ich bin mir sicher, ich würde mich an eine Frau wie sie erinnern.« Gar nicht gut. Wir hatten uns eine Geschichte für mich ausgedacht. »Ihr wollt mir doch nicht erzählen, dass auch sie sich vor mir versteckt hat.« Doch was war mit Ginga?

»Aber nein!« Ich lachte und hoffte, nicht zu nervös zu klingen. »Nun. Sie war nur sehr selten im Palast. Zu ihrer Ernennung und ab und an, um Prüfungen abzulegen oder Aufgaben zu empfangen. Wir haben vor allem auf der schwimmenden Insel von Xamax trainiert.«

»Ach so? Weshalb denn das? Mir war nicht bekannt, dass es Palast-Novizen des Wächteramtes erlaubt ist, sich jenseits der Festung aufzuhalten.«

»Höhenangst«, ich hatte es schneller gesagt als gedacht. Im Nachhinein hätte ich mich ohrfeigen können. Was für eine hirnrissige Ausrede! Diese Frau hatte vor rein gar nichts Angst! Gut. Außer vor Magnus. »Sie … sie ist unglaublich gut in dem, was sie tut. Aber mit der extremen Höhe des Palastes hat sie so ihre Probleme.« Ich seufzte leise und fuhr mir durchs Haar. So würde das nie was werden. »Nicht jeder kann so furchtlos in luftigen Höhen kämpfen wie Ihr. Custos Stokes ist dafür ausgesprochen versiert im Umgang mit den vielen Giften und Halluzinogenen des Waldes und eine Meisterin der Tarnung.« Vielleicht war jetzt der richtige Moment, etwas mehr Selbstbewusstsein zu zeigen. Ich musste sie jedenfalls von Ginga ablenken. »Custos Nerija, würde es Euch etwas ausmachen, wenn wir nicht weiter über Ginga, ich meine Custos Stokes, sprechen würden? Ich …« Hoffentlich war ich jetzt nicht zu forsch. Ich wandte mich ihr zu und versuchte, in ihrer Mimik zu lesen, ob sie mich als zu aufdringlich empfand. »Ich würde viel lieber mehr von *dir* erfahren.« Ich ließ meine Hand über ihre Wange gleiten.

Ihre goldenen Augen lösten sich von den Sternen und richteten sich unerträglich langsam wieder auf mich. Ihre Pupillen waren geweitet, so dass ihre Iris nur noch schmale goldene Ringe bildeten. Sie lehnte sich in meine Hand und ihre Lippen strichen leicht über meine Haut.

Ein weiteres Mal fand meine andere Hand ihre Hüfte. Diesmal zog ich sie näher an mich und wie von selbst glitten ihre zarten Finger über meine Brust.

Meine Lippen streiften ihre Halsbeuge und ihr Duft vernebelte augenblicklich meine Sinne.

»Sag mir, wie ich dich nennen darf. Wie ist dein Vorname? Dein erster Name?« Ich wollte ihren Namen an ihrem Ohr flüstern. Ich wollte ihn leise knurren. Ich …

»Nerija«, flüsterte sie nach langem Schweigen.

Nerija? Aber war das nicht ihr Nachname? Hatte ich schon wieder etwas falsch verstanden? Ich richtete mich wieder etwas auf und sah sie an. Ob ›Nerija‹ eine Bedeutung hatte? Aber wäre es Nefishit, dann müsste ich mir die Antwort schließlich selbst geben können.

»Aber ich dachte, Nerija wäre dein …«, ich unterbrach mich selbst, als ich ihr Gesicht sah. »Verzeihung. Ich habe offensichtlich etwas Falsches gesagt. Das war nicht meine Absicht.« Vielleicht war ich ihr auch einfach zu nah gekommen.

Nerija schüttelte langsam den Kopf und sah auf den See hinaus. »Schon gut. Es ist nur … Ihr seid adlig und ich habe nicht einmal einen letzten Namen. Ich bin als Waise aufgewachsen. Niemand weiß, wer meine Eltern sind. Deshalb besitze ich nichts als den einen Namen, den mir die Matrona im Heim einst gegeben hat.« Ihr Blick richtete sich auf ihre Füße. »Wäre ich keine Wächterin geworden, dann würde es jedem auffallen, dann wäre es nicht einmal angemessen, überhaupt mit Euch zu sprechen.«

So wichtig waren hier Namen? Und es war möglich, nur einen zu haben? Ich musterte ihre ebenmäßigen Züge, ihr geflochtenes Haar, die goldenen Augen, über denen nun ein Schatten lag. Sie sah hundert Mal mehr wie eine Adlige aus als ich.

»Dariel«

»Was?«

»Nenn mich einfach Dariel. Nerija, ich mag drei Namen haben, aber im Grunde reicht doch einer völlig, oder?« Ich setzte ein möglichst ungezwungenes Lächeln auf. Ihre Trauer über ihre Einsamkeit steckte mich an – ganz ohne Band.

»Aber … aber das geht doch nicht! Das wäre nicht angemessen!« Die Röte, die in ihre Wangen schoss, ließ sie nur noch schöner erscheinen, als sie erschrocken zu mir aufsah.

Ich wandte mich ihr ganz zu und setzte nun eine gespielt ernste Miene auf. »Custos Nerija, Ihr werdet Euch doch nicht etwa gegen das Wort eines Höhergestellten richten?«

Ihre Augen weiteten sich vor Schreck und ich fuhr mir fluchend über mein Gesicht. Sarkasmus war ihr offenbar vollkommen fremd. Oder ich hatte sie zu sehr erschreckt, als dass sie mit einem Scherz rechnete. Schnell holte ich mein Lächeln zurück. »Nerija«, ich strich sanft über ihre Wange, »bitte, nenn mich einfach Dariel.«

Ihr Herzschlag zog mich weiter in ihren Bann. Er wurde schneller und schneller. Wie das wilde Trommeln eines Orchesters, das den Höhepunkt einer Szene ankündigte. Ihre zarte Haut war so warm und verlockend unter meinen Fingerspitzen und ihr Haar seidig und weich.

›Dariel, Kumpel. Ich misch mich ja nur ungern ein. Aber du wirst beobachtet. Und das könnte Ärger im Paradies bedeuten, wenn du jetzt nicht die Kurve kriegst.‹

Was!?

Artemis Stimme hatte mich aus meiner Trance gerissen. Ich blinzelte und sah mich um. Automatisch zog ich Nerija hinter mich. Im See schwammen noch immer die merkwürdigen, leuchtenden Fische, aber es war nicht ein Boot auf dem Wasser. Die Blumenwiese hinter uns schien sich auch ausschließlich durch den Wind zu bewegen. Jegliche Herzschläge, die stark genug waren, um von einem Menschen ... oder hier eher von einem Nafish zu stammen, waren weit genug weg. Was meinte der Kater?

»Was hast du?« Nerija klang angespannt. Sie war sofort ebenfalls in den Wächter-Modus gewechselt. Nun standen wir Rücken an Rücken. Mit einer Hand tastete ich nach ihr, nur um Sekunden später ihre Hand auf meiner zu spüren. Doch im nächsten Augenblick war die Berührung verschwunden und ich hörte das Geräusch von übereinander gleitenden Klingen. Das mussten ihre Dolche sein.

»Ich bin mir sicher, jemanden gehört zu haben«, erwiderte ich so leise wie möglich.

Wir drehten uns zusammen langsam im Kreis.

Art, was sollte das? Wen hast du gesehen?

›Wen ich gesehen habe? Eine rote Furie, die sich Caras Ablenkung entzogen hat, als sie aus dem Fenster sah und ihren Schützling mit einer anderen Frau in seinen Armen entdeckte.‹

Ich fluchte leise. *Ginga!*

Was sollte das? Was waren das für absurde Besitzansprüche? Sie hatte mich ein paar Mal geküsst. Na und? Ich hatte doch keine große

Wahl. Und wenn ich schon mit Nerija flirten sollte, um sie von unserer Geschichte zu überzeugen, dann konnte ich doch wenigstens einem Teil meiner Worte Taten folgen lassen.

»Du bist wirklich erstaunlich«, drang Nerijas Stimme in meine Gedanken. »Jetzt weiß ich, weshalb dich Magnus Magister Athanasius Cronos ausgewählt hat.«

Weil ich mich ständig ablenken ließ?

Weil mich offenbar jedes weibliche Wesen zweier Welten aus dem Konzept bringen konnte?

Weil ich nicht mal mein eigenes Leben beschützen konnte?

»Da weißt du mehr als ich.« Ich lachte leise. Wie absurd. Ich war alles andere als geeignet. Das musste sie doch erkennen.

Mit einem Ruck drehte sie mich zu sich. »Weil du – egal was du tust – nie vergisst, wachsam zu sein. Was auch immer du bemerkt hast: Mir ist es entgangen. Das wird mir kein weiteres Mal passieren. Bist du bewaffnet?« Ich erwog kurz, den Dolch an meinem Bein zu erwähnen, schüttelte dann aber den Kopf. »Nimm die hier.« Sie drückte mir ihre zwei Kurzdolche in die Hände und im nächsten Augenblick sah ich zwei unglaublich schöne, große weiße Flügel aus ihrem Rücken brechen.

Wind blies mir entgegen, als sie ihre Flügel ausstreckte und in den Himmel sah. »Ich seh mich mal von oben um.«

Ich taumelte zwei Schritte zurück und starrte Nerija an, als wären ihr gerade Flügel gewachsen.

Ach ja.

Das war keine Metapher.

Das war die Wahrheit.

So hatte Magnus das mit dem Fliegen also gemeint. Sie brauchte keine Hilfe. Keine Drachen oder andere riesige Flugtiere. Sie selbst war die, die flog. Und wie sie flog. Sie brauchte nur zwei kräftige Schläge und schon war sie mehrere Meter hochgestiegen. Sie flog mit der Eleganz einer Elfe und der Präzision und Geschwindigkeit eines Düsenjets.

Hätte Magnus mich nicht vorwarnen können?!

Ich sah ihr fasziniert nach, beobachtete, wie sie über die Wiesen der Akademie jagte, und den leuchtenden Blütenstaub aufwirbelte.

Über dem Wasser flog sie eine Kehre und berührte mit einer ihrer Flügelspitzen die Wasseroberfläche, bevor sie höher stieg, um ein größeres Areal überprüfen zu können.

Ich zwang mich, meinen Blick von Nerija abzuwenden und mich selbst umzusehen. Immerhin wusste ich, wen wir suchten. Und auch wenn ich noch so sauer auf Ginga war: Ich wollte ganz sicher nicht, dass Nerija sie mit einem Pfeil aufspießte.

»Ginga!«, zischte ich also so leise wie möglich. »Komm her!« Ich drehte mich wieder langsam im Kreis. Wo würde sie sich am ehesten verstecken? Die Wiesen und der See boten keine Versteckmöglichkeiten. Und auch die Baum-stämme waren nur eine sehr einseitige Deckung.

Ich wollte mich schon vom Baum neben mir abwenden, als ich mich an eine Szene in Paris erinnerte. Unser ›Training‹.

Ich war kurzzeitig ein Eichhörnchen. Wie hätte ich da mein Kleid anbehalten sollen? Das waren damals ihre Worte gewesen. Mon Dieu! Sie hatte sich doch nicht etwa wieder verwandelt?!

Ich trat in den Schatten des Baums und hob vorsichtig den Blick. Halb in der Hoffnung, sie gefunden zu haben. Halb in der Hoffnung, weder ein merkwürdiges Tier noch eine nackte Ginga zu sehen.

»Ginga? Nun komm schon. Art hat mir verraten, dass du hier irgendwo bist.« Immer wieder huschte mein Blick hoch in die Lüfte, um sicher zu gehen, dass Nerija nicht vor mir fündig geworden war.

»Bitte. Hör auf mit dem Spielchen!«

Art, wo ist sie?! Komm schon, gib mir einen Tipp!

›Ich bin Telepath und kein Hellseher.‹

Sehr hilfreich. Wirklich.

Was, wenn Nerija Ginga vor mir fand?

»Dariel!«

Erst sah ich in die Lüfte, doch dann erkannte ich die Stimme, die meinen Namen geflüstert hatte.

»Na endlich! Wo steckst du?« Ich lief in die Richtung, in der ich Ginga glaubte, gehört zu haben: Hinter unser Haus, an den Waldrand. Es war gar nicht so einfach, jetzt

eine normale Geschwindigkeit an den Tag zu legen und nicht alle mir möglichen Mittel zu nutzen.

Als ich ihr rotes Haar entdeckte, blieb ich mit einigem Sicherheitsabstand stehen. »Ginga, was sollte das?«

»Was meinst du?«

»Du hast unser Treffen sabotiert. Warum?«

Ginga verdrehte die Augen streckte dann eine Hand nach mir aus. »Ich habe nichts gemacht. Ich war nicht mal in deiner Nähe. Was erwartest du? Das ich das Land wechsle oder doch besser die Welt, wenn du ein Date hast?«

Ich trat unwillig näher, während es nun an mir war, eine Grimasse zu schneiden. »Du weißt, welchen Zweck dieses Treffen hatte.«

»Ja, du leidest fürchterlich!« Sie räusperte sich. »Und das geht mich auch nichts an. Aber als ich an unserem Haus ankam, habe ich eben ein seltsames Geräusch gehört.« Ihre Stimme und Haltung änderten sich plötzlich. Ja, ich hatte den Schatten über uns auch gesehen. Ich blickte auf und sah Nerija, die mit ihren Schwingen den größeren der beiden Monde halb verdeckte.

»Nerija, komm zu uns. Ginga hat eine Spur.«

Zwei Sekunden später stand Nerija neben mir. Sie ließ mir ebenso wenig Platz wie Ginga auf meiner anderen Seite und plötzlich hatte ich das Bedürfnis, einfach ein paar Flügel auszubreiten und zu flüchten. »Was ist, Custos Stokes? Habt ihr gesehen, was es war?«

Ginga schüttelte nachdenklich den Kopf. »Ich bin mir nicht sicher. Es war zu dunkel, um mehr zu erkennen.« Sie starrte in die Schatten des Waldes, die für uns eigentlich alles andere als zu dunkel waren, und kniff die Augen zusammen. »Vielleicht war es auch nur ein Tier.«

»Wir sollten im Wald nachsehen.« Ich reichte Nerija ihre Dolche und wandte mich dem Wald zu. »Wenn sich dort jemand versteckt, der sich nachts auf das Gelände der Akademie schleicht, dann ist es unsere Aufgabe, diese Person zu stellen.« Und außerdem sollte Nerija uns für gewissenhafte, mutige Wächter halten.

»Warte« Eine warme Hand legte sich auf meine Schulter. Okay. Sie sollte *mich* für einen gewissenhaften, mutigen Wächter halten. »Es ist viel zu dunkel da drin, um ohne Unterstützung nach einem

Verdächtigen zu suchen.« Sie zog mich wieder etwas enger an sich. »Und ich würde dich da drin nicht sehr gut schützen können.«

Eine Welle von Ärger und Neid überrollte mich. Woher …? Ach so. Ginga. Unser Band ließ mich ihre Gefühle spüren. Sie mussten stark sein. So deutlich spürte ich ihre Gefühle selten.

»Nerija, du musst mich nicht schützen. Aber du hast womöglich recht. Wir werden morgen früh im Wald nach Spuren durchsuchen. Wer auch immer das eben war, wird durch unsere Aufmerksamkeit mit Sicherheit verjagt worden sein und das Gelände mit größter Wahrscheinlichkeit bereits wieder verlassen haben.« Ich zwang mich dazu, Gingas Gefühle und Nähe auszublenden, und ergriff Nerijas Hand. »Es war schön, dich wiederzusehen, Nerija. Ich hoffe, du wirst mich nicht wieder vergessen.« Ich schenkte ihr ein möglichst offenes, gewinnendes Lächeln.

»Ich bin mir sicher, dass ich dich nie wieder vergessen werde. Ich verfluche meine Unachtsamkeit während meines Trainings damals. Wie viel Zeit, wie viele Momente wir verloren haben«, ihr Blick huschte zu Ginga, »und wie viele Chancen.«

KAPITEL VII

»Also schön. Nun verrate mir schon, was du dir ausgedacht hast. Ich sehe dir doch an, dass du irgendwas im Schilde führst.«

»Ich weiß nicht, was du meinst. Aber wenn du glaubst, dass ich dir Informationen vorenthalte, dann solltest du mich vielleicht intensiv verhören.« Ginga setzte ihr unschuldigstes Lächeln auf und hielt mir ihre Handgelenke hin. »Du kannst mich auch fesseln, wenn du das für richtig hältst.« Sie war wieder ganz die Alte. Von all der Eifersucht gegenüber Nerija war nichts mehr zu spüren. Aber das lag wohl vornehmlich daran, dass Nerija kurz nach unserer unsinnigen Jagd aufgebrochen war, um an den Palast von Xamax zurückzukehren.

Ich griff nach Gingas Händen und zog sie hinter mir her die Wendeltreppe hinunter bis ins Wohnzimmer. Sie hatte mich auf ihre üblich charmante Weise geweckt und die Unruhe, die sie ausstrahlte, machte mir deutlich, dass sie irgendetwas vorhatte. Die Frage war, was ihre Vorfreude für mich zu bedeuten hatte.

Im Wohnzimmer angekommen, registrierte ich das kühle, bläuliche Licht, das durch die Fenster eindrang. Wie lang hatte ich geschlafen? »Ja, es ist schon später Vormittag.« Ginga war meinem Blick gefolgt und befreite sich anschließend aus meinem Griff, um es sich auf dem Sofa gemütlich zu machen. »Du sahst nach deiner schwierigen Mission letzte Nacht ausgesprochen erschöpft aus. Da wollte ich dich nicht so früh wecken.«

Sie war also doch noch nicht ganz über die vergangene Nacht hinweg.

»Wie ausgesprochen gnädig. Wie wäre es, wenn du mich gar nicht weckst?«

Gingas Augenbrauen gingen in die Höhe. »O, aber dann würdest du doch niemals morgens aufstehen, sondern immer erst am Abend.«

»Es muss doch auch in Nafishur sowas wie einen Wecker geben.«

»Natürlich. Und deiner heißt Ginga.« Ihre Hände zogen an meinem Shirt, das unschuldige Lächeln noch immer in ihrem Gesicht.

Ich hatte vergangene Nacht noch einige Entdeckungen gemacht. Von einer Cara, die auf unserem Sofa schlief, bis zu einem Bett, in dem Ginga gern geschlafen hätte. Aber eher fror die Hölle zu. In stiller Übereinkunft hatten wir beschlossen, dass sie im Keller wohnte und ich unter dem Dach.

»Natürlich.« Ich würde Magnus nach einem Wecker fragen. Oder Johanna. Oder meinetwegen auch Cara oder ihren Patronus Silva.

»Also. Wirst du mir heute noch erzählen, was los ist?«

Meine Schöpferin klopfte neben sich auf das Sofa. Ihr Blick machte mir deutlich, dass sie erst sprechen würde, wenn ich mich gesetzt hatte. Also tat ich ihr den Gefallen, während sie ihr Wächtergewand glatt-strich.

»Ich habe zwei Neuigkeiten für dich.«

»Sag bloß, du warst schon auf dem Gelände der Akademie unterwegs. Allein, freiwillig, in der Morgensonne.«

»Durchaus, nicht ganz, nicht ganz, und nicht nur das!« Sie drehte sich etwas, um mich direkt ansehen zu können. »Also, was willst du zuerst hören: Die gute Nachricht oder die gute Idee?«

»Da ich mich fragen muss, ob deine gute Idee auch für mich eine gute Idee ist, nehme ich für den Anfang die gute Nachricht. Da ist meine Chance höher, dass sie mir auch gefällt.«

Ginga schnitt eine Grimasse, erbarmte sich dann aber. »Die gute Nachricht ist, dass ich unser Blutproblem gelöst habe.«

Das war wirklich eine gute Nachricht. Und eine überraschende.

»Wie hast du das hinbekommen? Hast du etwa allein mit Magnus gesprochen? Moment! Du hältst doch nicht irgendwelche Nafish in deinem Schlafzimmer gefangen, oder?«

»Also ehrlich! Nachdem ich Cara heute morgen geweckt hatte, sind wir gemeinsam zum Hauptgebäude gelaufen. Sie brauchte noch etwas Ermutigung vor ihrem ersten richtigen Tag an der Akademie.« Ginga machte eine Pause und setzte sich etwas aufrechter hin. »Und ja, ich habe mit Magnus Magister Athanasius Cronos gesprochen!« Ein Lächeln huschte über meine Lippen. Das hatte sie auf alle Fälle sehr viel Überwindung gekostet. »Er sagte, ich zitiere: ›Ich danke dir für deine Frage. Entschuldige, dass ich nicht selbst daran dachte. Betrachte eure Sorge als hinfällig. Ich werde mich darum kümmern.«

»Das hast du wirklich gut gemacht.«

Ginga strahlte über das ganze Gesicht.

»Danke! Und willst du jetzt endlich meine Idee hören?«

»Ich bin ganz Ohr.«

»Du bist ein ganzes Ohr? Was meinst du damit?«

»Rede!«

»O, ach so. Also. Als du dich letzte Nacht vergnügt hast«, ich verdrehte die Augen und wollte sie unterbrechen, aber einmal mehr landete ihr Zeigefinger auf meinen Lippen. »Als du dich letzte Nacht vergnügt hast, habe ich in unserem Fall ermittelt.«

»Na sowas! Und was hast du ermittelt?«

»Nun«, sie zupfte an ihrem Gewand und richtete ihr Haar, »Ich habe mich gefragt: Wenn ich auf diesem Gelände schnell einen Nafish verschwinden lassen müsste, wo würde ich ihn dann vor aller Augen verbergen.«

Ein Teil von mir fragte sich, ob sie überlegt hatte, eine ganz bestimmte Nafish verschwinden zu lassen. Eine mit Engelsflügeln. Ein anderer Teil bemühte sich, Gingas Gedanken unvoreingenommen zu folgen. »Und zu welchem Schluss bist du gekommen?«

»Zu dem Schluss, dass der Wald das ideale Versteck ist. Erinnere dich an dein Erlebnis in den Wäldern von Xamax. Es gibt so viele Pflanzen und Zauber, die im Wald ganz unbemerkt die Wahrnehmung steuern können. Er ist schon von sich aus dunkel und unübersichtlich, aber mit dem Wissen und der Magie all der Druiden hier … alles an diesem Gewächs schreit geradezu ›Ich bin ein Versteck‹. Findest du nicht?«

»Erinnere mich daran, dass ich dich niemals in der Nähe eines Waldes verärgere.« Obwohl … nach der vergangenen Nacht war es für diese Erkenntnis wohl schon zu spät. »Na schön. Denkst du, wir sollten den Wald allein betreten oder einen passenden Druiden hinzuziehen? Ich meine, wenn ich mich korrekt erinnere, dann ist das Gelände durch verschiedene Zauber abgeschirmt. Was, wenn wir durch einen solchen Zauber laufen? Landen wir dann irgendwo anders im Feuerreich? Oder wird unsere Wahrnehmung manipuliert? Oder werden wir direkt ausgeschaltet?« Ginga hatte nicht umsonst meine Erinnerungen an den Wald von Xamax wachgerufen. Ohne Magnus wäre ich verloren gewesen. Ob mir der Gedanke gefiel oder nicht: Ein Druide wäre wohl ganz nützlich.

»Vergiss nicht, dass der Wald normales Akademiegelände ist, das jeder betreten darf. Hier von innen sollte uns also nichts geschehen. Sicher lenkt Magie unsere Schritte von den Grenzen des Geländes weg – so wie sie das auch von außen für Fremde tut. Mehr wird wohl kaum geschehen.«

»Aber Magnus hat doch gerade erst während der gestrigen Weihe alle Lehrlinge des Grundstudiums gebeten, sich nachts vom Wald fernzuhalten. Das muss doch einen Grund haben.«

»Dass du nie richtig zuhörst. Das Gelände außerhalb der Akademie!«

»Hm.«

»Wie wäre es, wenn wir nachher erst eine kleine, unschuldige Wanderung um den See und dann auch durch den Wald unternehmen und falls uns etwas verdächtig erscheint, Magnus oder einen passenden Lehrmeister fragen?« Sie senkte den Blick. »Es wäre mir mehr als unangenehm, wenn wir einen der Druiden grundlos alarmieren.

»Hm.«

»Das nehme ich als ja.«

***

»Nun komm schon! Wie lange dauert das?«

»Ich komme ja schon. Bis eben warst du noch im Keller.«

»Eben schien ja auch noch diese scheußliche Abendsonne. Jetzt ist sie hinter die Berge getaucht. Willst du die ganze Nacht vertrödeln?«

Nachdem wir schon den ganzen Tag vertrödelt hatten? Während ich in der Bibliothek versucht hatte, mittels Literatur mein Wissen über Nafishur aufzubessern, und mir einen handfesten Streit mit Art über Privatsphäre und Anstand geleistet hatte, war Ginga vor allem in ihrem Zimmer im Keller gewesen. Ich fragte mich, ob sie geschlafen oder sich auch in irgendeiner Weise vorbereitet hatte. Aber vor allem fragte ich mich, wie ich jemals genug über Nafishur wissen konnte, um ein guter Wächter oder Hunter zu sein.

Ich zog mir meine schwarze Lederjacke über. Wir wollten nachts durch diesen Wald schleichen. Schwarze Kleidung erschien mir für diese Aufgabe wirklich sinnvoller als diese verdammten, weißen Kutten. Außerdem war das etwas Vertrautes zwischen all dem Fremden. »Da bin ich.« Auch Ginga hatte sich in schwarze Klamotten geworfen. Und diesmal bedeckten sie beinah ihren gesamten Körper. Offenbar hielt selbst Ginga das kleine Schwarze für keine angemessene Bekleidung für eine nächtliche Tour durch einen potentiell bedrohlichen, verzauberten Wald.

»Wunderbar.« Ohne weitere Erklärungen griff Ginga nach meiner Hand und zog mich mit sich in Richtung Wald.

»Hey! Wollten wir nicht eigentlich auch den Rest des Geländes überprüfen?« Oder überhaupt erstmal kennenlernen.

»Klar. Aber das können wir doch auch noch nach dem Wald.«

Ob ich sie wohl mit ›das Beste kommt zum Schluss‹ überzeugen könnte? Ich versuchte es gar nicht erst. Stattdessen stellte ich sicher, dass mich Ginga nicht plötzlich loslassen konnte. Ich war mir nicht sicher, ob ich sie in diesem Wald finden könnte, sollte sie mir abhandenkommen.

Die ersten Minuten gingen wir schweigend nebeneinander her. Ich war bemüht, vor allem meinem Gehör viel Aufmerksamkeit zukommen zu lassen. Die Dunkelheit behinderte meine Augen nicht, aber hier sah wirklich und wahrhaftig jeder Baum gleich aus. Und das dachte ich nicht, weil ich eine absolute Niete in Botanik war. Die Bäume sahen wirklich aus, als seien sie alle ein und demselben Samen entsprungen. Bis hin zu der Form ihrer Äste und Astlöcher. Mein Geruchssinn war ebenfalls wenig hilfreich. Bis auf Ginga erkannte ich hier keinen Geruch. Ich musste mir erst noch eine olfaktorische Datenbank für Nafishur anlegen. Vielleicht würde ich meine Nase dann irgendwann für etwas anderes als die Suche nach Blut oder Ginga nutzen können.

Mein Gehör verriet mir zumindest, ob in unserer Nähe Herzen schlugen, wie viele es waren und wie groß. Ich konnte hören, ob das Herz aus Angst schlug oder aus Freude. Und ich konnte hören, ob sich jemand an uns heranschlich und wie gefährlich uns dieser jemand werden konnte.

Aber da war niemand. Niemand außer uns war auf die grandiose Idee gekommen, in der Nacht in diesen ohnehin schon dunklen Wald zu laufen. Wäre ich nicht so auf meine Wahrnehmung konzentriert gewesen, hätte ich wahrscheinlich schon längst eine Diskussion mit Ginga über den Sinn dieser Aktion begonnen.

Aber ich wollte unsere Konzentration nicht stören. Meine litt schon genug. Diese merkwürdige Leere und Stille im Wald sorgten dafür, dass ich ständig glaubte, Schatten zu sehen oder Stimmen zu hören.

Da war doch niemand, oder?

»Das ist langweilig! Dieser Wald ist völlig harmlos und leer!«

»Ginga, sei still!« Ich sprach so leise wie möglich. »Mit diesem Wald stimmt irgendwas nicht.«

»Seit wann bist du so ängstlich?«

»Das hat nichts mit Angst zu tun, sondern mit Vernunft. Nicht mal die Lehrlinge sind so unvernünftig, hier nachts hineinzuschleichen.«

Ginga beeindruckte das nur mäßig. Sie befreite sich aus meinem Griff und funkelte mich herausfordernd an. »Willst du mir etwa erklären, dass ich mich nicht besser verteidigen kann, als ein paar Lehrlinge ohne jede elementarmagische Fähigkeit?!«

Ich versuchte, sie erneut zu mir zu ziehen, doch sie entzog sich mir wieder. »Ja, nein. Verdammt, Ginga! Warte doch!« Sie lief einfach stur weiter in den Wald hinein. Und von vorsichtigem Verhalten konnte spätestens jetzt nicht mehr die Rede sein. Dabei hätte ich am liebsten gerufen: ›Du bist ein Vampir ohne jede elementarmagische Fähigkeit‹. Möglichst leise vor mich hin fluchend folgte ich ihr. Ja, Magnus hatte nur die Lehrlinge des Grundstudiums angesprochen und nur den Wald außerhalb des Geländes erwähnt. Na und? Sicher war er nur klug genug gewesen, uns den Besuch dieses Waldes nicht auch zu verbieten, weil wir dann erst recht hineingegangen wären. »Ginga. Versuch doch wenigstens, vorsichtig zu sein. Wir haben nicht die geringste Ahnung, was hier so alles lebt«, murmelte ich. Ihre Gelassenheit und ihr Selbstbewusstsein machten mich um so nervöser.

»Wer oder was soll denn hier gefährlich sein?« Ginga drehte sich vor mir im Kreis und sah sich um. »Ich kann nicht ein Wesen ausmachen. Oder hörst du hier auch nur einen Herzschlag? Der Wald ist vollkommen verlassen.«

Ja, das hatte ich ja auch gerade bemerkt. Wobei … Erst jetzt sickerte die Erkenntnis nach: Kein Herzschlag. Es gab ein ›Tier‹, das keinen Herzschlag hatte und vorzugsweise nachts jagte. Ich hielt inne und lauschte von neuem und diesmal mit aller Konzentration. Weiter entfernt, ja, da waren Herzen zu hören. Wahrscheinlich Nacht-schwärmer auf dem weiten Gelände der Akademie. Aber um uns herum, hier im Wald, war es tatsächlich totenstill. Ich trat betont langsam neben meine Schöpferin und lauschte weiter. »Sag mal, kann es sein, dass die aus Angst vor uns geflüchtet sind?«

»Wohin denn? Ich meine: Wenn plötzlich ein fremder Jäger auftaucht, dann versteckt man sich, aber man wandert nicht gleich aus. Die Herzen schlagen nicht schneller oder leiser, sondern gar nicht.«

Ich nickte langsam. Also hatte – wer immer hier zuvor gelebt hatte – diesen Wald schon vor längerer Zeit verlassen. Aber was war hier aufgetaucht, dass daraufhin alle Bewohner des Waldes flohen? Vom kleinsten Kriechtier bis zum großen Jäger? Was für ein Tier konnte solch flächendeckende Angst auslösen? Andere Vampire? Oder etwas noch Mächtigeres? »Ginga, mir gefällt das nicht. Wir sollten mit Magnus oder sonst einem Lehrmeister wieder herkommen und jetzt umdrehen. Irgendwas stimmt hier nicht. Dieser Wald ist mir nicht geheuer.«

»Du scheinst zu vergessen, dass ich aus Nafishur stamme. Ich kenn mich hier durchaus aus. Auch was die Wesen und Wiesen in Wäldern angeht. Und wenn uns jemand näherkommt, dann riechen oder hören wir ihn vorher.«

»Du kennst dich *hier* aus!?«

»Naja. Jetzt nicht direkt in *diesem* Wald. Aber worin sollte er sich schon groß von anderen Wäldern in Nafishur unterscheiden?«

In dem Detail, dass dieser Wald seine Bewohner verloren hatte. Und dass er ein mehr oder weniger natürliches Labyrinth zu sein schien. Durch die völlig identischen Bäume, die nun immer dichter bei einander standen, als wollten sie uns den Weg versperren, verstärkte sich mein Eindruck noch.

Mir mussten sie das nicht verdeutlichen. Ich wollte nicht hier sein. Mit einem leisen Seufzen lehnte sich Ginga zu mir und küsste meinen Hals. Ich war so tief in meinen Gedanken versunken gewesen, dass ich gar nicht gemerkt hatte, wie nah sie mir gekommen war. »So sicher wie du mich immer beschützen wirst, würde ich dich niemals einer Gefahr aussetzen. Denk an damals im Club. Ich habe dich fortgeschickt. Ich würde nichts tun, dass dich gefährdet.« Ihr Atem strich über meinen Hals und bereitete mir eine Gänsehaut. »Nicht jetzt. Nicht, wo du endlich«, sie unterbrach sich selbst und sah mich mit ihren leuchtend grünen Augen an. »Hab Vertrauen in deine Schöpferin.«

In sie? Das würde noch eine Weile dauern. In diesen Wald würde ich allerdings nie Vertrauen haben. Ich hatte das Gefühl, überall Schatten zu sehen, die sich bewegten, oder irgendwas zu wittern, das ich nicht zuordnen konnte. Und jetzt kam auch noch ihre Nähe dazu!

Ich schloss für zwei Sekunden meine Augen, um wieder Herr meiner Sinne zu werden.

»Buh.«

»GINGA!« Sie hatte mich umrundet und mir von hinten ihre Hände um den Hals gelegt. Den Bruchteil einer Sekunde später lag sie im Laub des Waldbodens. »Bist du wahnsinnig geworden?!«

»Ich wollte nur etwas den Spannungslevel erhöhen. Ein verlassener Wald ist ein öder Wald.« Sie streckte ihre Hände nach meinem Nacken aus und zog mich tiefer zu sich. Einmal mehr war es frustrierend, dass sie deutlich stärker war als ich.

»Ginga«, knurrte ich leise. »Reiß dich zusammen.«

»Mach ich doch. Und uns«, mit einem Ruck zog sie mich ganz zu sich, »reiße ich auch zusammen.« Ich konnte mir regelrecht dabei zusehen, wie sich mein Körper und meine Sinne auf sie ausrichteten. Das durfte nicht passieren. Wenn *sie* diesen Wald schon nicht ernst nahm, dann sollte ich das wenigstens tun. »Jetzt finde ich diesen Wald schon wesentlich aufregender«, flüsterte sie nur wenige Zentimeter von meinen Lippen entfernt.

»Ginga, bitte. Nimm das ernst. Nimm einmal etwas ernst.«

Während eine ihrer Hände mich noch immer fest wie ein Schraubstock bei sich hielt, strichen die Fingerspitzen ihrer anderen Hand unendlich sanft über meine Wange. Das Lächeln war aus ihrem Gesicht verschwunden. »Das tue ich. Ist mein Lachen wirklich so überzeugend, dass du die Sorge dahinter nicht sehen kannst?« Ihre Augen schienen jede Regung meines Gesichts zu analysieren. Wie meinte sie das? »Ein Lachen ist die bei weitem schönste Maske, die ich finden konnte. Lachen drückt den Willen zu leben aus, Leidenschaft, Hoffnung, Freude. Es ist eine schöne Maske. Eine Maske, die mit etwas Glück und Ausdauer auch seinem Träger Mut macht. Also lass mich lachen. Mach dir Gedanken, wenn mir das Lachen vergeht, denn dann haben wir wirklich ein Problem.« Ihre Lippen streiften meine, dann lag ich auf meinem Rücken und sie stand. Als legte sie nur einen Schalter um, war ihr Lächeln wieder in ihrem Gesicht. »Und jetzt komm. Wir haben einen ausgestorbenen Wald zu untersuchen.«

Ich blieb dicht hinter ihr – um sie zu beschützen, wie ich mir einredete. Ich hatte verlernt, was es hieß, Angst zu haben. Ich war dazu erzogen worden, keine zu haben. Aber dieser Wald ließ all meine neuen Sinne Alarm schlagen und das gefiel mir gar nicht. Bisher hatte ich mich durch sie stärker und sicherer gefühlt – was ich ja auch war. Wenn mich also die gleichen Sinne, die mir sonst Sicherheit schenkten, jetzt Warnsignale sandten, dann sollte ich wirklich vorsichtig sein. Ginga aber war wieder gänzlich entspannt. Auch wenn ihr Lachen vielleicht nur eine Maske war, machte mich ihr Verhalten doch wahnsinnig. Sie hüpfte unbeschwert durch den Wald und strahlte über das ganze Gesicht. *Wie das kleine Mädchen im Märchen bevor der böse Wolf kommt*, dachte ich.

»Dariel! Wo bleibst du denn? Komm schon! Da vorne scheint eine Lichtung zu sein! Da will ich hin!« Sie lachte auf und sprang in Richtung der Lichtung. Dann war sie aus meinem Sichtfeld verschwunden und es wurde still.

Stille war gar nicht gut.

Nicht bei Ginga.

Würde ihr die Lichtung zusagen, würde sie jetzt unentwegt plappern und beschreiben, was sie sah. Wie war das eben noch gleich? *Mach dir Gedanken, wenn mir das Lachen vergeht, denn dann haben wir wirklich ein Problem.*

Ich ging in Deckung und schlich langsam und darauf bedacht, kein Geräusch zu machen, näher. Einige Meter entfernt sah ich tatsächlich eine kleine Lichtung. Sie war bis auf ein paar umgestürzte Bäume völlig leer. Das rote Mondlicht beschien die morschen Stämme. Nichts, das mich beunruhigen müsste – außer der Tatsache, dass ich auch Ginga nicht sehen konnte.

Ich versteckte mich im Schatten eines großen Baums und überlegte. Sollte ich nach Ginga rufen? Das wäre Unsinn. *Sie* wusste, dass ich nah hinter ihr war. Das, was sie verstummen hatte lassen, wusste das vielleicht noch nicht. Was könnte passiert sein?

Möglichkeit A: Ginga war plötzlich aus Nafishur verschwunden. Ich hatte nun schon zwei Portreisen überstanden. Nichts war unmöglich.

Möglichkeit B: Ginga hatte sich mittels vampirischen Highspeeds hinter irgendeinem Busch versteckt und wollte mich ärgern. Auch das wäre durchaus denkbar.

Möglichkeit C: Ein Illusionszauber. Leider hatte mir ja noch niemand erklärt, wie diese Dinger genau funktionierten. Aber wenn Magnus seinen Fußboden transparent machen konnte, dann konnte er auch eine Lichtung verzaubern.

Und dann gibt es Bannzauber – die sind an bestimmte Gegenstände oder Orte gebunden und können über eine Art Passwort ausgelöst werden, hörte ich seine Stimme in meiner Erinnerung. Er hatte in seinem Büro an ein Buch im Regal getippt – mit seinem Druidenstab. Ich hatte keinen verdammten Druidenstab. Und ich kannte auch nicht das Zauberwort. Es sei denn, es lautete ›Hokus Pokus‹ oder ›Simsalabim‹.

Also gut. Konzentriert dich, Dariel. Du kriegst das hin. Kannst du Ginga spüren?

Ich streckte meine Sinne nach ihr aus und doch schienen sie überall ins Leere zu laufen. Ich machte einen Schritt zurück, um mich an den Baumstamm zu lehnen und – WAS ZUM GEIER?!

Da war plötzlich kein Stamm mehr. Ich rollte mehrere Meter in eine Senke, bevor ich mich wieder unter Kontrolle hatte und bremsen konnte. Ich blieb in der Hocke und sah mich um. Die Lichtung hatte sich verändert. Die immer gleichen Bäume waren verschwunden und noch bevor ich Ginga entdeckte, erkannte ich den Grund für ihre plötzliche Stille.

Und für die Stille im gesamten Wald.

***

Vor uns lag ein riesiges Vieh! Wären wir auf der Erde, würde ich sagen, es wäre ein Drache … und mich gleich einweisen lassen. Langsam – wirklich sehr langsam – ging ich zu Ginga. Den Blick starr auf das Tier gerichtet. Wir hatten es offensichtlich geweckt. Und noch offensichtlicher war, dass dieses Ding es nicht mochte, geweckt zu werden. In seinem Rachen hing ein tiefes, drohendes Gurgeln. Sein ganzer Körper war bedeckt mit dunkelroten Schuppen. Nur an seinem Bauch wurden sie etwas heller – blutrot. Es hatte einen langen Schweif und riesige Flügel. Überhaupt war alles an diesem Ungetüm riesig. Es maß sicher an die zehn Meter.

Vielleicht auch mehr.

Sein riesiges Maul lenkte mich etwas ab.

Als mein Blick von seinem gigantischen Kiefer, zu seinen Augen glitt, erstarrte ich. Wozu brauchte dieses Ungeheuer diese gigantischen Fänge, die Flügel, die Hörner, den Schwanz? Allein dieser Blick reichte. Der Blick aus zwei glutroten, golden funkelnden Echsenaugen. Es war schier unmöglich, jetzt noch wegzusehen.

Ich wusste nicht, wie lang wir uns anstarrten. Wie lang *Es* noch knurrte und brummte. Ginga hatte ich hinter mich gezogen ohne den Blick von diesen feurigen Augen abzuwenden. In jeder anderen Situation hätte Ginga sich gewehrt, doch jetzt schien es ihr ganz lieb, das Monster vor uns nicht mehr ansehen zu müssen. Ich spürte, wie sich ihre Finger in meine Lederjacke gruben und wie sie sich eng an meinen Rücken presste.

Das Grollen dieses Ungetüms ließ den Waldboden vibrieren.

Okay. Ruhig bleiben. Wie kläre ich das jetzt am besten?! Ich suchte fieberhaft nach einem Plan und hoffte, einen Schwachpunkt an diesem Riesenvieh zu finden. Vielleicht war es ja nicht so schnell. Es war nur wenig kleiner als die Lichtung und würde uns wohl nicht durch die enger stehenden Bäume folgen können … Aber dafür müsste ich mich aus diesem Blick befreien können. Und meinen Beinen den Befehl zum Laufen geben können …

Vielleicht hätte Magnus besser auch diesen Teil des Waldes sperren lassen sollen. Und das nicht nur für Lehrlinge ohne Feuermagie, sondern gleich für alle. Und nicht nur bei Nacht, sondern zu jeder Zeit.

Vor allem aber hätte Magnus uns sagen können … nein, er hätte uns sagen müssen, was hier drin wartete. Und warum gab es überhaupt solche … *Dinger* auf dem Gelände der Akademie?! Verstieß das nicht gegen irgendeine Regel? Es musste doch sowas wie Hausregeln geben.

Beispielsweise ›Das heimliche Halten von Drachen im Wald der Akademie ist strengstens untersagt‹.

»Yngwie. Beruhig dich, mein Großer!«
Magnus!
Ich lauschte angestrengt und dank dem gnädigen Blinzeln von *Yngwie* gelang es mir, mich umzusehen. Ich drehte mich im Kreis – während ich weiter dafür sorgte, dass ich mich zwischen Ginga und

diesem Ungeheuer befand. Wo steckte er?! Wo steckte unser bescheidener Helfer?

Als ich wieder zu diesem roten Ungeheuer sah, stand Magnus direkt neben dessen riesiger, roter Schnauze. *Yngwie* ... Was war das denn für ein Name? Und überhaupt? Wer gab solchen Monstern Namen als wären es Haustiere?

Von neuem lag ein leises, drohendes Grollen in seiner Kehle. Bildete ich mir die Funken nur ein, die aus seinem Maul stoben? Und wieso glaubte Magnus, es sei sicher für ihn, seine Stirn an diesen mobilen Vulkan zu lehnen.

Seine Haltung erinnerte mich an etwas. Die Art, wie er die Augen schloss und die Hände über die Schuppen streichen ließ. Aber meine Konzentration ließ keine konkrete Erinnerung zu.

»Magnus! W-was ist d-das?« Ich sprach so leise wie möglich und war mir doch sicher, dass *Yngwie* uns hören würde.

»Yngwie, das sind Dariel und Ginga. Sie sind unsere neuen Wächter. Dariel, Ginga, das ist Yngwie. Er ist der Nishmaz, der Feuerdrache Nafishurs.« Ein Drache! Also wirklich!

Ich musterte *Yngwie*. Er hielt seinen Kopf nah über dem Boden und neigte ihn Magnus entgegen. Offenbar gefiel es ihm, am Kopf gekrault zu werden. Der Blick, den er hingegen mir und Ginga entgegenbrachte, war ... misstrauisch. Um ihn optimistisch zu beschreiben.

»Nein, Yngwie. Ich bin mir sicher, dass wir ihnen vertrauen können. Ich bring dir nachher ein paar Leckereien vorbei – die beiden werden nicht dabei sein.« Wie beruhigend ... redet er gerade mit diesem Drachen-Ding!? Ich hatte nichts gehört. Ungläubig starrte ich die beiden an.

»Ihr wundert euch sicher, weil ich mit ihm rede.« *Das und über ein paar andere Dinge.* Magnus sah zu uns. Er hatte schon wieder dieses charmante Gut-Menschen-Lächeln aufgesetzt. »Yngwie und ich können uns per Telepathie austauschen. Da ich die Möglichkeit habe, auch alles laut auszusprechen, dachte ich, es wäre angenehmer für euch, wenn ihr wenigstens eine Hälfte der Unterhaltung mitbekämt.« Wie außerordentlich *gnädig*, wo er sich sonst doch am liebsten telepathisch unterhielt. Ich nickte nur leicht, damit er wusste, dass ich verstanden hatte. Ginga rührte sich in meinem Rücken noch immer nicht. Ich hätte in diesem Moment wirklich gern gewusst, was in ihrem Kopf vorging.

***

»Was hättest du gemacht, wenn er nicht gekommen wäre?« Gingas Stimme war nur ein Flüstern und ihre Hand hatte sich fest um meine geschlossen.

»Ganz ehrlich. Ich weiß es nicht.«

»Aber du sahst so entschlossen aus«, begann sie nach wenigen Minuten erneut. Sie hielt die Stille nicht aus. Wir liefen quer durch den Wald. Stur in die Richtung, die Magnus uns gewiesen hatte. Er wollte sich noch etwas um Yngwie ›kümmern‹ und dann nachkommen.

»Tja. Ich war ja auch entschlossen. Frag mich nur nicht, wozu.«

»Dariel?«

»Ja?«

»Ich sehe immer noch seine Augen vor mir. Ich bekomme diesen Blick einfach nicht aus dem Kopf.« Ihr Griff um meine Hand verstärkte sich und im nächsten Augenblick hatte sie ihre Arme um mich geschlungen und ihren Kopf in meiner Lederjacke vergraben.

Dass sie meinen Namen benutzt hatte, zeigte mir, dass sie es ernst meinte. Es ging nicht darum, die Situation auszunutzen. Sie hatte wirklich Angst. Ihr Pokerface-Lächeln war verschwunden. Also blieb ich mit ihr stehen und legte meine Arme um ihre Schultern, bis sie sich langsam wieder entspannte.

Ich hingegen leistete mir den Luxus der Entspannung nicht. Es war nur dumm, dass Yngwie meiner Fantasie noch weiter Vorschub geleistet hatte. Wenn ich vorher überall Schatten gesehen hatte, dann waren es jetzt Glutfunken. Hatte ich mir vorher Schritte eingebildet, hörte ich jetzt ein tiefes Grollen und Flügelschläge.

Als sich Ginga endlich wieder bewegen ließ, zog ich sie rasch weiter, bevor sie es sich anders überlegte. Ich wollte nur noch raus aus diesem Wald. – So wie all die anderen Waldbewohner, die ihn schon verlassen hatten.

Ich fragte mich gerade, ob der Wald auf dem Hinweg auch schon so groß und monoton gewesen war, als ich in der Ferne das Leuchten der Wiesen hinter unserem Häuschen erkennen konnte. Voller Erleichterung beschleunigte ich meinen Schritt. Gleich würden wir diesen Wald hinter uns lassen. Gleich würden wir wieder die blutroten Monde über uns sehen.

Ich hätte nicht gedacht, dass mich dieser Gedanke mal beruhigen würde.

Wir sahen das Feld immer deutlicher vor uns.

Und dann war auf einmal alles um mich herum schwarz und ich spuckte Erde.

»Dariel!« Ich schwang in der Luft, meine Hand weit über meinem Kopf – Ginga hing noch immer daran. Allerdings lag sie jetzt auf dem Erdboden und ich war darin.

Unter mir hatte sich der Boden aufgetan und mich verschluckt. Na gut. Nicht ganz. Aber offenbar war unter meinen Schritten eine Art Höhle eingestürzt und nun hing ich an Gingas Hand und fragte mich, ob sie mich – vampirische Stärke hin oder her – gefahrlos hochziehen konnte oder ob sie bei dem Versuch mit in die Höhle stürzen würde.

Schon wieder nach Magnus zu rufen, kam mir auch blöd vor. Er hatte uns als Wächter eingestellt und doch musste er uns ständig retten. Außerdem war er sicher noch zur Genüge mit seinem ›Haustier‹ beschäftigt.

»Dariel, bist du okay?«

»Ja, alles in Ordnung. Die Frage ist nur, was wir jetzt machen.«

»Na, ich zieh dich wieder hoch, was sonst?«

»Und riskierst, auch hier reinzufallen? Außerdem«, ich konzentrierte mich auf meinen Sehsinn und starrte in die Dunkelheit unter mir, bis sie aufhörte, so dunkel zu sein. »Außerdem scheint das hier keine Höhle, sondern vielmehr ein Gang zu sein.«

»Ein Gang?«

»Ja, aber ich kann seine Enden nicht sehen. Er verläuft nicht geradlinig und irgendwann ist es da unten so dunkel, dass auch ich nichts mehr erkennen kann.«

»Dariel, wenn das ein Gang ist, dann solltest du da erst recht verschwinden. Du weißt, was wir gerade entdeckt haben. Was, wenn dieser Gang auch zu einem … einem Dra–« sie brach ab. »Zu jemandem wie Yngwie gehört?«

Ich sah mich skeptisch um, musterte den Boden. »Das glaube ich eher nicht. Dafür ist der Gang nicht groß genug. Außerdem erkenne ich da vorn Schuhabdrücke. Und ich glaube kaum, dass ein Drache Schuhe trägt.« Kurzerhand ließ ich Ginga los und landete im Gang. Ihr Lockenschopf tauchte über mir auf. Sie sah alles andere als begeistert aus.

Ach so.

Es war ihr nicht nur um meine Sicherheit gegangen. Sie hatte jetzt niemanden mehr neben sich. »Ginga, ich komme gleich wieder hoch.«

Keine Antwort. Nur ihr besorgter Blick.

Ich besah mir zuerst die Schuhabdrücke. Zumindest die, die von der eingestürzten Decke nicht begraben worden waren. Aber konnte ich mir sicher sein, dass das wirklich die Abdrücke von Schuhen waren? Hatten Nafish die gleichen Schuhe an wie wir? Ich hatte bisher nicht darauf geachtet.

Als ich mich an der unebenen Wand abstützte, um mich wieder aufzurichten, stutzte ich. Die Wand war uneben. Aber nicht einfach wellig. Sie schien aus unzähligen Kratzspuren zu bestehen. Als hätte jemand mit bloßen Händen diesen Gang gegraben. Ein Schauer überrollte mich. Was trieb jemanden dazu, sich per Hand durch die Erde zu graben. Wut? Gier? Verzweiflung? Derjenige muss über Monate unbemerkt gegraben haben. Wie lang war dieser Gang?

Mein nächster Blick galt der Richtung, aus der wir oberirdisch gekommen waren – fort vom Akademiegelände. Da meine Augen nach vielleicht 50 Metern keine Unterschiede mehr in den verschiedenen Schattierungen von Schwarz ausmachen konnten, versuchte ich es mit meinem Gehör und Geruchssinn.

Zu hören war nichts, außer dem Rieseln von Erde hier und da. Vor allem weder ein Herzschlag noch Schritte. Das war zumindest beruhigend. Aber da war ein Geruch. Ich schloss die Augen, um mich ganz auf diesen einen Sinn zu konzentrieren. Was war das?

Exotisch. Aber andererseits … wären wir in Paris, hätte ich den Geruch für ein teures, extravagantes Aftershave gehalten. Aber wahrscheinlich lief hier in Nafishur selbst die Rasur mittels Magie ab. Und da war noch ein anderer Geruch. Noch schwächer. Kaum wahrzunehmen, aber dem plötzlichen Stechen in meinem Kiefer nach, konnte es nur eins sein.

»Blut«

»Was sagst du? Hast du was gefunden?«

»Der Gang ist verlassen. Aber ich glaube, ich rieche Blut.«

Ein rotgelockter Schatten flog an mir vorbei. »Blut? Hier unten?« Offenbar hatte sich Ginga wieder gefangen. Oder sie hatte beschlossen, dass ein verlassener Tunnel mit *mir* besser war, als ein verlassener Wald mit *Drache*.

»Dieser Gang wurde in jedem Fall von einem Men– einem Nafish genutzt. Diese Fußspuren gehören jemandem, der Schuhe trägt. Und dieser jemand hat einen sehr speziellen Duft. Vor allem–«

»Blut. Du hast recht, ich rieche es auch. Aber es ist nur ganz schwach.«

»Sicher keine frische Spur.«

»Nein, aber sieh nur, wie viele Fußspuren hier sind – und es scheint immer das gleiche Paar Schuhe zu sein.« Ginga ging neben mir in die Hocke und betrachtete die Spuren im Boden. »Kategorie ausgetretene Herrenschuhe: Ein eleganter Schnitt, flacher Absatz, die Sohle abgelaufen, im Grunde ohne irgendein Profil.«

»Das erkennst du?«

Ginga warf mir einen ›ernsthaft jetzt, das bezweifelst du‹-Blick zu. »Es geht um Schuhe.« Ich hob fragend eine Braue. »Ich bin eine Frau?« Sie richtete sich wieder auf und klopfte die Erde von ihren Händen. »Shopping und so? Die neuste Mode in Nafishur kenn ich vielleicht nicht mehr. Aber um Schuhe zuzuordnen reicht es gerade so.« Seit wann erwartete sie, dass ich sie in Klischees einordnete? Meine Schöpferin mochte ja vieles sein, aber ganz sicher kein Klischee.

»Na schön. Nun sind wir beide hier unten. Was jetzt? Teilen wir uns auf und jeder läuft in eine Richtung?« Ich konnte Gingas Mimik entnehmen, wie sehr ihr diese Idee missfiel. »Es wäre effektiver.

Und hier treffen wir uns wieder.« Ihr Blick huschte nach oben. Durch das Loch im Erdboden konnten wir die Bäume sehen. Ihr Blätterdach war wirklich erschreckend dicht. Ich konnte kein Stück Himmel entdecken.

»Ich weiß, dass es effektiver ist. Vorausgesetzt, wir müssen den Gang nur ablaufen. Aber was ist, wenn an wenigstens einem Tunnelende wieder ein Drache oder etwas Vergleichbares wartet?«

Es gab Geschöpfe, die vergleichbar mit einem Drachen waren?

»Wir sollten uns beeilen. Magnus wird sicher bald bei unserem Haus sein. Wie lange kann die Fütterung von Yngwie schon dauern? Wenn wir dann nicht da sind, muss er sich unweigerlich fragen, was passiert ist. Mit etwas Glück zieht er die richtigen Schlüsse.«

»Und ohne etwas Glück?«

»Die falschen. Ich laufe jetzt dort hinunter.« Ich deutete in die Richtung, in die ich eben schon den Gang untersucht hatte. »Bleib hier stehen und warte auf mich oder lauf in die andere. Entweder ist das ein alter Tunnel, der unter dem Akademiegelände hindurchführt – aus einer Zeit vor der Akademie.« Dafür war er nur eigentlich viel zu nah an der Erdoberfläche. »Oder es ist ein Tunnel, der das Akademiegelände mit der Außenwelt verbindet.« Und dann konnte das ein Weg sein, auf dem Francescos Entführer hineingekommen war. »Triff deine Wahl, Ginga.«

Ich drückte leicht ihre Hand und dann rannte ich los. Schon nach wenigen Metern schloss ich die Augen – es gab sowieso nichts zu sehen – und konzentrierte mich auf die übrigen Sinne. Der Gang verlief in einer leichten Kurve, die überraschend gleichmäßig angelegt war.

Er war erstaunlich lang. Eine genaue Entfernung zu bemessen, war hier unten zwar so gut wie unmöglich. Aber ich konnte wetten, dass ich bereits mehrere Kilometer gelaufen war, als mir frische Luft entgegenkam. Ich öffnete meine Augen wieder – gerade rechtzeitig, um zu sehen, dass mein Gang endete. Er mündete in einen alten Minenschacht, der an den Wänden mit Holzbalken verstärkt worden war. Was nun? In welche Richtung sollte ich dem Schacht folgen? Wenn ich mich jetzt verlief, wäre das gar nicht gut.

Konzentration.

Was hast du gelernt?

Einmal mehr streckte ich bewusst meine Sinne aus. Die Frischluft schien eindeutig aus dem Schachtteil zu meiner Rechten zu kommen. Ich kratzte eine Markierung in den Boden, um mit Sicherheit den Rückweg zu finden und machte mich – jetzt um einiges langsamer und vorsichtig – auf den Weg.

Nach wenigen Minuten stand ich vor einer Wand aus Brettern. Es war wirklich ein alter Minenschacht. So alt, dass er inzwischen nicht mehr genutzt wurde.

Oder etwa doch?

Ich untersuchte die Bretter und die Nägel, mit denen sie festgemacht waren. Die Bretter waren von *innen* angenagelt worden. Wer würde einen Schacht in den Untergrund von innen vernageln?

Sicher nicht die ursprünglichen Nutzer. Eher jemand, der einen weiteren Tunnel gegraben hatte und den stillgelegten Schacht nun als temporären Ausgang nutzte. Die Frage war nur: Wofür? Wurde etwas hinein oder hinaus geschmuggelt? Oder ging es darum, dass eine bestimmte Person das Akademiegelände ungesehen betreten oder verlassen konnte?

Am liebsten hätte ich den Zugang sofort zerstört, aber es wäre sicher sinnvoller, den Gang zu überwachen, jetzt wo wir ihn kannten. Außerdem ließ sich momentan nicht ausmachen, wohin der Gang geführt hatte. Bei Tageslicht ließ sich das deutlich besser untersuchen. Wir würden also nochmal gemeinsam zu dieser Mine zurückkehren.

Als ich wenig später wieder an dem Teil des Tunnels ankam, durch den ich hineingefallen war, war Ginga verschwunden. Sie hatte sich also doch dazu entschlossen, das andere Ende des Tunnels zu untersuchen.

Vernünftig.

Sollte ich ihr folgen oder das Loch verlassen und sie am Haus erwarten? Ich sah blinzelnd hinauf in den Wald. Noch immer rieselte Erde hinunter. Wenn wir denjenigen, der den Gang nutzte, auf frischer Tat ertappen wollten, dann durfte er nicht merken, dass ein Teil der Decke eingestürzt war. Ich schob die Erde im Gang zur Seite und sprang so kräftig wie möglich ab, um aus dem Loch zu kommen.

Meine Kraft reichte locker. Nur an der Zielgenauigkeit musste ich noch arbeiten. Wieder oben angekommen, hatte ich mich gerade so eben davon abhalten können, einen Baum zu umarmen. Ohne viel Zeit zu verlieren, nutzte ich Äste und Laub, um das Loch möglichst gut zu verdecken. Dann machte ich mich auf den Rückweg zu unserem Haus.

»Dariel, da bist du ja!« Magnus saß auf einer kleinen Bank neben der Haustür, die ich bisher noch nie bemerkt hatte. »Wo hast du deine Schöpferin gelassen?«

»Hier!«, rief eine mir vertraute Stimme vom See her, bevor ich antworten konnte. Ginga lief am Ufer entlang auf uns zu und ergänzte, als sie bei uns ankam: »Der blöde Ausgang hat geklemmt.«

Magnus sah fragend zwischen uns hin und her. »Der Ausgang des Waldes?«

»Nicht ganz. Wir sind auf dem Rückweg auf eine Spur gestoßen. Ein Tunnel, der an einem Ende in eine stillgelegte Mine führt.«

»Und dessen anderes Ende hinter den Wachstumshäusern liegt. Irgendein Trottel hatte Holz darüber geschichtet, so dass ich die Falltür darunter kaum aufbekam.« Ginga öffnete die Haustür. »Vielleicht sollten wir lieber drinnen weitersprechen?«

»Das bedeutet, es gibt tatsächlich einen geheimen, unterirdischen Zugang zum Gelände der Akademie«, fasste ich zusammen, während wir es uns im Wohnzimmer bequem machten. »Wusstest du davon?« Ich fixierte Magnus mit einem prüfenden Blick und lauschte seinem Puls.

Unser Großmeister wog nachdenklich den Kopf. »Ich weiß, dass es einige verschüttete Gänge gibt. Aus der Zeit vor dem großen Brand. Aber meines Wissens nach sind all diese Gänge verschüttet und nicht mehr begehbar.«

Ich nickte leicht und ließ die Nacht in Gedanken Revue passieren auf der Suche nach einem Hinweis. »Magnus, wie verhält sich das mit den Schutzzaubern? Gehen die auch in die Erde hinein? Gibt es etwas, dass vor diesen Zaubern schützt? Materialien, durch die diese Bannzauber und Illusionen nicht dringen können?«

»Nun, die Schutzzauber liegen wie eine Kuppel über dem Gelände. Andere, wie die Spiegelillusion um Yngwie herum sind komplexer. Aber sie alle reichen immer nur ein Stück in das Erdreich hinein. Tatsächlich sind die wenigsten Böden gute Leiter für Magie.«

Ich nickte. Das hatte ich mir schon gedacht. Immerhin war es mir problemlos möglich gewesen, die Mine zu erreichen, während Ginga auf dem Gelände herausgekommen war. Wir waren an keinem Punkt auf irgendwelche Barrieren gestoßen.

»Ist Yngwie denn noch dort?« Ginga klang kleinlaut. Als hätte sie Angst, den Namen des Drachen zu laut auszusprechen.

»Natürlich ist er das. Ich habe ihm meinen Schutz zugesichert.«

»Deinen Schutz?!« Ich starrte Magnus perplex an. »Vor was muss man so ein Ding schützen? Ich bezweifle, dass es hier auch nur ein Wesen gibt, vor dem man einen Drachen schützen müsste.« Umgekehrt ergab das schon mehr Sinn.

»Du wärst überrascht.«

»Überrasch mich.«

»Welche Tiere sind auf deinem Planeten vom Aussterben bedroht? Riesen wie Elefanten oder Wale. Jäger wie Tiger und Geparden. Größe, Stärke oder Schnelligkeit sind keine Garanten für ein langes, sicheres Leben. Sie sind Garanten dafür, von anderen als Gefahr eingeschätzt zu werden. Und was die Mehrheit als Bedrohung ansieht, das versucht die Mehrheit zu töten. Was glaubst du, weshalb es Hunter gibt, die Vampire jagen?«

Betretenes Schweigen breitete sich aus.

Bis ausgerechnet Ginga es brach. »Also gut. Yngwie braucht Schutz. Aber er kann doch nicht immer auf dieser einen Lichtung bleiben. Das ist doch nicht gut für ihn!«

»Nein, es ist nicht ideal. Aber es gibt für ihn kaum Versteck-möglichkeiten und er muss sich erholen. Wann immer es mir oder einem meiner Magistri möglich ist, fliegen wir mit ihm – umgeben von einem Tarnzauber.«

190

»Und das ist alles?«, wollte Ginga wissen, während ich zur gleichen Zeit fragte: »Einem deiner Magistri?! Wer weiß denn alles von deinem Untermieter?«

»Invictus, Magister für die Integration existierender Fabelwesen und nafishe Fauna im Allgemeinen, und Desiderata, Magister für Heil-, Schutz- und Manipulationszauber. Invictus kümmert sich meist um Yngwies Heilung und Verpflegung, während Desiderata mit ihren Zaubern für die Sicherheit des Drachen sorgt.«

»Er muss sich erholen? Heilung? Willst du damit sagen, dass er krank ist?«

»So ähnlich. Ja.« Der werte Magnus Magister mied meinen Blick! Da steckte also eindeutig mehr dahinter. Aber auf dieses ›mehr‹ würde ich wohl noch warten müssen.

»Also schön. Findest du nicht, eine kleine Vorwarnung uns gegenüber wäre dennoch angebracht gewesen?« Oder erst recht.

»Um ehrlich zu sein, ging ich nicht davon aus, dass ihr aufeinander-treffen würdet.«

»Ach. Nicht. Sind wir aber.«

»Dem ist wohl so. Und das trotz der Spiegelillusion. Hättet ihr die Güte, mir zu berichten, wie genau das eigentlich passieren konnte?«

»Ginga lief voraus. Plötzlich hörte ich sie nicht mehr. Schlich vorsichtig näher und versteckte mich im Schatten eines Baums. Der war dann plötzlich weg, als ich mich anlehnte, und ich rollte eine Senke hinunter – dem Drachen vor die Füße.«

»Mir ging es so ähnlich.«

»Bis auf?«

»Naja. Ich hatte mich im Schatten eines Baums versteckt, weil ich Dariels Deckung testen wollte. Es war ja weit und breit keine echte Gefahr zu sehen.« Meine Deckung testen. *Wer's glaubt ...* »Und plötzlich bin ich gestolpert und gefallen. Ich hatte ziemlich viel Schwung und stoppte erst, als ich gegen einen Baumstumpf stieß.« Sie presste ihre Lippen fest zusammen. Das war nicht die ganze Geschichte.

»Und dann?«

»Dann merkte ich, dass der Baumstumpf rote Schuppen hatte und lebte.« Sie schluckte hörbar. »Ich kroch auf allen Vieren rückwärts, während mich diese hypnotisierend roten Augen anstarrten. Ich muss ihn geweckt haben.«

»Ah, das erklärt seine Übellaunigkeit. Yngwie schätzt es gar nicht, geweckt zu werden.«

»Du kannst ihm ausrichten, dass es uns wirklich leid tut, dass wir seinen Schönheitsschlaf gestört haben. Auch wir hätten gern darauf verzichtet.«

Magnus lachte leise. Er lachte! Mir war nicht nach Lachen zumute. »Was ihr erzählt, ist wirklich erstaunlich. Da die Spiegelillusion um Yngwie herum sehr komplex ist, können wir sie nicht ständig aufheben und wieder neu errichten, wann immer wir nach Yngwie sehen. Deshalb hat Desiderata eine Art … Hintertür eingebaut. Ein einziger Baum dient als Portal zwischen dem öffentlichen Wald und dem, was die Illusion verbirgt.«

»Und wir haben uns beide just gegen dieses Portal in Form eines Baums gelehnt?«

Der Großmeister nickte großmeisterlich. »So muss es gewesen sein. Ein wirklich unglaublicher Zufall.«

»Ich kann nur hoffen, dass es bei diesen zwei Zufällen bleibt. Was, wenn ein Lehrling durch dieses Portal fällt?«

Magnus sah nachdenklich an mir vorbei aus dem Fenster. »Du hast völlig recht. Was zweimal hintereinander geschieht, ist nur noch bedingt ein Zufall. Wir werden uns etwas anderes einfallen lassen müssen. Eine zusätzliche Sicherung für das Portal.«

»Das wäre zu wünschen. Ich habe nämlich keine Ahnung, wie wir uns gegen einen Feuerdrachen wehren sollen – sollten wir ihn nochmals versehentlich wecken.«

»Yngwie wird euch nicht angreifen. Ich habe die Situation mit ihm besprochen.«

»Dann eben irgendein anderer Feuerdrache.«

»Es gibt nur diesen einen.«

Ich sah Magnus irritiert an. »Es gibt nur Yngwie?«

»Der Legende nach existiert in jedem Element nur ein Drache: Der jeweilige Elementardrache. Solange alle Drachen aller Elemente am Leben sind, befindet sich die Welt im Gleichgewicht.«

»Und was ist, wenn einer stirbt?«

»Die Elementardrachen leben, bis ein Nachkomme ihres Elements reif genug ist, um ihren Platz einzunehmen. Dann lösen sie sich in ihr jeweiliges Element auf. Ich will mir nicht ausmalen, was mit Nafishur geschieht, wenn auch nur ein Drache von dieser Welt verschwindet. Die Folgen für das Gleichgewicht der Natur wären verheerend.«

Einmal mehr wurde es still. Wir alle hingen unseren Gedanken nach. Magnus vielleicht auch denen anderer. Und wieder war es Ginga, die die Stille irgendwann nicht mehr aushielt.

»Sollen wir dann jetzt auch noch Yngwie schützen?« Ginga klang etwas kleinlaut. Sie hatte deutlich Angst vor einem ›Ja‹.

Doch Magnus schüttelte den Kopf. »Aber nein. Ich denke, eure Aufgaben lasten euch genug aus. Macht euch keine Gedanken mehr um Yngwie. Für ihn wird gesorgt.«

»Also müssen wir vor und um Yngwie keine Angst mehr haben.« Ginga nickte erleichtert und auch ich merkte, wie ein Teil meiner Anspannung von meinen Schultern abließ. Das war wirklich beruhigend. »Aber … aber wie können wir uns gegen Feuerdruiden wehren? Egal ob der Angreifer aus den Reihen der Akademie stammt oder von außerhalb: Das ist das Feuerreich. Unser Gegner ist mit größter Wahrscheinlichkeit ein Feuerdruide. Oder zumindest ein Pyroman.«

Pyro-Was?

Magnus nickte nachdenklich. »Ihr habt recht. Feuer stellt eine Gefahr für euch dar. Solange man euch für einen Kephaliden und eine Morphomo hält, mag es gehen, doch irgendwann wird jemand merken, dass Feuer eure größte Schwäche ist.«

»Wenn es euch gelungen ist, die Bücher der Bibliothek feuerresistent zu machen, vielleicht geht das dann auch mit uns«, schlug ich vor.

»Ein Resistenzzauber an einem Lebewesen? Das dürfte leider nicht möglich sein. Nicht ohne ein immenses Maß an Magie und nicht für einen längeren Zeitraum. Aber ich werde mich mit Magister Desiderata darüber beraten.« Mit diesen Worten richtete sich Magnus auf. »Ich werde mich umgehend darum kümmern. Wie sehen eure nächsten Schritte aus?«

Ich stand mit ihm auf und befreite mich auf diese Weise von der rothaarigen Schlingpflanze neben mir. »Wir werden der Spur des Tunnels nachgehen. Entweder führt sie uns zu einem Fremden, der auf diese Weise aufs Gelände kam, oder zu einer Person hier in den Mauern der Akademie, die sich heimlich hinausschleicht.«

»Gut. Wann immer ihr mit mir sprechen wollt, könnt ihr mich im Dekanat besuchen. Oder ihr lasst mir eine Nachricht zukommen, wenn ihr ein Treffen hier für besser haltet.« Er machte sich auf den Weg zur Tür.

»Und wie lassen wir dir eine Nachricht zukommen?«

Magnus überlegte kurz, bevor sein Blick auf Art fiel, der gerade durch die geöffnete Haustür hineinhuschte. »Über euren Kater beispielsweise. Er streunt sowieso permanent über das Gelände. Ich habe ihn schon mehrfach auch im Hauptgebäude entdeckt. Sein weißes Fell ist dort die optimale Tarnung.«

›Was ist mit mir?‹

»Also gut. Wir halten dich auf dem Laufenden.«

KAPITEL VIII

»Wir sind doch keine Detektive!«, schimpfte Ginga, sobald Magnus außer Hörweite waren. »Was erwartet er denn von uns?! Und vor allem: Was macht er mit uns, wenn wir nicht erfolgreich sind?«

Erfolgreich ... Nicht ›erfolgsam‹. Irgendwie vermisste ich ihre Versprecher. Nun war ich es, der eine fremde Sprache sprach – auch wenn es für mich einfacher war, dank Magnus Crashkurs. »Nun mal nicht den Teufel an die Wand.«

»Was für einen Teufel? Ich sag nur, dass wir einen unmöglichen Auftrag vom wohl mächtigsten Feuerdruiden haben. Das nennt sich Erfolgsdruck.«

»Es ist nicht unmöglich und dass es nicht einfach wird, weiß unser ach so schlauer Großmeister selbst sicher am besten.« Zumindest hoffte ich inständig, dass Gingas Sorgen unbegründet waren. »Zudem hätte er sich ja, wenn er so weise und mächtig ist, auch selbst um die Angelegenheit kümmern können. Aber er traut uns das offenbar mehr zu als sich selbst.« Ich fragte mich noch immer, warum das so war.

Ginga schwieg. Stattdessen schlichen sich ihre Finger klammheimlich um meinen Arm, bis sie mich wieder fest in ihren Fängen hatte. Sie hatte wirklich Angst.

»Hör zu. Es gibt viele Möglichkeiten, einen verschwundenen Menschen zu finden.«

»Auch einen verschwundenen Nafish?«

Ich schenkte ihr einen etwas genervten Blick, bevor ich antwortete, und führte sie zurück zu unserem Sofa. »Ich bin mir ziemlich sicher, dass das in diesem Fall keinen großen Unterschied macht. Menschen … Nafish verschwinden nicht einfach so. Sie hinterlassen eine Vergangenheit und damit eine Spur. Wahrscheinlichkeiten bringen uns am Anfang noch nicht viel weiter. Aber Fakten schon. Wir müssen zuerst das rekonstruieren, was wir wissen können. Wo wurde er wann von wem bei was zuletzt gesehen? Welche Probleme hatte er? Hatte er Feinde? Sorgen? Hatte er sich zuletzt merkwürdig verhalten? Oder irgendetwas angedeutet? Was war sein letzter Auftrag? Vorhin haben wir erfahren, dass er einen Heldenstatus hatte. Vielleicht hatte er Neider? Vielleicht hat es auch etwas mit dem Brand zu tun, den er vereitelt hat – auch wenn das inzwischen dreißig Jahre her ist.«

Ginga sah mich mit großen Augen an und für einen Moment lag beiderseitig verwirrtes Schweigen zwischen uns. Dann flüsterte sie fast schon ehrfürchtig: »Du klingst ja doch wie ein Detektiv!«

»Das ist einer gewissen Berufserfahrung und einer Vorliebe für Krimis geschuldet.« Diese Fragen zu stellen, war nun wirklich nichts Besonderes. Und mit etwas Glück und den richtigen Gesprächspartnern würde es uns auch gelingen, Antworten zu bekommen. »Wir kriegen das schon hin. Versprochen.« Ich ließ mich auf das Sofa fallen. »Wir sollten uns in den nächsten Tagen hier auf dem Gelände etwas umhören. Wir sind neu hier. Es ist doch nachvollziehbar, dass wir auf unseren Vorgänger neugierig sind, oder etwa nicht? Und wir müssen unbedingt diesen Tunnel nochmal gemeinsam überprüfen. Vielleicht finden wir sogar seinen Nutzer, wenn wir den Eingang an den Gewächs–, ich meine, an den Wachstumshäusern überwachen.«

Ginga nickte eifrig und für einen Moment versuchte ich sie mir als eine eifrige Assistentin vorzustellen, die sich Notizen machte. »Du meinst, das bringt uns weiter?«

»Irgendwo müssen wir ansetzen und die Mitarbeiter der Akademie sind sicher die beste Informationsquelle. Dazu die Spur nach außen, der wir nachgehen sollten. Am besten teilen wir uns auf, dann sind wir schneller.«

»Wir teilen uns auf? Wie meinst du das? Ich hab doch keine Ahnung, was ich wen hier fragen soll!«

Ich ließ den Kopf in den Nacken fallen und starrte die Decke an. »Sei einfach ganz natürlich. Neugierig. Besuche Johanna in der Küche, lass dir was Schönes kochen, behaupte es schmecke dir und plaudere so nebenbei über Francesco. Sei kreativ.«

»Und was, wenn sie nicht über ihn sprechen will?«

»Du hast Johanna doch erlebt. Sie liebt Luv und sie weiß, dass wir sie dafür nicht verurteilen. Francesco stand in dem Ruf, aus Luv zu stammen. Natürlich will sie mit dir über ihn reden.« Ich schloss die Augen. »Bis Magnus einen Weg gefunden hat, uns gegen Feuer zu schützen, sollten wir uns vielleicht mehr auf das Personal jenseits der Feuerdruiden konzentrieren. Ich werde mir auf jeden Fall diesen Tasco vorknöpfen. Der ist mir nicht geheuer. Und mit etwas Glück können wir am Wochenende – gibt es hier sowas wie ein Wochenende? – unsere ersten Verdächtigen zusammentragen.«

»Du bist erschreckend motiviert. Aber warum befragst *du* nicht Johanna? Ich glaube, sie mag dich. Und schließlich ist dein Charme doch deine bevorzugte Technik zum Anlocken deiner ahnungslosen, weiblichen Opfer.«

»So, so. Und was machst du dann, während ich meine weiblichen Opfer umgarne?« Offenbar sah Ginga in der Akademieköchin keine große Konkurrenz – vor allem im Kontrast zu Nerija.

»Och, ich könnte stattdessen Tasco nehmen. Vor mir hat er vielleicht nicht so große Angst und redet eher.«

»Verstehe. Deine bevorzugte Technik zum Anlocken ahnungsloser männlicher Opfer.«

»Ganz genau.« Sie hatte sich zu mir herübergebeugt und flüsterte direkt in mein Ohr. »Normalerweise sind meine Opfer ja wehrlos und etwas naiv. Deshalb wachen sie dann auch stets nur mit einer leichten Migräne und etwas Anämie am nächsten Morgen auf.« Ihre Hand strich über meinen Brustkorb bis sie über der einzigen Narbe ruhte, die mein Körper noch aufwies. »Man muss schon versuchen, mich zu töten, um mich von der Verführerin in eine Jägerin zu verwandeln.« Die Narbe, die mich zugleich getötet und leben hatte lassen.

»Danke für die Erinnerung.« Ich befreite mich von ihr, stand auf und steuerte auf die Treppe zu. »Also schön. Du übernimmst Tasco und ich nehme Johanna. Außerdem könntest du dir eine Liste aller Magister und sonstigen Angestellten von unserem überarbeiteten Sekretär besorgen – unter dem Vorwand, dass wir als neue Wächter wissen müssen, wer sich rechtmäßig auf dem Gelände aufhält. Dann können wir uns durch die Liste arbeiten.« Ich sah nochmals zurück. Ginga saß noch immer auf dem Sofa. Sie sah nachdenklich aus. »Wie sieht es hier eigentlich mit sowas wie einer Tageszeitung aus? Gibt es hier etwas Vergleichbares? Es wäre interessant, was in der Zeit um Francescos Verschwinden noch so passiert ist.«

»Das gibt es durchaus. Allerdings wechselt die Zeitung täglich ihre Informationen.« Wie meinte sie das? Ich hätte zu gern nachgehakt, aber Ginga sprach viel zu schnell weiter. »An die Inhalte aus der Zeit von Francescos Verschwinden zu kommen, wird etwas komplizierter. Aber ich glaube, da kann ich helfen. Ich hatte da mal was mit einem Scribtor.«

»Gibt es noch Nafish oder Menschen, mit denen du nichts hattest?«, murmelte ich leicht genervt.

Ich blinzelte einmal, da stand Ginga vor mir.

Ein Lächeln auf den Lippen.

»Das klingt ja beinah so, als wäre da jemand eifersüchtig.«

»Unfug! Mach, was du für richtig hältst. Nur keine Toten mehr – oder weitere Zöglinge!« Dieses Schicksal wollte ich anderen nach Möglichkeit ersparen.

»Na gut. Versprochen.« Ihr Blick war so intensiv, dass es mir nicht möglich war, mich zu rühren. Er sprach Bände. Als wollte sie mir sagen, dass sie keine anderen Zöglinge mehr brauchte. Als wollte sie mir sagen, dass sie bereits hatte, was sie wollte.

Ich schloss die Augen, um mich von ihrem Blick zu befreien. Einen Lufthauch später stand ich allein an der Treppe.

***

»Hallo Johanna. Darf ich kurz stören?«

»Custos Jean Seine! Wie schön, Euch hier zu sehen!«

Johanna machte einen erschöpften Eindruck, doch als sie mich entdeckte, hellte sich ihre Miene augenblicklich auf. »Ihr seht hungrig aus!« Ich sah vor allem albern aus in dieser Wächterkutte – auch wenn ich sie inzwischen auf ein Minimum von einer Art langer Tunika reduziert hatte. »Setzt Euch doch!« Hektisch räumte sie mir einen Sitzplatz in ihrer Küche frei, nur um direkt wieder unsicher zu werden. »Oder wollt Ihr lieber an einem anderen Ort speisen? Die Küche ist wohl kaum angemessen!« Sie sah mich beschämt an.

»Aber nein. Deine Küche ist der perfekte Ort. Ich bin nur ein Wächter, Johanna. Zweiter Name hin oder her.« Ich lächelte sie so offen und freundlich wie möglich an. Natürlich musste ich in Betracht ziehen, dass auch Johanna etwas mit dem Verschwinden meines Vorgängers zu tun hatte. Aber das konnte ich mir beim besten Willen nicht vorstellen.

Um Johanna von ihrer Unschlüssigkeit zu erlösen, setzte ich mich schlicht an den massiven, langen Steintisch in der Mitte der Küche. Es war merkwürdig: Die Gerüche hier waren völlig anders, als ich es von Pariser Küchen kannte. Aber ihr Aussehen war den unseren ähnlich. Gut, es gab keinen Elektroherd mit Ceranfeldern oder Gasanschluss, sondern verschiedene Kessel und heiße Platten mit großen gusseisernen Pfannen. Und doch … »Eine wirklich schöne Küche. Bist du gern hier?«

»O, ja! Ich habe früher in einer der größeren Küstenstädte Liminons gearbeitet. Dort war es viel hektischer und es fehlten immer Zutaten. Hier hingegen ist alles da, was ich brauche – inklusive genügend helfender Hände. Ein wahrer Segen.«

»Setz dich doch etwas zu mir. Ginga … ich meine Custos Stokes und ich sind noch so neu hier und wir wollen die Akademie und ihre Bewohner gern besser kennenlernen. Wie kamst du zum Beispiel hierher?«

»Och, das ist eine langweilige Geschichte. Der Magnus Magister hat mich in Liminon entdeckt, als er mit dem Dekan der dortigen Akademie bei uns speiste. Er war so beeindruckt von meinen Kochkünsten, dass er mich direkt anwarb. Das war kurz nach dem großen Brand hier. Damals hat er viele Bedienstete und Lehrmeister verloren.«

»Gab es denn so viele Tote durch den Brand? Das war mir nicht bewusst.«

»Nur sehr wenige. Vier an der Zahl. Aber daraufhin haben viele beschlossen, der Akademie den Rücken zuzukehren. Wie unsinnig.«

»Ich weiß nicht. Ich kann die Furcht vor einem weiteren solchen Unglück durchaus verstehen.«

»Ach was! Wie wahrscheinlich ist es, dass so ein Unglück zweimal hintereinander den gleichen Ort heimsucht? Außerdem war damals und ist auch heute noch unsere Akademie die sicherste aller Druidenakademien. Sie zu verlassen ist eine riesige Dummheit.«

Eine Dummheit, die man später bereute und wegen der man einen Tunnel unter den Schutzzaubern hindurch grub? Um zurückzukommen? Möglich.

»Da hast du natürlich auch wieder recht.« Außerdem: Hatte Cole nicht gesagt, dass es danach sogar mehr Anmeldungen von Lehrlingen gegeben hatte? »Aber wo wir gerade von diesem schrecklichen Unglück sprechen. Mir wurde erzählt, mein Vorgänger hat die Akademie damals gerettet?«

Johannas Blick veränderte sich. Es war schwer zu deuten, was sie gerade empfand. In jedem Fall versuchte sie, ihre wahren Gefühle zu verstecken. Nach einer Weile nickte sie. »Ja, das ist richtig. Francesco –Custos Janus Navona hat vielen hier das Leben gerettet.« Sie seufzte leise. »Aber zu welchem Preis?«

Ich nickte langsam. »Davon habe ich gehört. Eine schreckliche Sache.« Ich sah Johanna nachdenklich an. »Kanntest du Custos Janus Navona gut?«

Wieder war da dieser seltsame Blick. »Wir waren Freunde, ja«, antwortete sie schließlich. Das war gelogen. Ich war mir beinahe sicher. Hatte Johanna etwa wirklich etwas mit Francescos Verschwinden zu tun? Täuschte mich meine Intuition ihr gegenüber so sehr? Vielleicht sollte ich es wagen, sie etwas aus der Reserve zu locken. Oder wäre es besser, unser Vertrauen weiter aufzubauen?

»Johanna, du … du hast sicher bemerkt, dass Francesco …« Wie drückte ich das jetzt am besten aus? Verschwunden? Fort? Entführt? Tot?

»Dass er verschwunden ist?« Ihre Haltung versteifte sich, während ihr Kopf stockend nickte. Ich wartete geduldig, während sie eine Entscheidung traf. Langsam setzte sie sich mir gegenüber. »Es sind jetzt beinah vier Wochen vergangen, seit ich ihn das letzte Mal gesehen habe.«

Nun war es an mir, zu nicken. Ich wollte sie nicht unterbrechen. Ihr Blick hing abwesend an der Tischplatte zwischen uns und ihre Finger verhakten sich immer wieder nach Halt suchend ineinander. Nach kurzem Zögern streckte ich eine Hand aus und legte sie auf ihre.

»Ich mache mir schreckliche Sorgen, Custos Jean Seine!«, brach es dann aus ihr heraus. »Er würde nie freiwillig einfach so verschwinden! Egal was diese Custodes Scrutinandi behaupten! Er hätte sich zumindest verabschiedet!« Ihre Hände klammerten sich nun an meine. »Er wäre nie gegangen, ohne sich von mir zu verabschieden«, flüsterte sie noch einmal.

Plötzlich fühlte ich mich, als wäre ich zu weit vorgedrungen, als hätte ich etwas erlebt und gehört, was nicht für mich bestimmt war. In Johannas Worten steckte noch mehr. Irgendwas verband die beiden. Waren sie ein Paar gewesen? Vielleicht war es ja das, was sie zu verheimlichen versuchte.

Aber Johanna jetzt danach zu fragen, erschien mir zu indiskret und einfach unpassend. Ich hatte nichts gegen ein hartes oder taktloses Verhör. Grundsätzlich. Aber bei Johanna hatte ich das Bedürfnis, freundlich und rücksichtsvoll zu sein. Und vor allem konnte ich wohl davon ausgehen, dass sie eine härtere Gangart eher abstoßen würde. Wenn sie sich mir wieder verschloss, wäre das nicht hilfreich.

Ich zwang ein kleines Lächeln auf mein Gesicht, das hoffentlich ermutigend aussah. »Ich glaube dir.«

Für einen Moment starrten wir uns beide an. Dann breiteten sich meine Worte langsam in ihr aus und Johanna begann, die richtigen Schlüsse zu ziehen: Ich glaubte ihr, dass Francesco nicht freiwillig gegangen war. *Das* durfte nicht zum Akademie-Tratsch werden, sonst war der Täter gewarnt. Ich räusperte mich und ließ ihre Hand los.

»Also gut. Ahm. Und wie sind die anderen hier? Verstehst du dich mit allen?«

Erneut veränderte sich ihre Miene. Sie starrte auf ihre Hände, die sie wieder begann, in sich zu verschränken. »Oh, sie sind alle sehr nett.« Nie im Leben! Nicht bei so viel Unsicherheit und Nervosität. »Crispin, der Heiler, ist mir im Laufe der Jahre ein guter Freund geworden.« Das konnte stimmen. »Und auch Thret, der Bibliothekar auf der anderen Seite des Sees, ist ein guter Nafish.«

Aber?

Es lag mir auf der Zunge. Aber ich wagte es nicht, sie zu unterbrechen.

»Alle sind sehr engagiert und der Magnus Magister achtet darauf, dass die Magistri uns gut behandeln.«

Doch taten sie das auch? Johanna sah nicht so aus. Francesco war nach dem Brand ›nur‹ noch Wächter gewesen. Hatte es Lehrmeister gegeben, die von seiner Heldentat nicht so begeistert gewesen waren?

»Und die Magistri untereinander?«

»Nun. Die Wissenschaft der Magie ist ein ständiger Wettbewerb. Natürlich entstehen zwischen den Magistri immer wieder Konkurrenzsituationen. Aber das ist doch ganz natürlich. Als der junge Magister Finnegan beispielsweise sein neuestes Lehrbuch über die nafishe, nicht-magische Flora veröffentlichte, entspann sich daraus ein akademischer Streit mit zwei seiner Kollegen. Für die Lehrlinge war das ein aufregendes Spektakel.«

»Und wie ging der Streit aus?«

»Er wurde nie gelöst. Aber es gab eine öffentliche Disputation, in der drei Magistri auf einem Podium vor dem Kollegium und den Lehrlingen diskutierten.«

»Und worum ging es da?« Wenn der Streit nie gelöst worden war, lag es im Bereich des Möglichen, dass er etwas mit unserem Fall zu tun hatte. ›Neuestes Lehrbuch‹ klang zumindest nach einem aktuellen Disput.

»O, Custos Jean Seine, das ist mir zu hoch. Ich bin keine Druidin. Unsere Gärtnerin Gloria hat mir nur erzählt, wie sich Magister Finnegan über die ›unsägliche Arroganz und unfassbare Blindheit‹ – seine Worte, nicht meine – einiger seiner Kollegen aufgeregt hat. Es ging um irgendwas mit Zauberbannen und lebenden Organismen.« Johanna zuckte die Schultern. »Ihr solltet Magister Finnegan darauf ansprechen. Er wird Euch sicher mehr dazu sagen können.«

Ich nickte und machte mir in Gedanken eine Notiz, genau das zu tun. Außerdem musste ich herausfinden, wer seine Diskussionsgegner gewesen waren. »Und solche … Disputationen sind hier also häufig?«

Johanna nickte und stand wieder auf. Sie widmete sich geschäftig ihren Kesseln und Pfannen. »Ähnlich war es auch mit dem Streit um Magister Invictus Forschungsthesen. Bei ihm gipfelten die Debatten in einem neuen Unterrichtsfach, das nur an unserer Akademie zu finden ist.« Wollte sie mich nicht ansehen, während sie sprach oder hielt ich sie nur zu lang vom Arbeiten ab?

»Er bekam ein neues Fach?«

Invictus ... der Name kam mir bekannt vor.

»Zusätzlich, ja. Er doziert zur nafishen Fauna – und als könnte man damit nicht schon genug Zeit verbringen, hat er den Kurs von den bekannten Wesen dieser Welt ausgeweitet auf diejenigen, die bislang nur für Sagengestalten gehalten wurden.«

Sofort tauchten zwei glühend rot-goldene Augen vor mir auf – zusammen mit einem monströsen, schuppigen Körper. Ob Yngwie auch Teil seiner Vorlesung war?

Aber natürlich! Invictus war doch einer der Magistri, die Magnus erwähnt hatte. Er kümmerte sich um den Drachen! Das war für ihn sicher der Beweis, dass Sagengestalten existierten. Ein Beweis, den er nicht anführen konnte, wollte er den Drachen schützen. Wie unbefriedigend. Wie sollte ihm da jemand seine Theorien glauben?

Hätte ich das Vieh nicht mit eigenen Augen gesehen, würde ich es nicht glauben. Kein Wunder, dass dieser Invictus mit seiner Einstellung angeeckt war. Ich blinzelte, um Yngwies rot-goldene Augen zu verscheuchen.

»Und Francesco? Hatte er solche Konflikte auch? Ich meine …
als er noch …« Wie war das? Er hatte doch anfangs als Magister
unterrichtet oder war es gar nicht mehr dazu gekommen?

Johanna lachte leise und wenig glücklich. Ihre Schultern zuckten.
»Natürlich. Er war hoch talentiert und damals der jüngste Magister.
Die alten Hasen von damals haben sich nicht gern reinreden lassen.«
Ich hörte ein leises Schniefen und einen schnelleren Herzschlag.
»Aber natürlich hat sich Francesco nicht beirren lassen. Das hat er
nie.«

Er hatte also Feinde gehabt. Oder zumindest Neider. Und Neider
konnten zu Feinden werden. Entweder das oder sie verschwanden
in der Bedeutungslosigkeit.

»Johanna, kannst du mir verraten, mit wem Francesco damals die
meisten … Probleme hatte?«

»Ach, es waren keine richtigen Probleme. Ein paar Sticheleien
hier, ein spitzer Konter da.«

»Und wer hat besonders spitz gekontert?«

»Nun«, endlich drehte sie sich wieder zu mir um. Hinter ihr stieg
Dampf aus zwei Kesseln. »Was die Lehrmeister angeht, die noch
heute hier dozieren: Magister Innocentius und Magister Patrocius
waren sicher federführend. Beide sind sehr engagiert in der
Elementarlehre und schätzten den Übermut der neuen Magister
wohl weniger.«

»Ich verstehe.« Mein Blick ging starr zur Decke, während ich
versuchte, alle neuen Informationen sinnvoll zu ordnen. Ob es klug
wäre, jetzt noch weiter zu bohren? Ich wollte Johanna auf keinen
Fall das Gefühl vermitteln, ausgefragt zu werden. Ich hatte ja bereits
so einige neue Anhaltspunkte gewonnen. Und mit etwas Glück war
Ginga das Gleiche bei Tasco gelungen. Und dann waren da noch
dieser Heiler und der Bibliothekar – und sicher noch so einige
andere Angestellte. Johanna hatte doch neulich von einer Gärtnerin
gesprochen.

Noch völlig versunken in meinen Gedanken, erhob ich mich.

»Aber Custos Jean Seine! Ihr habt doch noch gar nichts gegessen!
Das habe ich nicht gewollt. Nun habe ich über all das Geschwätz
das Wichtigste vergessen!«

»Mach dir keine Gedanken, Johanna. Es ist alles wunderbar. Ich bin nicht wirklich hungrig gewesen. Wir haben doch eine eigene Küche. Mein Wunsch ist es, diese Akademie kennenzulernen.« Ich sah, wie ihr die Scham in die Wangen schoss, und hörte, wie sich ihr Herzschlag beschleunigte. Sie fühlte sich ganz offensichtlich nicht wohl in der Rolle der geschwätzigen Köchin. »Du hast mir dabei sehr geholfen. Ich danke dir für deine Ehrlichkeit.«

***

Die Sonne warf bereits verblüffend lange Schatten, als ich wieder auf das Atrium hinaustrat. Ich hätte nicht gedacht, dass ich Johanna so lange aufgehalten hatte. Während ich mich auf den Weg die Wiese hinunter machte, fragte ich mich, wie gut Gingas Befragung wohl verlaufen war. Ich war hin und her gerissen zwischen ›Sie konnte Tasco zu jedem Geständnis zwingen‹ und ›Sie vergaß, was sie eigentlich vorhatte und genehmigte sich stattdessen ein Schlückchen‹.

Eigentlich hatte ich vorgehabt, direkt unser Haus anzusteuern, doch dann fiel mein Blick auf die ›Wachstumshäuser‹. Und auf den einsamen Besucher dort. Ginga hatte berichtet, dass irgendwo in der Nähe dieser Häuser der Tunnel endete. Sollten wir wirklich so viel Glück haben?

Vielleicht war es eine gute Idee, zuerst der Spur zu folgen, die nach draußen führte. Jedenfalls dann, wenn sich uns die Spur so deutlich zeigte wie jetzt. Meine Schritte wurden wie von selbst immer schneller. Allerdings steuerte ich nicht direkt auf die Gestalt zu. Mein weißes Wächtergewand war viel zu auffällig. Wenn ich nicht wollte, dass man mich bemerkte, musste ich einen Umweg in Kauf nehmen.

»Guten Abend« Es war mir tatsächlich gelungen, mich ihm unbemerkt zu nähern, wenn ich seinen verblüfften Gesichtsausdruck richtig deutete. War das ein Lehrling? Er sah noch sehr jung aus mit seiner rotblonden Mähne und den Sommersprossen. In jedem Fall kam er mir bekannt vor. Sein Blick glitt über mein Gewand und dann zurück in mein Gesicht, bevor er mir antwortete.

»O, guten Abend! Ihr müsst der neue Wächter sein.« Er streckte mir lächelnd seine Hand entgegen, um sie dann direkt wieder fortzuziehen, bevor ich sie ergreifen konnte. »Verzeihung! Verva Insupandi.« Er zeigte auf eine kleine Staudenpflanze an der Tür zum Wachstumshaus. »Ich sollte erst meine Hände reinigen.«

»Hier wachsen Giftpflanzen?« Das war es doch hoffentlich, worauf er hinauswollte.

»Wir haben in den Wachstumshäusern die verschiedensten Schönheiten aus Nafishurs Flora. Natürlich sind die Häuser außerhalb der Kurse abgeschlossen und für die Lehrlinge nicht zu betreten.«

Also war er kein Lehrling? »Verzeihung, mit wem habe ich denn das Vergnügen? Und warum wächst eine giftige Pflanze dann vor dem Wachstumshaus?« Ich hatte das Gefühl, ihn eigentlich kennen zu müssen. Aber zumindest hatten wir noch kein Wort miteinander gewechselt.

»Verzeihung! Ich vergaß ganz, mich vorzustellen. Wie unhöflich. Magister Finnegan Telemach. Ich unterrichte ›Nafishe Flora‹ und Kräuterkunde. Und gerade wollte ich diesen kleinen Ausreißer hier umtopfen und zurück ins Wachstumshaus verfrachten. Würdet Ihr mir wohl assistieren, Custos Jean Seine?«

»Ihr kennt meinen Namen?«

»Aber selbstverständlich«, er lachte leise und wirkte dabei ausgesprochen verlegen. »Nun ja, für mich selbstverständlich. Ich merke mir alles, was ich einmal lese oder höre. Der Dekan sprach in meiner Anwesenheit von Euch und wart Ihr nicht auch während der Weihzeremonie anwesend?«

War das die Wahrheit? Zumindest ließ sein Herzschlag nichts anderes vermuten und nun wusste ich auch wieder, wieso er mir bekannt vorkam: Der junge Magister, der nach der Zeremonie mit Magnus gesprochen hatte. Aber natürlich! Wann lernte ich endlich, mein ach so tolles Gedächtnis effektiv einzusetzen? Zumal Johanna eben auch noch von ihm gesprochen hatte. »Wenn Ihr mir sagt, wie, dann helfe ich Euch natürlich gern.« Ich hoffte, diese Anrede war für einen Magister angemessen.

Eigentlich hatten wir ja Druiden vorerst meiden wollen.

»Wunderbar!« Magister Finnegan klatschte begeistert in die Hände. Dann fischte er zwei Paar Handschuhe aus seinem Umhang. »Mit denen wird es besser gehen.«

***

»Ich danke Euch, Custos Jean Seine. Zu zweit war dies doch wirklich wesentlich einfacher.« Wir richteten uns wieder auf und erst jetzt sah ich mich wirklich um in diesem Wachstumshaus. »Die Verva Insupandi neigt dazu, im Falle der Gefahr ihr Gift recht weit zu schleudern. Der längste gemessene Aufwurf betrug ein Passus und ein Cubitus. Das hätte ins Auge gehen können.« *Passus? Cubitus?* Waren das hier Maßangaben? Vielleicht sollte ich mir in der Nacht von Ginga einen Crashkurs geben lassen.

»Natürlich. Gar kein Problem.« Irgendwas kitzelte mich im Nacken. »Sind alle Pflanzen in diesem Haus giftig?«

»Ach nein. Und im Normalfall sind sie es nur in hoher Dosierung.« Er zog einen recht lebendig wirkenden Farn aus meiner Kapuze. »Aber die meisten hier führen ein gewisses Eigenleben. Dieses Herba Asplenia zum Beispiel: Für einen Nafish ist es völlig ungefährlich. Für andere Pflanzen hingegen kann es zur Bedrohung werden. Es ernährt sich von der Energie anderer, meist bereits absterbender Pflanzen.« Er setzte den Farn in ein Stück Beet, das mit einem feinmaschigen Käfig umgeben war. »Meine Lehrlinge nannten es vorhin den Vampir unter den Pflanzen.« Der Magister lachte leise. »Ein in vielen Punkten ungenügender Vergleich.«

Gerade mit Blick auf den Vampir-Farn, der hinter Gittern wuchs, genoss ich den Moment, in dem wir uns wieder außerhalb des stickigen Wachstumshauses befanden. Ich atmete tief ein und genoss die frische Luft.

Die Strafe dafür folgte auf dem Fuß: Ein Stechen in meinem Kiefer. Magnus Nottropfen war nun schon einige Tage her. Kein Wunder, dass mein Körper durstig wurde. All die Zauber und neuen Sinneseindrücke. Ich stand gewissermaßen unter Dauerbeschuss. »Besser passen würde wohl so etwas wie ›Waldpolizei‹ oder ›Waldreiniger‹«, dozierte der Magister weiter.

Als ich meinen Blick abwandte, um unauffällig zu überprüfen, ob sich meine Fänge bereits zeigten, bemerkte ich eine Gruppe von Lehrlingen, die in ihre Umgänge gehüllt direkt auf uns zu kamen.

»O, halten Sie heute noch einen Kurs?«

»Ja, das ist eine Scola des aktuellen zweiten Jahrgangs. Wir nehmen heute die Pflanzen durch, die am Abend und bei Nacht aktiv sind.«

»Dann will ich nicht länger stören.« Ich reduzierte meine Wahrnehmung auf ein Minimum, kurz bevor uns die Lehrlinge erreichten. Mich beschlich das Gefühl, dass so viel junges Blut meinen Durst zu schnell zu sehr in den Vordergrund drängen würde.

Um also nicht mit all den Lehrlingen zusammenzutreffen, drehte ich mich um und umrundete das Gewächshaus in die andere Richtung – meine Wächterkapuze tief ins Gesicht gezogen. Nur zur Sicherheit.

Sie roch nach Vampir-Farn.

Ein lautes Lachen auf der vorderen Seite des Gewächshauses ließ mich herumfahren. Ein Fehler, wie ich etwa eine halbe Sekunde später merkte. Als ich einmal mehr von Nafishurs Erdboden verschluckt wurde.

Ich hustete, spuckte Erde und war froh, dass die Atmung für mich keine übergeordnete Rolle mehr spielte. Das musste das andere Ende des Gangs sein. Das Ende, das Ginga entdeckt hatte. Jemand hatte den Eingang geöffnet und offen stehen gelassen.

Im Nu war ich wieder auf den Beinen. Das bedeutete, dass unser Tunnelgänger mit größter Wahrscheinlichkeit gerade hier unterwegs war. Ich lauschte, doch noch immer waren die Stimmen und das Gelächter über mir lauter als irgendein anderes Geräusch. Also lief ich so leise und bedacht wie möglich tiefer in den Tunnel hinein.

Schon nach wenigen Metern verschwand auch die letzte Ahnung von Licht und selbst meine Augen waren nicht mehr in der Lage, wirklich etwas wahrzunehmen. Um so dringlicher konzentrierte ich mich wie schon beim letzten Mal auf meine anderen Sinne.

Da war wieder dieser merkwürdige Geruch, der mich an ein Aftershave erinnerte. Intensiver als das letzte Mal. Frischer. Ich folgte dem Geruch und spürte, wie die Anspannung in mir stieg.

Was für einem Wesen würde ich begegnen? Wäre ich ihm überhaupt gewachsen? Was, wenn es ein Feuerdruide war, der hier unten aus- und einging? Das war alles andere als unrealistisch.

Vielleicht war es eine dumme Idee, der Fährte allein zu folgen. Vielleicht hätte ich wenigstens Ginga rufen sollen. Aber auf der anderen Seite: Hätte ich den Gang verlassen, wäre der Unbekannte mit Sicherheit entkommen. Und das konnte ich nicht zulassen.

Immer wieder holte ich tief Luft, um meine Fährte nicht zu verlieren. Dann war sie so intensiv, dass ich sie auf der Zunge schmecken konnte. Im nächsten Moment war ich nicht mehr allein.

Der Gang war gerade besonders eng. Ich hatte das Gefühl von einer Wand gegen die andere zu prallen, während ich dem Schatten auswich, der auf mich zu jagte. Ich wurde mit einem Schlag meterweit zurückgeschleudert. Dann war er über mir und holte erneut zum Schlag aus. Er zielte auf meine Schlagader. Diesmal sollte ich wohl das Bewusstsein verlieren. Aber den Gefallen würde ich ihm nicht tun. Ich war Hunter. Ich war Wächter. Und ich war Vampir. *Meine* Schlagader war mir inzwischen völlig egal. Ich fing seinen Arm ab und schleuderte ihn neben mir zu Boden. Im nächsten Augenblick hatte ich seine Arme fixiert, ohne dabei seinem Gesicht zu nahe zu kommen. Ich erinnerte mich noch eindrücklich an Gingas kleine Leçons, die sie mir in Caras Garten erteilt hatte.

Was auch immer das unter mir war, es war so schnell und stark wie ich. Und damit grundsätzlich etwas, das ich nicht in der Nähe meines Halses wissen wollte. Oder überhaupt in meiner Nähe. Ein tiefes Grollen entwich meinem Widersacher. Nein, das war zumindest kein Feuerdruide. Das Grollen war zu animalisch für einen Druiden. Wenigstens im Vergleich zu denen, die ich bisher getroffen hatte.

Animalisch wie meine eigenen Instinkte. In Sekunden setzten sich die Puzzleteile zusammen. Die absolute Dunkelheit hier unten. Vor allem in der Mitte des Tunnels kaum Luft zum Atmen. Der Tunnel mit den eigenen Händen gegraben. Dass mir das nicht früher aufgefallen war … Dieser Tunnel war für einen normalen Menschen – und sicher auch Nafish – überhaupt nicht geeignet. Für einen Vampir hingegen war er ausreichend.

Ich starrte auf die blassen Konturen vor mir herab. Die Gestalt war kaum zu sehen und ihr Herz nicht zu hören. Das Grollen und Knurren hingegen wurde immer lauter.

Und je tiefer das Knurren unter mir wurde, desto mehr vibrierte auch das Grollen in meiner eigenen Brust. In meinem Hinterkopf hörte ich Ginga über mein Knurren lästern. Diesmal klang ich überzeugend – meiner Meinung nach.

»Wer bist du?« Er hörte auf, sich zu wehren. »Was hast du mit diesem Tunnel vor?« Schweigen. »Was hast du mit Francesco gemacht?« Nun verschwand selbst das Knurren. »Rede endlich!«

»Du lässt ihn ja nicht zu Wort kommen.«

»Ginga?«

»Wer denn sonst?« Im nächsten Augenblick landete ein Schwall roter Haare in meinem Gesicht. »So. Ich hab ihn. Lass ihn uns bei Licht betrachtet auseinandernehmen. Das dürfte effektiver sein.« Sie zog meinen Fang mit einiger Mühe auf die Beine. »Na komm schon. Du weißt, dass du gegen zwei deiner Art keine Chance hast.«

Er hatte schon gegen *einen* von uns verloren. Unnötig das zu erwähnen … Ich lief direkt hinter Ginga, als ich begriff, woher sie so plötzlich gekommen war und welchen Ausgang sie zu nehmen gedachte: Den durch uns unfreiwillig geschaffenen Ausgang im Wald. Eine gute Idee. Dort würden wir nicht gesehen werden.

»Merde! Was habt ihr mit meinem Tunnel gemacht?!«, fluchte unser Fang, als wir beim eingestürzten Teil des Tunnels angekommen waren.

Merde?!

Gab es diesen Fluch hier auch? Das käme mir entgegen …

»Wir haben gar nichts gemacht. Grab das nächste Mal tiefer.« Ich pinnte ihn unterhalb des Lochs an die Tunnelwand. Jetzt gelang es mir problemlos, ihn zu erkennen. Vom Dreck abgesehen, wirkte er ausgesprochen zivilisiert. Das war definitiv niemand, der in der Mine oder irgendwelchen Tunneln lebte – oder auch nur viel Zeit hier unten verbrachte.

»Beantworte meine Fragen von eben. Wer bist du? Was hast du mit dem Tunnel vor? Und was hast du mit dem früheren Wächter angestellt?«

»M-moment mal! Was soll das mit Francesco? Und wer seid ihr überhaupt?! Ich dachte erst, der alte Itaker hätte mich erwischt und wollte verschwinden, bevor er mich erkennt.«

»Du hast mich für Francesco gehalten?«

»Ja doch!«

»Halt. Was bedeutet ›Itaker‹?«, fuhr Ginga dazwischen.

»Merde!«, zischte es ein weiteres mal kaum hörbar neben mir an der Wand. »Das … ist ein Spitzname, den ich Francesco gegeben habe. Wir … wir sind Freunde.«

»Schlägst du deine Freunde immer?«

»Natürlich nicht! Aber meine Nase funktioniert noch und ich hab schnell gemerkt, dass der Falsche in seiner Kutte steckt.«

»Ich glaube ihm das mit dem Spitznamen nicht, Dariel.«

»Das musst du auch nicht. Ich kenn zwar noch nicht den Namen unseres untoten neuen Freundes, aber ich kann dir verraten, woher er kommt. Er hat einen genauso lausigen Akzent wie ich. Du solltest ihn erkennen.«

»Was?!«

»WAS!?«

Das war fast synchron. Allerdings war Gingas Ausruf etwas gedämpfter als der unseres Pariser Fangs.

»Der Kerl ist genauso wenig Nafish wie ich.«

»Ihr seid aus Luv?«

»Ich. Sie nicht. Und mehr Informationen bekommst du nicht. Wir haben keinen heimlichen Tunnel unter der Akademie gegraben.« Ich erhöhte den Druck auf seine Kehle etwas. »Du bist dran.«

›Deine Verhörtechnik ist lausig.‹ Ich zuckte leicht zusammen, als die Stimme unseres weißen Stubentigers durch meinen Kopf hallte.

Art?!

›Wer sollte euch sonst mitten in der Nacht in einem verlassenen Wald besuchen?‹

»Dariel? Was hast du?« Ginga musste meine geistige Abwesenheit bemerkt haben.

»Es ist Art. Er will irgendwas.«

›Ich will rein gar nichts, außer meiner Ruhe. Aber Magnus will was. Nämlich euch sehen.‹

»Was zum– HEY!« Nicht nur Ginga hatte bemerkt, das meine Aufmerksamkeit nun nicht mehr ganz so konzentriert war. Ich spuckte die Erde aus, die mir dieser Pariser Vampir entgegengeschleudert hatte, und starrte die Lehmwand mir gegenüber an. »VERDAMMT, ART!«

Ich war allein.

Der fremde Vampir war geflohen und Ginga musste ihm direkt nachgesetzt haben. Mit einem Sprung aus dem Tunnel tat ich es den beiden gleich.

›Das war ja wohl nicht meine Schuld. Kann doch nicht so schwer sein, jemanden festzuhalten, während man denkt.‹

Ich wäre beinah auf dem Kater gelandet, wich aus und sah mich um – mit all meinen Sinnen. Ich konnte die Spur von Ginga und dem anderen noch deutlich riechen. Am liebsten hätte ich jetzt dem Instinkt in mir die Oberhand gelassen. Um so schneller wäre ich gewesen. Glücklicherweise war mein Verstand aber wach genug, um mich davon abzuhalten. All die Lehrlinge und Magister, die sich jetzt auf dem Gelände tummelten, sollten nach Möglichkeit keine Vampire sehen. Zumindest keine Wächter-Vampire. Ich konnte nur hoffen, dass auch Ginga daran dachte, dass wir uns nicht verraten durften.

Unter größter Mühe zwang ich mich, der Spur in einer angemessenen Geschwindigkeit zu folgen, während ich leise vor mich hin fluchte. Mein Vater hatte recht gehabt. Ich war wirklich kein guter Jäger. Da hatte ich diesen Typen schon gefasst und ließ ihn wieder laufen! Unglaublich!

Unter dem Lucernabaum auf dem Atrium blieb ich stehen. Meine Nase ließ mich im Stich. Hier gab es so viele Gerüche und wenn ich mich nicht irrte, dann roch ich auch Ginga und den anderen Vampir hier in allen möglichen Ecken. Bei Ginga war das kein Wunder. Aber wenn das auch mit dem Geruch des anderen so war, dann konnte das nur eins bedeuten: Der Vampir bewegte sich überall auf dem Gelände. Und der Intensität des Duftes nach nicht nur in dieser Nacht.

»Merde!«

»Ein reichlich unglücklicher Fluch, Dariel Jean Seine.«

»Aber ein reichlich berechtigter Fluch, hochwohlgeborener Magnus Magister.« Wäre Art nicht ausgerechnet in diesem Augenblick bei uns aufgetaucht, hätten wir unseren ersten Verdächtigen. Nun waren er und Ginga verschwunden. Und im Grunde war das Magnus Schuld.

»Ich verstehe. Nun. Ich denke, in dem Fall kann ich Abhilfe schaffen.« Sein Blick glitt an mir vorbei und als ich mich umdrehte, sah ich Ginga auf mich zu laufen. »Eigentlich hatte ich euch rufen lassen, um euch die Lösung eures Blut-Problems zu offerieren. Aber ich denke, hier können wir mit einem Stein zwei Schläge erzielen, wie es so schön in deiner Heimatsprache heißt, Dariel. ›Faire d'une pierre deux coups.‹«

»Dariel, Magnus Magister, ich habe ihn leider verloren. Er muss das Gelände wirklich ausgesprochen gut kennen.« Gingas Frisur nach hatte sie sich keine Gedanken darüber gemacht, ob man ihre wahre Natur erkennen könnte. Also konnte ich nur hoffen, dass sie so schnell gewesen war, dass sie niemand gesehen hatte. »Das heißt dann wohl, dass es kein Fremder ist, der den Tunnel nutzt.«

»Bitte mach dir keine Gedanken, Ginga. Wenn ihr mir freundlicherweise folgen würdet? Ich denke, wir sollten uns etwas beeilen.« Unser Großmeister drehte sich großmeisterlich um und schritt auf das Eingangsportal des Hauptgebäudes zu, als hätte er es kein bisschen eilig.

Ich verstand sein Verhalten nicht. Interessierte es ihn plötzlich so wenig, seinen Wächter zu finden? Oder wusste er einfach mal wieder mehr als wir? Mit einem Schulterzucken und einem letzten prüfenden Blick zu Ginga folgte ich ihm. Wir konnten wohl davon ausgehen, dass letzteres der Fall war.

Wir liefen durch das Foyer und dann durch das Labyrinth des Hauptgebäudes. Es dauerte nicht lang, bis wir in einen abgelegenen Teil des Gebäudes gelangten. Hier war um diese Zeit kein einziger Herzschlag mehr zu hören – jenseits von dem von Magnus.

»Wie ist es möglich, dass das Gebäude von außen zwar groß ist, aber kein Vergleich zu seinem Inneren? Das ist auch so schon das reinste Labyrinth.«

»Nun, indem auch die Fassade der Akademie hinter einer Illusion verborgen liegt natürlich. Ein Schutz hinter dem Schutz. Eine reine Sicherheitsmaßnahme. Man kann von außen nicht einen einzigen Raum im Inneren einsehen. Nichts desto trotz ist das Innere durchaus von einem logischen System geprägt, dass sich dem regelmäßigen Besucher nach und nach erschließt. Ihr werdet schnell merken, dass eure Orientierung täglich besser werden wird.«

Ich konnte nur hoffen, dass Magnus recht hatte. Wenn nicht, dann würden wir potentielle Verdächtige wohl noch häufiger auf dem Gelände aus den Augen verlieren.

Wir bogen um eine weitere Ecke und auch wenn der Gang nur spärlich durch seine Glutlinien beleuchtet war, erkannte ich im Vorbeilaufen ein Schild, auf dem Öffnungszeiten zu stehen schienen. Der Gang hier war geprägt von langen, steinernen Sitzbänken, die nur immer wieder von Türen unterbrochen wurden. »Wo sind wir hier?«

»Im Krankenflügel«, flüsterte Ginga. »Kannst du nicht das ganze Blut riechen?«

Zögernd atmete ich tiefer ein und wurde sofort mit einem deutlichen Stechen im Kiefer belohnt. Was hatte Magnus vor? Wollte er uns heimlich von Lehrlingen auf der Krankenstation Transfusionen verschaffen?!

Ich öffnete gerade den Mund, doch ich kam nicht dazu, meine Frage laut auszusprechen. Denn in diesem Moment schlug direkt neben mir eine Tür auf und einmal mehr heute riss mich ein Schatten zu Boden.

Aber ich fiel nicht allein. Ein bedrohliches Knurren grollte in meinem Angreifer. Ich erkannte seinen Geruch sofort. Der untote Fang von eben. Es bedurfte keiner Aufforderung, um Gingas Unterstützung zu erhalten. Und es dauerte kaum zwei Sekunden, da hatten wir ihn am Boden fixiert. Nochmal würde er uns nicht entkommen.

Hinter uns erklang ein leises Räuspern, dass mich daran erinnerte, wer uns hierhergeführt hatte. Magnus klang weder überrascht noch beunruhigt. Aber das sollte mich wohl kaum überraschen.

»Darf ich vorstellen? Doktor Crispin Soumarè oder hier: Clinicus Doktor Soumaré, Heiler der Akademie. Crispin, das sind unsere neuen Wächter: Die Custodes Dariel Jean Seine und Ginga Stokes.«

Abrupt erstarb das Knurren unter mir. So schnell unsere Körper auch gehandelt hatten, so langsam fühlte sich jetzt mein Geist an, als Magnus Worte langsam ihre Wirkung zeigten.

Der ›Doktor‹ unter mir entspannte sich. Das schwarze Nichts wurde zu hellsilbernen Augen, die mir völlig verwirrt entgegen-starrten. »Was?«

Als er begriff, dass weder Ginga noch ich ihn weiter festhielten, rappelte er sich auf und brachte einigen Sicherheitsabstand zwischen uns und sich. Für einen Augenblick hatte ich befürchtet, er würde doch wieder versuchen, zu fliehen. Aber er sank schlicht auf eine der Steinbänke und starrte uns drei abwechselnd an.

»Du hast ganz richtig verstanden.« Magnus ließ sich an der gegenüberliegenden Wand ebenfalls auf einer Bank nieder. Dann wurde es still und die beiden lieferten sich ein Wettstarren. Ich konnte mir denken, was das bedeutete. Dieser Heiler – wie hatte Magnus ihn genannt? Doktor irgendwas? Crispin? – löcherte Magnus sicher gerade mental mit einer Unzahl an Fragen. Fragen, die ich gern auch gehört hätte – samt den dazugehörigen Antworten.

Ich musterte Ginga, die wiederum konzentriert Crispin anstarrte. Er hatte kaum noch Dreck im Gesicht. Sein Haar saß beinah wieder korrekt, wenn man von ein paar Moosresten absah. Honigblond und leicht gewellt. Würde er nicht gerade ziemlich fertig aussehen, wäre er ein verdammtes Topmodel. Aber für einen Vampir war das ja gewissermaßen nichts Besonderes.

In Paris hatte ich vor allem weibliche Vampire gejagt. Das war mir einfach leichter gefallen. Ich war kein großer Schauspieler. Nur selten hatte ich männliche Untote entdeckt. Die waren mir aber eher durch ihr Verhalten aufgefallen, als durch ihr gutes Aussehen.

»Das ist nicht dein Ernst!«, riss mich die Stimme dieses Doktor Crispin aus meinen Gedanken. »Er stammt aus Paris! Das hat er mir selbst verraten! Was, wenn er von *ihr* geschickt wurde?!«

»Ich versichere dir, dass Dariel nicht hier ist, um dich nach Paris zurückzubringen. Seine Schöpferin steht hier neben dir.«

Ginga legte den Kopf schräg und spielte an einer Haarsträhne. »Von wem spricht er da?«

»Von einem Pariser Problem. Aber darum sollte es jetzt nicht gehen.« Magnus richtete sich wieder auf und wandte sich leicht in Richtung der Tür, aus der Crispin gestürzt war. »Wir sollten vielleicht dort drinnen weiterreden. Einverstanden?«

***

»Ich kann es nicht fassen! Ein Vampir als Heiler! Noch dazu ein Vampir aus Paris! Wo treibt Magnus sein Personal auf und nach welchen Kriterien sucht er es aus?! Das ist doch gemeingefährlich! All das Blut! Die Versuchung!« Ich ließ die Haustür hinter uns ins Schloss fallen. Was für eine unglaubliche Geschichte. Der werte Crispin war ein Pariser Arzt, der von einem seiner Patienten gebissen worden war. Magnus machte ihn zum Heiler an der Akademie. Einen Vampir! Was hatte er sich dabei gedacht?

»Immerhin ist er in Paris ein richtiger Arzt gewesen. Außerdem: Dariel, mein Hübscher. Vampire als Wächter sind doch auch nicht besser.«

»Und das rechtfertigt es jetzt? Natürlich ist das nicht besser! Ich versteh diesen Mann nicht. Wie kommt Magnus auf die Idee, dass wir drei eine gute Besetzung für diese Jobs sein könnten? Das ist doch verrückt!«

»Nicht verrückter als seine anderen Personalentscheidungen. Dieser Tasco ist schrecklich unsympathisch und der Bibliothekar unheimlich. Er ist viel zu alt, um ein Nafish aus Zambala zu sein. Pyroman werden nicht ansatzweise so alt. Nicht mal Druiden!«

»Ist der etwa auch ein Vampir?« Zuzutrauen wäre es dieser Akademie.

»Nein, nein. Er lebt. Aber ich frage mich … er könnte höchstens ein Arborand sein, aus Umbrind, dem Pflanzenreich. Die werden unglaublich alt. Aber welcher Arborand würde freiwillig im Feuerreich leben? Kein anderes Element ist so anfällig für Feuer.«

»Außer uns.«

»Wir sind keine elementaren Lebewesen. Zumindest du nicht.«

216

»Was für Dinger?«

»Hier in Nafishur ist im Grunde alles den Elementen unterworfen. Das dürftest auch du inzwischen bemerkt haben.«

»Und wie ist es dann möglich, dass wir kein Element haben?«

»Genaugenommen hast *du* keins. Ich war ein Morphomo aus dem Erzreich. Ich trage noch immer Eigenschaften meines eigentlichen Elements. Sie wurden nur … verändert.« Ginga wirkte nachdenklich, als sie mich ansah. Oder vielmehr durch mich hindurch. »Du hingegen warst ein Luvianer. Du hattest kein Element, bevor du zum Vampir wurdest.«

»Geht sowas überhaupt?«

Meine Schöpferin zog mich langsam zum Sofa. Ihr Blick war noch immer merkwürdig abwesend. »Ehrlich gesagt, habe ich keine Ahnung. Vampirismus war nicht gerade Teil meiner Ausbildung zu einer anständigen Morphomo.«

Ich ließ mich neben sie sinken und schloss die Augen. »Zu einer anständigen Morphomo. Was auch immer das ist. Ich kann mir schon das ›anständig‹ nicht bei dir vorstellen – AU!«

»Zurück zum Thema. Also heißt das alles jedenfalls, dass dieser Crispin den Tunnel heimlich gegraben hat, aber nichts mit dem Verschwinden von Francesco zu tun hat? Er hat den Tunnel immerhin nicht gegraben, um heimlich aufs Gelände zu kommen, sondern um heimlich Blut zu besorgen.«

»Das glaubst du ihm, Ginga?« Ich hob zweifelnd eine Braue.

»Ich glaube ihm, dass er Blut braucht und dass er Angst hatte, es einfach durch den Haupteingang zu tragen. Der Gang ergibt also Sinn.«

»Da gebe ich dir recht. Allerdings wird sich der gute Doc jetzt einen anderen Weg für seinen Schmuggel einfallen lassen müssen. Der Tunnel ist ein Risiko. Ein Risiko, das wir dringend beheben sollten.«

»Stimmt. Und wie?« Gingas Finger gruben sich in meinen Oberarm, während sie mich mit großen Augen ansah. »Du gehst da nicht rein, um den Gang zum Einsturz zu bringen!«

»Na, anders wird es wohl kaum gehen.« Ich verdrehte die Augen. »Aber mach dir keine Gedanken. Ich denke sowieso, es wird am besten sein, direkt den Ausgang in der alten Mine zu zerstören. Das sollte relativ gefahrlos möglich sein – zumindest einem Vampir.« Ich bemühte mich, ihren Griff um meinen Arm zu lockern. »Lass uns lieber weiter über unseren Doktor reden. Was macht dich so sicher, dass er den Gang einzig für die Blutbeschaffung genutzt hat?«

»Zusätzliche Aufmerksamkeit kann er sich im Grunde nicht leisten. Stell dir vor, er riskiert durch zusätzliche Taten, dass sein wahres Wesen und seine eigentlichen Gründe für den Tunnel auffliegen. Das wäre tödlich für ihn.«

Ich nickte langsam. Dieses Argument war nicht von der Hand zu weisen. »Nichts desto trotz kommt er von der Erde. So wie unser Vorgänger. Vielleicht kannten sie sich schon früher. Vielleicht wollte einer der beiden seine Herkunft nicht weiter geheim halten und riskierte damit auch die Sicherheit des anderen.« Vielleicht hatte Francesco seine Identität Johanna verraten wollen und Crispin hatte etwas dagegen.

»Na gut. Also ist Crispin noch nicht vom Haken. Aber die Theorie mit dem Fremden schon, oder?«

»Auch da wäre ich mir nicht so sicher. Wir wissen jetzt, wer den Tunnel gegraben hat und weshalb. Aber wir wissen nicht, ob das die einzige Nutzung gewesen ist. Das eine schließt das andere nicht aus.«

»Naja, zumindest bin ich mir sicher, im Tunnel jenseits von uns nur Crispin gerochen zu haben.«

Ich versuchte mich daran zu erinnern, was ich außer Crispins Aftershave noch gerochen hatte. Feuchte Erde. Wurzeln. Gras. Aber nein, auch ich erinnerte mich an keinen anderen Geruch. Zumindest an keinen, der von einem Nafish oder Menschen stammte.

Aber wenn es *einem* Vampir gelungen war, einen Tunnel unter der Akademie zu graben, dann war das vielleicht nicht der einzige. Die blasse, abgekämpfte Gestalt von Tasco tauchte vor mir auf. Ihn konnte ich mir auch bestens auf Abwegen vorstellen. Und dieser Bibliothekar aus dem Pflanzenreich? Vielleicht hatte er Verwandte durch Feuerdruiden verloren und wollte sich rächen. Im Geist ging ich jede Minute und jedes Gespräch der vergangenen Woche durch.

»Dieses Erinnerungsvermögen … und unsere besseren Sinne … was für eine unglaubliche Hilfe das für einen Hunter gewesen wäre, um Vampire aufzuspüren«, murmelte ich nach einer Weile. Ich hatte wieder daran denken müssen, wie ich in Paris geglaubt hatte, ein vampirischer Hunter werden zu können.

»Das wäre ja noch schöner! Wenn unseresgleichen sich gegenseitig jagt!«

»Es wäre immerhin ein fairer Kampf. Außerdem hast du mich selbst dazu motiviert.«

»Aber doch nur, damit du Ruhe gibst. Ich ging nicht davon aus, dass uns tatsächlich jemand begegnet. Ich hätte dich niemals jemanden töten lassen. Das ist gegen alle Gesetze!«

»Vampire haben Gesetze?«

»Natürlich!«

»Ich dachte immer, Vampire sind eher von der düsteren, gesetzlosen Sorte.« Ginga verdrehte die Augen, bevor ich einen weiteren Schlag auf den Oberarm kassierte. »Gut. Sagen wir: Die meisten Vampire. Ich meine, was sind das für Gesetze? Sauge nie zweimal vom gleichen Opfer?«

»Mach das nicht lächerlich! Klar gibt es auch gesetzlose Vampire. Es gibt auch in Paris Menschen, die sich gegen die herrschenden Gesetze wenden. Das heißt ja auch nicht, dass es keine gibt.«

»Na schön, das mag sein. Aber ernsthaft: Was sind das für Gesetze? Vielleicht wäre es ganz gut, wenn mich meine Schöpferin aufklären würde, bevor ich unwissentlich gegen vampirische Gesetze verstoße.«

»O, das sind keine, die du nicht sowieso befolgen würdest. Kein Blutrausch. Also keine Trinkgelage in der Öffentlichkeit. Zu viel Blut macht uns genauso haltlos wie zu wenig Blut. Das Töten von Nafish gilt als verpönt, wird aber nicht geahndet. Anders sieht es aus, wenn man seinesgleichen bedroht, verrät oder sogar tötet.«

»Wie bitte!? Mord ist Mord!«

Ginga winkte ungeduldig ab. »Ach was. Wenn ein Nafish beim Trinken versehentlich stirbt, ist das ein Unfall und letztlich nicht schlimmer als das Töten von Tieren zur Essenszubereitung. Nafish sind für uns ein Nahrungsmittel. Auch wenn das Nafish natürlich anders sehen. Aber Menschen fragen Tiere doch auch nicht, ob es okay ist, sie zu essen.«

Was für ein Vergleich …

Zum ersten Mal, seit ich selbst einer war, hielt ich es für gerechtfertigt, Vampire zu jagen. Zum ersten Mal seit Gingas Mord an mir hielt ich es wieder für richtig, Vampire getötet zu haben.

Vielleicht hätte ich doch in Paris bleiben sollen. Fern von all dem Irrsinn hier. Vielleicht hätte ich meine neuen Fähigkeiten wirklich nutzen sollen, um die ahnungslose Beute vor ihrer größten Bedrohung zu schützen.

»Nun komm schon! Das kann dich doch jetzt nicht wirklich überraschen? Die Gesetze der Vampire sind dafür da, ihre eigene Art zu schützen und nicht die anderen. Auch das ist doch nicht anders als in deinem früheren Leben. Oder hast du es als Hunter als Mord angesehen, Vampire zu töten?«

Nein, das hatte ich nicht.

»Und fühlst du dich derzeit tot oder lebendig?«

»Lebendig.« Mein Mund war trocken.

»Wie viele von unseresgleichen, dich sich ebenso lebendig gefühlten haben wie du, hast du in Rauch verwandelt, bevor wir uns trafen?«

Ich erstarrte.

»188.« Meine Stimme klang irgendwie viel zu weit weg. Als würde ich einem Fremden zuhören. Einem Fremden am anderen Ende der Welt. Ich gab es nicht gern zu, aber sie hatte recht. »Ich bin ein Mörder.« Meine Stimme war nur noch ein Flüstern. »Und das war nicht, um satt zu werden. Das war die gute, alte Rache. Es war ein Rausch. Ich habe nicht nur den Vampir getötet, der meine Mutter gebissen hatte. Ich habe jeden einzelnen gezielt aufgespürt, in eine Falle gelockt und dann ganz bewusst zerstört.« Mein Kopf schüttelte sich stockend, mechanisch. »Ich wusste immer sofort, wenn ich ein Monster vor mir hatte und dieser Augenblick war dessen Ende.«

»Ach Dariel! Nun hör schon auf! Du hast null Komma null Spürsinn für Vampire. Das ist doch Unsinn. Du hast nicht mal erkannt, dass auch Cara untot ist.« Sie zog an meinem Gewand –

solange, bis ich sie ansah. Ihre Augen sagten noch mehr. Sie wollte mich auf andere Gedanken bringen. Auf ziemlich klägliche Weise.

Ob sie die Melancholie und den Selbsthass spüren konnte, die mir gerade die Kehle zuschnürten? »Cara ist nur zur Hälfte wie wir! Sie hat einen Herzschlag.« Vielleicht sollte ich ihrem Ablenkungsmanöver eine Chance geben.

»Ja, aber das konntest du als Mensch in diesem Pariser Club nicht hören. Sie ist genauso blass und hübsch, genauso anziehend wie ich. Und doch hast du dich von Anfang an auf mich eingeschossen. Ich frage mich, warum.«

»Weil du die gefährlichere, hungrigere Ausstrahlung hattest.«

Ginga sah mich mit hochgezogenen Brauen an. Gut. Das war vielleicht etwas übertrieben. Aber bei ihr war ich mir wirklich sofort sicher gewesen, dass sie nicht mehr menschlich war. »Das glaube ich dir nicht.« Gut, als sie plötzlich anders ausgesehen hatte, war ich schon verunsichert gewesen. »Aber vielleicht ja, weil dir das einen in deinen Augen guten Grund gab, um dich mit mir zu beschäftigen.« Ihre Hände begannen von neuem, mit meinem Wächtergewand zu spielen. »Um dich für eine Frau interessieren zu dürfen, muss sie schon ein Vampir sein, den du töten musst.« Diesmal knöpfte sie es auf. »Ein Teufelskreis, wenn du mich fragst.« Sie beugte sich immer weiter zu mir und ich war gefangen in ihrem Blick. »So konntest du die Frau fürs Leben ja nicht finden. Du hast schließlich nur nach Frauen fürs Sterben gesucht.«

# KAPITEL IX

KLONG, KLONG, KLONG.

Ich stöhnte leise. Mein Schädel brummte. Wo war ich? Das war nicht mein Bett. Ich tastete an einer hohen Lehne neben mir entlang. Das Sofa? Als ich das obere Ende der Lehne erreichte, zuckte ich zusammen. Irgendwas fühlte sich unangenehm heiß an.

KLONG, KLONG, KLONG.

Blinzelnd versuchte ich, meine Sinne zu ordnen. Da war dieser Vampir-Heiler gewesen und dann sind wir kurz vor Sonnenaufgang in unser Haus zurückgekehrt. Wir hatten uns unterhalten und dann hatte Ginga …
   Zierliche Hände strichen über meinen Oberkörper und was ich für eine Decke gehalten hatte, begann sich auf mir zu rekeln. »Guten Morgen«, nuschelte es leise an meinem Hals.

KLONG, KLONG, KLONG.

»Nun macht schon auf! Die Abendsonne ist wirklich nicht angenehm. Ich weiß, dass ihr da seid!« Das war Caras Stimme.

Moment. Die *Abendsonne*?!

Das war es also, was so auf meiner Hand gebrannt hatte. Ehe ich aufstehen konnte, richtete sich Ginga auf, um rittlings auf mir sitzen zu bleiben und sich ausgiebig die Augen zu reiben. Ihre rote Mähne stand in alle Richtungen ab und bot ihr zugleich einen Sonnenschutz. In der Abendsonne sah ihr Haar tatsächlich wie lebendige Flammen aus.

Dieser Anblick war zugegeben faszinierend für mich.

»Ihr könntet mir natürlich auch einen Schlüssel geben.«

Mit einem leisen Seufzen beugte sich Ginga zu mir herunter, drückte ihre Lippen auf meine und noch ehe ich reagieren konnte, war sie verschwunden und ich hörte das Schloss der Haustür.

Ich war in meinem oberen Badezimmer verschwunden, noch ehe Cara den ersten Schritt ins Haus getan hatte, und starrte nun mein Spiegelbild an. Mein Wächtergewand war verschwunden, aber bis auf ein paar offene Knöpfe, war ich sonst noch angezogen.

Vorsichtig massierte ich meine Schläfen. Ich fühlte mich, als hätte ich einen miesen Kater. Aber war das Vampiren überhaupt noch möglich? Und wenn ja, wovon?

Ich suchte mir frische Kleidung und während ich mir kaltes Wasser ins Gesicht spritzte, kehrten die Erinnerungen langsam wieder zurück. Ginga hatte mich zu sich gezogen und dann hatte sie mir eine der Flaschen gegeben, die Crispin uns zugesteckt hatte, bevor wir den Krankenflügel verlassen hatten. Wir hatten beide eine ganze Flasche Blut getrunken.

Allein die Erinnerung an den intensiven Geschmack ließ meinen Kiefer schmerzen. Ich biss mir auf die Lippen und unterdrückte ein Knurren. Es war nicht so heftig gewesen, wie Magnus Spende nach unserer Portreise gen Xamax – wahrscheinlich hatte ich mich inzwischen etwas akklimatisiert –, aber es war auf seine Art noch immer berauschend gewesen.

Ich erinnerte mich an das Gefühl, die ganze Welt wahrgenommen zu haben. Jeden Staubpartikel schien ich gesehen und jeden Herzschlag gehört zu haben. Und dann hatte Ginga meine Wahrnehmung eingenommen. Zur Gänze. Ich starrte den Hals meines Spiegelbildes an und die Erinnerung an ihre Küsse kam zurück.

Also schön. Cara war hier. *Reiß dich zusammen!* Ich musste die Erinnerungen an Gingas Nähe loswerden. Vielleicht konnte mich Cara auf andere Gedanken bringen. Binnen Minuten war ich geduscht, umgezogen und wieder auf dem Weg nach unten in unser Wohnzimmer.

Das erste, das mir auffiel, waren die geschlossenen Vorhänge. Viel angenehmer. Dann bemerkte ich, wie ich das leise, stetige Gespräch der beiden zum Versiegen gebracht hatte.

»Hallo Cara. Was verschafft uns die Freude deines Besuches?« Ich ging an den beiden Damen auf unserem Sofa vorbei in die Küche. Magnus hatte uns empfohlen, nicht nur Blut zu trinken, sondern auch ab und an etwas von Caras Tee. Wahrscheinlich wusste er um die berauschende Kraft des Blutes hier. Er hatte uns an unserem ersten Tag nicht umsonst nur ein Schnapsglas voll gegeben. Hinzu kam, dass mein ehemals menschlicher Körper heftiger als der von Ginga reagierte. Mit etwas Glück half mir Caras Tee dabei, mich wieder etwas zu fangen.

Unsere Besucherin beobachtete mich einen Augenblick nachdenklich. Dann entschied sie sich, meine Frage zu beantworten. »Ach, nichts weiter. Ich wollte nur mal nach euch sehen. Die Woche war voller verrückter Ereignisse, sonst wäre ich viel früher vorbeigekommen.« Sie begann damit, Gingas Haare mit ihren Fingern zu kämmen. »Und ich hab so viele Fragen, die ich hier sonst niemandem stellen kann, ohne mich zu verraten.« Ihr Blick war konzentriert auf Gingas Haar gerichtet.

»Und was sind das für Fragen? Trau dich. Vielleicht kann dir Ginga ja helfen.« Ich zog mir einen Stuhl heran und setzte mich den beiden gegenüber. Das Sofa mied ich aus guten Gründen.

»Das fängt damit an, dass ich keine Ahnung habe, wie man hier das Wasser in der Dusche auf eine höhere Temperatur als eiskalt bekommt. Und es endet damit, dass ich mich frage, wie ich mein Nefishit-Problem schnell auf die Reihe bekomme.«

»Die Dusche ist leicht erklärt. Es ist hier eigentlich immer warm. Dementsprechend duschen die meisten Nafish in Zambala kalt. Wer warmes Wasser will, lässt sich ein Bad ein und erhitzt die Wanne.

Und ihr Druiden habt da ja deutlich mehr Optionen«, plapperte Ginga los. »Aber was meinst du mit deinem Nefishit-Problem?«

Ich sah Cara neugierig an. Eigentlich klang ihr Nefishit ganz und gar tadellos. »Rutscht dir ab und an Französisch heraus? Das geht mir auch dauernd so.«

Cara ließ von Gingas Haaren ab und starrte nun ihre Hände an, die sie auf ihren Schoß gebettet hatte. »Naja. So ähnlich.« Ein kurzer Seitenblick auf Ginga. »Erinnerst du dich an die Zauberformel, die du mir zugesteckt hattest?«

Ginga nickte. Was für eine Zauberformel?

»Ich habe sie ausprobiert, aber sie war nicht ganz richtig. Cole hat mir geholfen, sie zu korrigieren. Allerdings haben wir festgestellt, dass diese Formel nicht auf Dauer funktioniert. Es ist, als würde ihre Wirkung langsam nachlassen. Plötzlich spreche ich zwischendurch Französisch – ohne es zu merken. Und heute musste ich in der Bibliothek feststellen, dass ich manche Worte in meinen Lehrbüchern plötzlich nicht mehr entziffern konnte.«

Okay. Das war ein Problem. »Warum lässt du dir nicht von Magnus helfen? Er hat mir Nefishit direkt in den Kopf gepflanzt.«

»Weil ich ihn nicht ständig um Hilfe bitten will. Er hat mich hierhergeholt. Er hat mir ein Stipendium verliehen. Ich lerne, mein Feuer zu kontrollieren. Ich will nicht um noch mehr Hilfe bitten. Ich will mir diese Behandlung auch irgendwie … verdienen. Versteht ihr?« Sie sah uns abwechselnd mit großen Augen an.

Ja, das konnte ich nachvollziehen. Aber sie spielte ein gefährliches Spiel, wenn sie ihr Sprachproblem nicht schnell in den Griff bekam.

»Aber was ist die Alternative?« Das war Ginga. Sie drehte sich etwas mehr zu Cara und zog deren Hände in ihre. »Du darfst nicht auffallen, Cara! Nicht mit deiner Sprache oder Herkunft! Sei vorsichtig!«

»Sind wir ja.«

»Wir?« Meinte sie damit jetzt uns?

»Cole hat mir ein Studierzimmer in der Bibliothek organisiert und eine Literaturliste erstellt mit Büchern, die mir helfen können, Nafishur besser kennenzulernen. Und er hat mir auch Lehrbücher für Nefishit organisiert.«

Cole, Cole, Cole. Immer wieder dieser Patronus. Ich hatte die beiden häufiger beieinander gesehen in der vergangenen Woche. Und wieso half er ihr überhaupt mit ihrem Sprachproblem?

Zwei Versprecher seinerseits kamen mir wieder in den Sinn. »Sag mal … Wieso hast du Patronus Silva eigentlich von deinem Sprachproblem erzählt? Findest du das nicht ziemlich … gewagt?«

»Na ja. Er kommt nicht von hier. Er ist aus London. Ein ›Luvianer‹ wie wir.«

Also hatte ich mich damals nicht verhört. Aber das allein machte ihn doch noch nicht vertrauenswürdig! »Cara? Traust du Cole wirklich?« Ich sah sie nicht an, sondern beobachtete die Wellen in meiner Teetasse, während ich sie zwischen meinen Händen hin und her drehte.

»Was? Oui, klar! Er hat mir sehr geholfen – schon als ich allein in Medivia war. Er hat mich vor einer Gruppe von Leuten gerettet, die mich erst beleidigt haben und dann angreifen wollten.« Wie bitte?! Sie war in Medivia angegriffen worden? »Und dann wie gesagt mit der Zauberformel … und neulich Nacht in der Bibliothek …«

»Erst Magnus und dann Cole. Muss man nur einmal nett zu dir sein und schon vertraust du einem?«

»Sei froh. Das hab ich mit dir auch so gemacht.«

Ich seufzte gequält. Es war klar, dass sie wieder mit diesem Argument kam. Aber meiner Meinung nach war sie zu leichtgläubig. Und als Wächter war es doch meine Aufgabe, die Lehrlinge zu schützen. Auch wenn es vor sich selbst oder einander war …

»Cara, ich meine das ernst.«

»Ich auch. Wenn ich einem Hunter traue, der meine beste Freundin und mich töten wollte, dann kann ich ja wohl auch einem höflichen Mann trauen, der mir bisher immer geholfen hat – egal, wie ungünstig die Situation auch war.«

Ich nickte schweigend. Doch das klang in meinen Ohren zu gut, um wahr zu sein. Es war genau wie mit Magnus. Wenn ein Mensch zu perfekt erschien, dann zweifelte ich an seiner Ehrlichkeit. Niemand war perfekt. Niemand war immer nett. Niemand half immer und bedingungslos. Wer das von sich behauptete, belog mindestens sich selbst. Aber sicher würde ich Caras Meinung nicht mehr ändern können. Jedenfalls nicht mehr heute Abend. Ich konnte nur hoffen, dass dieser Cole hielt, was er versprach.

In jedem Fall würde ich ihn genauer unter die Lupe nehmen. *Ich musste ihm ja nicht blind vertrauen.* Und jemand, der sich solche Mühe gab, nach außen tadellos zu erscheinen, hatte mit hoher Wahrscheinlichkeit etwas zu verbergen. Es würde sich zeigen, ob das nur seine Herkunft war oder noch mehr dahintersteckte.

Ginga räusperte sich leise. »Ahm, also, wie ist es denn als Lehrling an der Akademie? Wie sind die Kurse? Behandeln dich die Magistri gut? Und die Lehrlinge?« Sie hatte recht. Ein Themenwechsel musste her. Und Gingas Fragen waren nicht verkehrt. Vielleicht würde uns Cara ein paar wertvolle Informationen zuspielen können.

»Alles ist so beeindruckend! So unglaublich!« Sofort veränderte sich Caras Miene. Sie begann, über das ganze Gesicht zu strahlen. »Am schönsten ist der Pyrdeg.« *Pyrdeg.* Das war doch gewissermaßen der Mittwoch der Woche. »Da habe ich einen Doppelcursus ›Nafishe Fauna‹ und danach bei Magnus ›Grundkurs Magie‹. Die größte Herausforderung ist es, nicht jede Frage gleich zu stellen. Weil ich nicht weiß, welche meiner Fragen ich besser vermeiden sollte. Umso erleichterter bin ich immer, wenn Alisi sich meldet und meine Fragen stellt.«

»Alisi?«

»Sie ist in meiner Scola. Wir haben uns schon in Medivia kennengelernt an meinem zweiten Tag hier. Sie rettet mich regelmäßig davor, mich zu blamieren oder zu verlaufen.«

»Freut mich, dass du bereits Freunde gefunden hast. Das ist viel wert. Ich weiß nicht, wie ich in Paris zurechtgekommen wäre, wenn ich dich nicht getroffen hätte.« Caras Kichern wurde zu einem leisen Husten und verstummte dann.

»Ja, da hast du recht. Und ich bin so froh, dass ihr da seid! Alisi, Cole, Luce … ich habe schon viele Nafish kennengelernt, dank derer es mir hier besser geht als erwartet. Aber ohne euch wäre das alles … nicht genug.«

Ich sah Gingas Gesicht an, dass sie eigentlich vorgehabt hatte, Cara noch etwas dafür leiden zu lassen, dass sie dennoch einfach gegangen war – im Glauben, ihre Freundin zurückzulassen. Doch als Cara ihre neuen Freunde aufzählte, veränderte sich ihre Haltung. »Moment, Moooment! Wer ist denn jetzt Luce? Sag bloß, du hast nach einer Woche schon zwei Verehrer!« Jetzt zierte ein anzügliches Lächeln Gingas Lippen und augenblicklich fühlte ich mich fehl am Platz in diesem Gespräch.

Noch ehe Cara ihrer Freundin antworten konnte, verabschiedete ich mich und flüchtete nach draußen. Auf dem Weg warf ich mir die weiße Robe über. Die Sonne war glücklicherweise inzwischen untergegangen, aber mit der Robe fühlte ich mich unter all den Feuerdruiden tatsächlich sicherer. Ich musste zähneknirschend zugeben, dass Magnus recht hatte. Sie war in vielerlei Hinsicht ein guter Schutz – und sie verschaffte mir Respekt.

Ich genoss die angenehm kühle Nachtluft. Eine abendliche Runde um den See und über das Gelände wäre sicherlich keine schlechte Idee. Immerhin waren wir ja nicht nur als ›Detektive‹ unterwegs, sondern auch Wächter. Eine Patrouille jeweils am Abend und am Morgen würde ich mir künftig angewöhnen.

Als ich die Lucerna-Allee längs des Sees entlanglief, fiel mir eine Gestalt auf, die am Ufer saß. Erst beobachtete ich sie nur aus der Ferne. Dem Umhang nach handelte es sich um einen Lehrling. Und die Lehrlinge hier waren alle alt genug, um selbst zu entscheiden, wo sie sich nachts aufhielten. Trotzdem konnte ich nicht einfach weitergehen. Die Gestalt wirkte irgendwie verloren.

»Alles in Ordnung?«, brachte ich irgendwann heraus und machte einen Schritt auf den Lehrling zu. Im Licht des Lucernabaums wirkten seine kurzen, blonden Locken beinah golden.

»Definiere ›in Ordnung‹«, erwiderte er, ohne sich umzudrehen.

Ich lehnte mich hinter ihm an einen Baum und bereute es schon, ihn angesprochen zu haben. Ich war kein geeigneter Gesprächspartner, wenn es darum ging, ein Gegenüber wieder aufzubauen.

»Ich würde sagen, ›in Ordnung‹ meint, dass man zurechtkommt, dass es vielleicht nicht ideal ist, aber gut genug, um alles *in Ordnung* zu halten. Alles steht noch an seinem Platz. Es funktioniert irgendwie.«

Der Lehrling nickte und schnippte einen flachen Stein über die beinah schwarze Wasseroberfläche. In der Mitte des Sees sprangen einige regenbogenfarbene Fische aus dem Wasser, als der Stein ihre Höhe erreichte.

»Tja, es funktioniert irgendwie. Das kann man schon sagen. Aber ich glaube nicht, dass noch alles an seinem Platz ist.« Ein weiterer Stein sprang über die Wasseroberfläche.

»Das klingt wenig berauschend. Eher nach jeder Menge Probleme.«

»Kann man so sagen. Was soll man machen? Seine Familie kann man sich nicht aussuchen. Und die Menschen, die man sich aussuchen kann, haben die gleichen Freiheiten – und können sich gegen einen entscheiden.« Der dritte Stein flog weiter als die anderen, ging dafür aber direkt unter. Da hatte er recht. Die Familie bestimmte so viel für das eigene Leben. Manchmal fühlte es sich so an, als hätte man gar kein eigenes. Erwartungen erfüllen und bloß keine Fragen stellen oder am Plan für die eigene Zukunft zweifeln. Die wenigen Worte des Lehrlings lösten in mir eine Sintflut der Erinnerungen und ein rückblickend wenig schmeichelhaftes Kopfkino aus.

Wenn ich jetzt auf seine Familienanspielung einstieg, würden wir am Ende beide hier sitzen und den See mit Steinen bewerfen. »Da hast du recht. Wer hat sich denn die Freiheit genommen, sich gegen dich zu entscheiden?«

»Ach, niemand.« Der Lehrling richtete sich ruckartig auf, klopfte sich den Goldstaub der Lucernas ab und drehte sich zu mir um. Für einen kurzen Augenblick lag Erstaunen in seinem Gesicht. Aber er hatte sich schnell wieder im Griff.

Niemand also. »Wer hält dich davon ab, diesen niemand vom Gegenteil zu überzeugen?«

»Niemand«, antwortete er nach ein paar Sekunden wieder. Ich musste leise lachen.

»Na dann ist ja alles … in Ordnung.« Ich setzte ein möglicherweise etwas zynisches Lächeln auf, stieß mich vom Baum ab und ließ den Lehrling stehen. Wenn ich das richtig sah, hatte ich ihn mehr verwirrt, als ich ihm geholfen hatte. Ich sollte sehen, dass ich Land gewann.

Es dauerte nicht lang, ehe vor mir die Bibliothek auftauchte. Bisher hatte ich sie immer nur im Dunkeln aus der Nähe gesehen. Den Bibliothekar hatte sich ja Ginga vorgenommen. Er hatte Ginga verwirrt. Nachdenklich musterte ich die Fassade, deren Steine teilweise noch deutliche Rußspuren aufwiesen. Ginga hatte nicht gewusst, was sie von diesem Nostradamus hatte halten sollen.

Wenn der Bibliothekar wirklich so alt war, dann war es durchaus denkbar, dass er den Brand miterlebt hatte. Aber sicher war er Francesco eher dankbar, dass er seine Bibliothek rechtzeitig gerettet hatte. Außerdem konnte ich mir nicht vorstellen, wie ein alter Bibliothekar einen Wächter entführte oder gar tötete.

Kopfschüttelnd lief ich weiter. Das war absurd. Dabei waren da es einige Nafish, die ein Motiv und die Möglichkeit gehabt hatten – oder wenigstens eins von beidem. Zumindest, wenn wir Johannas Worten Glauben schenken durften. Neid war immer ein gutes Motiv. Und was war mit den vier Nafish, die das Feuer nicht überlebt hatten? Johanna hatte mir keine Namen verraten, aber vielleicht gab es Hinterbliebene, die Francesco die Schuld gaben.

**

Ich starrte die Wand an.

Aus meinem Schlafzimmer hatte ich eine Kommandozentrale gemacht. Der große Tisch in der Mitte eignete sich wunderbar, um sich mit Notizen, Büchern und Bildern auszubreiten. Die einzige freie Wand – direkt hinter der Tür – hatte ich darüber hinaus zu einer Pinnwand umfunktioniert.

Inzwischen waren wir seit zwei Wochen hier, hatten mit den meisten Angestellten und Lehrenden gesprochen und von Magnus Bildmaterial und Steckbriefe zu eben diesen erhalten. Es gab tatsächlich auch hier so etwas wie Kameras. ›Luxcaptor‹ hieß so ein Kasten. Ein ›Lichtfänger‹. Ziemlich unhandlich und wohl meist aus Holz, aber es entstanden damit tatsächlich Bilder. Die Technik erinnerten mich an Polaroidkameras – nur dass die Ergebnisse des Luxcaptor größer und detaillierter waren.

Gerade versuchte ich, anhand der ersten gesammelten Aussagen der Lehrmeister und Angestellten herauszufinden, wo Francesco wann zuletzt gesehen worden war und unter welchen Umständen. Durch die Semesterferien, in denen die meisten Lehrlinge und auch viele Lehrmeister gar nicht auf dem Gelände der Akademie lebten, waren die Informationsquellen für die Zeit seines Verschwindens allerdings sehr mager.

Von einem Tag auf den anderen war er plötzlich nicht mehr da gewesen. Es war zuerst Johanna aufgefallen, die ihn zum Abendessen in der Küche der Akademie erwartet hatte. Für ihn galt offenbar die gleiche Essenseinladung wie für Ginga und mich. Am Morgen hatte sie ihn noch gesehen. Er musste also mitten am Tag verschwunden sein. Er hinterließ keine Nachricht, keine Spur. Nichts.

Außerdem war niemandem ein verändertes Verhalten aufgefallen. Francesco war wie immer gewesen. Er hatte sogar Verabredungen getroffen für die Zeit nach seinem Verschwinden. Also war davon auszugehen, dass er nicht selbst für eben dieses verantwortlich gewesen war. Ich fragte mich, warum das diesen Custodes Scrutinandi nicht aufgefallen war. Waren die Vorurteile Luvianern gegenüber wirklich so ein Problem? Oder hatte man einfach wichtigeres zu tun gehabt als einen Wächter ohne magische Fähigkeiten zu finden?

Der Bericht der CS – ich hatte Magnus darum gebeten – fiel ebenfalls mager aus. Man hatte Francescos Haus – jetzt unser Haus – durchsucht und festgestellt, dass es durch niemanden unbefugt betreten worden war. Deshalb und aufgrund des völligen Fehlens von Spuren der Gewalt, war man zu dem Schluss gekommen, dass Francesco wohl freiwillig gegangen war. Hinzu kam, dass angeblich einige Kleidungsstücke fehlten. Die Suche nach dem Wächter der Feuermagieakademie wurde von einer Vermissten-Suche zur Suche nach einem Straftäter umgewandelt. Schließlich war es verboten, sich ›wilder Ports‹ zu bedienen.

Einer der Lehrmeister – Magister Cleitan – hatte während meiner Befragung keinen Hehl daraus gemacht, dass er einen Morphomo und einen Kephaliden für den besseren Schutz hielt und froh über das Verschwinden unseres Vorgängers war. Er war mir schon während der Weihzeremonie aufgefallen. Offenbar rechnete er damit, dass Vampire die Akademie angreifen könnten. Weshalb auch immer. Als Vampir konnte ich mir nicht einen einzigen, guten Grund vorstellen, der einen Angriff auf die Feuermagieakademie rechtfertigte. Das wäre für unseresgleichen ein Selbstmord-kommando.

Genauso wie das Wächteramt für Ginga und mich.

Vor allem, falls wir scheiterten.

Was tat ich hier überhaupt? Francesco war jetzt seit mehreren Wochen verschwunden – und damit auch der, der ihn verschwinden ließ. Wie hoch war da die Chance, hier auf dem Akademie-Gelände noch irgendwelche verwertbaren Spuren zu finden?

Ich zerknüllte einige Notizen und warf sie zu den anderen verworfenen Theorien auf einen Haufen in der Ecke. Es war bei weitem wahrscheinlicher, dass sich Francesco irgendwo anders verkrochen hatte – oder ›verkrochen wurde‹. Wenn er überhaupt noch lebte. Selbst Magnus rechnete Francesco keine großen Überlebenschancen zu.

Magnus. Dekan und Großmeister Athanasius Cronos. Der ›bescheidene Helfer in Fragen der Magie‹ … Wer war er wohl wirklich? Bei unseren letzten Gesprächen hatte er uns allerhand berichtet, Geheimnisse anvertraut, die seine Grenzen nicht überschritten; aber über ihn selbst wussten wir noch immer nichts. War dieses Schweigen Ausdruck von grenzenloser Bescheidenheit oder außerordentlicher Arroganz?

Vielleicht war es der Pessimist in mir, aber ich tippte auf Letzteres. Er machte ein zu großes Geheimnis aus sich und ich war seit einigen Wochen mit zu vielen Geheimnissen konfrontiert worden, um sie noch gut zu heißen.

Wenn er sich wirklich so große Sorgen um den verschwundenen Wächter machte, weshalb nutzte er dann nicht seine ach so bescheidenen magischen Fähigkeiten, um ihn zu finden? Die Suche sollte für ihn, der die Macht besaß *und* sich in diesem Land, dieser

Welt, auskannte, wesentlich einfacher sein als für uns. Er brauchte uns nicht für die Nachforschungen. Nicht wirklich. Aber was war es dann? Welche Rolle spielten wir in seinem kleinen Bühnenstück? Weshalb hielt er sich im Hintergrund? Weshalb war er in den zwei Wochen, die wir jetzt hier waren, ständig abwesend – so wie auch heute? Und war er sich darüber im Klaren, dass ich ihn inzwischen durchaus zu meinen Hauptverdächtigen zählte?

Ich konnte mich nicht davon abbringen, das alles mit ihm in Verbindung zu bringen. Mit einem grimmigen Lächeln im Gesicht schrieb ich Magnus Namen samt Fragezeichen an die Wand.

»Magnus? Ehrlich jetzt? Du warst doch selbst schon an dem Punkt, das für Unsinn zu halten. Er hat uns immerhin hergeholt.« Gingas Stimme ließ mich zusammenfahren. Ich war so in meine Theorien vertieft gewesen, dass ich sie gar nicht bemerkt hatte.

»Das ist es ja gerade! Warum? Warum geht er der Sache nicht selbst auf den Grund? Weshalb heuchelt er Interesse und setzt zugleich zwei absolute Laien an diese Aufgabe? Laien, für die das alles hier kaum fremder sein könnte.«

Ginga trat neben mich und tippte sich mit dem Zeigefinger ans Kinn. »Hm. Schon mal auf die Idee gekommen, dass er in uns etwas anderes sieht als du? Vielleicht haben wir ja doch einen Vorteil, der uns nur nicht bewusst ist.« Ihr Blick glitt über meine improvisierte Pinnwand. »Vielleicht ist seine Macht und Bekanntheit ja auch ein Problem. Vielleicht reden die Leute nicht offen mit ihm.«

»Sie müssen ja auch nicht offen mit ihm reden! Er kann in ihnen lesen, wie in einem offenen Buch!«

Ginga wiegte ihren Kopf hin und her. Sie ließ sich einfach nicht von mir überzeugen. »Wer weiß. Es gibt sicher auch Zauber, die sowas zu verhindern wissen. So eine Art gedankliche Einbruchsicherung. Auch Magnus weiß nicht alles.«

»Aber gerade dann sollte es ihn doch interessieren, was wir herausfinden. Und wo ist der große Meister? Er glänzt schon wieder durch Abwesenheit.«

»O, das kann ich erklären!« Die Miene meiner Schöpferin hellte sich auf. Sie drehte sich zum Tisch um, schob einige Papiere zur

Seite und machte es sich dann auf der Tischplatte gemütlich. Erst als ich mich zu ihr umdrehte und sie abwartend anstarrte, sprach sie weiter. »Nun, er ist in Xamax und nicht im Urlaub. Du kannst dir sicher vorstellen, dass man den Fürsten nicht warten lässt. Nicht einmal als Magnus. Und ich nehme an, dem Fürsten ist das Schicksal eines verlassenen Wächters herzlich egal.«

Langsam trat ich näher an sie heran. »O-kay. Und wieso ist er dort?«

»Der Reihe nach, mein Hübscher.« Sie hakte ihre Finger in die Gürtelschlaufe meiner Jeans und zog mich noch näher. »Ich hab dir doch von dem Scribtor erzählt.«

»Dem, mit dem du mal was hattest?«

Sie verdrehte die Augen. »Das ist laaange her. Glücklicherweise habe ich aber wohl einen guten Eindruck hinterlassen. Er hat mir bereitwillig bei der Recherche geholfen.«

»Und die Hilfe dieses Scribtors hat mit Magnus Anwesenheit in Xamax zu tun?«

»Gewissermaßen. Hör dir das an«, sie zog einen kleinen Zettel aus ihrer Hosentasche und begann, vorzulesen: »Interne Meldung. Zur Kenntnis, aber nicht zur Veröffentlichung: In der vergangenen Nacht kam es zu einem Einbruch in den Turris. Einige Wächter kamen zu Tode, andere sind verschwunden. Es wird davon ausgegangen, dass diese Wächter am Einbruch als Komplizen beteiligt waren. Den ausgezeichneten Sicherheitsmaßnahmen Xamax ist es zu verdanken, dass nichts und niemand den Turris verlassen konnte. Dennoch wird nun nach den verschwundenen Wächtern gefahndet. Sollten Meldungen zu ähnlichen Gegebenheiten an Sie herangetragen werden, sind Sie verpflichtet, unverzüglich Ihre Erkenntnisse und Quellen zu melden. Ende der Meldung.« Ginga sah mich mit großen Augen an.

Ich starrte zurück.

Noch mehr verschwundene Wächter. Und in diesem Fall waren sie auf Xamax eingesetzt gewesen. »Wer oder was ist dieser Turris?«

»Das ist ein … Archiv tief unter der schwimmenden Insel Xamax.«

»Ein Archiv.« Ich hob fragend eine Braue. Wenn das so eine wichtige und geheime Meldung war, dann musste mehr dahinterstecken.

»Nun ja. Es ist nicht irgendein Archiv. Es ist *das* Archiv. Dort finden sich Formeln und Sprüche von Zaubern, die älter sind als alles andere hier in Nafishur. Quasi eine historische magische Datensammlung.« Mein Blick ruhte unverwandt auf ihr. Das war immer noch nicht alles. »Dort lagern auch viele verbotene Zauberformeln und Bannzauber.« Also Zauber, die für kriminell veranlagte Druiden von Interesse sein könnten. Ich nickte, während meine Gedanken sich sofort auf die Reise machten. Wie viele Wächter waren getötet worden? Wie viele verschwunden? Stand Francesco in einer Verbindung zu diesen Wächtern? Was war ihr Ziel gewesen? Und hatten sie es wirklich nicht erreicht oder war es nur noch nicht aufgefallen? Vielleicht wollte man die Bevölkerung auch nur nicht beunruhigen. »Da … ist noch was.«

»Ja?«

»Dort lagern nicht nur Zauber.«

»Sondern? Gesetzestexte? Alte Schriften? Reliquien?« Vielleicht wäre auch das ein Grund für einen Einbruch.

»Druiden.«

»Bitte was?«

»Jedes Reich Nafishurs ist für seine Bürger verantwortlich. Erst recht, wenn sie Straftaten begehen. Einer besonders schweren Straftat überführte Druiden kommen in den Turris. Den Turm. Eine uneinnehmbare Festung, die trotz ihres Namens in die Tiefe statt in die Höhe reicht. Die Gefangenen sehen je nach Strafmaß nie wieder das Tageslicht.«

Ich starrte Ginga an. »Also könnte der Einbruch auch ein Ausbruch gewesen sein.« Sie nickte. »Das ist durchaus eine wichtige Nachricht und es waren Wächter involviert – auf beiden Seiten. Aber in welcher Verbindung könnte das zu Francescos Verschwinden stehen?« War der Täter der Flüchtige? Ich begann, unruhig auf und ab zu gehen. »Wie alt ist diese Meldung?«

Mir lag noch eine andere Frage auf der Zunge: Wie hast du es geschafft, dass dir dieser Scribtor freiwillig eine so empfindliche

Meldung ausgehändigt? Aber ich verkniff sie mir. Ich wollte gar nicht so genau wissen, wie sie diesen Typen überzeugt hatte.

Gegen die Bilder in meinem Kopf konnte ich dennoch nichts tun. Nicht, bis Ginga mich erlöste, indem sie antwortete und mich damit ablenkte. »Das war wenige Tage nach Francescos Verschwinden.«

Danach? Also war der Täter niemand aus diesem Gefängnis. Aber vielleicht dachte ich falsch herum.

»Ein Test womöglich?«

Sie zuckte mit den Schultern. »Denkbar. Immerhin gilt diese Akademie als die sicherste. Was hier gelingt, hat gute Chancen auch in Xamax zu funktionieren.«

»Die sicherste Akademie?« Ich hob zweifelnd eine Braue. Das hatte Johanna auch schon behauptet. Aber eine Akademie, in der es brannte, die unter sich einen unbekannten Tunnel hatte, aus der Wächter verschwanden und in der Vampire arbeiteten ... wie sicher konnte so eine Akademie schon sein?

»Es sieht momentan vielleicht nicht danach aus, aber es ist wirklich so. Zumindest ist das eine allseits bekannte Tatsache.«

»Du meinst, es ist etwas, das zumindest die Einbrecher glauben könnten? Sie testen hier ihren Plan, den Wächter auszuschalten und nutzen die gleiche Technik wenig später in Xamax in diesem Turm? Schon möglich. Aber dann haben sie die Rechnung wohl ohne Nerija und die anderen gemacht. Schließlich ist der Einbruch ja schiefgegangen.«

Ich konnte genau sehen, wie Ginga beim Namen der anderen Wächterin zusammenzuckte. Dieses merkwürdige Rendezvous war doch Caras Idee gewesen und nicht meine! Wieso sie sich deshalb immer noch so künstlich aufregte, verstand ich nicht. Nerija war eine beeindruckende Frau. Aber ich würde den Teufel tun, mich mit jemandem einzulassen, der noch über einen Herzschlag verfügte. Das war ein Traum, den Ginga vor einigen Wochen für mich beendet hatte. Ich würde niemanden gefährden.

Das sollte sie doch wissen.

Zögerlich, aber beharrlich zog sie so lang an mir, bis ich nah genug war, um ihren Atem im Gesicht zu spüren. »Was nun?«, flüsterte sie.

»Sollen wir Magnus danach fragen? Jetzt, wo wir davon wissen, überschreitet er vielleicht keine seiner Grenzen mehr, wenn er uns mehr erzählt.«

»Gute Idee!« Für einen kurzen Augenblick hatte ich noch eine andere Idee gehabt: Nerija und die anderen zu kontaktieren und auszufragen. Aber diesen Vorschlag hätte Ginga sicher für eine weniger gute Idee gehalten. Und wir konnten ja durchaus mit Magnus beginnen.

***

»Es erstaunt mich, dass ihr einen Weg gefunden habt, an diese Informationen zu gelangen.« Magnus saß hinter seinem Schreibtisch im Dekanat und musterte uns nachdenklich. Dafür, dass er so viel von uns hielt, unterschätzte er uns häufig.

»Außergewöhnliche Umstände erfordern außergewöhnliche Maßnahmen. Wir haben unsere Mittel und Wege«, konterte ich knapp mit meiner Lieblingsantwort.

Unser Großmeister nickte und rang sich dann durch, uns an einem weiteren Splitter seines Wissens teilhaben zu lassen. »Xamax gibt von Zeit zu Zeit verschlüsselte Informationen heraus, die unter dem Siegel absoluter Verschwiegenheit bestimmten Stellen zugespielt werden. Auf diese Weise verschafft sich der Fürst Augen und Ohren im ganzen Land – ohne wichtige Kampfkraft für Spionagezwecke abzuziehen. Diese Informationen sind aber ganz sicher nicht dafür gedacht, während eines Rendezvous weitererzählt zu werden.« Nun ruhte sein Blick ernst auf Ginga.

Also doch.

Sie hatte ihre Reize genutzt, um an dieses Wissen zu kommen.

Kannte sie denn gar keine Scham? Keine Grenzen des Anstands?

Der Blick, den Magnus mir jetzt zuwarf, sagte mir auch ohne Stimme in meinem Kopf ›Jetzt erkennst du den Sinn von Grenzen, oder?‹.

»Der Zweck heiligt die Mittel, heißt es in Luv doch so schön«, konterte Ginga ungerührt. »Viel wichtiger ist doch die Frage: In welcher Verbindung stehen die beiden Vorfälle?«

Magnus stützte sich auf seinem Schreibtisch ab und legte seine Fingerspitzen aneinander. Sein Blick verlor sich irgendwo hinter uns. Ich fragte mich, ob er ernsthaft über Gingas Frage nachdachte oder nur darüber, wie viel er uns erzählen konnte. Nach einer gefühlten Ewigkeit ließ er sich dazu herab, zu antworten. »Eigentlich glaube ich nicht, dass es hier eine Verbindung gibt. Ja, die Vorfälle liegen zeitlich nah beieinander. Aber der Turris ist völlig anders geschützt als die Akademie. Vor allem wäre es keine sonderlich hilfreiche Übung gewesen, einen verlassenen, alten Wächter auszuschalten. Die Wächter des Turris sind da ein ganz anderes Kaliber.« Sein Blick wirkte abwesend. »Außerdem wurden die Wächter dort auf gänzlich andere Weise ausgeschaltet: Blutig, brutal, ohne jede List oder Vorsicht.«

»Und was ist mit den Wächtern, die angeblich entkommen sind? Was, wenn sie keine Komplizen waren, sondern so wie Francesco irrtümlich verdächtigt werden?«

»Das ist gut möglich. Aber solange wir keinen einzigen Wächter wiederfinden, werden wir nicht in der Lage sein, diese Frage zu beantworten.«

Da hatte er leider nicht Unrecht. Und selbst wenn wir die verschwundenen Wächter aus dem Turris fänden, dann hätten wir noch immer keine Möglichkeit, deren wie auch immer gearteten ›Zustand‹ mit dem von Francesco zu vergleichen. Es sei denn, wir fanden auch ihn. Aber es gab da noch ein anderes Motiv, das beide Vorfälle verbinden konnte. »Und wenn es ein Ablenkungsmanöver war?«

Mit einem einzigen Augenaufschlag lag Magnus Aufmerksamkeit plötzlich auf mir und sein Blick durchbohrte mich.

»Ich meine: Was hast *du* gemacht, seit Francesco verschwunden ist? Anfangs hast du ihn doch sicher selbst gesucht.« Noch während ich sprach, begriff ich etwas. »Ach so! Deshalb unsere Hilfe! Du hattest diesen Verdacht selbst schon. Leider kam er dir zu spät – nach dem versuchten Einbruch nämlich. Und daraufhin hast du beschlossen, andere suchen zu lassen und dich selbst lieber auf die, neutral betrachtet, wichtigeren Themen in Xamax zu konzentrieren.«

238

Aber wieso zog er keine ausgebildeten Elitewachen heran? Das Quartett von der Weihezeremonie beispielsweise.

›Nach diesen Schlussfolgerungen deinerseits glaubst du immer noch, du seist für die dir zugedachte Aufgabe nicht geeignet?‹ Magnus Stimme klang verblüffend müde in meinem Kopf. Im Normalfall hätte sie jetzt den Anklang eines Lächelns in sich getragen.

»Nachdem ihr nun hinreichend meine Motive durchdrungen habt, werdet ihr euch hoffentlich wieder der Suche nach dem Täter widmen.«

»Natürlich. Ich bin dennoch der Meinung, dass wir die Vorfälle in Xamax nicht völlig außer Acht lassen sollten. Selbst wenn die Wirkung eine indirekte war, ist es möglich, dass der Täter hier in irgendeiner Beziehung zu diesem Einbruch in Xamax steht. Das könnte den Kreis unserer Verdächtigen einschränken: Auf Verdächtige mit einer Verbindung nach Xamax.«

»Habt ihr denn so viele Verdächtige?«

Ich atmete tief durch und endete in einem Seufzer. »Je länger man mit den Men– … den Nafish hier spricht, um so deutlicher wird: Man findet bei jedem ein Motiv, wenn man nur lange genug sucht.« Zumindest war das inzwischen mein Eindruck.

Für den Bruchteil einer Sekunde zeigte Magnus Gesicht echte Überraschung. Dann hatte er sich wieder im Griff. »Selbst Johanna?«

»Johanna verbirgt etwas vor mir. So viel ist sicher. Ich weiß nicht, ob sie für Francesco schwärmte, ihn beneidete oder ob die beiden in irgendeiner Art von engerer Verbindung standen.«

»Sag es, wie es ist, Dariel, mein Süßer: Sie ist verliebt in unseren Vorgänger – vom Scheitel bis zur Sohle. Ich finde, das hat man ihr angesehen. Und sein Luv-Name hat sicher sein Übriges getan.«

Ein Lächeln huschte über Magnus Gesicht. »Ich nehme an, das ist es auch, was sie so krampfhaft vor dir zu verbergen versucht. Er mag jetzt nur noch Wächter sein, aber ursprünglich war er ein talentierter Magister und damit jenseits dessen, was einer Köchin angemessen wäre. In ihren Augen, wohlgemerkt. Es spricht – zumindest heutzutage – nichts gegen eine solche Verbindung.«

Vielleicht war es ja auch umgekehrt. Vielleicht hatte sie sich eine strahlende Zukunft mit ihm ausgemalt. An der Seite des großen Druiden. Und dann rettete er die Akademie und zerstörte dabei seine eigene Karriere – und damit auch ihren Weg, der Küche entfliehen zu können.

›Für diese Angelegenheit ist es sicher förderlich. Und doch muss ich feststellen, dass diese Art, immer das schlechteste im Gegenüber zu vermuten, dir wahrlich das Leben schwer macht. Leidest du nicht selbst am meisten unter diesem Pessimismus?‹

Wir wussten doch beide, wohin mich mein Optimismus und meine grenzenlose Selbstüberschätzung geführt hatten. Ich würde meinen aktuellen ›Pessimismus‹ eher als Realismus betrachten.

Erst als Gingas Hand sich in meine schob, begriff ich, dass wir sie aus unserer Unterhaltung ausgeschlossen hatten. Ich räusperte mich leise. »Nun gut. Zugegeben ist Johanna nicht gerade meine Hauptverdächtige.«

»Richtig. Das bin ja schon ich«, entgegnete Magnus mit einem kleinen Lächeln, das sich nun doch wieder in sein Gesicht schlich.

»A-aber nein!«, rief Ginga etwas zu laut aus, bevor ich etwas hätte erwidern können. »Das meint Dariel nicht so!«

Doch. Das meint Dariel genau so. Wieso hatte Ginga solche Angst vor Magnus? Oder vielmehr: Wieso machte sie diese Angst so unterwürfig, anstatt skeptisch?

»Ich bin einfach offen für alle Möglichkeiten«, erklärte ich knapp. »Deshalb brauche ich im Übrigen noch ein paar weitere Antworten. Ich hoffe, meine Fragen kratzen nicht wieder an irgendwelchen Grenzen deinerseits.«

»Das wird sich zeigen. Was willst du wissen, Dariel?«

»Vor allem wüsste ich gern, wer die vier Nafish waren, die bei dem Brand vor dreißig Jahren umkamen, und ob sich jemand an der Akademie befindet, der mit einem der Opfer in Verbindung stand.«

Magnus nickte langsam. »Ja, diese Frage habe ich schon erwartet. Ich bezweifle aber stark, dass hier das Motiv zu finden ist. Dieses Ereignis liegt dreißig Jahre zurück.« Der Dekan stand auf und durchschritt sein Büro, bis er vor einigen Bildern stehenblieb. »Eine Rache heute wäre reichlich spät. Und Francesco wohl kaum derjenige, der sie verdient.« Er nahm eines der Bilder aus dem Regal und betrachtete es genauer. »Eine liebende Frau, eine fröhliche Schwester, ein mutiger Wächter und ein unschuldiges Kind fielen dem Feuer zum Opfer.« Sein Blick war starr auf das Bild gerichtet, während er bedächtig auf uns zu kam.

Dann reichte er mir das Bild. Es zeigte eine kleine Familie, deren Vater mir merkwürdig bekannt vorkam. Die Augen, der strenge, stolze Blick. Irgendwo hatte ich diese Augen schon mal gesehen.

Abwesend schüttelte ich den Kopf. Neben dem Mann – mochte er Mitte Dreißig sein – stand eine glücklich strahlende Frau, die ein kleines Kind im Arm hielt. ›Und ein unschuldiges Kind‹, hatte Magnus eben gesagt.

»Magister Patrocius verlor erst seinen Sohn in den Flammen und anschließend seine Frau, die den Verlust ihres Kindes nicht verkraftete«, sagte Magnus leise. Er nahm mir das Bild wieder ab, um es zurück an seinen Platz zu tragen. Das war Patrocius? Der alte Magister, der während der Weihzeremonie diese Broschen verteilt hatte? »Jedes Leben mag wertvoll sein und jeder dieser vier Verluste hinterließ große Lücken. Doch der Tod dieses Kindes ist wohl das Tragischste an diesem fürchterlichen Tag.«

Wir nickten, während Magnus weiter auf das Bild starrte. »Das muss schrecklich für den Magister gewesen sein. Wie hat er das verkraftet?«

»Nicht gut, fürchte ich. Aber es ist ganz sicher nicht Francesco, dem er die Schuld gibt.« Magnus seufzte leise. »Im Gegenteil. Es ist der Selbsthass, der ihn seither auffrisst. Hätte er seine Familie nicht sehen wollen, wäre ihnen nichts geschehen.« Er drehte sich wieder zu uns. »Davon zumindest ist Magister Patrocius überzeugt.«

»Und die anderen?«

»Ein fremder Wächter, der helfen wollte. Ein weiblicher Lehrling, die ihre Schwester retten wollte. Die Frau unseres Bibliothekars, die mit ihm gemeinsam bemüht war, so viele Bücher wie möglich rechtzeitig aus den Flammen zu holen.«

Die Frau des Bibliothekars? Sofort hatte ich wieder Gingas Worte in den Ohren. Sie hatte ihn unheimlich gefunden. Er mochte alt sein, aber vielleicht kannte er gerade deshalb Zauber, die für ihn die Drecksarbeit verrichteten. Immerhin war er umgeben von Wissen in seiner Bibliothek.

»Wer ist dieser Bibliothekar?« Ich sah abwechselnd zu Ginga und Magnus.

»Thret Nostradomus ist ein Arborand und ein leidenschaftlicher Liebhaber des geschriebenen Wortes. Des Wissens überhaupt. Ich kenne niemanden, der so belesen ist wie er.«

»Belesen genug, um einen Zauber zu kennen, der Francesco gefährlich werden könnte?«

»Kennen ganz sicher. Aber er ist kein Druide. Arboranden beherrschen keine Magie. Es wäre ihm nicht möglich, sein Wissen allein in die Tat umzusetzen – selbst wenn er es wollte.«

Das ließ den Bibliothekar auf der Verdächtigenliste etwas nach unten rutschen. Aber auch nur unter der Annahme, dass Francescos Verschwinden magische Ursachen hatte. Und unter der Annahme, dass der Täter allein gehandelt hatte.

»Also gut. Der fremde Wächter hatte keine Verbindung zur Akademie, nehme ich an?« Ich hob fragend eine Braue. Nachdem Magnus den Kopf schüttelte, fuhr ich fort. »Aber was ist mit dem Lehrling?«

Magnus nickte leicht und kam wieder zu uns. Diesmal hielt er einen Kristall in der Hand. »Auch das ist eine tragische Geschichte. Die Lehrlinge waren Zwillinge. Die eine hatte es aus den Flammen hinausgeschafft. Die andere nicht. Da rannte die eine Schwester wieder ins Wohnhaus, um ihren Zwilling zu retten. Das Unterfangen gelang ihr, doch dafür verbrannte sie. Die Schwester, die überlebte, blieb an der Akademie. Nicht wenige rieten ihr, den Lehrort zu wechseln, da sie sowieso keine Feuerdruidin zu sein schien. Doch sie blieb.« Magnus reichte mir den Kristall und drehte ihn etwas, bis ich darin zwei junge Frauen erkennen konnte, die sich anlachten. Sie wirkten glücklich und immer wieder sahen sie dem Betrachter entgegen. Im Hintergrund erhob sich im Dunst ein Gebäude, dass der heutigen Akademie ähnelte. Der Kristall schien eine Art kurze Animation zu zeigen. »Die Rechte der beiden ist Magister Ilysia. Sie lebt noch immer hier.« Staunend drehte ich den Kristall in meiner Hand. Je weiter ich den Stein drehte, umso weiter umkreiste ich die beiden Frauen. Auf der Rückseite sah ich tatsächlich ihren Rücken – und den See im Hintergrund. »Das ist ein Memorial, ein Gedächtnisstein. Es ist eine magische Weise, eine Erinnerung zu konservieren. Memorialia zeigen nicht immer eins zu eins ein wirkliches Ereignis. Das Bild kann auch subjektiv gefärbt sein. Aber es entspricht der Erinnerung im Unterbewusstsein des jeweiligen Druiden.«

Ich hob den Stein direkt vor mein Gesicht und musterte die Details dieses ›Bildes‹. Jede Blüte, jeder Grashalm war zu erkennen. »Das ist beeindruckend.«

»Bestimmte Kristalle, wie dieser Athysit, können Magie besonders gut speichern. Ein Druide kann einen Teil seines Bewusstseins zusammen mit einem Teil seiner Magie in einen solchen Kristall einschließen und so eine Art bewegte Erinnerung erschaffen. Solange der Druide lebt, der das Memorial erschuf, wird sein Bild nicht verblassen. Es stellt gewissermaßen eine Projektion direkt aus dem Unterbewusstsein dar. Nach dem Tod verschwindet die Verbindung zum Geist des Druiden und mit der Zeit entweicht die Magie. Das Bild verliert erst seine Farbe und dann seine Details. Bis der Stein letztlich wieder rein ist.«

Ginga lehnte sich zu mir herüber, um ebenfalls das Bild im Stein zu betrachten. Ihre Finger strichen über die rauen Kanten des Kristalls. »Das ist wunderschön«, murmelte sie so leise, dass selbst ich es neben ihr kaum hören konnte.

»Und wer schuf dieses … Memorial?«

Magnus Lächeln wirkte müde, als er uns den Kristall wieder abnahm. »Ich. Sonst würde sich dieser Kristall sicherlich in Magister Ilysias Obhut befinden.«

»Du machst dir Vorwürfe wegen des Brandes, hab ich recht?«

Unser Großmeister hielt den Blick abgewandt und verstaute konzentriert den Kristall. Es verging eine sehr lange Minute, bevor er antwortete: »Dieser Brand damals war die Folge eines politischen Manövers, das einen Krieg verhindern sollte. Wäre es zum Krieg gekommen, so hätten bei weitem mehr als vier Nafish ihr Leben lassen müssen.« Seine Hand ruhte auf einem der Regalbretter – vor dem Kristall. »Und doch haben sich die vier Leben, deren Ende ich zu verantworten habe, tief in mein Gedächtnis gebrannt. Ich werde alles tun, um diese vier Nafish nicht zu vergessen. Und ich will alles tun, damit diejenigen, die dem Schutz dieser Akademie vertrauen, nie wieder enttäuscht werden.« Magnus Worte hatten eine solche Intensität, dass ich sie in meinem Geist nachhallen hörte. Als hätte er sie laut und im Geist ausgesprochen.

Und das zeigte zugegeben Wirkung. Ich konnte nicht die Spur einer Lüge in seinen Worten entdecken. Was ich ihm auch alles zutraute und was ich auch alles bezweifelte: Das glaubte ich ihm. Es war ihm wirklich wichtig, dass diese Akademie sicher war. Aber so gern ein Teil von mir ihm auch endlich vertrauen wollte: Die Stimme in mir, die ihm misstraute, konnte ich nicht zum Schweigen bringen. Noch nicht.

»Also gut. Aber eines wüsste ich gern noch. Welche Stellung hattest du damals hier inne? Du kannst doch vor dreißig Jahren unmöglich auch nur alt genug gewesen sein, um hier als Lehrling studiert zu haben. Und doch hast du uns berichtet, Francesco damals hierher gebracht zu haben. Ihn eingestellt zu haben. Oh, und einen Krieg verhindert zu haben, nicht zu vergessen. Wie ist das möglich?«

Magnus Kinn sank kurz auf seine Brust. Dann straffte er die Schultern und drehte sich wieder zu uns um. Hatte er etwa tatsächlich vor, mir zu antworten? ›Wundert dich das wirklich so sehr. Es sollte dir bereits aufgefallen sein, dass ich dein mir entgegengebrachtes Misstrauen nicht spiegle.‹ Er kam langsam auf uns zu und im gleichen Tempo wich Ginga zurück und versteckte sich hinter meinem Rücken. Ich konnte ihre Hände auf meinen Schulterblättern spüren. Ihre Kälte drang durch den Stoff der Wächterrobe.

Sie war wieder so still und verängstigt wie am Anfang. Als hätte sie den Mut, den sie in den letzten Gesprächen mit Magnus bewiesen hatte, schlagartig wieder verloren. Es war mir völlig schleierhaft, wieso. Ich gab mir solche Mühe, nicht ständig vor seiner Macht und Ausstrahlung zu kuschen, aber Gingas Angst untergrub meine ganze Autorität.

›Urteile nicht zu hart über deine Schöpferin. Frag sie bei Gelegenheit doch mal, weshalb sie so starke Gefühlsschwankungen hat, wann immer du dich beherrschen kannst.‹

»Wäre es nicht angemessen, wenn du mir laut antworten würdest? Und zwar auf meine eigentliche Frage?«

Magnus hob beschwichtigend die Hände. »Mir war nicht bewusst, dass dich mein Aussehen so sehr verwirrt. Du solltest doch von allen hier am besten verstehen, dass der äußere Schein trügen kann.«

Der äußere Schein? »A-aber, Moment! Heißt das, du alterst nicht?« Erinnerungsfetzen tauchten vor mir auf. Ein müder Magnus in Caras Villa, dessen Haar von grauen Strähnen gezeichnet war. Meine Augen weiteten sich. »Doch. Du alterst. Aber du kannst das rückgängig machen! Wie?«

Mit seinem typisch herablassenden Gut-Nafish-Lächeln hob er eine Braue. »Bedenke, wo du dich befindest und mit wem du sprichst. Und dann gib dir die Antwort selbst.«

Mittels Magie. Natürlich. Und diese Antwort hätte ihn nicht mal die Hälfte der Zeit gekostet, die sein hochtrabender Kommentar gebraucht hatte. »Na schön. Und das stört hier niemanden?« Oder vielmehr: Das fiel niemandem auf?

»Meine Magister können jederzeit den Wunsch äußern, das Dekanatsamt zu übernehmen. Damit ist aber bisher noch niemand an mich herangetreten.« Mich interessierte ja noch mehr, ob das nur Ausdruck grenzenloser Eitelkeit oder einer ausgeprägten Midlifecrisis war oder ob er damit ein Ziel verfolgte.

»Wie lange bist du denn schon Dekan?«

»Eine Weile.«

Präziser wurde es heute wohl nicht mehr. Aber ich wollte mein Glück auch nicht überstrapazieren. Magnus war bei weitem gesprächiger gewesen, als ich es erwartet hätte.

›Ihr habt in der Kürze der Zeit auch bei weitem mehr in Erfahrung bringen können, als ich erwartet hätte.‹

Oho. Ein Lob. Welch Ehre.

Auf dem Weg zur Tür hielt uns Magnus nochmals zurück. »Eines habe ich noch vergessen, euch zu berichten.« Ein entschuldigendes Lächeln huschte über seine Lippen, erreichte aber seine Augen nicht. »Ihr habt mich mit euren Nachrichten etwas von meinen abgelenkt.«

»Wir sind ganz Ohr.«

»Ich habe mich mit Magister Desiderata über eure … Sensibilität gegenüber Feuer ausgetauscht.« Er hatte was!? Wusste sie jetzt etwa, dass … »Natürlich habe ich nicht von euch gesprochen, sondern ein rein fiktives Gedankenexperiment mit ihr durchgespielt.« Magnus lehnte sich an die Kante seines Schreibtischs. »Lebewesen feuerfest zu machen, ist leider nicht möglich. Das würde tatsächlich in Zambala viele Probleme lösen.«

»Aber?« Er hatte uns doch sicher nicht aufgehalten, um uns mitzuteilen, dass es keine Lösung gab.

»Aber eure Gewänder. Ich kann eure Gewänder mit einem Schutzbann belegen. Der Zauber muss regelmäßig aufgefrischt werden, aber er sollte euch helfen, zumindest fürs Erste vor Feuer geschützt zu sein.«

KAPITEL X

Du solltest doch von allen hier am besten verstehen, dass der äußere Schein trügen kann.

Magnus Worte klangen noch lange in meinen Gedanken nach. Ja, das wusste ich. Gerade deshalb vertraute ich ihm ja nicht. Weil ich seinem äußeren Schein nicht traute.

Ich fluchte wenig leise und schlug mit der Faust gegen die Wand. Verdammter Magnus! Ich hatte die Wand direkt neben dem Konterfei ›seiner Majestät‹ getroffen. Gespräche über Gespräche. Und mit jedem ergaben sich mehr Fragen als Antworten. Wenn wir so weitermachten, dann würden wir auch am Ende des Semesters noch keinen Wächter gefunden haben.

Ich musterte das Bild von Francesco, das in der Mitte meines ›Mordfallbretts‹ hing. »Wahrscheinlich kommen wir sowieso zu spät für dich.«

»Ja, wahrscheinlich. Aber findest du nicht, Johanna, Magnus und die anderen, die ihn vermissen, verdienen den Versuch? Und wenn es nur dafür ist, sich endlich verabschieden zu können.«

»Ginga!« Einmal mehr hatte ich nicht bemerkt, wie sich meine werte Schöpferin anschlich.

»Ja?« Ihre Hände glitten über meinen Rücken und meine Arme, bevor sie ihre von hinten um mich schlang.

»Du bist schlimmer als Schlinggras.«

»Ich muss dir widersprechen.« Für einen Moment verstärkte sich ihr Griff, dann ließ sie locker, um mich in ihrer Umarmung zu sich umzudrehen. »Ich bin besser.« Ihr Blick brannte sich in meinen.

Ich hatte das Gefühl, dass es ihr immer leichter fiel, mich so aus der Fassung zu bringen. Sollte sich das nicht eigentlich mit der Zeit legen? Zumal, wenn es doch vor allem dieses dumme Band war?

Warum wollte ich sie dann in diesem Moment nicht mehr loslassen? Warum sah ich fasziniert zu, wie ihre Lippen immer näherkamen?

›O, man, muss ich wirklich jedes Mal, wenn ich nach Hause komme, sowas sehen?‹

Auf einen Schlag war ich aus meiner Trance aufgewacht und befreite mich von Ginga. »Art, wie schön, dass du uns mal wieder mit deinem holden Besuch beehrst.« Tatsächlich war ich erleichtert, dass er uns unterbrochen hatte.

›Ich wäre häufiger hier, wenn ich nicht ständig das Gefühl hätte, mehr zu sehen und zu hören, als gut für mich ist.‹

»Es gab gerade überhaupt nichts zu sehen.« Ich schnappte mir die erstbeste Notiz und verdeckte damit das frische, faustgroße Loch in der Wand. »Allerdings kann ich mir vorstellen, dass du einen Grund für deine Anwesenheit hast. Wir sind ganz Ohr.«

›Reicht es nicht, dass ich hier wohne?‹

»Das hat dich vorher auch nicht sonderlich motiviert.«

»Was sagt Artemis?«

»Glaub mir, noch hast du nichts verpasst, Ginga.« Ich verschränkte die Arme vor der Brust und musterte den Kater, der sich unterdessen auf dem Tisch zwischen meinen Notizen drehte und darauf niederließ.

Ginga streckte automatisch ihre Hand aus und begann, Art zu kraulen. Prompt wurde es still in meinem Kopf. Das konnte sich hinziehen. Also drehte ich mich wieder zu meiner Wand um und versuchte, meine zwei Gäste auszublenden.

Es gab zwei mögliche Szenarien – wenn wir davon absahen, dass Francesco freiwillig verschwunden war. Entweder hatte man ihn entführt oder man hatte ihn getötet. Für eine Entführung sprach das Fehlen einer Leiche, von Blut oder anderen deutlichen Spuren.

Auch die fehlende Kleidung konnte dafür ein Indiz sein – oder es war eine Finte. Dagegen sprach jedenfalls, dass niemand eine Forderung gestellt hatte. Es sei denn, Magnus enthielt uns hier etwas vor. Aber selbst angesichts all seiner Grenzen und Prinzipien: Das hätte er doch wenigstens angedeutet, sonst ergäbe unsere ganze Suche keinen Sinn. Für einen Mord sprach eben genau dieses Schweigen. Außerdem gab es sicher in Nafishur noch hundert Wege mehr, eine Leiche spurlos verschwinden zu lassen.

Wenn wir realistisch waren, mussten wir uns wohl eines eingestehen: Es war nicht anzunehmen, dass Francesco noch am Leben war. Wir wussten, dass er im Laufe des Tages in den Semesterferien verschwunden war. Wir wussten, dass er Verabredungen getroffen hatte. Von diesen Verabredungen hatte der Täter womöglich nichts gewusst, denn so war das Verschwinden des Wächters noch am gleichen Abend aufgefallen. Aber immerhin ihn zu überwältigen war wohl eine einfache Angelegenheit. Francesco war nicht mehr der Jüngste und völlig seiner Magie beraubt. Es war im Grunde kein Wunder, dass er nicht dazu in der Lage gewesen war, auch nur sich selbst zu beschützen. Blieb noch die Frage nach dem Wo und vor allem dem Wie.

Der Täter musste an der Akademie etabliert genug sein, um am helllichten Tage ungestört hier unterwegs zu sein. Er musste die Fähigkeiten oder Möglichkeiten mitbringen, Francesco entweder lebend aus der Akademie zu locken, um ihn an einem anderen Ort zu richten, oder ihn direkt vor Ort zu töten und dann seine Leiche fortzuschaffen.

Letzteren Gedanken verwarf ich sofort wieder. Egal wie gewohnt der Anblick einer Person war: Trug sie einen Toten, würde sie Aufmerksamkeit erregen.

Um den Wächter freiwillig von seinen Aufgaben fortzulocken, musste der Täter über eine gewisse Autorität verfügen. Oder über überzeugende Mittel. Vielleicht war der gute Francesco nicht ganz so integer und heldenhaft, wie alle geglaubt hatten. Vielleicht war er bestechlich. Oder es war ihm ein Fehler unterlaufen, den er zu vertuschen versuchte. Geld und Informationen waren noch immer die effektivsten Währungen im Falle von Erpressung.

Aber wenn der Täter nichts von Francescos Terminen wusste, konnte er bei allem Wissen dem Wächter nicht nahestehen. Zumindest wäre das eher unwahrscheinlich und für den Augenblick blieb uns wohl nichts anderes übrig, als doch mit Wahrscheinlichkeiten zu arbeiten.

›Hey, Sherlock!‹

Ich fuhr zusammen. »Art!«

›Hey, es ist nicht meine Schuld, dass du uns komplett ignorierst. Ginga hat dich schon drei Mal gerufen. Sei mir lieber dankbar, dass ich sie davon abgehalten habe, dich wieder zu befummeln.‹

»Ich hab versucht, konstruktiv zu sein. Und ihr?« Ich sah die zwei erwartungsvoll an.

»Wir auch.« Ginga imitierte meine Haltung und verschränkte ebenso die Arme. »Art hatte eine Idee.«

»Die da wäre? Lasst euch nicht alles aus der Nase ziehen!«

›Wenn man bedenkt, wie oft ich euch schon in ... Situationen erwischt habe, könnte man davon ausgehen, dass ich mich ganz gut unsichtbar machen kann. Immerhin seid ihr Vampire. Wenn nicht mal ihr mich kommen hört oder seht, dann dürfte ich bei normalen Nafish wirklich nah rankommen ohne bemerkt zu werden.‹ Langsam ahnte ich, in welche Richtung das ging. ›Ich könnte mich mal umhören ... in den Räumlichkeiten der Magistri. Oder im Dekanat. Ich musste zwar feststellen, dass sich nicht alle von diesen Zaubermeistern in den Kopf gucken lassen. Aber belauschen kann ich sie alle mal.‹

»Das klingt zugegeben sinnvoll. Aber pass auf. Du bist und bleibst eine Katze. Die Lehrlinge achten auf die kleinen Details vielleicht nicht, aber ich bezweifle, dass du die Lehrmeister davon überzeugen kannst, ein Wesen Nafishurs zu sein.«

›Der große, böse Hunter-Vampir macht sich doch nicht etwa Sorgen um den Stubentiger?‹

»Bild dir nichts darauf ein. Es war Mitleid, als ich dich damals fand. Es ist jetzt Mitleid. Und der Wunsch, nicht aufzufliegen. Der Schritt von deiner Enttarnung zu unserer ist nicht weit.«

***

»Das sieht schon beinah aus, als hätten wir eine Spur«, kommentierte Ginga meine Ansammlung von Bildern, Notizen und Skizzen an der Wand. Sie stand davor, die Arme in die Hüften gestemmt, und versuchte ganz offensichtlich, das Chaos an der Wand und in meinem Kopf zu verstehen. Als ich neben sie trat, streckte sie einen Arm aus und hob den Zettel an, der meinen kleinen Wutausbruch kaschierte. »Bis auf das hier. Das sieht eher nach Frustration aus.«

»Ist das ein Wunder?« Ich zog den Zettel wieder über das faustgroße Loch in der Wand. »Mehrmals bei Tag und Nacht patrouillieren wir über das Gelände, damit nicht noch mehr geschieht – und damit jeder hier glaubt, dass das unsere einzige Aufgabe ist.« Ich lief zu meinem Fenster, öffnete die dicken Vorhänge und sah hinaus. Die Sonne war gerade erst untergegangen. »Und alles wirkt so friedlich, als wären wir vollkommen unnötig.« Genau wie jetzt. Der See lag ruhig da, das Licht der Lucernaallee spiegelte sich darin. »Dabei wissen wir beide, dass da draußen jemand ist, der einen Wächter entführt und womöglich sogar getötet hat.« Ich sah zu Ginga, die gerade meine Liste an Verdächtigen musterte. »Beinah jeder hier hat eine besondere Geschichte mit Francesco. Aber keine scheint so dramatisch zu sein, dass man ihn deshalb gleich aus dem Weg räumen müsste.« Mit verschränkten Armen ging ich wieder auf sie zu. »Wir drehen uns im Kreis, verdammt! Und das ist frustrierend.«

»Du benimmst dich wie ein eingesperrter Kebiphur.« Ich hob fragend eine Braue. »Hm. Wie ein eingesperrter … Wolf? Tiger? Irgendwas, das jagen will und nicht darf.«

»Erzähl mir jetzt nicht, das läge an meinem Blutdurst. Dank Crispin ist das zum Glück kein Problem mehr. Für keinen von uns.« Meine Schöpferin winkte ab und stellte sich direkt vor mich. »Nein, das meine ich auch nicht.« Ihre Hände glitten ungefragt in meinen Nacken. »Das ist zum Glück keine Sorge mehr, die ich haben muss.« Ihre Finger spielten mit meinem Haar und kitzelten mich. »Aber du bist nun mal ein Jäger. Das warst du schon immer. Und jetzt willst du den jagen, der für all das hier verantwortlich ist.«

»Ist das so falsch?«

»Kein bisschen. Dir fehlt nur eine Eigenschaft, die du jetzt ganz dringend brauchst.« Durchsetzungskraft gegen diese Frau? Sie hatte es nämlich geschafft, dass ich sie plötzlich genauso fest im Arm hielt, wie sie sich in meinen Nacken krallte. Sie beugte sich vor – auf Zehenspitzen – um in mein Ohr zu flüstern: »Geduld.«

Ein leises Knurren lag zwischen uns.

Meins.

»Geduld ist auch nicht gerade eine deiner Stärken, meine Liebe.« Von einer Sekunde zur anderen war die hyperaktive Vampirin vor mir wie erstarrt. »Was hast du?« Hatte sie eine Gefahr bemerkt, die mir entgangen war?

Es dauerte, bis sie mir endlich antwortete und meine Reaktion auf ihr Schweigen zeigte mir deutlich, dass sie im Recht war: Ich hatte keine Geduld.

»Du hast mich noch nie ›meine Liebe‹ genannt.«

»Das … das war nur …«, stammelte ich. *Ironie?*

»Das war schön«, beendete Ginga meinen kläglichen Versuch.

Ich sah in ihre Smaragd-Augen, strich durch ihre roten Locken und zog sie noch etwas enger an mich, als wieder das Dum-Dum aus ihrer Brust durch die Stille hallte.

Vielleicht war das der richtige Moment, um eine ernsthafte Erklärung einzufordern. Aber just in diesem Augenblick klopfte es an der Tür. Ich ließ meine Arme sinken und wandte mich ab, um mich um den ungebetenen Besucher zu kümmern, doch Ginga war schneller. Sie legte ihre Hände an meine Wangen und zog mein Gesicht wieder zu sich. »Man muss Prioritäten setzen, *mein Lieber*.« Meine Anrede betonte sie besonders. Eine Sekunde später lagen ihre Lippen auf meinen und sie hatte sich um mich geschlungen.

Ich konnte gar nicht anders, als ihren Kuss zu erwidern und meine Hände in ihrer Mähne zu vergraben. Diese merkwürdige Spannung hatte sich schon den ganzen Tag immer wieder aufgebaut.

Als sie endlich von mir abließ, starrten wir uns für Sekunden an.

»Was, wenn es Magnus ist?«, fragte ich irgendwann.

»Der wäre einfach reingekommen.«

»Tasco?«

»Hätte schon mindestens ein weiteres Mal geklopft.«

»Johanna?«

»Nicht um diese Uhrzeit. Nicht an diesem Tag.«

Ginga war es offensichtlich wirklich total egal, wen wir da gerade ignorierten.

»Cara?«

Das wirkte. Sie hielt inne, dann lockerte sich ihre Umarmung etwas.

»Das könnte wirklich sein. Sie ist zu bescheiden, um ein zweites Mal zu klopfen.« Mit deutlichem Bedauern im Gesicht und einem tiefen Seufzen ließ sie von mir ab und rannte dann nach unten ins Wohnzimmer. Dass sie zur Tür ging, gab mir die Chance, mich erst wieder zu … beruhigen. Ich verschwand im Badezimmer, als ich Gingas Stimme hörte. Es war tatsächlich Cara. Ich hatte recht behalten.

Ob sie neue Informationen für uns hatte? Oder hatte sie etwa Probleme? Ich brachte eine eisig kalte Dusche hinter mich, bevor ich bereit war, mich am Damenkränzchen in unserem Wohnzimmer zu beteiligen.

»… Aber mach dir da mal keine Gedanken. Das holen wir schon noch nach«, hörte ich Ginga gerade sagen, als ich die Wendeltreppe hinunterstieg. Meine Haare waren noch tropfnass, aber ich war doch zu neugierig, um länger oben zu bleiben.

»Was holen wir nach?« Und das offenbar zu Recht. Ich rieb mit einem Handtuch über meinen nassen Kopf und sah die zwei abwechselnd an.

Den geröteten Wangen von Cara nach, konnte ich froh sein, erst jetzt Teil des Gesprächs zu werden. »Hallo, Dariel! Tut mir leid, wenn ich euch störe.«

Ich winkte ab. »Schon gut. In gewisser Weise bin ich dir dankbar.« Ich ließ mich von Ginga immer schneller überrumpeln. Es war kein Wunder, dass sie immer selbstbewusster wurde. Ich hielt ihr ja nichts dagegen.

»Ahm. Das freut mich zu hören. Dann ist es ja vielleicht nicht so schlimm, dass ich hier bin, weil ich eure Hilfe brauche?«

Das ließ mich aufhorchen. In welcher Klemme steckte sie jetzt wieder? Hatte es etwas mit diesem Cole zu tun? Der Kerl war mir nicht geheuer. Er war aalglatt, überkorrekt. Und ich war mir sicher, dass er etwas zu verbergen hatte.

»Was ist passiert?«

»Naja. Ihr erinnert euch doch noch daran, dass ich euch von meinem Nefishit-Problem erzählt habe?« Ja, daran erinnerte ich mich noch gut. Ein Problem, dass sie ihrem Ego und Starrsinn verdankte. »Ich habe inzwischen einen Weg gefunden und bin in Besitz von allem an Grammatiken und Wörterbüchern, was ich brauche. Aber auch mit den Dingern kann ich nicht innerhalb eines Wochenendes eine neue Sprache lernen.« Na immerhin. Trotzdem half ihr das ja nicht weiter.

»Zumal das Wochenende schon wieder fast um ist«, kommentierte Ginga mit besorgter Miene. »Zur Erinnerung: Morgen darf ich dich zu Magnus tragen.« Morgen durfte sie was? Irgendwas schien ich verpasst zu haben. Warum drohte Ginga Cara mit Magnus. Andersherum ergab das in meinen Augen deutlich mehr Sinn.

»Du weißt ja, was ich dir rate.« Mir gefiel der Gedanke ja auch nicht, aber Magnus war die logischste, schnellste, einfachste und vor allem für uns alle sicherste Methode. Wenn Cara aufflog, war es nur noch ein kleiner Schritt, bis auch wir unsere Herkunft preisgeben würden.

»Ja, aber du kennst auch meine Gründe dagegen. Außerdem habe ich vielleicht eine Lösung für mein Zeit- und mein Lern-Problem gefunden.« Dieses Frauenzimmer hatte einen beinah so großen Dickschädel, wie ihre rothaarige Freundin. Stellte sich nur eine Frage.

»Herzlichen Glückwunsch. Aber wieso bist du dann hier und redest davon, dass du unsere Hilfe brauchst?«

»Weil ich einen Rat brauche.« Aha. Jetzt kamen wir also endlich zum Punkt.

»Wir sind ganz Ohr.« Die einen etwas mehr. Die anderen etwas weniger.

»Ich habe gerade Endo getroffen.«

»Endo? Noch ein Verehrer?! Cara! Langsam aber sicher mach ich mir Sorgen. Das ist doch nicht deine Art!« Es war klar, dass Ginga sich gleich wieder auf diese Nebensache einschoss. Ich verspürte augenblicklich das dringende Bedürfnis, eine Runde über das Gelände zu machen. Aber zugleich hatte ich das Gefühl, dass Cara im Moment nicht nur auf Gingas Rat hören sollte.

»Was? Nein! Endo ist mit mir immatrikuliert worden. Wir sind Kommilitonen. Das ist alles! Endo ist der jüngere Bruder von Patronus Iridium. Er … ich glaube, er hat ein paar … Probleme.«
Noch mehr Probleme also. Herrlich.

»Und seine Probleme sind die Lösung deines Problems, weil …?«

»Weil Endo eben etwas zu mir gesagt hat, das mich auf eine Idee gebracht hat.«

»Jetzt lass dir doch nicht alles aus der Nase ziehen!« Langsam verlor ich die Geduld. Auch da nahmen sich die Freundinnen nichts: War es unwichtig, schnatterten sie los. Aber wenn es um die wichtigen Dinge ging, musste man sich jede Information hart erkämpfen.

»Er hat angedeutet, dass er nicht für die Prüfung lernen muss, weil es Zauber gibt, mittels derer man in kürzester Zeit alles lernt.«

Gingas Lippen formten ein vollendetes ›O‹. »Das ist praktisch.«

»Das ist vor allem illegal, könnte ich wetten. Außerdem: Wer sagt dir, dass dieser Zauber besser und länger bei dir wirkt als der andere? Was, wenn er auch diesmal irgendwann verblasst?« Sie wollte einen Rat, richtig? Meiner war ›lass die Finger davon‹. Und inwiefern wäre so ein Zauber überhaupt ein besserer und eigenständigerer Weg als die Hilfe von Magnus?

»Das ist es ja! Ich muss herausfinden, wie der Spruch funktioniert. Vielleicht steigert er nur die Leistungsfähigkeit des eigenen Gehirns für eine begrenzte Zeit. Das muss ja nur sein, während ich es lerne. Danach kann der Zauber ja wieder verpuffen.«

»Solange dein Wissen nicht mit ihm gemeinsam ›verpufft‹.«

Cara nickte langsam. »Tja. Das ist die große Frage und ob sich das Risiko lohnt, das herauszufinden. Aber die Zauberformel, die ich bisher nutze, ist am Ende ihrer Leistungsfähigkeit angekommen. Ich muss sie inzwischen jeden Morgen erneuern und sie hält dennoch nicht mehr den ganzen Tag.«

»Immerhin. Hier hast du bisher noch reines Nefishit gesprochen.«

»Oui, das ist nur leider eine reine Glückssache.«

»Also schön. Ich sehe ein, dass du ein Zeitproblem hast. Aber selbst wenn wir davon ausgehen, dass Endo die Wahrheit sagt UND dieser Zauber auch von dir angewandt werden kann, selbst wenn er dir wirklich dauerhaft hilft: Wie kommst du an ihn ran?«

»Das ist eben die andere Frage, die ich habe.« Ich konnte hören, wie Caras Herzschlag beschleunigte. Was sie jetzt vorschlagen wollte, gefiel ihr ganz und gar nicht. »Es ist so. Ich glaube, Endo hat ein Problem.«

»Das sagtest du bereits. Willst du ihm helfen, damit er dir hilft? Das ist ein gefährliches Spiel. Was willst du ihm als Grund nennen? Die Wahrheit kommt nicht in Frage. Und wenn du erzählst, du brauchst es selbst für die Prüfungen, dann kann er dich mit diesem Wissen erpressen.«

Das lies Cara für einen Augenblick schweigen. Dann sprach sie wieder. Leiser diesmal. »Gibt es in Nafishur Drogen, Ginga?«

Ich starrte Cara ungläubig an. Wollte sie ihren Kommilitonen etwas ernsthaft unter Drogen setzen, um an den Zauber zu kommen?

In Paris hätte dafür sicher auch eine hohe Dosis Alkohol gereicht …

Ginga vermutete entweder andere Beweggründe hinter Caras Frage oder es war ihr egal. »Ja, da gibt es so einige.« Gingas Blick huschte zu mir und für Sekunden war ich wieder im goldenen Wald von Xamax. »Es gibt verschiedene Pflanzen, die Halluzinationen oder Taubheit auslösen. In geringen Dosen werden sie alle zur Heilung genutzt, aber natürlich haben ein paar Genies schnell bemerkt, wofür sie noch geeignet sind.« Wie hieß es noch gleich: Die Dosis macht das Gift.

»In hohen Dosen sind sie alle lebensgefährlich, nehme ich an.«

Ginga nickte mir zu. »Vor allem das Auraelum. In geringer Dosierung kann es in eine Art Trance versetzen und die Muskulatur entspannen. In hoher Dosierung halluziniert man bis hin zur Todesangst, während die Muskeln ihren Dienst versagen.« Danke, Ginga. Ich konnte mich noch deutlich daran erinnern. »Zurzeit haben wir den Monat Aurantia. Benannt nach dem Auraelum, das zu dieser Zeit in voller Blüte steht. Dementsprechend giftig sind die

Blütenpollen dieser Pflanze momentan.« Das erklärte, weshalb ein paar vergiftete Tropfen Wasser gereicht hatten.

Cara sah betroffen zu Boden. »Ich kann nur hoffen, dass es nicht das ist, was er nimmt.«

»Dieser Endo schluckt das?«

»Ich weiß es nicht!« Sie seufzte leise. »Aber er war eben so merkwürdig. In Paris hätte ich gesagt, dass er total high war. Er war albern, unkonzentriert und nicht in der Lage, sein Geheimnis zu wahren. Er wirkte völlig neben der Spur.«

»Das kann auch Eurantis-Kraut gewesen sein.« Warum kannte sich Ginga so gut mit Drogen aus? »Davon halluziniert man auch. Aber anders. Mit Licht und Farben. Es senkt die Hemmschwellen und wurde früher auch als Wahrheitsserum verwendet. Eine Überdosis ist allerdings auch da nicht zu empfehlen. Viele fangen damit an, weil es so schön süß schmeckt.« Cara hörte Ginga hochkonzentriert zu. Sie war viel zu sehr damit beschäftigt, die neuen Informationen zu verwerten. Aber mit jedem weiteren Fakt machte ich mir mehr Sorgen um Ginga. Hat sie das Zeug früher selbst ausprobiert oder kannte sie jemanden, den sie durch solche Drogen verloren hatte? So, wie sie darüber sprach, und so, wie sie dabei aussah, war das für sie ein sehr reales, greifbares Wissen und keines, das sie sich einfach angelesen hatte. »Aber Cara, wenn er wirklich irgendwas davon nimmt, dann gefällt mir der Gedanke gar nicht, dass du dich mit ihm treffen willst.«

Nein, mir gefiel dieser Gedanke auch nicht. »In jedem Fall nicht allein.«

Cara sah uns abwechselnd an. »Oh, nein! Euch zieh ich da nicht mit rein! Ich … ich kann Cole um Hilfe bitten.«

»Cole! Willst du ihm das also auch noch anvertrauen? Was denkst du, wie dein Patronus in strahlender Rüstung reagieren wird?« Cara sah betreten zu Boden. »Im besten Fall ist er wirklich so nobel, wie du glaubst. Dann verwickelst du ihn in diese Drogen-Geschichte. Und er kann das nicht für sich behalten. Egal, wie gern er dich hat. Damit kommt er in Teufelsküche.« Ich seufzte. »Im schlimmsten Fall ist er nicht ganz so nobel und du präsentierst ihm ein weiteres Geheimnis, mit dem er dich in der Hand hat.«

»So ist er ganz bestimmt nicht!« Cara sah mich mit so viel Trotz und Starrsinn an, dass sie in mir eine ›Jetzt erst recht‹-Reaktion auslöste. Ähnlich wie ihr sauberer Magnus. Doch dann seufzte sie und senkte den Blick »Du hast recht. Ich sollte ihn da nicht mit reinziehen.«

»Aber?«

»Aber ihr habt auch in dem anderen Punkt recht. Ich weiß nicht, wie gut es wäre, ihn allein zu stellen.«

Ich nickte zufrieden. Sie nahm also Vernunft an. »Es beruhigt mich, das zu hören. Geh zu Magnus. Alles andere ist Irrsinn. Bitte.«

»Ich werde darüber nachdenken. Aber das ist für mich wirklich nur die allerletzte Lösung.« War sie nicht schon längst an dem Punkt für ›allerletzte Lösungen‹ angekommen? »Und ich würde mich freuen, wenn du meinem Urteil etwas mehr Vertrauen schenken könntest.« Sie sah mich ernst an. »Dass du Magnus nicht traust, weil er aussieht wie sein komischer Bruder, der euch angegriffen hat, kann ich ja noch verstehen. Aber Cole hat nichts getan, was dein Misstrauen verdient, Dariel. Er hat mir immer nur geholfen. Mit meinem Unwissen, mit meinem Sprachproblem, in der Bibliothek und überall sonst. Er hat sogar mein Zimmer für mich verzaubert!«

»Er hat was?«

»Mein Zimmer verzaubert.« Einmal mehr war das Thema ›Cole‹ für Cara ein Grund, rot anzulaufen. »Es gibt einen Zauber, der eine Art begehbare Illusion erschafft. Er hat mir ein wunderschönes Zimmer innerhalb meines Zimmers geschaffen. Wenn ich den Zauber aktiviere, dann sehe ich ein doppelt so großes, wunderschön eingerichtetes Zimmer vor mir. Und das beste: Niemand sonst. Nur Alisi, er und ich. Damit ist dieser Zauber sicher davor, von anderen entdeckt zu werden.«

»Verstehe ich das richtig? Er war in deinem Zimmer für diesen Zauber?«

»Ja, ich hab ihn nur kurz allein gelassen und dann hat er mich mit diesem Zauber überrascht. Ich sehe ein anderes Zimmer in dem Augenblick, in dem ich durch den Türrahmen trete.«

»Du hast ihn in deinem Zimmer allein gelassen?! Und in der Zeit hat er irgendeinen Zauber in deinem Zimmer installiert, der dich eine andere Wirklichkeit sehen lässt?« So naiv konnte sie doch nicht wirklich sein! Was hatte er noch alles in und mit ihrem Zimmer angestellt? Vielleicht hatte er in dieser Illusion etwas versteckt. Oder vielleicht hatte er ihr Zimmer in der Zwischenzeit durchsucht.

»Der Zauber ist ein Geheimnis unter den Patronii. Ich bin rausgegangen, damit er das Geheimnis nicht bricht.«

»Wie ungemein rücksichtsvoll von dir!«

»Dariel«, flüsterte Ginga kaum hörbar und schüttelte leicht den Kopf.

Cara blinzelte mehrmals. »Weißt du, wie schwer es ist, nach allem, was ich erlebt habe, Menschen zu vertrauen? Ich bin umgeben gewesen von Verrat und Verlust. Aber Cole vertraue ich. Ich weiß einfach, dass ich ihm vertrauen kann. Selbst, dass ich dir vertrauen kann, weiß ich. Und Cole ist es nicht, der mich zum Weinen bringt.« Sie schniefte leise. »Merde!«

»Cara, Liebes. Nimm es dir nicht so zu Herzen. Du weißt doch, wie Dariel ist. Ihm fällt es einfach noch schwerer, jemandem zu vertrauen. Er macht sich nur Sorgen um dich.« Mit jedem Trost-Wort aus Gingas Mund fühlte ich mich mieser und ich hatte das dringende Bedürfnis, mindestens das Thema oder am besten den Standtort zu wechseln. Um viele Kilometer. Oder wie auch immer das auch immer hier hieß.

Cara lehnte sich in die Umarmung ihrer Freundin und nickte, während ich sie weiter leise schniefen hörte. Das Beste, das mir einfiel, war, aufzustehen und eine Flasche Blut aus dem Schrank zu holen. Ich goss jedem von uns ein Glas ein, leerte meins sofort und trug die anderen beiden Gläser zu den Damen auf dem Sofa.

»Hier. Trinkt einen Schluck.«

»Das ist seine Art, sich zu entschuldigen«, flüsterte Ginga deutlich zu deutlich Cara zu.

»Das hab ich gehört.«

Cara wartete ewig, bis sie mir endlich das Glas abnahm. In dem Augenblick war ich im Grunde entlassen.

»Besser?«, fragte Ginga, nachdem ihre harmlose Halb-Vampirs-Freundin das Glas auf einen Zug geleert hatte.

»Ja. Besser. Danke.«

»Also schön. Das war genug zu mir. Ich bin der Meinung, für die Aktion gerade habe ich etwas Wiedergutmachung verdient.«

»In Form von?«

»Informationen.«

Sie wollte was?

Wo kam das denn plötzlich her? Und was meinte sie? Wusste sie, was wir hier machten? War ihr etwas zu Ohren gekommen? Gab es am Ende bereits Gerüchte über unser Tun? Das wäre gar nicht gut. Wir teilten unsere Befragungen bewusst über möglichst viele Tage auf, damit es nicht zu auffällig war.

»Ach kommt schon. Irgendwas stimmt hier nicht. Du bist zwar immer etwas paranoid und gereizt, aber heute ist es extrem. Welche Laus ist dir über die Leber gelaufen? Ginga? Was hat sie angestellt? Und was genau treibt ihr hier eigentlich?«

»Mir? Mir ist gar nichts über die Leber gelaufen. Auch Ginga nicht. Sie läuft nicht *einmal* drüber, sie trampelt *permanent* darauf herum.«

Cara war leider deutlich anzusehen, dass sie mir nicht glaubte. Beziehungsweise, dass ihr mein Schweigen zu einer ihrer Fragen aufgefallen war. Aber was sollte ich ihr dazu sagen, was sie nicht schon wusste? Alles darüber hinaus war nicht für ihre Ohren bestimmt. Anordnung vom Großmeister höchst persönlich. Sollte sie sich doch bei ihm beschweren.

»Wir sind Wächter. Das weißt du doch, Cara«, durchbrach Ginga irgendwann die Stille im Raum.

»Ja, schon. Aber was bewachen Vampire an einer Feuermagieakademie?«

Ich lehnte mich an die tragende Säule in der Mitte des Wohnzimmers und beobachtete die zwei Frauen auf dem Sofa vor mir. Wie schnell sich die Rollen doch ändern konnten. Eben noch war Cara die deutlich unterlegene gewesen. Jetzt war sie es, die das Gespräch lenkte.

Faszinierend.

»Die Lehrlinge. Das Gelände. Die Bibliothek. Such dir was aus. Es gibt viele schützenswerte Dinge und Personen hier.« Ginga gab sich wirklich Mühe.

»Da gebe ich dir recht, Ginga. Aber du verstehst schon, dass Vampire nicht meine erste Wahl wären, um mich gegen Feuermagie zu schützen?« Aber Cara ließ sich nicht mehr abspeisen. Das war gar nicht gut. Wer oder was auch immer Francesco auf dem Gewissen hatte, er sollte sich nicht mehr als nötig für unsere Cara interessieren. Also musste ich Ginga irgendwie von diesem leidigen Thema fortlenken.

»Das wäre eine gute Frage. Wenn sie nicht so eine offensichtliche Antwort hätte: Die Feuermagieakademie muss wohl kaum vor Feuer geschützt werden.« Ich plapperte einfach drauf los. »Und gegen alles andere sind wir ein ausgesprochen guter Schutz.« Ohne nachzudenken. Doch dann traf mich die Erkenntnis wie ein Schlag. Aber natürlich. Magnus brauchte keine Wächter, die die gleichen Fähigkeiten hatten wie all die großartigen Magister hier. Feuer-Kraft im wörtlichen Sinne hatte er mehr als genug. Was er brauchte, waren Wächter, die gegen alles andere gut waren. Also rechnete er mit einem Angriff von außen. Oder zumindest mit einem feuerfreien Angriff. War es ihm deshalb auch egal, dass Francesco kein Druide mehr war, sondern ein Verlassener? Weil es ihm bei der Verteidigung der Akademie nicht um einen Schutz vor Feuer ging? »Findest du nicht auch? Ginga, warum erklärst du Cara das nicht nochmal ausführlicher? Ich muss mal kurz … ahm … in mein Schlafzimmer.«

Ich musste diese Theorie dringend festhalten – und ausbauen.

Vielleicht war die Gefahr, von der Magnus ausging, kein Feuerdruide. Aber wer war da sonst noch? Crispin? Dann hätte Magnus ihn wohl kaum ausgerechnet zum Heiler gemacht. Einer der nicht feuer-magischen Magister? Wer kam da alles in Frage? Dieser junge Typ, der aussah wie ein Lehrling? Magister Finnegan. Lehrmeister für Kräuter-kunde und ›Nafishe Flora‹.

Möglich.

Es gab sicher haufenweise Gifte, mit denen man einen Nafish möglichst unauffällig loswerden konnte. Dann gab es da noch Magister Ilysia, aber ihr traute ich einfach keinen Mord zu. Sie war eine ›Geistdruidin‹. Sie hatte Visionen, beschäftigte sich mit

Astrologie und so einem Unsinn, aber beherrschte kein Element, mit dem man einem anderen gefährlich werden konnte.

Oder konnte sie mit ihrer Magie auch andere fernsteuern? Wahrscheinlich war sie zumindest Telepathin und damit in der Lage, Dinge über unseren Wächter-Kollegen zu wissen, die er geheim halten wollte.

Magister Fulvia war eine Luftdruidin und die Lehrmeisterin für Flugmagie. Sie hätte Francesco ausfliegen können. Aber auf der anderen Seite: Ich hatte noch nie eine so zierliche Frau gesehen. Wie sollte es ihr gelingen, sich mit einem Wächter anzulegen? Francesco war ja durchaus nicht wehrlos – auch gealtert und verlassen nicht.

Der letzte Magister ohne Feuermagie – soweit ich das wusste – war dieser Magister Invictus, der die nafishe Fauna unterrichtet. Ich hatte ihn noch nicht persönlich getroffen, aber laut Cara war er einer der freundlichsten Magister. Und diesen Eindruck hinterließ er offenbar nicht nur bei den Lehrlingen. Sollte er doch der Täter sein, dann hätte er Magnus schon sehr an der Nase herumführen müssen. Immerhin vertraute der ihm genug, um ihm von Yngwie zu erzählen. Das sprach nicht gerade dafür, dass sich dieser Lehrmeister einen Mord oder wenigstens eine Entführung auf die Fahne schrieb. Vor allem war er, soweit ich wusste, einer der ältesten Magister. Auch bei ihm war es nur schwer vorzustellen, dass er Francesco niederstrecken konnte. Seine Magie war die der Erde, wenn ich mich recht erinnerte. Er stammte also aus dem Teil Nafishurs, aus dem ich angeblich und offiziell auch stammte: Garingea.

Irgendwie konnte ich keinem dieser Magister zutrauen, Francesco ›entsorgt‹ zu haben. Sie hatten alle einen höflichen, ehrlichen Eindruck auf mich gemacht. Aber wer kam dann in Frage? Doch ein Feind von außen? Vielleicht gab es noch mehr Tunnel? Magnus hatte doch so etwas angedeutet. Der von Crispin wurde dem Geruch nach nur von ihm genutzt, aber wenn es dem Heiler gelungen war, unbemerkt einen Tunnel nach draußen zu graben, was sprach dann dagegen, dass es auch noch jemand anderem gelungen war? Vielleicht hatte jemand einen der alten, verschütteten Gänge wieder begehbar gemacht.

Eisblaue Augen umgeben von Nebel tauchten vor mir auf.

Lucas?

Magnus ›Bruder‹ oder was auch immer er war. Hatte er vielleicht etwas damit zu tun? Es war naheliegend, dass er uns auch hier finden würde. Wenn es nicht gereicht hatte, auf einer anderen Welt zu leben, dann konnten wir uns hier erst recht nicht verstecken. Hatte Lucas vielleicht den Wächter aus dem Weg geräumt, um hier an Cara zu kommen?

Damit sie nicht mehr geschützt war?

Aber was auch immer dieser merkwürdige Schatten überhaupt von unserer Halb-Druidin wollte: Da hatte er die Rechnung ohne uns gemacht.

Ich starrte meine Wand an. War es vielleicht das? In dem Fall waren wir womöglich wirklich der beste Schutz. Denn Ginga und ich hatten bereits erlebt, zu was Lucas fähig war. Und mit etwas Glück würde es uns deshalb gelingen, ihn kein zweites Mal in unseren Geist zu lassen.

Aber wenn auch nur der Verdacht bestünde, hätte Magnus etwas gesagt. Richtig? Lucas zu verheimlichen, wäre mehr als grob fahrlässig. Allein der Gedanke an diesen eisigen Schatten ließ mich eisige Schauer spüren. Dann lieber eine Horde von Vampiren. Oder meinetwegen noch eine Unterredung mit dem Fürsten oder eine weitere Begegnung mit Yngwie. Aber ich wollte diesem Schatten mit den blauen Augen kein zweites Mal begegnen.

»WIE BITTE!?«

Caras Stimme war so laut, dass sie mich zusammenzucken ließ. Bis eben hatte ich es gekonnt geschafft, die beiden im Wohnzimmer auszublenden.

»Sssch! Nicht so laut!« Das war Ginga. Sie flüsterte nur. Aber es war zu spät. Nun hatten sie meine Aufmerksamkeit geweckt. Nun hörte ich zu. Egal, wie leise die Zwei sprachen.

»ABER« Cara räusperte sich und sprach dann auch leiser. Optimisten. »Aber das kann doch nicht sein! Das ist doch verrückt!«

»Hat dir diese Welt noch nicht oft genug bewiesen, dass hier alles möglich ist?«

»Schon. Aber … Das kann man doch nicht verheimlichen. Das kann nicht stimmen.«

Ginga. Was hast du ihr erzählt? Ich lehnte meine Stirn gegen die Zimmertür und schloss die Augen. *Zieh Cara da nicht mit rein.*

»Cara, Süße, wir wollten dich da nicht mit reinziehen. Das ist alles gefährlich genug auch ohne Lehrlinge, die davon wissen.«

»Zu spät«, erwiderte Cara trocken. »Moment. Bedeutet das etwa, er ist in der Nähe?!«

Wer? Francesco?

»Ich will ihn sehen.«

Das würden wir auch gerne!

Ich hörte Ginga nach Luft schnappen. »Was?! Vergiss es! Das ist viel zu gefährlich!« Wovon redeten die beiden? Hatte Ginga sich irgendein abenteuerliches Märchen ausgedacht? Hatte sie es doch geschafft, ihre beste Freundin anzulügen?

»Aber ihr habt ihn auch gesehen!«

»Aber nicht freiwillig! Und ich kann wirklich auf ein zweites Treffen verzichten.«

»Dann … dann glaub ich dir nicht! Du hast dir diese Drachen-Geschichte doch nur ausgedacht, um mich abzulenken.«

DRACHEN-GESCHICHTE!?

Im nächsten Augenblick war ich unten im Wohnzimmer. »Ginga! Du hast ihr nicht wirklich von Yngwie erzählt!«

»Y-Yngwie?«

»Ja, das Ding hat einen Namen. Und keine guten Manieren. Cara, vergiss es. Wir werden dich ganz sicher nicht zu diesem Drachen bringen.« Ich musterte die zwei Gestalten vor mir. Ginga sah schuldbewusst auf ihre Hände, während mich Cara mit immer größeren Augen anstarrte, als wären mir gerade Drachenflügel gewachsen. »Yngwie ist ein Feuerdrache und ich finde es schon verantwortungslos genug, dass er auf dem Akademiegelände versteckt wird. Ich führe ganz sicher keinen Lehrling zu einem Drachen. Egal wie oft Magnus sagt, dass der Drache gefährdet ist. In meinen Augen ist er die Gefahr und nicht umgekehrt.«

Das sollte als Information genügen.

Vorerst.

Im ersten Moment war ich schockiert, wie Ginga ein solches Geheimnis hatte ausplaudern können. Doch dann hatte ich begriffen, was sie damit bezweckte. Dieses Geheimnis war groß genug, um Cara davon zu überzeugen, dass wir nichts anderes vor ihr verbargen. Und zugleich war es ein hinnehmbares Zugeständnis.

»Magnus? Er … er weiß davon?«

»Ob er davon weiß? *Er* hat ihn doch im Wald versteckt!« Ich starrte Cara an und gab mir Mühe, so streng wie nur irgend möglich auszusehen. »Und damit ist die Fragestunde beendet. Wenn du mehr wissen willst, dann frag doch deinen Dekan. Aber mach dir klar, dass niemand – wirklich *niemand* – von Yngwie erfahren darf!«

»Auch kein Cole. Schon klar.« Schön. Die Botschaft war also angekommen. Gut.

»Also. Nun bist du im Bilde. Ich hoffe, du verstehst, weshalb wir diese ›Kleinigkeit‹ für uns behalten haben.«

Cara stand mit einem leisen Seufzen auf. »Irgendwie schon, aber irgendwie auch nicht. In Paris haben wir das Geheimnis um eine fremde Welt miteinander geteilt. Dagegen ist das hier doch harmlos.«

»Glaub mir: An diesem Drachen ist rein gar nichts harmlos. Und die Anordnung, nichts zu sagen, kam von ganz oben.« Sollte doch Magnus sehen, ob er es schaffte, Cara weiter anzulügen. Es war verständlich, dass es Ginga nicht gelang. Und immerhin hatte wir Francesco weiter geheim halten können.

***

»Bist du dir sicher, dass das eine gute Idee ist?«

»Ginga, jetzt ist es auch zu spät. Er wird jeden Augenblick hier sein. Außerdem wird er dich schon verstehen. Er ist doch so ein guter Kerl, das versichert ihr mir doch ständig. Aber dass Cara jetzt weiß, dass ein Drache hier im Wald der Akademie lebt, ist ein Risiko.«

›*Er ist gleich da.*‹ Wir hatten Art zum Boten gemacht, um Magnus in unser Haus zu rufen. Das war zwar nicht unauffällig, aber in meinen Augen immer noch sicherer als ein Gespräch in seinem

Dekanat. Ich traute seinem windigen Sekretär nicht. Und seinem Vertreter, diesem Magister Patrocius, auch nicht.

Gingas Hände klammerten sich an meine Hüfte. Ihr Blick bohrte sich einmal mehr in meinen. Aber diesmal war es nicht ihre Anziehung, die ich spürte. Es war Angst. Tja, sie hatte sich den Luxus geleistet, Cara einzuweihen. Jetzt sollten wir zumindest so ehrlich sein und das beichten.

Ich hörte Schritte und öffnete die Tür, noch ehe Magnus hätte klopfen können. »Komm doch rein.«

Magnus nickte erst mir zu und drinnen dann Ginga. Sein Gesicht trug eine Mischung aus Neugier und Anspannung zur Schau. Ich konnte mir denken, dass er entweder schon längst in unseren Köpfen wühlte oder es sich gerade strengstens versuchte zu verbieten. Grenzen und Regeln und so.

»Ihr wolltet mich sprechen? Habt ihr bereits Neuigkeiten?«

»Ja. Neuigkeiten und eine Theorie. Setz dich doch.«

Magnus zog sich einen Stuhl heran und komplimentierte uns auf das Sofa. Ich fühlte mich etwas, als wäre ich plötzlich in meinem eigenen Haus zu Gast. Ein merkwürdiges Gefühl – vor allem, weil es mir eigentlich noch immer schwer fiel, hier von *meinem* Haus zu sprechen.

»Ich höre.«

Für einen Moment haderte ich mit mir, welches Thema ich zuerst anschneiden sollte. Beide hatten das Potential, die Unterhaltung schnell und unerwünscht zu beenden. Mit Blick auf Gingas Anspannung, gab ich dann Yngwie den Vortritt.

»Zuerst müssen wir dir etwas … beichten.« Gingas Hände gruben sich in meinen Unterarm. »Gestern Abend kam uns Cara besuchen.« Es war gar nicht so einfach, die richtigen Worte zu finden. »Inzwischen hat sie sich schon ganz gut hier eingelebt. Was wir vor allem daran merkten, dass sie uns gegenüber aufmerksamer geworden ist. Sie hat gemerkt, dass wir etwas vor ihr verheimlichten. Wir haben versucht, sie auf eine falsche Fährte zu führen. Aber«, an dieser Stelle senkte Magnus den Kopf. Ergeben, als wusste er, was gleich kommen würde. Ich atmete tief durch. »Aber das hat nicht funktioniert. Wir mussten schnell entscheiden und dann hat Ginga ein Geheimnis geopfert, um ein anderes weiter zu schützen.«

»Und welches Geheimnis habt ihr geopfert?«

»Yngwie«, platzte es neben mir aus Ginga heraus. »Ich hab ihr von Yngwie erzählt. Ich erinnerte mich daran, dass sie mich schon in Paris gefragt hatte, ob es in Nafishur Drachen gebe. Damals habe ich das nach bestem Wissen verneint und sie damit enttäuscht. Ich dachte, dass sie der Gedanke an einen Drachen genug beschäftigen dürfte, um auch weiterhin nicht darüber nachzudenken, was mit unserem Vorgänger passiert sein könnte.«

Magnus schwieg einen Moment, bevor er antwortete. »Es ist mit einem Risiko verbunden, aber ich denke, ihr habt die richtige Entscheidung getroffen. Cara hätte auf keinen Fall aufgegeben und hätte sich letztendlich noch heimlich und allein mit dieser Frage auseinandergesetzt.«

Gingas Erleichterung, die ich durch unser Band spürte, war noch größer als meine eigene. Es war also die richtige Entscheidung gewesen. »Die Frage ist jetzt allerdings, wie wir weiter vorgehen. Hat Magister«, ich sah fragend zu Ginga, die den Namen mit den Lippen formte. »Hat Magister Desiderata diesen Illusionszauber inzwischen verändert oder kann man immer noch durch einen Baum Yngwie vor die Füße fallen?«

»Wir haben leider noch keine bessere Lösung finden können. Yngwie strahlt sehr viel Magie aus. Die zu verschleiern, ist ausgesprochen schwierig. Daher auch die Idee, ihn auf dem Gelände der Akademie zu verbergen. Hier herrscht seit Gründung der ersten Akademie eine naturgegeben hohe magische Konzentration, so dass seine zusätzliche Magie weniger auffällt.« Magnus zückte seinen Druidenstab und erschuf vor uns auf dem Couchtisch eine Art dreidimensionales, leuchtendes Hologramm von Yngwie im Wald. »Wenn wir den Drachen komplett abschirmen würden, wäre es nahezu unmöglich, den Raum um ihn herum wieder zu betreten. Für Yngwie auf der anderen Seite wäre es nur möglich, den vollständig versiegelten Raum zu verlassen, indem er den Zauber, der ihn umgibt, mit seiner eigenen Magie sprengen würde. Das wäre ihm durchaus möglich – allerdings nicht, ohne«, der Hologramm-

Yngwie produzierte eine riesige Flamme und zerstörte den halben Hologramm-Wald, »mindestens den ihn umgebenden Wald völlig zu pulverisieren. Drachen sind aber vom Anbeginn der Zeit an eng mit der Natur, mit Nafishur im Ganzen, verbunden. Sie würden nie aus eigenem Nutzen der Natur Schaden zufügen.« Der Hologramm-Drache rollte sich zusammen wie eine schlafende Katze. »Also wäre er gefangen. Bleibt eine Art ›Tür‹ in der Illusion, ist das der Garant für einen Ausgang, einen Ausgleich zwischen der Magie im Inneren und Äußeren. Er birgt ein Risiko, aber ist notwendig.« Eine weitere kleine Bewegung mit dem Druidenstab und das leuchtende Spektakel war von unserem Tisch verschwunden.

Ich war mir nicht sicher, ob ich wirklich alles von dem verstanden hatte, was Magnus uns eben erklärt hatte, aber ich würde den Teufel tun, nochmals nachzufragen. Ich bezweifelte stark, dass es das besser machen würde.

»Also gut. Aber auch wenn die Akademie ein gutes ›magisches Alibi‹ darstellt, ist sie nun wohl nicht mehr der sicherste Ort. So wie Cara unser Schwachpunkt ist, dürfte sie in der Akademie inzwischen einige Freunde haben, vor denen sie ihr Geheimnis vielleicht nicht dauerhaft bewahren kann.« Und ja, damit meinte ich Cole, den hochwohlgeschätzten Patronus Silva. »Abgesehen davon, dass auch andere durch diese Illusionstür zu Yngwie fallen könnten.«

Magnus nickte langsam. »Da gebe ich dir recht. Sicher wäre es ratsam, zumindest seinen Standort zu verändern.«

»Das denke ich auch. Und uns solltest du nicht verraten, wo dieser neue Ort ist.«

»O, das überrascht mich. Denkst du nicht, dass ihr als Wächter über alle Veränderungen auf dem Gelände auf dem Laufenden gehalten werden solltet?«

»Prinzipiell schon, aber wenn wir den neuen Standort erfahren, wird ihn früher oder später auch Cara kennen und das war es doch, was wir verhindern wollten, nicht wahr?«

»Und ihr seid euch ganz sicher?«

Ich unterstützte mein ›Ja‹ mit einem energischen Nicken. Gingas Zustimmung fiel etwas leiser aus.

»Also gut. Ich werde seinen Umzug in die Wege leiten und euch zumindest Bescheid geben, sobald Yngwie in seinem neuen Versteck angelangt ist.«

Magnus hatte ja nicht Unrecht. Natürlich wollte ich wissen, wo der Drache sich befand. Schon allein, um nicht wieder versehentlich durch einen Illusionszauber zu fallen und zu Füßen eines Drachen zu landen. Aber zumindest Ginga würde Caras Fragen nicht standhalten.

Es war besser so.

»Also gut. Wenn ich mich richtig erinnere, dann war das nicht alles.«

»Du erinnerst dich richtig.« Die Frage war, wie ich meine Theorie so äußerte, dass ich zur Abwechslung mal eine ehrliche Antwort bekam, obwohl es um ihn selbst ging. Mehr oder weniger. »Magnus. Kannst du dir vorstellen, dass hinter dem Verschwinden von Francesco dein … Bruder steckt?« So ganz glaubte ich ihm die Sache mit dem Bruder immer noch nicht.

»Lucas?« Magnus zog die Brauen zusammen und starrte auf einen Punkt irgendwo hinter dem Couchtisch. Er schien tatsächlich über meine Frage nachzudenken. »Ich kann es mir ehrlich gesagt kaum vorstellen. Der merkwürdige Einbruch auf Xamax womöglich. Aber Francesco? Welchen Vorteil hätte er davon? Er hätte es nicht nötig, ihn auszuschalten.« Ja, das war korrekt. Dieser eisige Schatten war vielleicht kein richtiger Druide – was auch immer er war –, aber es war nicht davon auszugehen, dass Francesco ein ernstzunehmender Gegner für ihn gewesen wäre.

»Das mag ja sein, aber vielleicht haben wir hier irgendwas nicht auf dem Schirm, das für dich einen Sinn ergibt. Ich musste mich nur fragen, weshalb du von allen möglichen Wächtern uns ernannt hast. Vampire an einer Feuermagieakademie. Das wäre nicht gerade meine erste Wahl. Also vermutest du die Gefahr zumindest wohl nicht unter den Feuerdruiden hier auf dem Gelände, sondern unter den Nafish, denen wir eher gewachsen sind. Seien es Druiden anderer Elemente oder Wesen, die gar keine Druiden sind. Vampire – wie dieser eine Magister es vermutet hat – oder eben Lucas.«

»Ich glaube nicht, dass ihr meinen Bruder aufhalten könntet.«

»Das vielleicht nicht. Aber lass mich raten: Wir sind die einzigen hier, die die Freude hatten, ihn kennenzulernen. Oder irre ich mich da?«

Magnus lachte leise und freudlos. »Ja, in dem Punkt hast du natürlich recht. Ihr seid die einzigen, die ihm begegnet sind und–«, hier brach er ab. Das ›überlebt haben‹ konnte ich mir denken.

»Ich habe dir bereits erklärt, weshalb ich euch ausgewählt habe. Weil ich euch beiden vertrauen kann. Weil vor allem du, Dariel, eine neue Sicht auf diese Welt mitbringst. Und weil du nicht mit Vorurteilen oder Sympathien zu Personen hier vor Ort belastet bist. Deine vampirische Stärke und Geschwindigkeit sind sicher ein weiterer nützlicher Faktor. Und was das Feuer angeht: Dagegen ist die Akademie gut geschützt. Mir geht es tatsächlich um Gefahren, die jenseits des Feuers beheimatet sind.«

Ich nickte leicht. Also gab er mir recht. Wenn er sich auch Lucas selbst nicht als Grund für Francescos Verschwinden vorstellen konnte. Zumindest schien er jenseits der Feuermagie eine Gefahr zu vermuten.

Trotzdem beließ ich es dabei. Und Magnus auch. Keine oberschlauen Kommentare oder Vorträge in meinem Kopf. Kein Dozieren mit nonverbaler Kommunikation. Davon, dass ich in meinem Geist gerade allein war, ging ich trotzdem nicht aus. Aber was änderte das schon. Ginga hatte ganz recht: Man konnte sich davon abhalten, Dinge auszusprechen. Aber man konnte sich ganz sicher nicht davon abbringen, etwas zu denken. Das war schlicht unmöglich.

»Also gut. Ich denke, damit ist alles gesagt«, durchbrach ich irgendwann die Stille zwischen uns und stand auf. »Ich bring dich noch zur Tür.«

KAPITEL XI

»Du verheimlichst mir sowas?! Du lügst mich an?! Ich konnte das spüren! Die ganze Zeit über!« Ginga umkreiste mich wie eine ungeduldige und sehr hungrige Löwin. »Dummerweise konnte ich es nur spüren und nicht hören! Und Artemis hat mir auch nicht geholfen, dieser Verräter!«

Nein, der hatte sich in letzter Zeit erstaunlich rar gemacht. Angeblich, um seinem ›Spionageauftrag‹ nachzukommen. Ich vermutete eher Aby als Grund für seine ständige Abwesenheit.

Ich hatte schon den Mund geöffnet, um zu sprechen, aber dann schloss ich ihn wieder. Was sollte ich ihr auch sagen? Ja, ich hatte ihr etwas verheimlicht. Und das schon seit drei Wochen. Aber bisher war das kein Thema gewesen zwischen uns.

Gemeinsam mit Magnus und seinen zwei eingeweihten Magistern hatte ich nach einem neuen Versteck für Yngwie gesucht – ja, tatsächlich und das sogar freiwillig. Unser Großmeister hatte mich doch überreden können. Meine Bedingung war nur gewesen, Ginga außen vor zu lassen. Zum einen hatte sie noch größere Angst vor diesem Drachen-Vieh als ich. Zum anderen wollte ich sicher stellen, dass sie Cara nicht brühwarm unser neues Versteck verriet.

Ich hatte unfreiwillig viel über Drachen gelernt. Über Yngwies allen Ernstes vegane Ernährung; über Drachengeister, zu denen ein Drache wird, wenn er durch eine jüngere Generation abgelöst wird; über die telepathischen Fähigkeiten von Drachen, die sich mehr auf direkte Kommunikation als auf das Gedankenlesen per se konzentrierte. So bestand meine erste Woche gefühlt mehr aus Unterricht als aus aktiver Hilfe. Und dann hatten wir begonnen, Verstecke zu suchen. Zuerst – das rechnete ich Magnus hoch an – außerhalb der Akademie. Doch wir fanden keinen Ort, der gut genug zu schützen gewesen wäre und an dem wir Yngwies Magie hätten abschirmen können. Zumal die Magister, die ihn pflegten, unauffällig zu ihm gelangen mussten. Ergo hatten wir in Woche Drei dann doch wieder das Akademiegelände analysiert.

Natürlich hatte ich dafür unsere ›Ermittlungen‹ etwas schleifen lassen müssen. Das war nicht gut und dann auch Ginga aufgefallen. Aber für den Augenblick stellte der Drache die größere Gefahr dar. Das größere Risiko für die gesamte Akademie.

Warum, das hatte sich vor wenigen Stunden gezeigt. Und das war auch der Auslöser für unsere kleine Auseinandersetzung.

Heute in der Mittagszeit war der ›Umzug‹ von statten gegangen – während die meisten Lehrlinge in ihren Kursen saßen. Direkt hatte ich damit zum Glück nichts zu tun. Ich sollte nur sicherstellen, dass sich im Wald zu dieser Zeit keine Lehrlinge aufhielten. Dank meines untoten Gehörs eine Kleinigkeit.

Doch während die Magister Yngwie in sein neues Versteck komplimentierten, kam es zu einem kleinen Erdbeben. Am Horizont sah ich Rauch aus einem der Vulkane aufsteigen. Wahrscheinlich ein Zeichen dafür, dass Yngwie der Umzug nicht ganz so viel Spaß machte.

Es war allerdings auch möglich, dass er sich wieder in Gefahr befand und etwas schiefgelaufen war. Denn ich hatte auch gelernt, wie eng ein Elementardrache mit seinem Element verbunden war. Der ›Nishmaz‹ konnte beispielsweise Vulkane ausbrechen lassen.

Also war ich in den Wald gerannt, hatte die kleine ›Delegation‹ bestehend aus Magnus, Magister Desiderata und dem Drachen gesucht und war einmal mehr Yngwie persönlich begegnet.

Ich dachte, man würde sich irgendwann an den Anblick gewöhnen. Aber dem war definitiv nicht so. Vor allem nicht, wenn dieser Drache dem Anschein nach immer schlecht gelaunt war – zumindest immer, wenn ich in der Nähe war.

Im Grunde war nichts passiert. Aber der Schock, den ich gespürt hatte, als Yngwie mich bemerkte und direkt anstarrte, rief Ginga auf den Plan. Und so war alles in letzter Sekunde ans Licht gekommen. Zuerst hatte ihre Aufmerksamkeit nur mir gegolten. Ich sah den Schrecken und dann die Erleichterung in ihren Augen. Und ich konnte beides durch unser Band spüren. Doch dann sah sie auf. Ich hörte erneut dieses absurde *Dum-Dum*. Aber sonst nichts mehr. Sie war wie erstarrt angesichts des Giganten vor sich und ich musste dagegen ankämpfen, von ihrer Angst mitgerissen zu werden. Stattdessen entschuldigte ich mich für die Störung, schnappte mir Ginga und machte mich – rückwärts und mit Blick auf Yngwie – auf den Weg zurück zu unserem Haus.

Das war nun schon einige Stunden her. Stunden, in denen Ginga nichts mehr gesagt hatte. Im Grunde sollte das eine Erholung für mich sein, aber das drohende Unwetter zwischen uns war erdrückend und ihr Schweigen dadurch tatsächlich so etwas wie eine Bestrafung.

Aber ihr Herumgetiger jetzt mitten in der Nacht war auch nicht besser und ich hatte das alles ausgelöst. Ich Trottel war auf ihr Schweigen hereingefallen, hatte es nicht mehr ausgehalten und den ersten Satz gesprochen. Er hatte ›Ginga, ich wollte dich einfach nur da raushalten, um dich zu schützen‹ enthalten.

Für meine Schöpferin war das wohl kein ausreichendes Argument gewesen. Nun versuchte ich, das Dilemma auszusitzen und einfach abzuwarten, bis sie sich wieder beruhigt hatte. Aber ich ahnte, dass das noch dauern dürfte.

Wir waren seit dem ersten Beben in Alarmbereitschaft und ein Teil von mir hoffte, dass es endlich ein weiteres Beben gab. Dann hätte ich wenigstens einen Grund, aus dieser merkwürdigen Situation zu flüchten.

»Verflucht, Dariel! Ich hab deinen Schock gespürt und ich wusste weder, wo du warst, noch warum! Wie soll mich das schützen?!« Ich hätte einfach in mein Schlafzimmer verschwinden sollen. Ich wusste auch nicht, was mich dazu trieb, stattdessen hier im Wohnzimmer zu bleiben. Vielleicht war es die erneute Begegnung mit Yngwie. Ich hatte Gingas Angst um mich gespürt und ich konnte jetzt spüren, wie groß ihre Sorge um mich war. Irgendwo hatte sie recht. Vielleicht. Aber das würde ich sicher nicht zugeben.

Ihre Schritte wurden immer energischer. »Hörst du mir überhaupt zu? Wir sollen das hier doch gemeinsam hinkriegen! Wieso hast du mich außen vor gelassen? Und was ist mit Francesco? Ich hab mich gewundert, wieso wir nicht weiterkommen und dann stellt sich heraus, dass ich die ganze Zeit allein herumschnüffle, weil du auf einmal andere Prioritäten hast.«

Ich schloss die Augen. Ja, die hatte ich. Weil ein lebender Drache wichtiger war als ein voraussichtlich toter Wächter. Selbst Magnus war dieser Meinung gewesen. Francesco war schon so lange verschwunden, dass wir davon ausgehen mussten, dass es für ihn wahrscheinlich schon zu spät war. Für Yngwie allerdings nicht. Und wenn *er* diesen kleinen Fast-Ausbruch des ›Antakor‹ zu verantworten hatte, dann war es durchaus wichtiger, ihn in Sicherheit zu wissen.

Von einer Sekunde zur anderen stand Ginga vor mir, stützte sich neben meinem Kopf auf der Sofalehne ab und funkelte mich kampflustig an. »Sag endlich was!« Das Grün ihrer Augen schien zu leuchten, so viel Energie strahlte sie in diesem Moment aus.

Ich war wie hypnotisiert von ihrem Anblick. Selbst wenn ich gewollt hätte, wäre es mir jetzt schwer gefallen, ihr zu antworten. Stattdessen nahm ich sie mit jedem meiner Sinne war. Die roten Locken, die leicht hin und her schwangen. Die vollen Lippen, die jetzt zu einem Schmollmund verzogen waren. Sie hatte ihre Brauen zusammengezogen, so dass sich eine dünne Falte zwischen ihnen gebildet hatte.

Was hatte diese Frau nur an sich, dass mich so fesselte? Ich hatte sie töten wollen. Ich hatte sie gehasst und mich mit allen Mitteln dagegen gewehrt, sie zu mögen. Aber es war so viel geschehen. Und damit meinte ich nicht unbedingt Yngwie. Ich hatte unser Band schon deutlich gespürt, als es darum ging, ob wir Paris verlassen sollten oder nicht. Ich hatte tief in mir gewusst, dass ich jeder Entscheidung folgen würde, die sie träfe. Eigentlich hatten wir beide doch in Paris bleiben wollen, aber nun waren wir hier – zwischen einem launischen Drachen, einem mächtigen Großmeister, undurchschaubaren Feuerdruiden und dem Mörder oder Entführer eines harmlosen Wächters. Wir hatten einander in Paris nicht feige erscheinen wollen und plötzlich waren wir mutig gewesen.

Rotgoldene Drachenaugen tauchten in meinem Geist auf.

Oder dumm.

Fasziniert beobachtete ich, wie sich Gingas Miene veränderte, je länger ich sie ansah. Der Ärger schien sich langsam aufzulösen. Aber das Leuchten in ihren Augen blieb.

Wir waren uns in den wenigen Wochen, in denen sie mein Leben auf den Kopf gestellt hatte, deutlich zu oft deutlich zu nah gekommen. Und ich musste zugeben, dass ich ihr dafür schwerlich die Schuld geben konnte. Zumindest nicht nur ihr. Mein Blick hing an ihr, als hätte sie mich verzaubert.

Was war es eigentlich, was sie so sehr aufregte? War es wirklich der Ärger über mein Schweigen? Oder war es etwas anderes? Seit wir uns ›kennengelernt‹ hatten, gab es wohl nichts, in dem wir uns gleich einig gewesen wären. Aber auf der anderen Seite hatte sie mich auch immer wieder geschützt - ob ich es gewollt hatte oder nicht. Auch schon bevor wir nach Nafishur aufgebrochen waren. Sie hatte mich vor meinem Vater geschützt, meinem Durst … mir selbst.

Du willst auf mich aufpassen, nicht wahr?

Und ich mache dir das schwer.

Auch nach der Beerdigung war sie in meinem Zimmer aufgetaucht. Und dann diese alberne Shopping-Tour …

Plötzlich wechselten meine Erinnerungen hin zu denen, die ich so konsequent verdrängt hatte und mein Blick glitt einmal mehr zu ihren Lippen.

»Tut mir leid, Ginga«, murmelte ich und ließ meinen Kopf nach hinten auf die Rückenlehne fallen. Das Polster gab etwas nach und knirschte leise unter mir. »Aber jetzt ist Yngwie an einem sichereren Ort und alles ist gut.« Ich schloss die Augen, um nicht mehr ihre Lippen anzustarren. »Lass uns dieses Kapitel einfach vergessen, ja?« In Gedanken strich ich über die Armlehne zu meiner Rechten. Sie fühlte sich weich und glatt an. *Wirklich wie Zuhause …* Der Gedanke tat nach den vergangenen Stunden gut.

Im nächsten Moment spürte ich, wie sich das Sitzpolster neben mir leicht senkte, und nur wenig später strich eine Hand über meine Brust und hinauf bis in meinen Nacken.

»Wie wäre es mit etwas Wiedergutmachung?«, schnurrte Ginga neben mir. »Das wäre eine angemessene Abendgestaltung, findest du nicht?«

»Wie kann man so schnell von wütendem Gezeter auf Flirten umschalten?«

»Das erkläre ich dir gern nach der Wiedergutmachung.«

»Dazu gibt es tatsächlich eine Erklärung?« Ich sah sie wieder an und bemühte mich um einen möglichst skeptischen Ausdruck.

»Ja, die gibt es.« Ihre Finger strichen über meine erhobene Braue. »Und du wärst überrascht, wie viel du dazu beiträgst.«

»Ich.«

»Hmhmm.« Sie zog mein Gesicht zu sich. Unnachgiebig, aber zugegeben auch ohne große Gegenwehr.

»Aber ich mach doch gar nichts«, murmelte ich an ihren Lippen, während ich mich dabei ertappte, sie an ihrer Hüfte näher zu mir zu ziehen.

»Hmhmm«, schnurrte sie nur wieder leise und stoppte mein Gerede effektiv.

Zu effektiv.

Als ich das nächste Mal darüber nachdachte, was ich tat, saß Ginga auf meinem Schoß und knabberte an meinem Hals. »Ginga …« Meine Stimme klang rau und nicht halb so mahnend, wie ich es gewollt hatte.

»Dariel«, hauchte sie deshalb wenig abgeschreckt an mein Ohr. »Dein ›Nichts Machen‹ ist für mich ausgesprochen motivierend.«

»Ich versteh mich selbst nicht und du nutzt das scharmlos aus.«

»Du siehst nicht gerade aus, als würdest du unter meiner Anwesenheit leiden.« Eine ihrer Hände glitt über meine, die ihre Hüfte festhielt, während die andere damit beschäftigt war, mein Wächtergewand zu öffnen.

»›Leiden‹ wäre vielleicht etwas … zu drastisch formuliert.«

»Merk dir diesen Gedanken.« Sie richtete sich etwas auf und sah mich eindringlich an. Ihre Augen waren noch nicht schwarz, aber das Grün deutlich dunkler als sonst und nur noch ein schmaler Ring. Ihr Blick war so leidenschaftlich. So lebendig. Und ich fragte mich, wie ich sie wohl gerade ansah. Meine Hände glitten über ihren Rücken und zogen sie wieder enger an mich. »Und merk dir dieses Gefühl.«

Welches Gefühl? Das Gefühl ihrer Haut unter meinen Fingern? Das Gefühl ihrer Lippen auf meinen? Das Gefühl, von allen anderen Gedanken befreit zu sein? Da war nur noch sie.

Wie waren wir eigentlich schon wieder in diese Situation gekommen?

Ich richtete mich auf, ihr entgegen, um mir diese ›Gefühle zu merken‹. Um sie wieder wachzurufen. Von neuem auszulösen. Und je entschiedener ich sie küsste, je näher wir uns kamen, desto mehr geriet meine Welt ins Wanken.

Inzwischen waren Gingas Augen schwarz wie die Nacht. Und meine auch. Es war, als würde die Erde beben. Als bliebe kein Stein mehr auf dem anderen.

»Was war das?!«

Ginga hatte von meinen Lippen abgelassen und starrte mich mit einer Mischung aus Leidenschaft und Verwirrung an. Wie meinte sie das? *Sie* hatte das hier doch heraufbeschworen. War sie jetzt ernsthaft erschrocken von ihrer eigenen Courage?

»Du warst das«, murmelte ich. Noch nicht in der Lage, wieder klar zu denken. »Und vielleicht auch ich.«

Ihre Hände strichen über meine Brust und krallten sich anschließend in den Stoff meines Gewands, während sie konzentriert lauschte. »Das meine ich nicht«, flüsterte sie dann.

Ich wollte gerade nachhaken, als es passierte. Die Erde bebte. Mehr als am Mittag. Mehr als mir lieb war. Dann war das eben nicht meinem benebelten Hirn zu verdanken gewesen? War das eben schon ein Beben gewesen? Warum hatte ich es vorhin noch gleich herbeigesehnt?

Ich hörte das Geschirr, das wir nie genutzt hatten, in den Schränken klirren. Die Wendeltreppe quietschte, das gesamte Häuschen ächzte und zitterte.

»Das meine ich«, kommentierte Ginga unnötigerweise.

Was sollte man noch gleich bei einem Erdbeben tun und was unterlassen? Türrahmen waren gut und zersplitternde Fenster schlecht, richtig? Generell war es auf freien Flächen sicherer als in Gebäuden. Am wichtigsten war es, Ruhe zu bewahren.

Ein weiteres Beben unterbrach mein Gegrübel und »Wir müssen hier raus« fasste meine Gedanken in etwa zusammen. In Sekunden waren wir wieder halbwegs angekleidet und vor der Tür. Überall auf dem Gelände hörte ich aufgeregte Rufe und dann sah ich es auch. Direkt über den Zinnen des Hauptgebäudes hatte sich der dunkle Himmel rötlich verfärbt – und das ganz ohne Zutun der beiden Monde.

Ein Vulkanausbruch?

»Cara!«, rief Ginga plötzlich und rannte los in Richtung der beiden Wohnhäuser. Und ihre Angst ließ sie schnell rennen. Schneller als gut für uns war. Ich holte sie ein und warf sie zu Boden. Auf den Boden, der just wieder bebte, als beschwerte er sich über meine grobe Behandlung.

»Ginga, nicht!«

Sie sah mich wütend an. »Wir müssen sie da raus holen!«

»Ja, und alle anderen auch. Aber wir können nicht helfen, wenn alle schreiend vor uns weglaufen.« Ich hielt ihre Arme fest, als sie sich von meinem Gewicht befreien wollte. »Ich weiß, es ist schwer. Aber bitte: wir müssen uns zügeln. So lange es geht, müssen wir im Maß eines normalen Nafish reagieren.« Ich sah sie eindringlich an und lockerte meinen Griff, als sie sich ruhiger bewegte.

»Wie wäre es, wenn wir die Dinger«, sie zupfte an unseren weißen Tuniken, »loswerden? Sie stören und sie fallen auf. Wir können besser helfen, wenn wir schwarz gekleidet sind.«

Noch ehe ich ihre Idee abwägen oder kommentieren konnte, riss sie meine Tunika auf und von meinen Schultern. Ich diskutierte nicht lange, sondern streifte sie ab. Ihr Argument war nicht verkehrt. Im Dunkeln könnten wir so notfalls eher schnell reagieren ohne gesehen zu werden. Und zum Glück hatten wir uns beide angewöhnt, unsere schwarzen Klamotten unter der weißen Tunika zu tragen – ursprünglich als stiller Protest, aber jetzt war es tatsächlich nützlich.

Ich richtete mich auf und warf den weißen Stoff unter einen Lucernabaum in der Nähe. Als ich mich zu Ginga umdrehte, flog ihre Tunika an mir vorbei und landete neben meiner.

Noch ehe letzteres geschah, war sie schon wieder unterwegs in Richtung Atrium. Aber wenigstens lief sie jetzt in einem halbwegs angemessenen Tempo.

Als wir auf dem Atrium ankamen, waren wir nicht allein. Immer mehr Lehrlinge kamen aus den beiden Wohnhäusern gelaufen. Die Magister wohnten am anderen Seeufer. Sie würden wahrscheinlich noch einige Minuten brauchen, um uns zu erreichen.

Cole war das erste bekannte Gesicht, das wir entdeckten. Er war damit beschäftigt, die Lehrlinge auf die Wiese am See zu lotsen. Auf die größtmögliche Freifläche. Zwei weitere Lehrlinge unterstützten ihn. Ich erkannte sie von der Weihzeremonie wieder. Es waren die anderen beiden Patronii. Iridium und … ich hatte seinen Namen vergessen.

»Patronus Silva! Wie können wir helfen?«, wandte ich mich an Cole.

»Wo ist Cara?«, platzte es gleichzeitig aus Ginga heraus.

Er sah erst mich und dann verwirrt Ginga an. »Custodes, Ihr seid das.« Er fuhr sich durchs Haar und sah sich suchend um. Die anderen beiden Patronii liefen gerade auf einige Magister zu, die von der Wiese hinaufkamen. »Wir müssen zuerst alle aus den Gebäuden evakuieren, solange das noch gefahrlos möglich ist.«

Das nächste Beben zog durch den Boden. Und diesmal verschwand es nicht gänzlich. Stattdessen durchdrang ein permanentes Vibrieren den Untergrund.

»Alles klar. Wir werden reingehen und sicherstellen, dass alle ihre Zimmer verlassen. Du koordinierst hier unten und behältst den Überblick, wer draußen ist und wer nicht.«

Cole nickte einfach und ich zog Ginga mit mir in Richtung Wohnhaus.

»Was soll das? Er hat mir noch nicht geantwortet!«

»Ja und mit etwas Glück vergisst er in der Hektik deine Frage! Ich glaube nicht, dass Cole von unserer Freundschaft weiß und wir müssen die Lage für uns nicht noch verkomplizieren.« Wir würden in dieser Nacht vielleicht zeigen müssen, was wir wirklich waren, um anderen zu helfen. In dem Fall wäre es wohl kaum förderlich, wenn sich herumspräche, dass Cara uns bereits kannte und mit uns befreundet war. Wir rannten ins Foyer und die große Treppe hinauf, während uns lauter Lehrlinge entgegenkamen. »Wir teilen uns auf und fangen oben an. Jeder eine Seite. Klopf an alle Türen, mach klar, dass jeder das Gebäude verlassen soll, dass niemand Gepäck mitnehmen soll, dass im Zimmer zu bleiben keine Option ist.«

Als wir wieder unten ankamen – die letzten Lehrlinge vor uns her treibend –, lief uns Cara entgegen. Sie war schon draußen gewesen. Wir schoben die anderen Lehrlinge aus der Tür und Cara gleich mit. »Cara! Es geht dir gut!« Ginga fiel ihrer Freundin erleichtert um den Hals, während ich versuchte, die beiden etwas abzuschirmen, damit sie niemand sah.

»Ginga! Dariel! Ich hab euch überall gesucht!«

»Das beruht auf Gegenseitigkeit. Wir sind froh, dass du in Sicherheit bist.«

»In Sicherheit? Hast du mal einen Blick auf den Vulkan riskiert?« Ich blinzelte gegen hellgraue, heiße Flocken an und folgte ihrem Blick. Es hatte sich eine Aschewolke gebildet, die nun skurril beleuchtet auf uns zuschwebte, während sich an einer Seite des aktiven Vulkans ein dünner Lavastrom in Bewegung setzte.

Ich glaubte nicht, dass er uns erreichen würde. Die Akademie lag nicht umsonst auf einem Bergplateau. Aber diese Lava würde für einige Zerstörung sorgen. Von der verfluchten Aschewolke ganz zu schweigen.

»Ich glaube, ich weiß, wie wir das aufhalten können.«

»Bitte was?« Ich starrte Cara verwirrt an. »Cara, Magie kann ja sicher viel. Aber wohl kaum einen Vulkanausbruch stoppen.«

»Das vielleicht nicht. Aber sie kann einen auslösen. Und ich glaube, ich kenne den Auslöser. Aber ich brauche eure Hilfe!«

»Wie sollen wir – explizit wir«, ich tippte auf einen meiner Eckzähne, »bitte Feuer und Lava aufhalten?«

»Das müsst ihr gar nicht. Aber ihr müsst mir verraten, wo Yngwie ist.«

»Wo … der ist gerade unser geringstes–« Ich unterbrach mich selbst. »Du glaubst, *er* löst das hier aus?«

»Gestern war doch auch schon ein kleines Beben. Was, wenn schon das etwas mit ihm zu tun hatte?«

Ich konnte Cara nicht widersprechen. Ich hatte vor wenigen Stunden die gleichen Schlüsse gezogen. Aber da hatte Yngwie sein neues Domizil bezogen und war offensichtlich schlecht gelaunt gewesen. Und das Resultat war ein leichtes Rumoren gewesen. Welche Laus war ihm jetzt über die Leber gelaufen, wenn das solche Folgen hatte?

»Die Lehrlinge sind alle auf der Wiese, richtig? Und die Magister kümmern sich um die Sicherung der Gebäude. Was habt ihr also zu verlieren? Hier könnt ihr sowieso nicht helfen.«

»Na los, Dariel! Sie hat recht!« Ginga zog an meinem Arm. »Du weißt es doch. Du hast es doch die ganze Zeit mit Magnus und den anderen geplant.«

»Du erinnerst dich vielleicht, dass ich dank dir vorhin nicht dabei war, als er in seinem neuen Versteck ankam.«

»Vorhin?!« Cara starrte mich mit großen Augen an.

»Ja, vorhin. Als der Vulkan das erste Mal die Erde durchgerüttelt hat.«

»Also war es wirklich auch am Mittag Yngwie?«

»Ich nehme es an«, gab ich widerwillig zu. »Na schön. Los! Aber zieh die Kapuze deines Umhangs über. Vielleicht merkt dann niemand, dass wir die kostbare Matrona bei einem Erdbeben in den Wald verschleppen.«

Cara gehorchte ohne zu zögern und wir liefen los. Es war klar, dass sie uns so oder so gefolgt wäre. Dann war es besser, sie direkt an unserer Seite zu wissen. So konnten wir auf sie aufpassen.

Wir mussten einen Bogen um die Magister und auch die Lehrlinge machen und dadurch einen Umweg in Kauf nehmen. Immer wieder bebte die Erde und zwang uns zum Anhalten.

Wir liefen am See entlang unter der nur noch wenig leuchtenden Lucernaallee. Die Bäume hatten durch die Erschütterungen fast ihr gesamtes Blätterdach verloren. Als wir endlich die Bibliothek erreichten und hinter ihr in den Wald liefen, konnten wir die

Geschwindigkeit anziehen. Es war kein einziger Nafish-Herzschlag zu hören. Ich überließ es Ginga, auf Cara aufzupassen und lief voraus.

Je näher wir der Stelle kamen, an der ich Yngwie am Mittag zuletzt gesehen hatte, desto mehr beschlich mich das ungute Gefühl, dass Cara recht haben könnte; je näher wir seinem Versteck kamen, um so stärker wurden die Vibrationen im Boden. Auf der anderen Seite konnte ich mir nicht vorstellen, dass Yngwie einfach aus einer Laune heraus einen Vulkan ausbrechen lies. Und genau das beunruhigte mich am meisten.

Vielleicht hatte jemand bemerkt, wie wir ihn durch den Wald gelotst hatten. Vielleicht hatte jemand beschlossen, dass ein Drache auf dem Grund der Akademie ein zu großes Risiko war und wollte dieses Risiko beseitigen. Vielleicht war auch einfach jemand zu neugierig gewesen und es war zu einer Begegnung ähnlich unserer ersten gekommen. Womöglich war die Situation zufällig entstanden und eskaliert. Aber wer ging zufällig in diesen verlassenen Teil des Waldes?

Als wir den Platz erreichten, bis zu dem ich mir sicher gewesen war, blieb ich stehen. Wir wussten wie Yngwie roch. Es sollte einem Vampir doch möglich sein, die Fährte aufzunehmen.

»Was ist? Weißt du, wo er ist?« Cara stand neben mir. »War er hier?« Sie sah sich um. Ihr Blick war gehetzt. Wieso sorgte sie sich so sehr um einen Drachen? Einen Drachen, den sie überhaupt nicht kannte noch dazu.

»Hier habe ich ihn zuletzt gesehen.«

»Ich seh und riech nicht eine Spur. Die Magistri waren gründlich.« Ginga untersuchte den Boden.

»Das ist sinnlos. Sie haben ihn mehr als gut versteckt. Sonst wäre der ganze Umzug doch Unsinn gewesen.« Ich wollte gerade vorschlagen, umzukehren, als ich einen markerschütternden Schrei hörte.

»Was war das!?«

»Das kam von dort hinten!«

Wir brauchten nicht lang, um den Ursprung von allem zu finden. Den Ursprung des Schreis, des Bebens, des Vulkanausbruchs. Ich bedeutete Cara und Ginga, still zu sein und sich zu verstecken, denn als wir Yngwie erreichten, war er nicht allein.

Jemand stand mit dem Rücken zu uns bei ihm und hantierte an dessen gigantischer, schuppiger Brust, während Yngwie immer wieder deutlich machte, wie schmerzhaft das für ihn war. Welle um Welle bebte der Boden unter unseren Füßen.

Wie sollte ich reagieren? War es klug, den Fremden auf mich aufmerksam zu machen? Ich sah mich um auf der Suche nach einer Idee. In den umliegenden Bäumen steckten Glassplitter. Zumindest sah es so aus. Große und kleine, dickere und dünne. Sie schimmerten merkwürdig. Waren das die Reste dieses Illusionszaubers? Sah der so aus? Und wichtiger: Könnten diese Scherben und Splitter eine Waffe für mich abgeben?

Meine Hand zuckte zu meinem rechten Bein. Bis zu diesem Augenblick hatte ich nicht mal mehr an meinen Dolch gedacht, aber jetzt bereute ich es doch, ihn Cara gegeben zu haben.

Mir lief die Zeit davon.

»Psst« Das war links von mir. *Cara?*

Sie hielt tatsächlich meinen Dolch in der Hand! Unfassbar … Wer nahm denn bei einem Vulkanausbruch zur Sicherheit einen Dolch mit?! Ich verkniff mir Fragen und verwirrtes Kopfschütteln, nickte stattdessen und prompt warf sie ihn mir zu.

Als mein Dolch wieder in meiner Hand lag, fühlte ich mich schlagartig vollständiger. Die Hardes hatte ich in Paris gelassen. Ich konnte eine solche Waffe hier nicht gebrauchen und ich vermisste sie auch nicht. Aber mein Dolch …

Entschlossen lief ich auf Yngwie und seinen ungebetenen Besucher zu. »Hey! Weg vom Drachen! Sofort!«

Der Fremde fuhr erschrocken zusammen – er schien mich bisher wirklich nicht bemerkt zu haben – und drehte sich rasch zu mir um. In seiner Hand hielt er einen weißen Druidenstab. »Stehenbleiben!«

»Ich hab gesagt, weg von dem Drachen!« Ich streckte ihm den Dolch entgegen und ging weiter auf den Druiden zu.

»Das werde ich ganz sicher nicht tun! Weg mit der Waffe! Wenn Yngwie noch weiter verletzt wird, wird das übel enden – für uns alle!«

Ich musterte den Mann aus der Nähe. Er ließ mir die Zeit dafür. Offensichtlich war er nicht mehr der Jüngste und hatte eine wenig furchterregende Figur. Ebenso offensichtlich war er aber ein Druide. Er hätte mich sicher leicht entwaffnen können. Doch er tat es nicht. Was war hier los?

›Ich hörte, du bist telepathische Gespräche gewohnt, Vampir?‹ Eine mir vollkommen fremde Stimme hallte durch meinen Kopf. Sie hatte ein Echo und klang, als wäre jedes Wort von einem tiefen Grollen unterlegt.

Erst dachte ich an den Druiden vor mir, doch seine gesprochene Stimme klang völlig anders. Aber wessen Stimme war das dann? Ich sah auf und Yngwie starrte mir direkt in die Augen. *›Meine Stimme.‹*

Du?

Der Drache nickte schwach. *›Das ist Invictus. Er ist nicht dein Feind. Nicht, wenn du wirklich hier bist, um mich zu verteidigen.‹*

»Magister Invictus?« Ich ließ zögernd den Dolch sinken.

Augenblicklich war auch der Druidenstab nicht mehr auf mich gerichtet. Er sah abwechselnd zu Yngwie auf und dann zu mir. »Ihr seid Custos Jean Seine?!« Er musterte mich zweifelnd. Vielleicht fehlte ihm meine Gewandung.

»Es fehlte die Zeit, um mich korrekt zu kleiden.«

Er nickte langsam. Dann sah er wieder Yngwie an. Ich nahm an, dass sie miteinander sprachen. »Ich war erst mit den anderen Magistri auf dem Weg zum Hauptgebäude. Aber dann begriff ich, dass der Antakor schon heute Mittag Aktivität gezeigt hatte und erkannte den Zusammenhang. Also lief ich zu Yngwie.«

»Lasst mich raten: Er war bereits verletzt.«

»Natürlich! Sonst wäre der Antakor doch nicht ausgebrochen. Jemand hat dieses alte Schwert in seine Brust geschleudert.«

Hinter mir hörte ich ein leises Keuchen. Cara oder Ginga musste aus ihrem Versteck gekommen sein. Als Invictus alarmiert den Wald hinter mir beobachtete, rief ich die beiden lieber zu mir. »Cara, Ginga, kommt schon her. Schnell.« An Invictus und Yngwie gewandt ergänzte ich: »Ich bin natürlich nicht allein hierhergekommen. Das sind Custos Stokes und Cara, ich meine, ahm,

Matrona Thetra Clow.« Ich musste mir wirklich angewöhnen, Titel und Namen korrekt wiederzugeben. Irgendwann – wenn nicht gerade alle Anwesenden von einem Drachen abgelenkt wurden – würde mich das noch Kopf und Kragen kosten.

Ohne zu überprüfen, ob die beiden meinem Rat folgten, trat ich näher an den Drachen heran. Er strahlte eine ungeheure Hitze aus.

›Das liegt an diesem leidigen Silber.‹

»Silber?«

»Das ist korrekt. Und ich kenne diese Waffe. Das Schwert ist ein Ausstellungsstück. Es hängt im Foyer der Bibliothek. Ein Katana mit einer Klinge aus reinem Silber. Selbst in den Griff sind Silberfäden eingeflochten. Es war eine probate Waffe in den großen Vampirkriegen.« Zögerlich berührte der Magister das Schwert und löste damit prompt ein neues Beben aus.

›Unglücklicherweise teilen wir Drachen die Schwäche von euch Vampiren. Auch uns verletzt dieses Metall stärker als die meisten anderen.‹

Hör auf, mich ständig Vampir zu nennen! Woher weißt du das überhaupt?

›Ich bin mit allem Leben auf dieser Welt verbunden, ich kann es spüren und mit ihm in Einklang schwingen. Doch in deinen Geist zu dringen, birgt einige Herausforderungen. Ich kann dich nicht spüren. Dafür gibt es nur einen möglichen Grund: Du bist ein Wesen der Nacht, nicht mehr länger Teil der Gemeinde der Lebenden.‹

Deshalb verstand er sich so gut mit Magnus. Er dozierte genauso gern telepathisch. Ja, ich war ein ›Wesen der Nacht‹. Aber ich war auch generell *kein* Wesen dieser Welt und damit hatte ich schon zwei Gründe, nur unter erschwerten Bedingungen mit Drachen kommunizieren zu können.

Wie schade.

»Und was habt Ihr gemacht, als wir kamen?« Das war Caras Stimme hinter mir.

»Ich habe versucht, das Katana herauszuziehen, aber es steckt zwischen den Schuppen fest. Wenn ich wiederum Magie anwende, ist es möglich, dass ich Yngwie dabei noch mehr verletze. Ich bin ein Gesteinsdruide. Meine Elementarmagie ist in dem Fall leider nicht hilfreich.«

Eine neue Welle ließ die Erde erzittern.

›Es vergiftet mich.‹

Ich streckte wie von selbst meine Hand nach dem Griff des Schwerts aus. »Dariel! Nicht!« Das war Ginga. Sie hatte sich also auch aus ihrem Versteck gewagt – Yngwie zum Trotz.

»Glaubt Ihr, Ihr könnt das Schwert mit einem Ruck herausziehen? So gerade wie möglich.« Invictus gefiel mein Gedanke offenbar besser als meiner Schöpferin.

»Ist das denn wirklich eine gute Idee? Es heißt doch immer, man soll den Gegenstand in der Wunde belassen, damit es nicht zu einer unkontrollierten Blutung kommt.« Das war wieder Ginga.

»Ginga, das Silber der Klinge vergiftet ihn. Eine Blutung ist das eine. Das Gift das andere. Ich nehme an, für den Moment ist das Gift die größere Gefahr.«

Invictus stimmte mir mit einem entschiedenen Nicken zu.

»Bitte Dariel, du musst ihm helfen!« Caras Stimme klang so verzweifelt, als ginge es hier um ihr eigenes Leben. Während meine Hauptsorge weiter Yngwie galt, fragte ich mich, wieso unser ›Menschenmädchen‹ so viel Interesse für einen ihr fremden Feuerdrachen an den Tag legte.

»Matrona Thetra Clow, Ihr solltet nicht hier sein.«

Vielleicht befürchtete Invictus, dass Yngwie es nicht gut aufnehmen würde, wenn ich das Schwert herauszog. Vielleicht befürchtete er auch, dass es mir nicht gelang und der Versuch ein weiteres Beben auslösen würde. In jedem Fall konnte ich nur zustimmen: Es war besser, wenn Cara von hier verschwand.

»Der Magister hat recht. Ginga? Begleite die Matrona. Und bitte such nach Magnus … ich meine, nach Magnus Magister Athanasius Cronos.« Wo steckte unser mächtiger Großmeister? Er musste schon verdammt weit weg sein, um von diesem Beben nichts zu bemerken, und am Mittag war er schließlich noch da gewesen. »Ihm fällt sicher etwas ein, wie wir Yngwie verarzten können.«

»Oder bitten Sie Magister Desiderata um Hilfe. Sie unterstützt den Heiler am Seeufer. Neben Illusions- und Manipulationszaubern gehört auch die Heilungsmagie zu ihren Kompetenzen. Ich glaube, der Magnus Magister befindet sich zurzeit auf Xamax.«

Illusionszauber ... »Stimmt, sie ist eine der Eingeweihten.« Ich war ihr nur wenige Male begegnet, aber bei jeder dieser Begegnungen hatte sie mir imponiert.

Magnus war also auf Xamax? Wenn der Magister damit diese fliegende Festung meinte, dann war es natürlich kein Wunder, dass unser Großmeister das Beben nicht bemerkte. Aber hatte ihn denn niemand kontaktiert?

»Und was machst du?« Ich spürte Gingas Angst durch unser Band. Angst um mich, nicht um sich selbst.

»Was wohl? Ich werde versuchen, Yngwie zu helfen. Und jetzt beeilt euch! Je schneller jemand mit einem Heilzauber hier ist, um so besser.« Ich drehte mich nicht erst um. Mein Blick blieb fest auf das Katana gerichtet. Wenn es seinem Namensvetter aus Japan glich, dann war seine Klinge leicht gebogen. Dem Griff nach würde ich sie etwas nach oben bewegen müssen während des Ziehens.

›*Das Silber wird auch dich verletzen, Vampir. Bist du dir sicher, dass du es versuchen willst?*‹

Ja, ich bin sicher. Und hör bitte auf, mich ständig ›Vampir‹ zu nennen. Wir versuchen diese Kleinigkeit zu verbergen. Es gäbe sicher viele, die es nicht sonderlich gut aufnehmen würden, wenn die neuen Wächter der Akademie Untote sind.

Ich überreichte Invictus meinen Dolch, um die Hände frei zu haben und legte sie dann um den Griff des Katanas. Augenblicklich spürte ich das Silber, das in den Griff eingearbeitet war. Es verätzte mit einer kriechenden Gründlichkeit meine Hände, während ich mir die größte Mühe gab, Invictus gegenüber keinen Schmerz zu zeigen.

Mein Name ist übrigens Dariel. Ich spürte den Boden unter mir vibrieren und die Wärme, die mir vom Drachen entgegenschlug. Ich konnte sein zwar lautes, doch durch das Gift geschwächtes Herz schlagen hören. *Jetzt schön stillhalten, Yngwie.*

Ich atmete tief ein und wieder aus. Mein Vater hatte mir beigebracht, dass der Körper in dem Moment am ruhigsten war, in dem er gerade ausgeatmet hatte. Es gab viele Atemtechniken, die helfen sollten. Ich konnte nur hoffen, dass ich alles richtig machte.

Ein.

Und aus.

Ein.

Und aus.

Dann zog ich. Schnell. Gerade. Mit einer leichten Tendenz nach oben.

Mein Schwung reichte, um mit samt dem Schwert mehrere Schritte zurückzutaumeln. Yngwies Schrei hallte in meinen Ohren und meinem Geist. Invictus ließ den Dolch fallen und presste seine Hände auf die Wunde.

Ich sank zu Boden, das Schwert in meinen blutigen Händen. Es war lang. Länger als die Katana, die ich in Erinnerung hatte. Das Blut des Drachen war dunkel und roch süß. Um so süßer, weil meine Hände so dermaßen brannten.

Ich atmete flach und durch den Mund, aber es half nichts. Da war einfach zu viel Blut. Und die Luft anzuhalten und so meinen effektivsten Sinn einzubüßen, war in der aktuellen Situation keine Option. Ich musste mich irgendwie ablenken. Dringend.

»Wer ist dazu in der Lage, ein so langes Schwert in einen Drachen zu rammen?«, sprach ich die erste Frage aus, die mir in den Sinn kam. Automatisch glich ich meine Francesco-Verdächtigen mit den möglichen Verdächtigen für diesen Angriff ab. Ich schloss die älteren, eher körperlich schwachen Magistri und Angestellten aus. Also schweren Herzens auch Tasco. Ebenso die Lehrlinge. Aber da war dieser eine Lehrmeister, der aussah wie ein Berg an Kraft. Magister Tumac Ragis. Er hätte vielleicht genügend Kraft für eine solche Gewalttat.

»Im Grunde könnte es jeder gewesen sein, der einige Grundfähigkeiten der Magie beherrscht. Vom Lehrling des ersten Semesters bis zum Greis.«

»Also glaubt Ihr, dass Yngwie mit Hilfe von Magie angegriffen wurde?«

›Das Katana flog auf mich zu. Aus der Ferne. Mein Angreifer hatte einen Herzschlag. Doch mehr kann ich nicht zu ihm sagen. Sein Geist war wie verschleiert. Sicher nutzte er dafür Magie‹, antwortete mir Yngwie anstelle des Magisters.

Ich nickte und starrte weiter das Schwert an. Ich hatte es noch immer nicht losgelassen. »Also ein Druide. Und sowas kann wirklich jeder Druide?« Würde ich es loslassen, ließe der Schmerz nach; aber dann wären die Wunden an meinen Händen deutlich zu sehen.

»Nun, es reichen Grundkenntnisse im Schweben und Bewegen von Objekten. Regulärer Lehrstoff ist das ab dem zweiten Studienjahr. Aber ein engagierter Lehrling beherrscht diese Basismagie schon früher. Ich würde die beiden ersten Semester zumindest nicht kategorisch ausschließen.«

Ich lachte leise und schüttelte den Kopf. »Dennoch bezweifle ich stark, dass ein Lehrling auf die Idee kommt, nachts hinter der Bibliothek in den Wald zu gehen, um ein Katana – das er vorher aus der Bibliothek entwendet hat – auf magische Weise in einen hinter Zaubern verborgenen Drachen zu schleudern.«

Invictus nickte ergeben. »Da mögt Ihr recht haben. Vor allem die Überwindung der Illusion ist sicher nichts, dass Lehrlinge bereits beherrschen.«

Ich wollte gerade die nächste Frage stellen, als ich einen schnellen Herzschlag hörte. Jemand, der aufgeregt war. Jemand, der rannte. Im Nu war ich auf den Beinen, das Schwert zur Verteidigung erhoben.

»Was–« Weiter kam Invictus nicht.

»Wer ist da?«, rief ich laut.

Ich konnte regelrecht spüren, dass sich irgendwo in der Nähe Magie aufbaute. Es war komisch. So viel Magie hatte ich ja trotz allem noch nicht erlebt. Und sicher nicht genug, um sie zu ›spüren‹. Ich war Vampir und kein Druide. Aber in diesem Moment schien ich sie zu erahnen. Es war wie eine Welle, die auf mich zurollte. Mein erster Reflex war es, mich wegzuducken. Aber ich konnte mich gerade noch rechtzeitig davon abhalten. Weder wollte ich Invictus zeigen, was ich war, noch wollte ich riskieren, dass Yngwie von dem getroffen wurde, was da kam.

Doch, was auch immer auf mich zurollte, verebbte, bevor es mich erreichte.

›Es ist der andere Magister. Sie hat die Illusion erschaffen.‹

»Magister Desiderata?«

Stille. Aber auch kein weiterer Zauber.

»Hier ist Custos Jean Seine.«

»Der Custos?« Das war eine Frauenstimme. Dass sich Magister Invictus hinter mir ebenfalls entspannte, bestätigte meine Vermutung. Sein Puls sank deutlich. Dann trat Magister Desiderata aus den Schatten der Bäume. »Ich ging nicht davon aus, dass Ihr immer noch hier seid.« Ihr Blick war kühl, beherrscht. Als stünde sie vor einem Lehrling und nicht vor einem Drachen. Sie strahlte eine unglaubliche Ruhe und Disziplin aus.

Ich ließ das Schwert sinken und legte es letztlich auf dem Boden ab. »Es erschien mir nicht ratsam, Magister Invictus und den Drachen hier allein zu lassen. Es ist uns gelungen, das Schwert zu entfernen. Allerdings kann Magister Invictus die Wunde nicht mehr lange mit seinen bloßen Händen verschließen.«

Desiderata nickte und schritt – ohne weitere Zeit an mich zu verlieren – auf Yngwie zu. »Also, Yngwie. Ich werde dir jetzt helfen. Und mit etwas Glück ganz ohne weitere Eruptionen oder Beben.«

Ich sammelte meinen Dolch auf und schob ihn unter meinen Gürtel. Dann wandte ich mich wieder dem Schwert zu. Ich winkte Invictus zu mir, der Desiderata sowieso mehr ablenkte als zu helfen, und kniete mich neben das Schwert.

»Magister Invictus, ist es möglich, mit Hilfe des Schwerts herauszufinden, wer es geschleudert hat? Sollten wir es mit anderen Worten möglichst wenig berühren und irgendwo aufbewahren? Oder sind spätestens seit unseren Versuchen des Ziehens alle brauchbaren Spuren fort?« Vielleicht konnte man ja die Magie, die benutzt worden war, gewissermaßen zurückverfolgen. Es war sicher nicht gut, diese Frage zu stellen, denn als ehemaliger Custos Scrutinandi sollte ich das sicher alles wissen. Aber diese Information war gerade zu wichtig, um nur aus Angst vor persönlichen Folgen darauf zu verzichten.

»Nun, große Zauber können natürlich zurückverfolgt werden und auch an diesem Katana sind Spuren der angewandten Magie zurückgeblieben. Aber sie können nun leider nicht mehr eindeutig einem Druiden zugewiesen werden. Theoretisch wäre das möglich gewesen, aber Yngwies Magie ist viel zu stark und präsent. Sie hat die Magie des Täters überlagert.«

Ich musterte das Schwert. Für mich war rein gar nichts magisches daran. Und im Gegensatz zu dieser merkwürdigen ›Magiewelle‹, die Desiderata auf mich abgefeuert hatte, spürte ich am Katana nichts. Rein gar nichts. Aber das war wohl der Unterschied zwischen einem Druiden und allen anderen. Ein normaler Nafish oder Mensch bemerkte Magie wahrscheinlich nur, wenn er von ihr getroffen wurde. Ein Druide hingegen sah viel mehr. Ich fragte mich, ob Cara an diesem Schwert etwas erkennen würde.

»Also gut. Aber nichts desto trotz halte ich es für keine gute Idee, es einfach wieder in die Bibliothek zu hängen. Wer es dort einmal entwenden konnte, dem wird es auch ein weiteres Mal gelingen.« Ich griff nach dem Katana – ignorierte den stechenden Schmerz, der sich sofort wieder in meine Hände bohrte – und stand auf. »Zudem werde ich mich nochmals mit Magnus Magister Athanasius Cronos beraten, wie wir mit dieser Waffe weiter verfahren wollen. Ich kann Euch und Magister Desiderata die weitere Pflege des Drachen überlassen?«

Invictus nickte. »Aber natürlich. Das ist unsere Aufgabe.«

Ja, aber es war eine Aufgabe, die heute leider nicht besonders gut erfüllt worden war. Und wenn jeder Angriff auf Yngwie einen Vulkanausbruch und Erdbeben zur Folge hatte, war ich sehr dafür, dass uns eine bessere Lösung einfiel.

»Ich werde dem Großmeister zusätzliche Wachen empfehlen. Offenbar ist das neue Versteck allein kein Garant für Sicherheit. Genauso wenig wie komplexe Zauber.«

***

Nachdem das Katana sicher verstaut war und nach einem kurzen Abstecher zu Crispin, der sich um meine verätzten Hände gekümmert hatte, wollte ich eigentlich nur noch meine Ruhe. Die Erde hatte tatsächlich aufgehört zu Beben und auch der hyperaktive Vulkan hatte sich wieder beruhigt. Die akute Gefahr war gebannt und die Anspannung fiel ab. Es war niemand ernstlich verletzt worden. Den Magistern war es irgendwie gelungen, die Aschewolke vom Akademiegelände fernzuhalten.

Ich wollte gar nicht so genau wissen, wie.

Der perfekte Moment für den Helden der Geschichte, eine kleine Pause einzulegen. Aber ich war kein Held und die Geschichte hatte keine Pause für mich geplant. Niemand wusste, wer Yngwie angegriffen hatte. Und je länger wir warteten, desto schwieriger würde es werden, den schuldigen Druiden zu finden.

Am Ende ging es uns mit diesem ›Fall‹ genauso wie mit Francesco. Wir hatten alles in Erfahrung gebracht, was es noch in Erfahrung zu bringen gab. Aber letztlich steckten wir fest. Es war, als wären wir gezwungen, auf den Gegner zu warten; darauf, dass er einen Zug und damit einen Fehler machte.

Zugleich fragte ich mich, ob nicht ich es gewesen war, der einen Fehler gemacht hatte, als ich Magnus geraten hatte, Yngwie in ein anderes Versteck zu bringen. Vielleicht war der Umzug beobachtet worden. Vielleicht war das ganze Chaos, das jetzt auf dem Gelände und in der nördlichen Hälfte Zambalas herrschte, meine Schuld. Ich musste dringend herausfinden, wer oder was hinter all dem steckte. Auch für mich selbst.

Also hatte ich den Nachmittag und Abend des Tages damit verbracht, Tasco wegen eines Gesprächs mit Magnus zu nerven – er war noch immer nicht zurück an der Akademie – und den Wald zu durchkämmen. Ich hatte an verschiedenen Stellen alte Ruinen entdeckt, festgestellt, dass Crispin seinen Tunnel an meiner statt zerstört hatte und dass bei Yngwies ehemaligem Versteck nichts mehr auf dessen Anwesenheit hindeutete. Was ich nicht entdeckt hatte, waren Spuren, die mir weiterhalfen. Nach dem Angriff auf Yngwie waren einfach zu viele Nafish durch den Wald zu ihm gelaufen.

Und auch dieses Mal konnten wir im Grunde niemanden ausschließen. Wer hatte in den frühesten Stunden des Tages schon ein Alibi – jenseits des eigenen Bettes? Zumal laut Magister Invictus im Grunde beinah jeder hier auf dem Gelände die Möglichkeit gehabt hätte, unseren feurigen Gast anzugreifen.

Auf dem Weg zurück zum Haus beschloss ich, morgen diesen Thret Nostradamus, den Bibliothekar, aufzusuchen. Vielleicht konnte er mir mehr zum Katana verraten. Es fühlte sich an wie der Griff nach einem letzten, sehr brüchigen und wenig vielversprechenden Strohhalm. Aber ich war an einem Punkt, an dem ich für jede Anmerkung dankbar war.

Ich hörte schon von draußen, dass Ginga nicht allein war. Die Versuchung war groß, noch eine weitere Runde durch den Wald einzulegen. Vor allem, als die beiden auch noch begannen, über Blut zu sprechen. Aber auf der anderen Seite war das nun mein Zuhause. Und ich brauchte dringend einen Ort, der jetzt ›Zuhause‹ sagte.

»Was spricht dann gegen Cole – oder Luce?« Cole und Luce? Also ging es ernsthaft wieder darum?

Da war meine Meinung sicher sowieso nicht gefragt, aber einen Kommentar konnte ich mir trotzdem nicht verkneifen. »Gegen Cole spricht, dass er zu nett ist. Diesen Luce kenne ich noch nicht. Aber da findet sich garantiert auch etwas.« Schon allein, weil die beiden mich nicht mal bemerkt hatten.

Ginga sprang auf, als hätte ich sie zu Tode erschreckt und kam dann direkt zu mir. Ich musterte sie skeptisch. Irgendwas schien ich verpasst zu haben. »Schon zuhause? Und? Hast du noch jemanden finden können?«

Ich schüttelte langsam den Kopf und starrte sie weiter an. Mein Blick drückte die Frage, die sich mir aufdrängte, hoffentlich gut aus: *Alles okay?*

Sie zog meine Hände in ihre und musterte sie prüfend. Sie musste doch gespürt haben, dass der Schmerz wieder verschwunden war, nachdem ich Crispin einen Besuch abgestattet hatte. Drehte sich darum ihre ganze Sorge?

Cara räusperte sich leise, stand auf und sah verlegen zu Boden. Machten wir sie so verlegen? Dabei benahm sich Ginga zwar seltsam, aber ausnahmsweise mal gemäßigt.

»Ich, ahm. Ich bin dann mal wieder weg.«

Das weckte Ginga aus ihrer seltsamen ›Anwandlung‹. »Entschuldige! Ich bin gleich wieder bei dir!« Sie sah zu ihrer Freundin, während sich ihre Hände weiter in mein Wächtergewand gruben – wir hatten die Gewänder rasch sichergestellt, nachdem sich die erste Möglichkeit dafür ergab.

»Schon gut.« Cara lächelte, aber ihre Augen sahen zu müde aus, um mitzulächeln. Trank sie genug? Woher bekam sie überhaupt ihr Blut? Hatte Magnus sie auch zu Crispin gebracht? Ich hätte sie gefragt, wenn Ginga nicht so seltsam gewesen wäre. Das war ein Phänomen, dem ich zuerst auf die Spur kommen wollte.

Also sah ich Cara zu, wie sie an uns vorbei zur Tür lief.

»Dann also bis morgen. Auf dass diese Nacht jetzt ruhiger wird!«

Es war Cara deutlich anzumerken, dass sie eigentlich nicht gehen wollte. Vielleicht hatte sie Angst. Nach dem Tag wäre das kein Wunder. Aber sie wollte uns nicht stören. Sie merkte, dass irgendwas mit uns anders war. Wie auch immer sie Gingas Verhalten interpretierte … Und so musste ein aufmunterndes Lächeln reichen.

Und etwas Angst zu haben, würde ihr nicht schaden. Nicht in einer Welt, die zum Fürchten war. Wir waren erst wenige Wochen hier und hatten dafür schon genug Dinge erfahren und erlebt, die hochgradig beunruhigend waren.

So leid es mir tat: Bei uns wäre Cara nicht sicherer gewesen. Es würde mich wundern, wenn Francescos Widersacher uns nicht schon längst im Visier hatte. Und auch Yngwie vereinfachte die Situation nicht gerade. Dieses Haus trug inzwischen zu viele Geheimnisse für Übernachtungsgäste.

Wir sahen ihr eine Weile nach. Immer wieder wirbelte Caras schwarze Mähne in der Dämmerung herum und ihre Augen trafen zielsicher abwechselnd Ginga und mich. *Es ist besser so …* Ich wünschte, sie würde diesen Gedanken hören und verstehen. Sie war im Wohnhaus besser aufgehoben. Bei Ihresgleichen. Und wir wussten nicht, wann Magnus auftauchen würde. Aber mit Sicherheit würde er nicht mehr lange auf sich warten lassen. Und dann mussten wir in der Lage sein, frei sprechen zu können.

Ich senkte den Blick und zog Ginga langsam aus der Tür. Mit einem leisen Klicken schloss sie sich hinter uns. Dann ließ ich sie los und lief ziellos in unser Wohnzimmer. Die letzten Stunden waren unglaublich gewesen und mein Geist wollte jetzt nur noch seine Ruhe. Und meine malträtierten Hände auch. Crispins Vorrat war ein Segen gewesen. Aber auch wenn die Verbrennungen äußerlich kaum noch zu sehen waren, konnte ich das Ziehen in meinen Händen zugegeben immer noch spüren.

War es das, was Ginga so seltsam sein ließ?

Wir hatten das Schwert im Keller versteckt und sie hatte mich schon den ganzen Morgen mit bösen Blicken gestraft, weil ich es so viel in der Hand gehalten hatte. Kein Wunder. Immerhin hatte ich ihr damit indirekt die gleichen Schmerzen zugefügt, die ich selbst erlitten hatte. Und wer wusste schon, ob die Silberresistenz, die ich mir anzutrainieren versuchte, sich auf sie übertrug oder ob sie den Schmerz vielleicht sogar noch deutlicher spüren musste als ich selbst.

Indirekt? Vielleicht?

Ich war ein Idiot! Sie musste ohne Vorwarnung immer wieder höllische Schmerzen gehabt haben. Selbst Einstecken und Schmerzen Verdrängen – darin war ich geübt. So geübt, dass ich nicht mehr darüber nachdachte. Aber nun hatte ich einen Grund, darüber nachzudenken. Ich quälte nicht mehr nur mich.

Als ich die eine Säule in der Mitte des großen Wohnbereichs erreichte, drehte ich mich zu meiner Schöpferin um. Eigentlich war ich drauf und dran gewesen, mich bei ihr zu entschuldigen, aber sie sah mich wieder mit diesem Ginga-Blick an. Was ging ihr gerade durch den Kopf?

Sie sagte nichts. Sie war überhaupt ungewöhnlich still – vor allem im Kontrast zu ihrer merkwürdigen Begrüßung eben. Es entstand eine merkwürdige Stimmung zwischen uns. Beinah schon lauernd. Ich wich ihrem Blick aus und steuerte nun lieber das Sofa an.

Gleich bis in mein Zimmer zu flüchten fühlte sich falsch an.

Was löste diese Welt nur in uns aus? Diese Welt voller Magie und verrückter Dinge … nein, die Welt war nicht nur voller seltsamer Dinge, sie war im Ganzen … nicht normal. Sie war völlig anders als die, aus der wir – aus der ich kam. Blaues Sonnenlicht. Gras, das einen an seinen Füßen festhielt … aus Langeweile. Ein Palast in den Wolken. Zauberer und Feuerspucker an jeder Straßenecke. Und nun auch noch launische Drachen und mit ihnen verbundene Vulkanketten. Nicht zu vergessen: magische Schwerter.

Langsam reichte es mir.

Es hatte einige Zeit gedauert. Beinah einen Nafishurmonat von Plus Minus fünfzig Tagen. Doch nun begriff ich langsam etwas. Ich begriff, wie anders diese Welt wirklich war – egal wie viele Parallelen sie zur Erde aufwies. Die Ähnlichkeiten waren nur äußerlich. Die Art, wie diese Welt funktionierte, das, was sie im Innersten zusammenhielt, war vollkommen anders. Ich begriff, dass ich anders denken würde müssen, wenn ich Francesco finden wollte – oder Yngwies Angreifer. Und ich begriff, dass ich Paris so schnell nicht wiedersehen würde.

Paris. Die Stadt, in der ich mir nichts schlimmeres vorstellen konnte, als Vampire. Ich würde sie vermissen und alles darin. Vor allem Emile. Auch wenn ich hier zwischen all dem Chaos bisher zugegeben kaum an sie gedacht hatte. Hoffentlich hatte ich recht und es ging ihr ohne mich wirklich besser.

Ich seufzte tief und sog dabei all die fremden Gerüche tief ein. Diese Welt war sicher schon mit normalen Sinnen schwer zu erfassen. Mit den unseren aber taten sich noch mehr Rätsel und Fragen auf. Das alles wäre nie passiert, wenn ich damals an jenem Abend auf die Regeln meines Vaters gehört hätte. Meine rechte Hand rieb sich automatisch über die Brust – da wo kein Herz mehr schlug. Würde ich mich jemals daran gewöhnen, tot zu sein ohne tot zu sein?

Oder sollte ich mich vielleicht lieber fragen, ob ich mich nicht schon viel zu sehr daran gewöhnt hatte? Ich ließ mich auf das Sofa fallen und schloss die Augen. Meine anderen Sinne tasteten die Umgebung ab. Weit entfernt glaubte ich, noch immer Cara wahrzunehmen. Ein aufgeregt schlagendes Herz. Kein Wunder nach diesem Tag. Ich ließ erst von diesem Herzschlag ab, als er durch das Wohnhaus deutlich gedämpft wurde. Zum Schutz. Die Frage war, ob zu Caras oder meinem. Im Grunde hatte ich dank Crispin kein

Durstproblem mehr. Aber ich musste zugeben, dass ich ab und an einen Appetit in mir aufflammen spürte, den man nicht mit dem Trinken aus einer Flasche stillen konnte.

Allein der Gedanke an Blut sorgte dafür, dass mir warm wurde. Ich riss mir das Wächtergewand herunter und knöpfte das Hemd darunter auf. Ich sollte es sowieso ausziehen. Yngwies Blut klebte daran. Noch mehr Blut. Ich seufzte leise.

Meine Gedanken waren gerade unglaublich unstet. Ständig ging mir etwas anderes durch den Kopf. War das mein Problem oder färbte Ginga gerade auf mich ab? Dieses Gedankenchaos in mir passte gut dazu, wie sie sich gerade aufführte.

Sie tigerte ruhelos durch das Zimmer. Und sie mied inzwischen meinen Blick. Vielleicht hatte sie auch diesen Appetit. Und bestimmt war sie durstig nach dem, was wir in den vergangenen Stunden erlebt hatten. Ich hätte frisches Blut mitbringen sollen, aber ich hatte es tagsüber nicht über das Gelände tragen wollen.

Die energische Art, in der Ginga das Wohnzimmer durchquerte, erinnerte mich daran, wie sie mich vorhin wütend umkreist hatte. Und sie erinnerte mich unweigerlich daran, wie nah wir uns plötzlich wieder gekommen waren.

Als mich die Erinnerung an diesen Moment traf, blieb sie stehen und auf einmal mied sie mich nicht mehr. Im Gegenteil. Ihre Augen bohrten sich in meine. Ich hätte nicht einmal blinzeln können, so gefesselt war ich von ihrem intensiven Blick.

Dann kam sie langsam auf mich zu.

Wie ein Raubtier, das sich endlich entschlossen hatte zu jagen.

Automatisch richtete ich mich etwas auf, als sie direkt vor mir stehen blieb.

»Wo haben wir vorhin aufgehört?« Gingas Worte waren begleitet von ihren Fingern, die über meine Schultern strichen, während sie sich zu mir herunterbeugte.

Ich schloss die Augen und lehnte mich wieder etwas zurück – was sie automatisch dazu brachte, sich über mich zu beugen.

War es etwa *das*, was sie so … aufgedreht erscheinen ließ? Der Drang zu beenden, was wir in der letzten Nacht begonnen hatten?

Aber die wichtigere Frage war: Wieso schreckte mich der Gedanke nicht ab? Das Gegenteil war der Fall.

»Ich weiß nicht. Du … hast von Abendgestaltung gesprochen und plötzlich brach die Hölle los.« Ohne zu zögern, ließ sie sich auf meinem Schoß nieder. Immer noch kein Protest meinerseits. Dafür konnte ich mich jetzt schlagartig besser auf eine Sache konzentrieren.

»Meinst du, zur Sicherheit Zambalas sollte ich nicht mehr von Abendplänen sprechen?« Ihre Hände ruhten auf meinen Schultern und sie beugte sich zu mir vor, um mir ins Ohr zu flüstern: »Ich würde nur sehr ungern auf sie verzichten.« Langsam glitten ihre Hände tiefer und ich konnte nicht anders, als sie enger an mich zu ziehen. »Außerdem hatte ich vor allem von Wiedergutmachung gesprochen.«

»Wiedergutmachung. Stimmt. Da war was«, murmelte ich und ließ meinen Kopf nach hinten auf die Lehne sinken.

»Auch wenn dein Herz nicht mehr schlägt, solltest du deine Kehle nicht so präsentieren …« Um ihre Worte zu unterstreichen, fuhren ihre perfekt manikürten Fingernägel genau dort über meinen Hals, wo früher mein Puls geschlagen hatte. »Du bist wirklich eine Fleisch gewordene Versuchung, mein süßer Nachwuchsvampir …« Ihre Worte – ganz nah an meinem Ohr – waren mehr ein Schnurren als gesprochen und sie setzten meinen ganzen Körper unter Strom, als ihre Lippen beim Sprechen mein Ohr streiften.

»Hör auf, mich so zu nennen!«, knurrte ich wenig bedrohlich.

Das süffisante Lächeln auf ihrem Gesicht konnte ich mir bildlich vorstellen, als sie antwortete: »Das ›süß‹ oder den ›Nachwuchs-vampir‹?«

»Beides.« Ich versuchte, möglichst kühl und ›unsüß‹ zu klingen. Meine Schöpferin ließen meine Worte nur leise lachen. Langsam ließ sie ihre Hände über meinen Oberkörper wandern, als wollte sie jeden Zentimeter an mir ertasten.

Mir war nicht klar gewesen, wie sanft sie sein konnte …

Ich hielt meine Augen geschlossen. Aber schon meine anderen Sinne waren inzwischen völlig auf sie ausgerichtet. Ihr exotischer Duft war betörend, ihr leiser, unnötiger Atem streifte mich von Zeit zu Zeit. Ich konnte sie beinah schmecken. Sie musste mir sehr nah sein. *Zu nah.* Aber ob es mir nun passte oder nicht: Ihre Nähe gefiel mir. *Sie* gefiel mir sekündlich mehr.

Ich keuchte leise auf, als sie sich noch enger an mich schmiegte. Dann streiften ihre Lippen wieder mein Ohr und lösten mit jeder Silbe kleine Schauer aus, die über meinen Rücken rollten. »Ich weiß, dass du immer behauptest, du würdest nichts für mich empfinden.« Ihre Stimme klang noch weicher als vorher und ihre Worte waren weniger als ein Flüstern und doch glasklar. »Aber das ist gelogen, nicht wahr?« Sie strich durch mein Haar. »Ich weiß das. Du weißt das.« Über meine Wange. »Gib es zu. Dir gefällt meine Nähe durchaus …« Ihre Lippen glitten meinen Hals hinab. »Unsere Küsse.« Ihre Hände wanderten von neuem über meinen Oberkörper. »Die Berührungen.«

Ging es ihr darum? Verdammt! Was wollte sie von mir hören? Sie war attraktiv. Sie war berauschend. Eine verdammte Naturgewalt. Aber ich wusste nicht, warum ich sie geküsst hatte – immer wieder. Ich wusste nicht, ob das nur eine Art … Reflex war. Ein Instinkt. Ich wusste nicht, wie ein Vampir tickte.

Ich wusste nur, dass alles so viel intensiver war.

Erneut blitzten die Erinnerungen der letzten Nacht auf. Ihre Lippen auf meinen. Ihr Geschmack auf meiner Zunge. Ich wusste nicht, was es war, das mich so magisch anzog. Vielleicht war es ja nur dieses lästige Band zwischen Zögling und Schöpfer, das ihr schon so oft das Leben gerettet hatte. Vielleicht konnte ich gar nichts dafür.

Das muss es sein!

Aber dann sollte ich mich nicht noch weiter darauf einlassen. Ich sollte gegen diese Versuchung ankämpfen.

Während eine ihrer Hände sich wieder in meinem Haar vergrub und meinen Kopf mit unnachgiebigem Griff weiter in meinem Nacken hielt, kratzten ihre Fänge mit einer erregenden Mischung aus Lust und Drohung über meinen Hals. *Mon Dieu!* Meine Hände gruben sich zu beiden Seiten in das Polster des Sofas, um stattdessen nicht wieder sie zu packen. Ich hörte, wie das Leder unter meinen Fingern Stück für Stück einriss; ich konnte es spüren. Mein Herz würde rasen, wäre es nicht bereits tot. Und ich wollte doch nicht, dass es ihretwegen rasen würde, wenn es könnte.

Was dachte ich hier überhaupt für einen Mist?!

»Gib es zu … und ich höre auf«, flüsterte sie beschwörend, als ihre freie Hand begann, mein Hemd ganz aufzuknöpfen. Überdeutlich spürte ich, wie ihre Finger dabei meine etwas kühlere Haut streiften. »Vielleicht.« Als ihre Fänge sich neckend etwas stärker in meinen Hals gruben, wuchsen meine eigenen. Meine Lippen öffneten sich wie von selbst um ihnen Platz zu machen. »Vorausgesetzt«, ihre Zunge fühlte sich erschreckend heiß an, als sie über die kleine Wunde leckte, um sie schnell wieder zu verschließen. Sie hinterließ eine prickelnde Spur auf meiner Haut und ein leises Knurren in meiner Kehle. »Vorausgesetzt, ich soll noch aufhören.« Mit jeder Berührung, jedem Flüstern und jeder ihrer Bewegungen auf meinem Schoß wich meine Beherrschung mehr. Es war wie ein Rausch, ein elektrisierender, erregender Rausch. Wollte ich noch, dass sie aufhörte?

Hatte ich je wirklich gewollt, dass sie aufhörte?

Es war doch im Grunde völlig egal, woher dieses Gefühl kam. Es war doch egal, weshalb ich sie nicht von mir stieß.

Langsam öffnete ich meine Augen. Ich wurde begrüßt von einem smaragdgrünen Augenpaar, das mit einem leidenschaftlichen Leuchten direkt in meine sah. Ihre vollen Lippen formten ein ›sag es‹. Wie hypnotisiert lösten sich meine verkrampften Hände aus dem Polster des Sofas und glitten federleicht über ihre angewinkelten Beine. Von ihrem Blick gefangen öffnete ich meine Lippen, um zu sprechen, aber nicht ein Wort verließ meinen Mund, bevor ich den ihren auf ihm spürte. Ich hörte mich stöhnen, ehe ich mich hätte aufhalten können. Sie schmeckte genauso, wie ich es in Erinnerung hatte. Süß, aber nicht zu süß, exotisch und einfach verdammt verlockend. Wie vor wenigen Stunden und doch viel zu lange her. Meine Hände glitten automatisch fester über ihre Oberschenkel und betont langsam hinauf zu ihren Hüften.

Es fühlte sich gut an.

Richtig.

Seit wir hier in Nafishur waren, hatte sich etwas zwischen uns verändert. Was auch immer das zwischen uns war, es war … echter geworden. Wie berauscht ließ ich mich auf das Spiel ihrer Zunge ein und jede einzelne Zelle meiner Haut konnte meine Schöpferin spüren, als ihre Hand wieder über meinen Brustkorb glitt.

Eine leise Stimme in mir flüsterte, dass wir uns dieses Mal nicht unterbrechen lassen würden. Dass es nichts gab, was diesen Moment stoppen könnte. Und sei es ein Erdbeben. Und dann war es wie kurz nach meiner ›Geburt‹. Als wäre ich ein anderer, als würde ich mir zusehen, wie ich diese attraktive Frau immer enger und fester an mich zog. Mit einer Hand hielt ich ihre Hüfte eng an meiner, mit der anderen fuhr ich fest über ihren Rücken bis ich ihren Nacken zu fassen bekam. Sie streckte und wand sich unter meinen Händen und sie ging sicher, dass ich jede ihrer Bewegungen am eigenen Leib überdeutlich spürte.

Warum fühlte ich mich lebendiger denn je – jetzt, wo ich tot war?

Erst drängte sie mich fest in die Polster des Sofas, ihre Fingernägel und Fänge kratzten über meine Haut; dann begann ich mich gegen ihre dominante Art zu wehren. Der Tisch vor dem Sofa überlebte das nicht. Es war mir egal. Während ich ihre Lippen und ihre Hände am ganzen Körper spürte, wirbelten wir in übermenschlicher Geschwindigkeit durch das ganze Haus. Mal riss ich sie zu Boden und biss nach ihr; mal schleuderte sie mich gegen Teile der Inneneinrichtung – nur um sich anschließend selbst gegen mich zu drängen. Drohendes Fauchen und lustvolle Laute wechselten sich ab. Unterbewusst nahm ich das Reißen von Stoff wahr und wie Fetzen unserer Kleidung ab und an durch die Luft flogen. Ab und an versuchte sich die inzwischen verflucht leise Stimme in meinem Hinterkopf Gehör zu verschaffen und mich darauf aufmerksam zu machen, dass ich all das in ein paar Stunden bereuen würde. Aber es gelang mir nicht, dieser Stimme wieder das Ruder zu überlassen. Noch nie hatte ich mich so frei gefühlt.

KAPITEL XII

Als wir uns nach einer viel zu kurzen Ewigkeit etwas fingen, waren wir auf Gingas großen Bett im Keller gelandet. Ich hielt sie unter mir fest und sie sah mich mit feurigen Augen an und wand sich unter mir. Sie schnappte nach mir, während ein triumphierendes Lächeln mein Gesicht schmückte. Unser beider Selbstbeherrschung war im Grunde nicht mehr vorhanden. Da hörte ich es wieder. *Dum Dum.* Fasziniert sah ich sie an und sie erwiderte meinen Blick mit einem Hauch von Ernsthaftigkeit. »Noch immer überrascht?«, flüsterte sie mir zu. Auch ihrer Stimme war die Ekstase noch deutlich anzuhören. Unseren Körpern machte sie vielleicht nichts aus, aber es tat einfach gut, der angenehmen Mattheit auch mit dem Körper Ausdruck zu verleihen. Sie machte uns wieder ein Stück menschlicher – oder was auch immer sie einst gewesen war. ›Morphomolicher‹ meinetwegen.

Ihr warmer Atem streifte meine Haut und ein sanftes Lächeln umspielte ihre Lippen. »Wir sind nicht so tot wie du vielleicht glaubst, Dariel.« Die Art, wie sie meinen Namen aussprach, ließ mich erschaudern. Sie benutzte ihn so selten … Dann löste sie geschickt eine ihrer Hände aus meinen und strich sanft über meine Wange. »Oder hast du dich gerade etwa tot gefühlt?« Ihr Daumen berührte für den Bruchteil einer Sekunde meine Lippen und rief im Nu alle Empfindungen der letzten Minuten – oder Stunden – wieder hervor. Ein weiterer heißer Schauer jagte meinen Rücken hinab.

»Nein«, flüsterte ich und wandte meinen Blick ab. *Eher das Gegenteil ...* Aber es gelang mir noch immer nicht, diesen Gedanken laut auszusprechen. Warum war das so? Die Frage ließ mich nicht los. Warum hatte es sich so richtig angefühlt, wenn es doch falsch sein müsste? Warum soll es überhaupt falsch gewesen sein? War das nicht eine veraltete Regel? Eine Hunterregel, die inzwischen überholt war?

Aus den Augenwinkeln sah ich, wie mich zwei smaragdgrüne Augen musterten. Im nächsten Moment wirbelten wir ein weiteres Mal herum und mein Gesicht war umgeben von einem flammend roten Vorhang. Ich spürte den weichen Stoff des Bettes unter mir und Ginga auf mir. Ihre Hände hielten mein Gesicht und ihr Blick war nun wieder ernst.

»Es ist in Ordnung. Mehr als in Ordnung. Hinterfrage das nicht. Mach den Moment nicht kaputt. Was sich richtig anfühlt, kann auch nicht verkehrt sein! Versprochen.« Ihre Worte waren überzeugt, aber verhältnismäßig sanft und leise. Es lag nichts Forderndes in ihnen, eher eine Verheißung. *Versprochen ...* Ich fuhr mit meinen Fingern durch ihr Haar und strich einige widerspenstige Strähnen hinter ihr Ohr. War es wirklich so einfach? Vielleicht zumindest für den Moment. Morgen wäre früh genug, um mich dafür zu hassen. Ich nickte nur leicht und schloss meine Augen. Meine Sinne ganz auf ihre Nähe ausgerichtet, darauf, sie bei mir zu halten.

Offenbar gefiel ihr meine Entscheidung, denn sie schmiegte sich an mich und bettete ihren Kopf auf meine Brust. Ich atmete tief den Duft ihres Haars ein. Undefinierbar. Vielleicht, wenn ich diese Welt noch besser kennen würde, vielleicht würde mir dann ein angemessener Vergleich für diesen Duft einfallen. Für den Moment genoss ich einfach ihre Nähe und ihr … Aroma.

Ich starrte die Decke an. Seit einer gefühlten Ewigkeit. Unfähig, in *ihrer* Nähe einzuschlafen. Ich wusste, dass auch Ginga nicht schlief, also wagte ich es doch, eine meiner Fragen zu stellen. »Ist das wirklich dein Herzschlag gewesen? Wie kann das sein?«, während ich sprach, strichen meine Fingerspitzen gedankenverloren weiter über ihren Rücken.

»Ist es wirklich so schwer für dich vorstellbar, dass wir nicht tot sind?«, ihre Stimme war leise und gedämpft. Mit jeder Silbe spürte ich ihre Lippen, wie sie über meine Brust glitten. »Wir sind nicht mehr die Wesen, die wir zuvor waren, aber wir denken und fühlen noch genauso – wenn nicht sogar noch intensiver. Soweit ich weiß«, sie zögerte, als kämpfte sie mit sich, ob sie weitersprechen sollte, »so weit ich weiß, haben wir den Herzschlag an sich nicht mehr nötig. Es sind nur seltene Momente, in denen wir … in denen unser Herz besonders … bewegt ist. In denen es so … berührt wird, dass es einfach schlagen muss … und … dann macht es sich Luft und schlägt … einmal, zweimal … um dann wieder zu schweigen.«

Irgendwann während sie sprach, hatte meine Hand aufgehört, über ihren Rücken zu streichen. Ich hatte aufmerksam zugehört und mein Verstand produzierte gleich noch weitere Fragen. Allen voran die eine: »Und … ich habe dein Herz«, ich hielt inne, um nachzuzählen, »sieben Mal so ... bewegt?«

Sie schwieg einen Moment, bevor sie antwortete. »Nein …« Ihre Antwort kam leise und ich wusste nicht, ob ich erleichtert oder enttäuscht war, bevor sie weitersprach. »Nicht sieben Mal.« Wieder zögerte sie. »Zwölf Mal.«

»Zwölf Mal? W-Wann soll das gewesen sein?« *Und Warum? Und weshalb ist mir das entgangen? Und wieso wühlt mich der Gedanke so auf, dass ich ihr Herz so oft hatte schlagen lassen?!*

»Das erste Mal warst du noch ein Mensch. Als du mich beinah getötet hättest und mich Cara in letzter Sekunde vor Dir gerettet hat.«, sie schluckte leise, »Da war es wohl die Todesangst.«

Ich schwieg betreten. Ja, ich hatte sie umbringen wollen – mehr als einmal. Ich mochte noch immer nicht, was ich war, hatte noch immer viele Gründe, wütend zu sein und ich wusste noch immer nicht, was ich von dieser Frau halten sollte, die mir nun plötzlich so nah und vertraut war. Aber irgendwas in mir war verflucht froh, dass es mir damals nicht gelungen war, sie in Rauch zu verwandeln.

»Das zweite Mal war, als ich noch nicht wusste, dass du noch lebst. Ich wurde von einem Moment zum anderen fast wahnsinnig vor Todesangst – aber ich wusste, dass ich selbst in Sicherheit war. Cara wollte mich beruhigen, doch ich ließ sie nicht. Stattdessen riss ich mich los und rannte quer durch Paris. Ich wusste nicht, warum und wohin, aber trotzdem stand ich plötzlich im Vorgarten deines Vaters … In buchstäblich letzter Sekunde.« Bei diesen Worten gruben sich ihre Finger in meine Seite und sie hielt sich an mir fest, als könnte ich mich sonst in Luft auflösen.

Noch eine Nuance leiser fügte sie hinzu: »In dieser Zeit schlug es genaugenommen sogar mehrmals.« Dann atmete sie tief ein, wie um dunkle Gedanken zu vertreiben. »Da war es im Grunde ähnlich wie gestern, als ich dich vor Yngwie fand.« Sie ließ mich nicht um einen Millimeter los. Eher verstärkte sich ihr Griff noch weiter. »Dann waren da noch die anderen Male, in denen du durch die Magie Nafishurs in Gefahr warst … und dann die, in denen du mir plötzlich so nah warst.« Nun begann Ginga, Muster auf meine Haut zu malen. »Und die meisten Male davon sind dir bewusst.«

Ich nickte leicht und brummte, als mir klar wurde, dass sie meine Zustimmung gar nicht sehen konnte, weil ihr Gesicht noch immer auf meiner Brust und verborgen unter einem Wust von roten Haaren lag. »Ja, ich erinnere mich gut«, murmelte ich. *Also Todesangst, große Sorge oder Lust … große Gefühle. Und was war es damals in Caras Haus? Als ich ihr Herz das erste Mal gehört hatte?* Aber es war eine andere Frage, die mir gerade noch wichtiger schien.

»Und … warum …«, ich wusste nicht, ob ich diese Frage wirklich stellen sollte. Ob ich die Antwort wirklich wissen wollte. Aber zumindest spukte sie mir im Kopf herum, seit ich wusste, dass es diesen vermaledeiten Herzschlag gab. »Warum schlägt mein Herz nicht?« Vielleicht, weil für mich eben doch kein großes Gefühl mit all dem verbunden war. Vielleicht, weil es doch nur unser Band von Zögling und Schöpfer war, das mich so zu ihr zog. Das wäre doch eine logische Erklärung. Eine für so einige Fragen …

Ich merkte genau, wie sie sich anspannte und einen Moment innehielt. Dann richtete sie sich ein Stück auf, strich sich ihr Haar aus dem Gesicht und sah mich mit ihren smaragdenen Augen an. »Du glaubst, dass dich nur unser Band bei mir hält, nicht wahr?« Ihr Blick hatte für den Bruchteil einer Sekunde etwas erschreckend Verletzliches an sich. So kannte ich sie gar nicht. Ich öffnete den Mund, doch bevor ich etwas erwidern konnte, hatte sie sich schon wieder gefangen. Sie legte einen Finger auf meine Lippen, damit ich sie nicht unterbrach, und sprach weiter. »Allein für diesen Gedanken würde ich dich am liebsten im Ungewissen lassen. Ich hoffe, das weißt du! Aber …« Von einem Moment zum anderen glitt ihr Finger von meinen Lippen und stattdessen presste sie die ihren auf meine. Sie knabberte an meiner Unterlippe, neckte mich mit ihrer Zunge und kratzte mich mit ihren Fängen – bis ich völlig vergaß, worüber wir eben noch gesprochen hatten. Stattdessen wurde der Kuss immer leidenschaftlicher und noch bevor ich ihre Hände in meinem Haar und an meiner Seite spürte, hielt ich sie schon längst ebenso fest. Wildes Knurren und leises Stöhnen erfüllten den Raum, als sie plötzlich innehielt und mich mit schwarzen und doch vor Leidenschaft leuchtenden Augen ansah. Sie leckte sich triumphierend über ihre Lippen und betrachtete zufrieden ihr ›Werk‹. Das konnte ich auch. Ich sah mein Spiegelbild in der Schwärze, aus der sie mich anblickte. Auch meine Augen waren schwarz und meine Fänge lang. Vor Hunger – aber ich spürte keinen Blutdurst. Es war ein anderer Hunger. Ich wollte nicht aufhören. Ich wollte sie so nah wie nur möglich an mir spüren. Ich *wollte* sie.

Langsam beugte sie sich wieder zu mir hinunter. Ihre Lippen streiften meine nur kurz. Viel zu kurz. Sie glitten weiter meinen Kiefer entlang bis sie mein Ohr erreichten. »Glaubst du ernsthaft, dieses Gefühl gerade lässt sich erzwingen?« Ihre Stimme klang mehr in meinem Kopf, als dass ich sie richtig hörte. So leise sprach sie. Ich schloss die Augen. *Non.* Und das hatte ich auch zuvor gewusst. Während ihre Lippen an meinem Hals hinab wanderten, sprach sie weiter, doch es fiel mir zunehmend schwerer, mich auf ihre Worte zu konzentrieren. »Du bist … eine andere Art von Vampir als ich. Du wurdest von mir geschaffen. Aber du bist kein Nafish gewesen, sondern ein Luvianer.«

»Eine andere Art von Vampir«, murmelte ich abwesend, während sie mit ihrem Ablenkungsmanöver weitermachte.

»Ein Vampir aus dieser Welt hat Fähigkeiten und Eigenarten, die ein Vampir wie du nicht hat«, murmelte sie, als sie mit ihren Küssen auf Brusthöhe angekommen war.

Ja ... eindeutig besondere Fähigkeiten ... Sie machte mich wahnsinnig, ließ mich meine Ideale vergessen, meine Fragen, ihre Antworten ... sie ließ mich alles vergessen.

Ich spürte, wie sich ihre Lippen an meiner Haut zu einem Lächeln verzogen. Dann hob sie ihren Kopf. Ich hatte meine Augen noch immer geschlossen, aber ich konnte ihren Blick spüren. »Womit soll ich weitermachen? Mit dem Erzählen oder mit ...« Langsam ließ sie ihre Fingerspitzen über meine Seite immer tiefer gleiten.

Oh nein! Reiß dich zusammen! Du willst Antworten! Du hast genug Mist für eine Nacht gebaut! Lass dich nicht von ihr einwickeln!

Ich hatte mich beinah davon überzeugt, dass ich mehr Informationen wollte, als sie wieder anfing, mit ihren Küssen über meinen Oberkörper zu wandern. Ich konnte meiner Beherrschung regelrecht zusehen, wie sie sich mit jedem Kuss weiter verabschiedete. Als sie dann auch noch begann, ihre Fänge einzusetzen, verwarf ich den irrwitzigen Plan, sie zum Aufhören zu bringen. Was hatte ich schon zu verlieren? Wir würden beide ewig leben. Käme es da auf ein paar Stunden mehr oder weniger an?

»Später ... später erzählst du mir alles«, nuschelte ich – mehr um mich selbst zu überzeugen, »später lass ich mich nicht mehr ablenken.«

»Sicher ...«

Das war das letzte gesprochene Wort, das ich in dieser Nacht von ihr hörte. Dafür litten noch so einige Einrichtungsgegenstände unter unserer ... ›Argumentation‹.

***

KLONG, KLONG, KLONG.

Die Decke fühlte sich so wunderbar weich und warm an, beinah seidig. Ich zog sie enger an mich und weigerte mich, die Augen zu öffnen und in den Alltag zurückzukehren.

KLONG, KLONG, KLONG.

Wenn nur nicht dieses nervtötende Geräusch wäre. Ich strich über meine Decke und wollte sie zur Seite ziehen, um doch nach dem Grund für den Krach zu sehen. Doch dann erstarrte ich. Neulich hatte ich doch auch geglaubt, eine Decke zu spüren, als … Meine Hände tasteten an ihr entlang, um dem Decken-Déjà-vu auf den Grund zu gehen, und prompt drang ein leises Seufzen an mein Ohr und die ›Decke‹ bewegte sich auf mir. Sie streichelte mich und rieb sich an mir. Hitze überrollte mich. Ohne meine Augen zu öffnen, sah ich plötzlich deutlich vor mir, was – oder besser wer – da auf mir lag. Wie im Film erlebte ich in meinem Kopf die Kurzfassung der vergangenen Stunden. – Und erstarrte.

Mon Dieu.

KLONG, KLONG, KLONG.

»Ignorier das Klopfen einfach«, murmelte sie an meiner Brust. Sie. Ginga. Meine vernebelten Sinne erwachten mit einem Schlag zum Leben. Ich begriff, dass es ihre Beine waren, die sich um meine Hüfte geschlungen hatten; dass es ihr Rücken war, der sich so seidig anfühlte, und ihr Haar, das so gut roch. Ihre Hände strichen federleicht über meine Haut. Ihr ganzer Körper schmiegte sich an mich wie eine zufriedene Katze.

KLONG, KLONG, KLONG.

Ich öffnete die Augen, unsicher, ob ich wirklich sehen wollte, was ich längst wusste. Rotes Haar schimmerte direkt vor mir im Zwielicht. Von der Wendeltreppe her kämpften sich einige goldene Sonnenstrahlen zu uns herunter. Also musste es Abend sein – oder Morgen. Und … Ach ja. Wir waren im Keller. In Gingas Schlafzimmer. Ich ließ meinen Blick schweifen. Oder dem, was davon noch übrig war. Es gab wohl keinen Schrank, der noch an seinem Platz stand, keinen Tisch oder Stuhl, der nicht mindestens ein Bein verloren hätte und überall waren Federn verstreut.

»Was zum Geier ist denn hier passiert?«, murmelte ich etwas benommen, während ich mich aufrichtete – trotz meiner ›Decke‹. Ich fuhr mir durchs Haar und gab mir redlich Mühe, meinen Verstand wieder zusammenzusetzen.

»Du«, ein leises, klares Lachen begleitete ihre Antwort, »Du und vielleicht auch ich … also wir.«

KLONG, KLONG, KLONG.

Bildete ich mir das ein oder wurde das Geräusch immer energischer? Während ich mich im Bett ganz aufsetzte und versuchte, mich auf das Klopfen zu konzentrieren, machte es sich Ginga rittlings auf meinem Schoß gemütlich. Meine Konzentration drohte wieder zu schwinden. Sie fühlte sich durch diesen Krach offenbar nicht im Geringsten gestört.

Ich richtete meinen Blick auf meine Schöpferin. Aus ihren großen, smaragdenen Augen sah sie mich unschuldig an, während sie auf ihrer Unterlippe knabberte. Ich nahm all meine Selbstbeherrschung zusammen, um sie von mir herunterzuziehen. Ich packte ihre Hüften um– ihre weichen Hüften … die sich so seidig und verlockend anfühlten …

KLONG, KLONG, KLONG.

Jetzt klirrte das kleine eingelassene Glasfenster in der Tür bereits. Unser Besucher verlor die Geduld. »CUSTOS JEAN SEINE! CUSTOS STOKES!« Als er nun auch noch seine Stimme erhob, fand ich doch die nötige Willensstärke um meine schmollende Drakulina im Bett zurückzulassen und mit einem Bettlaken bekleidet an der Tür zu erscheinen.

KLONG, KLONG, KLONG.

»IHR SOLLTET BESSER EINEN WIRKLICH GUTEN GRUND HABEN, UM EUREN GROSSMEISTER WARTEN ZU–« An dieser Stelle unterbrach ich den Ausbruch, indem ich die Tür öffnete. Vor mir stand Magnus diensteifriger Sekretär Tasco Opera mit erhobener Faust – offenbar im Begriff erneut mit aller ihm zur Verfügung stehenden Kraft gegen die Tür zu schlagen. »Oh.« Er musterte mich mit geweiteten Augen. Offenbar erschien ihm ein Bettlaken nicht als angemessene Morgen-Garderobe – hier oben erkannte ich, dass es inzwischen Morgen sein musste. Als seine Augen dann so groß wurden, dass sie ihm beinah drohten herauszufallen, wusste ich, dass Ginga hinter mir aufgetaucht war und wohl eher noch weniger anhatte als ich. Allem Anschein nach hatte es unserem frühen Besucher die Sprache verschlagen.

»Der ehrenwerte Großmeister versteht das schon. Wir sind eben eher … nachtaktiv.« Ich drehte mich zu Ginga um und schüttelte leicht den Kopf. Wie konnte sie nur solche Andeutungen machen?! Ich dachte, sie war es, die sich vor all den Feuerdruiden um uns herum fürchtete.

»Er versteht das schon!?« Glücklicherweise war die lapidare Anrede anscheinend dramatischer und Gingas kleine Anspielung blieb ungehört. »Ihr seid nichts weiter als die Wächter der Akademie! Etwas mehr Respekt bitte!« Mit einer Mischung aus Schock und Neugier versuchte er an uns vorbei ins Innere des Hauses zu sehen. In diesem Moment war ich froh, dass der größte Teil des Schlachtfeldes im Keller zu finden war. »Ich erwarte Euch in zehn Minuten angemessen gekleidet hier vor der Tür.«

Ginga und ich sahen uns an und ich ließ die Tür zwischen ihm und uns wieder zufallen. Zehn Minuten sollten wahrscheinlich eine Herausforderung sein, aber er konnte ja auch nicht wissen, dass wir nicht ganz so viel Zeit benötigen würden. Seelenruhig kam Ginga auf mich zu und legte ihre Arme um meinen Hals. Dann stellte sie sich auf ihre Zehenspitzen um mir etwas zuzuflüstern.

**

»Das ist doch unglaublich! Erst drängelt dieser Tasco, als ginge es um Leben und Tot, und dann ist unser werter Großmeister gar nicht da!« Ich stand mit Ginga im Dekanat und starrte auf Magnus leeren Schreibtisch.

»Dariel, mein Süßer. Sei nicht so ungeduldig. Unser Magnus Magister wird nach dem Chaos mit dem Umzug und dem Vulkanausbruch viel um die Ohren haben. Ich bin mir sicher, er hat einen guten Grund, nicht hier zu sein.«

»Ja, aber den hatte er doch sicher auch schon, als er Tasco zu uns geschickt hat.« Ich fluchte frustriert. Was für eine Zeitverschwendung. »Er hat uns ja nicht mal eine Nachricht dagelassen.«

»Das kannst du nicht wissen.«

»Aber Magnus. Der weiß doch sonst auch alles. Wo war er gestern überhaupt? Ich denke, Yng–« Ich brach ab und starrte auf die merkwürdige Pflanze auf Magnus Schreibtisch. Diese … Ora … Oramota? Als wir das erste Mal in seinem Büro waren, hatte er dadurch seinen Sekretär gerufen. Ein internes Telefon. Ein Telefon, das seinen Kelch aufrichtete, wenn man es aktivierte.

Ich sah Ginga an, hielt mir einen Finger vor die Lippen und räusperte mich geräuschvoll. »Entschuldige. Ich verstehe einfach nicht, weshalb er uns warten lässt. Es muss Magnus Magister Athanasius Cronos doch auch klar sein, dass wir keine Zeit haben, um hier ewig zu warten.« Ich zeigte auf die Oramota. Ihr Blütenkelch war aufgerichtet. Dann versuchte ich Ginga zu signalisieren, dass sie mir widersprechen sollte.

Ginga nickte langsam. Sie hatte verstanden. Wir hatten einen Zuhörer. »Also schön. Aber etwas sollten wir schon noch hier bleiben. Oder willst du den Magnus Magister verärgern?«

»Na schön. Aber es ist nicht meine Schuld, wenn wir deshalb unsere Aufgaben vernachlässigen. Ich sage jedenfalls kein Wort mehr, bis er hier ist.« Während ich sprach, deutete ich ihr an, den Raum zu verlassen. Sie musste weiterreden und dabei so tun, als würde sie auf mich reagieren.

Zumindest hoffte ich, dass sie das aus meinen kryptischen Handzeichen herauslas. Denn auf diese Weise könnte ich versuchen herauszufinden, wer am anderen Ende der Leitung saß.

So lautlos wie möglich öffnete ich die Tür. »Na schön, na schön. Dann ist es eben meine Schuld«, plapperte Ginga los. »Und sieh mich nicht so an!« Ich sah sie nicht an. Ich war bereits auf dem Weg den Turm hinunter.

Also hatte Ginga verstanden, was ich vorhatte. Meine erste Station sollte das Sekretariat sein. Dank des ›Telefonats‹ von Magnus damals wusste ich, dass dort auf jeden Fall auch so eine Oramota stand. Und Tasco war es immerhin gewesen, der uns ins Dekanat gelockt hatte.

Aber als ich – recht schwungvoll – die Tür aufriss, war der Raum verlassen und die Oramota auf dem kleinen, überladenen Schreibtisch ließ ihren Kopf hängen. Entweder hatte Tasco bemerkt, dass ich ihm auf den Fersen war, oder er hatte nichts damit zu tun. Ich schloss den Raum wieder und überlegte gerade, welche Magistri ich zuerst überprüfen sollte, als Ginga von oben herunterkam.

»Die Oramota hat sich gesenkt. Also hat derjenige an der anderen Seite der Leitung aufgelegt.«

»Also ist es jetzt zu spät, um den Täter noch auf frischer Tat zu ertappen. Ob unser Trick durchschaut wurde?«

»Ich bin mir nicht sicher.« Ginga lehnte sich gegen mich und ließ ihre Arme in meinen Nacken sinken. »Ich fand mich schon ziemlich überzeugend.«

»Ginga! Hier können jeden Augenblick Lehrlinge auftauchen«, zischte ich möglichst leise und befreite mich aus ihrer Umarmung.

»Ach was. Nicht ohne, dass wir sie hören.«

Da war ich mir nicht so sicher. Wenn man bedachte, wie oft uns Cara oder die Katzen schon erwischt hatten …

»Und nun?«

»Ich glaube, wir haben zumindest nichts gesagt, das gegen uns verwendet werden könnte oder geheim war. Das ist schon mal gut.« Ich zog Ginga die Kapuze ihres Gewands über den Kopf. »Wir sollten wirklich mit Magnus sprechen. Und mit Tasco. Ich will von ihm hören, wer ihn beauftragt hat, uns zu holen.«

»Klingt nach einem Plan. Aber wie finden wir Tasco?« Schon war die Kapuze wieder verschwunden.

»Und noch wichtiger: Wo ist Magnus? Es gefällt mir nicht, dass er ausgerechnet jetzt durch Abwesenheit glänzt.«

»Du hast ja recht. Meinst du, das war auch Absicht? Als Großmeister hat er sicher häufig Pflichten in Xamax. Die meisten Großmeister haben keine Ämter jenseits des Magnus Magister-

Amts. Wer auch immer hier am Werk ist, scheint genau zu wissen, wann das der Fall ist.«

»Möglich. Das sollten wir auf jeden Fall weiterverfolgen. Aber zuerst müssen wir dieses Nervenbündel von einem Sekretär finden.«

***

»I-ich weiß nicht, wovon Ihr redet. Ich hatte eine unmissverständliche Nachricht des Magnus Magister auf meinem Schreibtisch. Er wünschte Euch unverzüglich zu sehen.«

Tasco war sichtlich unwohl zumute. Ihm stand die Angst ins Gesicht geschrieben. Wir hatten nicht lange gebraucht, um ihn zu finden. Einer der Vorteile an einem vampirischen Geruchssinn.

Ein anderer Vorteil war das vampirische Gehör, das mir gerade verriet, wie nervös Tasco war. Die Frage war: War er aus Angst vor uns so nervös oder aus Angst, bei einer Lüge erwischt zu werden?

»Und du fandest es nicht merkwürdig, dass er dir einen Brief hinterlässt, um eine dringende Bitte zu äußern? Was, wenn du die Nachricht erst später gesehen hättest?«

»Nun. Schriftliche Nachrichten sind nicht unüblich. Ich finde meist am Morgen Anweisungen für Aufgaben, die über den Tag anstehen. Er weiß, dass ich jeden Morgen gegen sieben Uhr das Büro betrete.«

Bei Tasco meinte ›gegen sieben Uhr‹ sicherlich ›Punkt sieben Uhr‹. Er war dieser Typ Nafish. Überkorrekt. Und höchstwahrscheinlich einsam. Leicht manipulierbar. Aber im Grunde harmloser, als ihm selbst lieb war.

»Na schön. Gehen wir davon aus, dass du die Wahrheit sagst. Wo ist Magnus … Magister Athanasius Cronos?«

Wir saßen wieder in Tascos Büro. Es war eigentlich geräumig und durchaus ein schöner Arbeitsplatz mit einer berauschenden Aussicht. Wenn Tasco nicht überall Stapel mit Ordnern, Akten und Büchern bauen würde. Es grenzte an ein Wunder, aber er schien sich in diesem Chaos tatsächlich problemlos zurechtzufinden.

Tasco blätterte in einem Buch, das wohl einen Kalender darstellte, und kam sich augenscheinlich sehr wichtig dabei vor. »Soweit ich weiß, hat er derzeit wichtige Aufgaben in Xamax zu erfüllen, über die zu sprechen mir nicht gestattet ist.«

Ach Tasco. Magnus war ja auch uns gegenüber verschlossen. Aber ich konnte mir zugegeben nur schwer vorstellen, dass Magnus zu diesem blassen Hänfling mehr Vertrauen hatte als zu uns. »Na schön. Dann überbringe Magnus bitte die Nachricht, dass wir ihn dringend sprechen müssen. Wir erwarten ihn, sobald er wieder in der Akademie ist.«

»Aber der Magnus Magister hat wichtige Termine! Ich werde versuchen, für Euch einen baldigen zu finden.«

»Von wegen ›baldig‹. Unmittelbar nach seiner Ankunft.« Ich betonte meine Worte mit einem möglichst kompromisslosen Blick. Tascos Körper reagierte prompt mit einem erhöhten Puls und vermehrter Schweißbildung. Meine Botschaft war angekommen.

Ich nickte zufrieden und stand auf. »Also schön. Dann ist ja alles gesagt.« Mit einem Kopfnicken zu einer schweigsamen Ginga verließ ich Tascos Büro.

Als wir wieder im Freien waren, redete Ginga endlich wieder. »Mich lässt da etwas nicht los.«

»Das da wäre?« Wir liefen mit langen Schritten über das Atrium. Um uns herum herrschte inzwischen ein reges Treiben aus Lehrlingen. Offenbar hatten sich alle schnell vom Schrecken der jüngsten Ereignisse erholt. Aber vielleicht war man in Zambala wirklich einfach an solche ›Lappalien‹ wie Vulkanausbrüche und Erdbeben gewöhnt.

Ginga wartete mit ihrer Antwort, bis wir die Wiesen erreicht hatten und wieder allein unterwegs waren. »Gut, jemand hat uns abgehört. Oder es zumindest versucht. Aber bist du dir sicher, dass das der einzige Grund war?«

»Wie meinst du das? Reicht dir der nicht?«

»Mir würde es auch reichen, wenn nichts von all dem geschehen wäre. Keine Wächter, keine Drachen, keine Angriffe oder Beben oder Vulkanausbrüche. Aber was, wenn das so ähnlich war wie die Sache mit Francesco – falls unsere Theorie stimmt.«

»Ein Ablenkungsmanöver?« Möglich war alles. Vor allem hier.

»Aber wovon sollte uns … das … ablenken?« Meine Frage geriet ins Stocken, als wir unser Häuschen erreichten.

Die Tür stand offen.

Ich sah zu Ginga, die den Kopf schüttelte. Nein, sie hatte die Tür nicht offengelassen. Wir schlichen näher heran und lauschten.

Kein Herzschlag im Inneren.

Auch sonst keine Geräusche.

Vorsichtig betraten wir unser ach so sicheres Zuhause. Was war das für ein Geruch? Ich versuchte, ihn zu fassen, aber er schien überlagert zu sein mit vielen anderen Gerüchen. Hatte der Eindringling gewusst, dass wir überdurchschnittlich gute Nasen hatten? Dann hatten wir vielleicht ein noch größeres Problem als diesen Einbruch.

Das Blut!

Ich lief zur Küche und durchsuchte den Schrank. Hier hatte man offensichtlich weniger gründlich gesucht. Laien. Aber das war unser Glück. Wir hatten noch eine Flasche und die war noch zu und unberührt – und vor allem von außen nicht für ihren Inhalt zu erkennen.

Während auch Ginga langsam das Wohnzimmer durchschritt, versuchte ich das Geschehene zu rekapitulieren. »Also. Yngwie wird angegriffen und so schwer verletzt, dass ein Vulkan ausbricht. Magnus ist abwesend und wir werden aus unserem Haus gelockt. Wozu der Aufwand? Wir sind doch sowieso ständig unterwegs und selten im Haus. Mit etwas List wäre ein solcher Einbruch doch auch viel leichter gelungen.«

»Hat der Einbrecher das so verwüstet?«, murmelte Ginga statt einer Antwort.

Ich folgte ihrem Blick, betrachtete das Chaos und lachte dann. »Du erinnerst dich aber schon noch daran, wie es hier aussah, als uns Tasco geweckt hat?« Ich hätte wirklich zu gern die Zerstörung unserer Inneneinrichtung auf unseren Einbrecher geschoben. Und anderen gegenüber würde ich das vielleicht auch tun – in dem Sinne kam der Einbruch gerade richtig.

Aber *wir* konnten doch untereinander etwas … objektiver sein.

»Natürlich! Wie könnte ich das vergessen.« Prompt umschiffte

Ginga den zerstörten Couchtisch und steuerte auf mich zu. »Als könnte ich vergessen, wie du hier eskaliert bist. Wie ein wütender Sturm bist du durchs Haus gefegt.«

»Ich bin schuld an der vergangenen Nacht? Wer ist denn über mich hergefallen, als wäre ich ein Schnäppchen beim Mitternachtsshopping?!«

»Glaubst du etwa, dieses Chaos hier war mein Werk?« Ginga streckte die Arme aus und zeigte auf das Trümmerfeld, das von unserem Wohnzimmer übriggeblieben war. »Du armer, wehrloser Mann!« Mit einem verhältnismäßig grimmigen Schmollmund starrte sie mich an, während sie ihre Arme demonstrativ vor der Brust verschränkte. »Dabei ist es andersherum.« Plötzlich wurde sie leiser. »Du treibst mich dazu. Diese Gefühls-Wellen machen mich wahnsinnig. Ich will sehen, wie du dich dagegen wehrst.«

»Was willst du damit sagen?!«

»Ist das nicht deutlich geworden? Ich will damit sagen, dass ich nur deshalb so stark auf dich und jede andere emotionale Situation reagiere, weil du deine Gefühle die ganze Zeit unterdrückst! Und wo drückst du sie hin? Durch unser Band zu mir!« Mit jedem Wort war sie mir näher gekommen. »Deine Selbstbeherrschung ist nur deshalb so gut, weil du alle für dich unerwünschten Gefühle bei mir ablädst. Und ich hab dann einen Gefühlsstau und kann sehen, wie ich damit zurecht komme!« Ihr Duft strömte mir entgegen. Sie roch so exotisch, so anziehend. »Du spürst es genauso wie ich! Aber du drängst alles zurück!« Ihre Hände glitten über meinen Oberkörper und ich fühlte mich ganz und gar nicht, als würde ich irgendetwas zurückdrängen. Ihre tiefschwarzen Augen durchbohrten mich und hielten mich fest. »Und dann bin ich wieder die Unbeherrschte von uns! Nur weil ich deine Lust mittrage …« Sie wurde immer leiser … Meine *Lust*?! Ich wollte protestieren, doch dann schmeckte ich ihre Lippen auf meinen.

Ein leises Räuspern ließ uns auseinanderfahren.

»Auf den Bericht bin ich gespannt.«

Magnus.

Unser Großmeister musterte das Chaos um uns herum, schloss die Haustür hinter sich und stellte fest, dass das Schloss nicht mehr seinen Dienst tat. Das ließ ihn zum Glück augenblicklich ernster werden.

Und uns auch.

»Also. Was ist hier passiert, während ich weg war?«

Nachdem ich Magnus überredet hatte, unser Wohnzimmer so wiederherzurichten, wie damals Caras Wohnzimmer in Paris, hatte ich mit meinem Bericht begonnen. Angefangen mit dem Angriff auf Yngwie und den Beben bis hin zu Tasco, der uns auf einen vermeintlichen Befehl Magnus hin aus dem Haus gelockt hatte.

»Und als wir eben wieder hier ankamen, fiel uns die offene Tür auf«, endete ich.

Magnus nickte ernst. »Das gefällt mir gar nicht. Und du hast völlig recht. Wozu dieser Aufwand mit der gefälschten Nachricht? Damit ihr Tasco verdächtigt? Wer in dieses Haus will, hat mit Sicherheit leichtere Wege, sich Zutritt zu verschaffen. Warum also gerade jetzt und auf so merkwürdige Weise?«

Warum gerade jetzt. Ja, das war die entscheidende Frage.

Meine Augen weiteten sich. »Aber natürlich!« Wie von der Tarantel gestochen sprang ich auf und rannte in den Keller. Auch hier war alles reichlich mitgenommen, aber das war irrelevant. Viel wichtiger war … Ich zog die unterste Schublade einer jetzt schiefen Kommode auf. »Verdammt!«

»Was ist?« Magnus und Ginga waren inzwischen hinter mir. Ich rutschte zur Seite und zeigte Ginga die leere Schublade.

Sie zog scharf die Luft ein. »Das Schwert ist weg.«

Magnus sah fragend zwischen uns hin und her, während ich mich wieder aufrichtete. »Das Katana, mit dem Yngwie gestern angegriffen wurde. Es ist verschwunden. Wir hatten es mitgenommen. Sichergestellt. Wollten es dir zeigen. In der Hoffnung, dass du daran etwas bemerkst, das uns verborgen geblieben ist.«

»Einen Bann oder so.«

»Ich verstehe. Wer wusste davon?«

»Nur deine beiden ›vertrauenswürdigen‹ Magister. Invictus und Desiderata.«

»Und Yngwie natürlich.«

Und der Täter.

Magnus nickte und starrte nachdenklich auf die leere Schublade. »Also gut. Der Gedanke missfällt mir, aber ich werde zuerst nach Yngwie sehen und dann mit den Magistri sprechen. Und Yngwie wird zwei druidische Wächter bekommen. Wie soll sich das Tier von seinen Verletzungen erholen, wenn es wieder und wieder angegriffen wird?«

»Was genau ist ihm eigentlich widerfahren? Könnten der erste und der zweite Angriff auf ihn in einem Zusammenhang stehen?«

»Natürlich ist das nicht unmöglich. Aber die Angriffe ähneln sich in ihrer Art nicht. Beim ersten Mal muss ihn jemand mit so etwas wie einem Schrotgewehr angegriffen haben. Nur dass es mit Silber geladen gewesen ist. Das Resultat war eine schleichende Vergiftung. Die kleinen Silberpartikel waren überall an seinem Körper unter den Schuppenpanzer gedrungen und hatten sich festgesetzt.« Während Magnus sprach, reparierte er kommentarlos auch Gingas Schlafzimmer. »Es hat uns Wochen gekostet, alle Silberpartikel zu finden und zu entfernen. Zumindest hoffen wir, inzwischen alle gefunden zu haben.«

»Also wurde in beiden Fällen Silber verwendet.«

»Ja, aber das ist nicht weiter verwunderlich. Dass Silber gegen Drachen hilft, ist hier in etwa so bekannt wie eure eigene Aversion dagegen. Wobei die meisten Nafish Drachen für einen Mythos halten. Und das ist auch gut so.«

Ich nickte langsam. Was sollte das alles? Jede dieser Taten erschien so unzusammenhängend. War es ein Zufall, dass all das gleichzeitig geschah oder gab es zwischen Francesco, dem Einbruch in den Turris und den Angriffen auf Yngwie eine Verbindung, die wir nur nicht sehen konnten?

»Nun gut. Jemand hat euch also durch Tasco aus dem Haus gelockt, damit er das Schwert rechtzeitig verschwinden lassen kann. Dann können wir wohl davon ausgehen, dass uns dieses Schwert einen Hinweis gegeben hätte. Was weißt du noch darüber?«

»Es sah aus wie ein japanisches Katana. Nur war seine Klinge noch ein ganzes Ende länger. Sie war silbern und auch in seinem Griff wurde Silber verarbeitet. Darüber hinaus sah es eher schlicht aus. Keine einprägsamen Verzierungen oder Inschriften. Zumindest keine, die ich hätte sehen oder lesen können.«

»Ich finde, der Griff war nicht nur mit Silber verziert. Er enthielt wirklich viel Silber. Dariel hat sich furchtbar die Hände verätzt an dem scheußlichen Ding!« Gingas Finger strichen einmal mehr über meine Handinnenflächen. So schlimm war es nun auch nicht gewesen. Die Hades hatte mehr geschmerzt.

»Womöglich handelt es sich um ein Ausstellungsstück aus der Bibliothek. Das klingt nach einer Waffe aus den Zeiten der Vampirverfolgungen.« Magnus starrte nachdenklich aus unserem unterirdischen Fenster in den See.

»Ich glaube, so etwas hatte Invictus auch schon angedeutet. Wir werden mit diesem Thret Nostradamus sprechen. Vielleicht vermisst er ein Schwert.«

»Fragt ihn nach einem Katana aus der Zeit der großen Vampirverfolgung.«

»Heißen die hier tatsächlich auch so?«

Ein schwaches Lächeln umspielte Magnus Lippen, als er sich wieder zu mir umdrehte. »Was dachtest du, woher die japanische Kriegskunst diese Idee hat?«

»Ahm. Vielleicht aus Jahrhunderten der kulturellen und militärischen Entwicklung?«

»Ja, das auch – und einige Wanderer. Früher wurde das Springen zwischen den Welten noch nicht so streng überwacht wie heute. Damals sprangen viele Druiden nach Luv und wieder zurück. Oder sie blieben in deiner Welt.« Magnus machte sich auf den Weg zur Wendeltreppe. »Unsere Welten teilen viele Entwicklungen und Ideen und auch viele Mythen und Legenden. Die Druiden brachten die Magie in eure Welt. Und bei ihrer Rückkehr brachten sie technischen Fortschritt zu uns.«

»Technischen Fortschritt?« Wo sollte der sein?

Auf der Mitte der Treppe blieb Magnus stehen und sah zu uns herunter. »Natürlich. Beispielsweise das Vapor Pegma oder das Limigan.« *Limiwas?* »Aber nicht jeder technische Fortschritt der Erde ist hier nötig. Wir nutzen die Magie, um unsere Erkenntnisse von der Erde anzuwenden. Und wir bemühen uns, der Technik dort

Einhalt zu gebieten, wo sie in unseren Augen nicht unbedingt nötig ist.«

Als Magnus bereits das Wohnzimmer erreicht hatte, lief ich ihm nach. »Warte! Einen Augenblick noch!« Im nächsten Moment war ich an ihm vorbei in die obere Etage gelaufen.

»Verdammt.« Die Tür zu meinem Zimmer stand offen.

Ich war mir sicher, sie verschlossen zu haben. Also war der Eindringling auch hier gewesen. Das war gar nicht gut. Hier oben hatten Ginga und ich nicht gewütet. Eigentlich hätte hier also alles unberührt sein müssen. Dementsprechend vorsichtig betrat ich mein Zimmer.

 »Was zum …?« Da war nichts. Also nichts, was nicht vorher auch so gewesen wäre. Jeder Zettel, jedes Bild, jede Notiz lag und hing an seinem Platz. Oder war da doch etwas anders? Ich stellte mich vor meine Wand und schloss die Augen. Ich versuchte, mir so detailliert wie möglich die Wand mit all ihrem Füllmaterial ins Gedächtnis zu rufen. Fehlte wirklich nichts?

Ein Luftzug ließ das Papier leise rascheln und auf der Wendeltreppe quietschte die sechste Stufe. Ich bekam Besuch. Es war nur ein kurzes Quietschen. Leichtfüßiger Besuch.

Ginga.

»Er war auch hier«, begrüßte ich sie, als ihre Schritte fast die Tür erreicht hatten. »Wartet Magnus?«

»Ja, unten. Ich hab gesagt, ich seh mal nach dir.«

Ich nickte, als ich sie in der Tür entdeckte. »Unser ungebetener Gast hat hier nichts verändert. Aber er war im Raum. Die Tür war offen.«

Ginga atmete tief ein. »Aber ich rieche nichts. Also nicht mehr als all die fremden Gegenstände hier sowieso verströmen.«

Der Luftzug!

Jetzt erst schenkte ich meinen Fenstern Beachtung. »Die Fenster. Er hat die Fenster geöffnet. Alle. Dadurch hat sich sein Geruch verflüchtigt.« Nacheinander schloss ich die Fenster wieder. »Verdammt! Unser Gegner weiß jetzt also so ziemlich alles, was wir wissen. Und wir sind ihm dennoch keinen Schritt näher!«

»Das würde ich so nicht sagen.«

Ich sah Ginga fragend an.

Sie stellte sich neben mich und ließ ihren Blick über das Zimmer schweifen. »Zum einen müssen wir ihm schon ziemlich nah gekommen sein. Sonst hätte er das hier nicht tun müssen.« Ich nickte zustimmend. Da hatte sie nicht ganz unrecht. »Zum anderen ist er definitiv ordentlicher als wir.«

»O, man. Du bist wirklich eine grandiose Detektivin. Komm, lass uns Magnus aufklären. Und dann sollten wir uns dringend Gedanken über die Sicherheit unseres Hauses machen.«

»Das halte ich für eine gute Idee.« Magnus Stimme war das erste, das ich von ihm wahrnahm. Wieso hatte die Treppe bei ihm nicht gequietscht? Oder hatte Ginga nur einmal mehr meine Aufmerksamkeit abgelenkt? Unser Großmeister sah um die Tür herum ins Zimmer und klopfte nachträglich leicht gegen das Holz.

»Er war auch hier oben. Allerdings fällt uns keine Veränderung auf. Und leider war er klug genug, hier gut durchzulüften. Ich kann niemand Fremden riechen.«

Magnus Blick mit den hochgezogenen Brauen fragte ›darf ich?‹, während er unser Zimmer bereits betrat. Es war sein Haus auf dem Gelände seiner Akademie, in dem wir uns mit seinem Job beschäftigten. Ein ›nein‹ wäre wohl kaum zu erklären gewesen.

Auch wenn es mir Unbehagen bereitete, dass er sich noch immer selbst an meiner Wand der Verdächtigen sehen würde. Aber auf der anderen Seite wusste er ja längst, dass ich ihn ebenfalls verdächtigte.

Magnus sah sich um, während er eintrat. Für einen kurzen Moment hing sein Blick tatsächlich an meiner Wand, aber er hielt sich nicht lange damit auf, sondern zückte seinen Druidenstab und murmelte wieder irgendwas Lateinisches. Einige Symbole auf seinem weißen Stab begannen zu leuchten – genauso wie seine eisblauen Augen.

Ein beängstigender Anblick. Auch wenn ich davon ausging, dass er nicht vorhatte, seine Magie gegen uns einzusetzen. Ich spürte eine

Welle der Nervosität, die nicht meine war, und dann eine Hand, deren Finger zwischen meine glitten.

Magnus Augen leuchteten noch immer, als er sich – nun magisch verstärkt – erneut umsah. Er drehte sich langsam im Kreis und schien jeden Zentimeter des Zimmers zu scannen. Wir wagten es nicht, ihn anzusprechen, bevor sein Blick wieder normal wurde und er seinen Druidenstab sinken ließ.

»Was hast du gesehen?« Das war es doch, oder? Eine Magie, die gewissermaßen seine Sehkraft verbessert hatte.

»Leider nicht viel. Ich habe versucht, magische Spuren zu entdecken. Aber der Eindringling hat seine Spuren ausgezeichnet verschleiert. Das spricht leider für einen wirklich ausgesprochen talentierten, geübten Druiden.« Oder für einen nicht-druidischen Nafish. Aber wenn man den Einbruch in Verbindung mit dem Angriff auf Yngwie betrachtete – was angesichts des gestohlenen Schwerts nahelag –, dann war das hier ein Druide gewesen. Ein geübter Druide, wie Magnus gesagt hatte.

Ich erwiderte seinen ernsten Blick. Also lag die Vermutung nahe, dass es sich um einen der Magister handelte. Ein Szenario, das Magnus ganz offensichtlich wenig zusagte.

»Nun gut. Ich werde veranlassen, dass jemand eure Tür repariert. Außerdem sollte über dem Gebäude ein magischer Schutz angebracht werden.« Er verstaute seinen Druidenstab in seinem heute roten Gewand. »Ich hatte gehofft, euch nicht zu sehr mit Magie umgeben zu müssen. Ich nahm an, das wäre in eurem Sinne. Doch unter den gegebenen Umständen scheint es mir absolut notwendig.« Magnus musterte noch einmal kritisch den Raum. »Sobald Yngwies Wächter da sind, werde ich euch darüber informieren. Damit wäre unser Drache dann besser geschützt, ohne euch zusätzlich zur Last zu fallen. Und ihr könnt euch wieder eurer eigentlichen Aufgabe zuwenden.« Sein Blick fiel wieder auf meine Wand.

Ich räusperte mich leise. »Ja, das ist sicher eine gute Idee. Die Zeit arbeitet gegen uns – und gegen Francesco.«

Mit einem Schlag verdüsterte sich Magnus Miene. Er hatte schon zuvor nicht gerade glücklich ausgesehen, aber das Thema Francesco machte es noch schlimmer. Er ging langsam auf den großen Tisch in der Mitte des Raums zu. Langsam, als müsste er sich zu jedem einzelnen Schritt erst überreden.

»Ihr solltet euch besser auf die Suche nach dem Täter konzentrieren.« Als er sich gesetzt hatte, sah er wieder zu mir und sein Blick hatte so gar nichts mehr von dem Magnus, den ich kannte. »Ich habe mir lange etwas vorgemacht. Aber im Grunde weiß ich, dass er nicht mehr unter uns weilt.« Er atmete tief durch und wandte den Blick ab. »Es ist mir möglich, alle Nafish zu erspüren, die in einer Verbindung zu mir stehen. Auch über die gängigen Ortungszauber hinaus.«

Stimmt. Von Ortungszaubern hatte er schon gesprochen. »Aber kann es nicht sein, dass ihn jemand einfach mit Magie versteckt? So wie du Yngwie versteckst?«

»Es ist natürlich nicht vollkommen unmöglich. Jedoch konnte ich noch jeden lebenden, mir nahestehenden Nafish erspüren.« Magnus fuhr sich durch seine Locken und wirkte weniger großmeisterlich denn je. »Versteht mich nicht falsch. Ich habe keine verzauberte Landkarte in meinem Kopf, auf der ich jeden Nafish verfolgen kann. Um jemanden konkret an einem Ort aufzuspüren, benötige ich genauso Ortungsmagie wie alle anderen – und die kann ein anderer Druide natürlich überwinden.«

»Aber?« Was konnte er denn nun noch? War dieser Mann nicht schon mächtig genug?

»Wie gesagt: Ich kann spüren, ob sie da sind. Man sagt einer Mutter nach, sie könnte spüren, ob es ihrem Kind gut geht oder nicht. Auch wenn sie es nicht bei sich hat. Ich denke, so lässt es sich am besten beschreiben.«

»Und du kannst Francesco nicht mehr auf diese Weise ›spüren‹?«

Magnus schüttelte den Kopf und seufzte leise. »Nein. Seit seinem Verschwinden nicht mehr. Deshalb bin ich mir so sicher, dass er nicht einfach nach Luv geflüchtet ist. Aber deshalb muss ich mir nun auch eingestehen, dass es vergeblich wäre, weiter nach ihm zu suchen.«

»Aber was ist mit Johanna? U-und auch mit dir? Ihr wollt Gewissheit. Und euch verabschieden, hab ich nicht recht? Egal, in

welchem Zustand. Wäre es nicht dennoch wichtig, ihn zu finden?«
Ginga fragte nur zögerlich. Leise. Unsicher. Aber mit überraschend
viel Feingefühl.

»Natürlich wäre es das. Und doch ist es jetzt wichtiger,
herauszufinden, wer dahintersteckt und ob von dieser Person noch
immer eine Gefahr ausgeht. Ich darf vor allem die Lehrlinge der
Akademie nicht länger einem solchen Risiko aussetzen. Sollten wir
den Täter nicht bald finden, werde ich aus Sicherheitsgründen die
Akademie schließen müssen. Das Risiko ist zu groß.«

KAPITEL XII

»Glaubst du, er ist wirklich tot?«

»Keine Ahnung.« Gingas Blick ging stur geradeaus. »Magnus klang schon sehr überzeugt.«

Nach unserem Gespräch mit Magnus hatten wir beschlossen, unsere Kontrollgänge wieder zu intensivieren: Am Morgen vor Sonnenaufgang, am Nachmittag vor Sonnenuntergang und bei Nacht zogen wir nun unsere Runden über das Gelände. Und in der Nacht machte ich dabei stets einen kleinen Umweg in den Wald hinter der Bibliothek. In dieser Nacht hatte ich dabei sogar eine Begleiterin. Allerdings hatte es mich viel Überzeugungsarbeit gekostet, Ginga ein weiteres Mal in die Nähe unseres Feuerdrachen zu führen. Genau genommen eine Woche an Überzeugungsarbeit.

Magister Invictus und Magister Desiderata war es inzwischen gelungen, die Wunde bestmöglich zu verschließen. Den Rest würde die Zeit heilen, wie uns mitgeteilt worden war. Sie wollten wohl bei einem Drachen so wenig wie möglich eingreifen. Sein Wesen sei noch zu unerforscht und die Druiden hatten Angst, das empfindliche Gleichgewicht zwischen Drachen, Magie und Nafishur mehr zu beschädigen als zu retten, wenn sie mit stärkerer Magie eingriffen.

Ich konnte nur hoffen, dass sie die richtige Entscheidung getroffen hatten und sich dieses riesige Vieh schnell erholen würde. Silber war nicht leicht zu ertragen – erst recht, wenn man nicht über einen untoten Körper verfügte, der sich mittels Bluts ausgesprochen schnell und effektiv heilen konnte. Und ich konnte nur hoffen, dass die zusätzlichen Wächter bald eintreffen würden.

Ich blieb hinter einem Torbogen des Atriums stehen und starrte in den dunklen, bedeckten Himmel. Es sah nach Regen aus. Das wäre das dritte Mal seit wir hier waren. Es wurde Zeit. »Also denkst du auch, wir sollten uns jetzt auf den Täter konzentrieren? Auf mögliche Gefahren für die Akademie?«

Natürlich war die Sicherheit der Lehrlinge wichtig. Aber sollten wir die Suche nach dem alten Wächter wirklich aufgeben? Hatte nicht Ginga selbst vorher noch das Gegenteil behauptet?

»Das wäre sicher das Beste. Denkst du nicht?«

»Wahrscheinlich. Aber findest du sein Argument nicht reichlich unglaubwürdig? Francesco ist tot, weil er ihn nicht mehr ›spüren‹ kann?!« Ich malte zwei Bogen in die Luft, die hier das Pendant zu Gänsefüßchen waren.

»Naja. Er ist sehr mächtig. Vielleicht können große Druiden das?«

»Selbst, wenn. Wenn er Leben spüren kann, wie sieht es dann mit Untoten aus? Ich meine: Was, wenn jemand den Wächter entführt und gebissen hat und Francesco jetzt in den Wäldern umherirrt und durstig ist? Dann könnte Magnus ihn nicht mehr spüren, hab ich recht? Und dann wäre Francesco eine Gefahr für alle Nafish in der Umgebung.«

»Das klingt jetzt aber mindestens genauso weit hergeholt. Dann müsste ihn sein Schöpfer doch bemerken und sich um ihn kümmern.«

»Du meinst, so wie du das getan hast?« Ich blieb wieder stehen und sah Ginga an. Meine Schöpferin, die mich wider Willen immer und immer wieder gerettet hatte. Wir standen inzwischen mitten auf der Wiese – irgendwo zwischen dem Atrium und dem See. Die Lucernablüten um uns herum waren die einzige Lichtquelle.

»Ja, so wie ich es getan habe. Ich bin durch deine Schmerzen und deinen Durst fast wahnsinnig geworden. Ich hatte keine wirkliche Wahl. Ich musste dir helfen.«

»Und dagegen kann man sich nicht wehren? Wenn man beispielsweise absichtlich jemanden gebissen hat, um ihn dann als Gefahr auf die Welt loszulassen.«

»*Ich* konnte mich jedenfalls nicht wehren. Und ich wüsste auch nicht, wie man sich gegen diesen Drang wehren könnte. Ich hab alles gespürt. Deine Angst, deine Verzweiflung, deinen Durst, deine Wut.« Sie blieb ganz nah vor mir stehen und legte einfach ihre Hand auf mein stilles Herz. »Und ich spüre es noch.«

Es war unglaublich verlockend, Gingas Nähe nachzugeben. Aber ich wollte nicht schon wieder den Faden verlieren. »Aber mir sind in Paris so viele Vampire begegnet, die keinerlei Kontrolle hatten; die nicht den Eindruck machten, von jemandem …« Wie nannte man das am besten? »Die nicht gerade erzogen wirkten. Als hätte ihnen niemand die Regeln erklärt.«

»Vielleicht besteht ein Band nicht weiter, wenn der eine in Luv ist und der andere in Nafishur. Oder sein Schöpfer ist inzwischen Rauch. Und natürlich gibt es auch solche Schöpfer, die sich nicht um Regeln scheren. Solche Optionen bleiben natürlich noch offen.«

Wenn Welten zwischen Schöpfer und Zögling lagen … Anfangs hatte ich in Paris noch gehofft, Ginga ginge ohne mich – so dass ich wieder frei gewesen wäre. Aber als die Frage dann plötzlich real wurde, da war für uns beide klar gewesen, dass wir nur gemeinsam gehen würden. Es war eine absurde Situation gewesen. Wir hatten nicht viel Zeit gehabt, um uns zu entscheiden. Und das zwischen uns war damals anders … anders als jetzt. Trotzdem hätte ich mir nicht vorstellen können, sie allein gehen zu lassen oder sie zurückzulassen.

»Es ist schwer zu verstehen. Aber vielleicht hat nicht jeder Schöpfer diese … enge Bindung. Jede Verwandlung ist anders. Das habe ich dir ja schon in Paris erklärt. Die meisten Gebissenen sterben am Gift. Andere brauchen Tage, um sich zu wandeln. Bis dahin kann der Schöpfer schon weit fort sein.« Ja, und bei mir war es schnell gegangen. Wenige Stunden.

Als hätte ich es eigentlich gewollt.

Das war für mich bis heute unbegreiflich.

Auch wenn ich mich inzwischen tatsächlich irgendwie arrangiert hatte. Mir gefiel der Gedanke, noch immer die Rolle eines Beschützers zu haben. Und der ›Wächter‹ entsprach dem in meinen Augen sogar besser als der ›Jäger‹.

»Wie war es bei dir?«

»Hm?« Ginga sah mich fragend an.

»Wie lange hat es bei dir gedauert, bis du zum Vampir wurdest?«

»Ach das … Hmm. Gute Frage. Keine Ahnung. Ist schon lange her. Ich kann mich nicht mehr daran erinnern.« Sie sprach schnell und leise. Und sie ließ mich los, gewann etwas Abstand und lief dann in die falsche Richtung weiter.

Sie log.

Warum wollte sie immer so genau wissen, was in mir vorging, ohne mir dabei zu verraten, was sie antrieb? Sie hatte sich verändert, seit wir in Nafishur waren. Nicht immer und es fiel sicher nicht jedem auf, aber sie war wie unter Spannung. Mal viel zu ruhig, dann wieder viel zu aufgedreht. Sie konnte mir viel erzählen, aber das ließ sich doch nicht alles dadurch erklären, dass ich ihr meine Gefühle zuschob, wenn ich sie nicht wollte.

»Warte! Jetzt lauf doch nicht weg!« Ich lief ihr nach und einmal mehr fiel es mir schwer, meine Fähigkeiten nicht voll einzusetzen. Zumal sich Ginga kein Stück zurücknahm.

***

Es kostete mich beinah zwei Tage, um Ginga wieder dazu zu bringen, anständig mit mir zu reden. Es war erstaunlich, wie schnell einem ihre Anzüglichkeiten fehlen konnten, wenn das bedeutete, dass sie wortkarg in der Ecke saß. – Lieber sollte sie mich stören, als mir keine Hilfe zu sein. So unlogisch das auch klang.

Inzwischen war wieder Andeg. Der Sonntag Nafishurs. Das Wetter war nach dem Regen vor zwei Tagen ein mediterraner Traum – obwohl es hier wohl erst Frühjahr war. Ich wollte gar nicht wissen, wie Zambalas Sommer werden würde.

»Was hast du eigentlich das ganze Wochenende über getrieben?« Ginga musterte eine Weile meine Wand und dann mich.

»Erstens ist erst das halbe Wochenende um. Zweitens: Sprichst du wieder mit mir?«

»Vielleicht. Also. Was hast du das halbe Wochenende lang getrieben?«

»Ich habe jede einzelne Notiz überprüft, die sich in diesem Zimmer befand. Wenn mich mein Gedächtnis nicht im Stich lässt – und ich nehme an, ein Vampirgedächtnis ist über die meisten Zweifel erhaben – dann fehlt tatsächlich nicht ein Zettel. Und es ist auch keiner hinzugekommen. Unser Einbrecher scheint sich nur informiert zu haben.«

»Vergiss nicht, dass er ja schon im Keller fündig geworden ist.«

»Da magst du recht haben.« Ich drehte mich zu Ginga und lehnte mich gegen den Tisch. »Wir sollten heute auf jeden Fall in der Bibliothek vorbeischauen. Ich will wissen, wie einfach es ist, dort ein Schwert zu klauen.«

»CUSTODES! CUSTODES!« Ich hörte die Rufe, bevor kurz darauf Fäuste gegen unsere Eingangstür schlugen.

Was war denn nun schon wieder? Ein Vulkanausbruch? Ein Drache? Wie sollte man bei seinen Ermittlungen vorankommen, wenn ständig etwas anderes geschah und ablenkte?

»CUSTODES, SEID IHR DA?«

Ich hatte die Tür geöffnet, noch ehe die Frage ausgesprochen war. Vor mir stand ein Lehrling. Ihr Pferdeschwanz wirkte reichlich mitgenommen, ebenso wie der ganze Rest an ihr. Ihr Herz schlug schnell und laut passend zu der Anstrengung und Aufregung, die ihr ins Gesicht geschrieben standen.

»Was ist passiert?«

»Bitte begleitet mich schnellstens zur Bibliothek!« Sie wirkte äußerlich verblüffend gefasst für die Intensität ihres Herzschlags. Aber ihre Sorge und Eile waren echt. Das konnte ich deutlich erkennen.

»Natürlich.« Ich griff nach meinem Wächterüberwurf und zog ihn an, während wir uns bereits in Bewegung setzten.

»Bitte kläre mich unterwegs auf. Wer bist du und was ist passiert?«

»Ich bin Adama Ragis«, antwortete der Lehrling prompt und ziemlich kurzatmig. »In die Bibliothek wurde eingebrochen. Nostradamus geht es gar nicht gut.«

»Ragis, wie in ›Magister Tumac Ragis‹? Und ist der Bibliothekar verletzt?«

»Magister Tumac ist mein Vater, ja. Nostradamus ist nicht in dem Sinne verletzt. Ich vermute, dass er unter Schock steht. Soll ich vielleicht Clinicus Doktor Soumaré holen?«

»Wenn er nur unter Schock steht, wird das wohl nicht nötig sein. Aber sicher ist sicher. Gut. Hole du den Clinicus Doktor. Ich sehe nach eurem Bibliothekar.«

Sie nickte knapp und rannte dann in die andere Richtung davon. Noch ehe ich wieder nach vorn sah, hatte Ginga mich eingeholt und war an meiner Seite.

»Ich war so frei, noch einen Moment zu warten. Ich wollte sicherstellen, dass es sich nicht wieder um eine Finte handelt, um einzubrechen.«

»Kein schlechter Gedanke. Wobei das Haus ja nun besser geschützt sein sollte und außerdem nichts mehr zu holen ist.« Als wir die Bibliothek erreichten, stand deren Hauptportal weit offen. Ich konnte die aufgeregten Lehrlinge bis nach draußen hören. »Also gut. Ein Vorschlag: Du befragst die Lehrlinge. Ich werde mir zuerst den Bibliothekar vornehmen. Einverstanden? Und bitte hab ein Auge darauf, dass wir nicht belauscht werden und verrate nichts über Yngwie und das Katana.«

Im Foyer war das Chaos, das sich schon durch das Stimmengewirr angekündigt hatte, sichtbar. Aber wir mussten nur die ersten beiden Lehrlinge aus dem Weg schieben, danach erledigte das der Anblick unserer Roben.

Ich lief zielsicher auf den einzigen Greis unter all den jungen Gesichtern zu: Sein Haar war reinweiß und seine Haut glich zerknittertem Pergament. Das musste der Bibliothekar sein. Er saß auf den unteren Stufen der großen Treppe im Foyer und schüttelte immer wieder den Kopf.

»Thret Nostradamus?« Er sah zu mir auf und für einen Moment wollte ich meine Meinung über sein Alter revidieren. Seine dunklen Augen strahlten so viel Lebendigkeit und Energie aus. Wie konnten so wache, junge Augen in einem so alten, müden Gesicht sein? »Ich bin Custos Jean Seine. Wir hatten noch nicht das Vergnügen.« Wofür ich mich jetzt gedanklich ohrfeigte. »Was ist passiert?«

»Und leider ist unser Kennenlernen nun alles andere als ein Vergnügen, werter Custos. Die Bibliothek wurde bestohlen.«

»Davon hörte ich bereits. Was wurde gestohlen?« Es war unglaublich. Zweimal so kurz hintereinander?

»Ein altes Katana aus den Vampirkriegen.« Er zeigte an die Wand gegenüber. »Es hing dort seit dreißig Jahren.«

»Was?« Ich drehte mich um und folgte seinem Fingerzeig. Zwei leere Halterungen waren an der Wand zu sehen. Darüber und darunter hingen noch zwei weitere Schwerter: eines kleiner, eines größer als das Fehlende, wenn man den Abstand der Halterungen beachtete. »Es wurde schon wieder ein Katana gestohlen?«

»Was meint Ihr mit ›schon wieder‹? Igigu sei Dank ist dies der erste nennenswerte Diebstahl in Jahrzehnten. Die meisten Bücher hier sind ersetzbar. Aber diese Schwerter sind Unikate, die zu Lehrzwecken hier ausgestellt werden.«

Ich merkte, wie uns immer mehr Lehrlinge neugierig beobachteten. »Nostradamus, können wir dieses Gespräch in einem diskreteren Rahmen fortführen?«

»Natürlich.« Er machte Anstalten aufzustehen und ich bot ihm meine Hand. Aber er brauchte meine Hilfe nicht. »Bitte folgt mir.«

***

»Also nochmal. Was meint ihr mit ›schon wieder‹?«, wiederholte der Bibliothekar, sobald er die Tür zu einem kleinen Büro hinter uns geschlossen hatte.

Ich musterte ihn irritiert. »Damit meine ich, dass schon am vergangenen Accdeg – vor über einer Woche also – ein Katana aus der Bibliothek entwendet wurde.« Und danach aus meinem Haus.

Thret spiegelte meine Irritation und umkreiste langsam seinen Schreibtisch, der ebenso klein war wie alles in diesem Büro, und ließ sich dahinter nieder. »Ihr müsst Euch irren, werter Custos. Das ist nicht möglich.«

»Ich bin mir sogar sicher. Ich hielt es in meinen Händen. Und ich fand es … im Wald und nicht an der Wand dort draußen.«

Nostradamus sah mich lange schweigend an. Dann sagte er leise:

»Aber wir besitzen nur dieses eine Katana.«

»Dann ist Ihnen das Fehlen der Waffe vielleicht einfach bisher nicht aufgefallen. Wäre das nicht denkbar?«

»Custos Jean Seine. Diese Bibliothek ist mein Leben. Ich arbeite hier nicht nur, ich wohne hier auch. Und jeden Abend nachdem ich alle Türen und Fenster geschlossen habe, kontrolliere ich alle öffentlichen Räume. Glaubt mir, ich hätte es gemerkt, wenn das Herzstück unserer Exponate plötzlich fehlen würde – seit über einer Woche. Ganz genauso, wie ich es eben gemerkt habe.«

»Sie wollen damit sagen, dass das einzige hier befindliche Katana eben erst gestohlen wurde?«

»Genau das will ich sagen.« Wieder ruhte sein nachdenklicher Blick auf mir. Er sah genau, wie mich seine Worte aufwühlten und verwirrten und nicht zu fragen, fiel ihm wahrscheinlich nicht leicht. Aber er schwieg.

»Was wäre, wenn das Schwert in der vergangenen Woche von Accdeg auf Mazdeg fort gewesen wäre? Nur für einen Tag und eine Nacht? Immerhin war es durch den Vulkanausbruch in diesen Tagen sehr turbulent. Sie haben sich sicher darauf konzentriert, die Lehrlinge und die Bücher zu schützen und Schadensbegrenzung zu betreiben. Was, wenn es sich jemand … geliehen hätte und dann wieder zurückgebracht?«

»Um es dann heute erneut zu stehlen?«

»Um es dann heute erneut zu stehlen.« Ich nickte. Und ich wusste, wie sich das anhören musste.

Thret Nostradamus hingegen schüttelte den Kopf. »Es tut mir leid, dass ich Eure Lösung nicht akzeptieren kann. Aber ich bin mir sicher, dieses Schwert nicht zuvor schon verloren zu haben.« Er lehnte sich in seinem Stuhl zurück und ließ den Blick über die vollgestopften Regale seines Büros gleiten. »Diese drei Waffen, die im Foyer hingen sind jeden Morgen das erste, das ich vom öffentlichen Teil der Bibliothek sehe, und jeden Abend das letzte.«

Und doch war die Erklärung, die ich ihm geboten hatte, die einzig logische, die mir einfiel. Ich seufzte leise und lockerte den Kragen meines Gewands. Was er da sagte, war vollkommen unmöglich. Es war deutlich logischer anzunehmen, dass dieser alte Mann sich täuschte. Sein entschlossener Blick machte es mir jedoch schwer, das zu glauben. Gab es denn eine Alternative?

»Wäre es vielleicht möglich, dass Sie durch Magie getäuscht wurden?«

Der Bibliothekar antwortete nicht gleich. »Etwas wie ein Illusionszauber? Eine Art Hologramm?« Seine schlanken, knochigen Finger trommelten auf den Schreibtisch. »Das könnte natürlich sein.«

»Und dieser Zauber ist vorhin erloschen. Deshalb war das Schwert plötzlich verschwunden.«

Thret nickte zustimmend. »Natürlich. Das wäre eine einleuchtende Erklärung.« Er stimmte mir also auch mit Worten zu. Aber aus seinem Gesicht konnte ich deutlich die Zweifel ablesen. Er fragte sich sicher gerade, ob er wirklich auf eine solche Illusion hereingefallen wäre.

»In jedem Fall wird bereits nach dem Schwert gesucht. Sollte Ihnen noch irgendetwas einfallen, dann zögern Sie bitte nicht, uns zu benachrichtigen.« Das klang doch wirklich professionell. Als hätte ich solche Situationen ständig zu bewältigen.

Thret Nostradamus erhob sich aus seinem Stuhl und trat wieder auf meine Seite des Tisches. Ein klares Zeichen, dass auch für ihn dieses Gespräch vorüber war. Er umschiffte auch mich und blieb dann mit der Hand auf der Türklinke stehen.

»Sagt mir bitte nur eins, Custos Jean Seine: Weshalb hat mir an besagtem Accdeg niemand vom angeblichen Diebstahl des Katana berichtet? Warum befragte mich niemand dazu?«

Er war wirklich so aufmerksam, wie sein Blick vermuten ließ. Ich machte einen Schritt auf ihn zu – wodurch ich nun direkt vor ihm stand – und zögerte mit meiner Antwort. Das war ein Test. Er testete mich. Aber was genau stellte er auf die Probe? Meine Loyalität? Meine Verschwiegenheit? Meine Ehrlichkeit?

Oder mein Wissen?

Ich brauchte eine ehrliche Antwort, die zeigte, dass ich mehr wusste, als ich sagte, die aber nichts verriet …

»Verzeihen Sie, Nostradamus, aber die Waffe steht in Verbindung mit einem Verbrechen, über das ich nicht befugt bin, mit Ihnen zu sprechen. Oder mit sonst einer Person außerhalb des involvierten Kreises.«

»Ihr sagtet, Ihr hättet die Waffe selbst in Händen gehalten. Im Wald.« Verdammt. Er hatte recht. Im Grunde hatte ich vorhin schon eine Indiskretion begangen. »Ich nehme an, es geht um den geheimen Besucher, der seit kurzem im Wald hinter der Bibliothek nächtigt.«

»Woher–«, ich unterbrach mich selbst für eine wichtigere Frage: »Was wissen Sie über diesen … Besucher?« Das konnte doch nicht wahr sein?!

Gab es ein Leck?

Wie hatte dieser Nostradamus von Yngwie erfahren können?

»Ach, ich verstehe. Jetzt habe ich mich verdächtig gemacht.« Er ließ die Klinke los und brachte wieder etwas Sicherheitsabstand zwischen uns. »Ich kann Euch erklären, wie ich an mein Wissen gelangte.« Er drehte mir den Rücken zu, um im Regal hinter sich etwas zu suchen. Sein Zeigefinger glitt über unzählige Buchrücken, während er weitersprach. »Ich lebe und arbeite schon eine Weile hier und so fallen mir Unregelmäßigkeiten auf. Beispielsweise die veränderten Arbeitszeiten von Magister Invictus und Magister Desiderata. Oder die Tatsache, dass wir nun zwei junge, wachsame Wächter haben anstelle des einen alten. Handelt es sich um einen Zufall, wenn diese Personalveränderung kurz nach einem Vulkanausbruch geschieht? Möglich.« Er schien das gesuchte Buch gefunden zu haben, denn er zog einen ziemlichen Wälzer aus dem Regal. »Aber nun kommt es nach so kurzer Zeit zu einem zweiten. Bisher wurden die meisten Ausbrüche stets gegen Jahresende verzeichnet. Und es lag wenigstens ein Jahr zwischen zwei Ausbrüchen. Der Antakor brach also nun gegen jede Voraussage aus.« Der Bibliothekar verschaffte sich etwas Platz auf seinem Schreibtisch. »Aber das sind alles nur Indizien. Letztlich gab das Verhalten eines Lehrlings den Ausschlag: Dass Constantins Tochter – unsere junge Matrona Thetra Clow – sich Bücher über Drachen ausleiht, obwohl diese Geschöpfe nicht Teil des Lehrplans im ersten Semester sind.« Er lachte leise, ließ das Buch auf seinen Schreibtisch fallen und schlug es auf. Er war durch Cara darauf gekommen?! »Ihr Vater hat seine Nase auch schon immer in Angelegenheiten gesteckt, die ihn nichts angingen. Das scheint erblich bedingt zu sein.« Dann hatte Gingas Verplapperer größere Folgen als angenommen. Das Buch vor Thret war ein Register, das Ausleihungen verzeichnete, und Threts Finger zeigte auf einige Titel zum Thema Drachen mit dem Namen ›Cara Thetra Clow‹ dahinter. »Ich habe gelernt, aufmerksam zu sein, wenn ein Clow beginnt, Dinge zu lesen, die jenseits des Lehrplans liegen.« Nun sah mich der Bibliothekar endlich wieder an. Sein Blick war so durchdringend, so lebendig, als würden Flammen darin lodern. »Meint Ihr nicht, dass Ihr mir – angesichts der Tatsache, dass selbst ein Erstsemester um dieses Geheimnis weiß – einen Teil Eures Wissens anvertrauen könnt?«

Cara, verdammt!

***

Der Rest des Tages bestand darin, unzählige Gespräche zu führen, eine Suche nach dem Schwert zu organisieren – nun ganz offiziell, denn dieses Mal war es ja vor aller Augen gestohlen worden. Dennoch konnten wir natürlich nicht einfach alle Lehrlinge und Magistri um Hilfe bitten. Das wäre auf der Suche nach dem Schwert vielleicht hilfreich.

Aber nicht auf der Suche nach dem Dieb.

Mit anderen Worten blieb der Großteil der Suche im Grunde doch an uns hängen. Desiderata und Invictus waren mit der Wache bei Yngwie beschäftigt, bis endlich die Wächter-Verstärkung aus Xamax kommen würde.

Die beiden eingeweihten Magistri unterstützten uns aber immerhin mit einer Ortungsmagie. Leider stellte sich heraus, dass es verblüffend viel Silber an der Akademie gab – dafür, dass Silber eigentlich seit Jahren nicht mehr verwendet werden durfte. Vor allem in der Bibliothek und dem Hauptgebäude gab es zahlreiche silberne Exponate. Unser Katana war leider nicht dabei. Dafür aber genügend andere Waffen, die man wunderbar gegen uns hätte einsetzen können.

Unter anderem deshalb war Silber inzwischen ja auch verboten: Um Vampire nicht weiter zu kriminalisieren und gefährden.

Als wir dann endlich von unserem allabendlichen Rundgang zurückkehrten – ohne Katana und mit vielen Fragen –, erwartete uns Besuch. Und all meine Sinne schlugen Alarm. Vielleicht schlicht durch die Anspannung den ganzen Tag über. Vielleicht aber auch, weil allein der Anblick unserer Besucher reichlich skurril war:

Auf dem Bootssteg vor unserem Haus saßen zwei Gestalten, die von hinten durch ein rotes Licht beleuchtet wurden. Schaurig genug für jeden Horrorstreifen. Zumal hinter ihnen nichts war als der schwarze See. Dank meiner guten Nachtsicht und meiner anderen Sinne hatte ich den einen schnell als unseren Lieblings-Patronus Cole Silva erkannt. Aber wen hatte er dabei und wieso hörte ich drei Herzschläge?

Ich sah fragend zu Ginga. Noch waren wir weit genug weg. Sie würden uns nicht verstehen können, wenn wir uns leise austauschten.

»Was hältst du davon? Soll einer von uns allein zu ihnen und der andere bildet die Rückendeckung?«

Ginga verdrehte die Augen. »Ich bitte dich. Der Kerl neben unserem Cole ist in etwa im gleichen Alter und trägt den gleichen Kram wie alle Lehrlinge. Und gegen zwei Lehrlinge werden wir ja wohl im Notfall noch ankommen.«

Gegen die beiden schon. Aber welcher Herzschlag sorgte für dieses rote Glühen? Ohne auf meine Antwort zu warten, lief meine werte Schöpferin auf den Steg zu – und überließ so mir die Nachhut.

Ich ließ mir zugegeben etwas Zeit. Aber mir war diese Szene nicht geheuer und sollte Ginga in Gefahr sein, wäre ich dennoch innerhalb von Sekunden bei ihr.

»Cole, guten Abend! Was m–« Ginga verstummte so schnell, wie sie zu plappern begonnen hatte, als sich Cole aufrichtete und ihr einen Blick auf das gewährte, was sich hinter ihm befand.

Ich brauchte unser Band nicht, um zu wissen, dass Ginga gerade am liebsten einen Sprung rückwärts machen würde – oder wahlweise in die Mitte des Sees. Ergo beschleunigte ich meinen Schritt nun doch, um mir selbst ein Bild zu machen. Inzwischen war auch Coles Kommilitone aufgestanden. Er war nicht sonderlich groß und wirkte harmlos. Immerhin. Aber was war das, das nun zwischen den Beinen der beiden Männer hin und her sprang?

»Was zum …?« Es hatte die Größe und Form eines Hundewelpen. Eines schwarzen Rottweilerwelpen vielleicht. Es bewegte sich sogar so. Doch sein Körper war von rötlich schimmernden Adern durchzogen – ähnlich wie die meisten Wände der Akademie. Und als das … Tier mich ansah, starrten mir zwei feurig rote Augen entgegen, die aussahen, als stünden sie in Flammen.

Cole räusperte sich leise und ging dann neben dem seltsamen Geschöpf in die Knie. »Werte Custodes, darf ich Euch Cerberus vorstellen? Er ist Hanamel … zugelaufen. Uns Lehrlingen ist das Halten solch gefährlicher Tiere nicht gestattet. Allerdings gehören Kebiphure zu den bedrohten Arten.« Unser Patronus streckte erst eine Hand nach dem Tier aus, zog sie dann aber doch wieder zurück. Ich musste ihm nicht so nah kommen, um zu ahnen weshalb: Das kleine Tier strahlte eine ungemeine Hitze aus.

Glücklicherweise schien es sich wohl zu fühlen. Seine kleine, glühende Rute wedelte so schnell hin und her, dass sein gesamtes Hinterteil mitschwang. Es legte den Kopf schräg und sah abwechselnd Ginga und mich an. Erst jetzt bemerkte ich, dass es beim herumtänzeln auf dem Steg überall kleine schwarze Brandspuren in Form seiner Pfoten hinterließ.

»Das ist schön und gut. Aber wieso bringt ihr den Kleinen zu uns?«

Feuer-Hund und Vampir? Keine gute Mischung. Aber ich war mir sicher, dass auch jedes andere Wesen deutliche Probleme mit ihm hätte.

»Nun ja. Es ist mitten in der Nacht und um ehrlich zu sein wussten wir uns keinen anderen Rat. Die Magistri sind bereits alle zu Bett gegangen und wir konnten ihn schlecht mit in die Wohnhäuser nehmen.«

Gut. Das leuchtete ein. »Das mag stimmen. Aber um ehrlich zu sein, bin ich mir unsicher, ob wir euch helfen können.«

Der kleine … Kebiphur (?) war deutlich zu sehr daran interessiert, mit mir nähere Bekanntschaft zu schließen. Denn Cole war permanent damit beschäftigt, ihn von einem Spaziergang zu mir abzuhalten – ohne ihn dabei zu lange zu berühren.

»Ihr seid Kephalide oder, Custos Jean Seine?«, schaltete sich nun der andere Lehrling ein. »Wenn jemand dazu in der Lage ist, mit einem solchen Wesen umzugehen, dann Ihr.«

Verdammt noch mal! Dass ich diese Lüge so schnell bereuen würde, hätte ich auch nicht gedacht. Ich räusperte mich und fuhr mir durchs Haar, während ich weiter den Gluthaufen von einem Welpen musterte. »Das mag ja sein. Aber wo soll er sich aufhalten? Unser Haus ist ebenso wenig feuerfest wie die Wohngebäude. Und ihr seht es ja selbst: Sogar der Steg hier ist nicht vor ihm sicher.«

»D-das legt sich sicher. Seine Neubeflammung kann noch nicht lange zurückliegen. In wenigen Tagen sollte er zwar noch heiß sein, aber zumindest nichts mehr entflammen – es sei denn, er fühlt sich bedroht.«

Na prächtig.

»Stimmt's, Cerberus?«

»Cerberus.« Ich musterte Cole nachdenklich. »Hast du ihm diesen Namen gegeben?«

Cole schüttelte den Kopf und sah dann diesen Hanamel an. Der nickte ihm kurz zu und im nächsten Augenblick hatte sich die Stimmung verändert. Was wir gleich hören würden, wäre wichtig. Und vielleicht nicht ganz ungefährlich – hier draußen.

»Also schön. Was haltet ihr davon, kurz reinzukommen und uns drinnen alles zu erzählen?«

»Aber was wird mit Cerbi?«, fragte Hanamel und klang damit so unglaublich unpassend. *Cerbi? Ernsthaft?* Das Vieh erinnerte schon als Welpe an einen Höllenhund.

»Ich habe hinter dem Haus eine alte Wanne aus Metall gesehen. Da drin dürfte er sitzen können, ohne gleich das Haus abzufackeln.« Mit diesen Worten war Ginga verschwunden. Ich wusste nicht, ob ich beeindruckt sein sollte, weil sie ihre Angst so schnell in den Griff bekommen hatte, oder ob ich beeindruckt sein sollte, weil sie so schnell einen Weg gefunden hatte, Abstand zwischen sich und ›Cerbi‹ zu bringen.

Einige qualvolle Minuten später befanden wir uns alle im Haus. Natürlich hatte mir als ›Kephalide‹ die Aufgabe zugestanden, Cerberus wohlbehalten in seiner Wanne abzusetzen. Dass ein Vampir davon schwerste Verbrennungen davontrug, durfte dabei keinem auffallen.

Ich hoffte nur, dass auch niemandem auffiel, wie ich die allerletzte Flasche Blut auf Ex austrank. Wir mussten Crispin dringend zeitnah um Nachschub bitten. »Also schön. Hier drin können wir uns ungestörter unterhalten.« Und das aus vielerlei Gründen. In den vergangenen Tagen hatte unser Haus ein magisches Sicherheits-Upgrade bekommen. Angeblich war dieser Haushalt jetzt vollkommen einbruchssicher. »Wir hören.« Magnus hatte es uns so erklärt, dass Fremde unser Haus nur noch mit unserer unmittelbaren Einwilligung betreten durften. Das erinnerte mich an die alten Vampir-Geschichten. Vielleicht war ein solcher Sicherheitszauber ja der Grund für den Mythos, dass Vampire nur in ein Haus konnten, wenn sie zuvor hereingebeten wurden.

»Cerberus ist der Kebiphur Eures Vorgängers. Er war ihm vor Jahren in den Bergen begegnet und nach Hause gefolgt. Seitdem lebt Cerbi hier beim Wächterhaus«, begann Hanamel seinen Bericht. »Ich glaube sogar, diese alte Wanne hat auch Francesco immer für ihn genutzt. I-ich meine natürlich Custos Janus Navona.«

»Moment. Vor Jahren?«

»Ja, wie gesagt. Er hat gerade eine Neubeflammung hinter sich. Die wievielte, können wir nicht sagen. Aber ich denke, Cerberus ist schon relativ alt. Sonst wäre er kein so ruhiger Beflammter.« Okay. Das waren zu viele Informationen, die ich nicht verwerten konnte, ohne Fragen zu stellen, die mich verraten würden. Also musste ich auf Gingas spätere Hilfe hoffen und hakte diese Information als ›lückenhaft, aber für den Moment ausreichend‹ ab.

»Natürlich. Ich verstehe. Aber wo kommt er so plötzlich her? Ich habe ihn bisher noch nicht auf dem Gelände gesehen.«

Diesmal sah Hanamel Cole fragend an und der ermutigte ihn zu sprechen. »Cerberus verschwand, als auch Francesco verschwand. Am gleichen Tag.«

»Am gleichen Tag?« Jetzt wurde es interessant. »Woher weißt du das so genau?«

»Nun ja«, wieder ein Seitenblick auf Cole, »Francesco und ich waren Freunde. Wir … wir verbrachten viel Zeit miteinander. Wann immer Francesco plante, mit Cerbi eine größere Wanderung durch die Wälder zu unternehmen, lud er mich ein, mitzukommen.« Hanamel nahm dieser Gedanke sichtlich mit. »Aber er war nicht da. Ich war pünktlich wie immer. Aber das Haus war verlassen und auch Cerbi fehlte.« Er schluckte und rieb sich den Hinterkopf. »Francesco wäre nie einfach so gegangen ohne Bescheid zu sagen. Wir waren doch verabredet!«

Noch eine Verabredung also, die Francesco nicht eingehalten hatte. Und womöglich war dieser Höllenhund bei ihm, als er angegriffen worden war. Aber wer konnte sich denn mit einem solchen Tier anlegen?

Welpe hin oder her.

Am Ende konnte das Vieh vielleicht sogar Feuer spucken wie unser werter Feuerdrache.

»Das heißt, ihr geht davon aus, dass Cerberus beim Versuch, seinen Herrn zu schützen der Selbstentflammung zum Opfer fiel und seine Regeneration bis zum heutigen Tag dauerte?« Gott sei Dank – hier sagte man ›Igigu sei Dank‹ – übernahm jetzt Ginga die Fragen. Offenbar kannte sie diese Kebiphur-Viecher.

»Ganz genau. Die Regenerationsphase dauert vierzig bis siebzig Tage. Das könnte in etwa hinkommen. Und dann wurde er wiedergeboren aus seiner Asche und kam direkt zu uns.«

»Warum?«

Cole und Hanamel sahen mich mit großen Augen an.

»Warum kam er zu euch? Wenn das hier sein Zuhause ist, weshalb ist er dann nicht zuerst zu uns gekommen?«

Ich war mir sicher, ich hätte Cerberus bemerkt, wenn er auch nur in der Nähe des Hauses gewesen wäre. Mit einem Blick schräg an den Lehrlingen vorbei beäugte ich den Feuerwelpen. Er hatte seine Vorderpfoten auf den Rand der Wanne gelegt und den großen, runden Kopf zwischen seine Pfoten gebettet. Als hörte er uns aufmerksam zu. Ob er uns wirklich verstand?

Vielleicht könnte uns Art später mit ihm helfen. Wir hatten überhaupt lange nichts mehr von unserem Spion gehört. Vielleicht war es an der Zeit, ihn bewusst zu rufen.

»Ich … ich weiß es nicht. Ich war vorhin am See und plötzlich saß er schwanzwedelnd vor mir.«

»Vielleicht war ihm bewusst, dass sein Herr nicht mehr dort wohnt. Also ist er zu demjenigen gegangen, dem er vertraut: Hanamel«, ergänzte Cole.

Das ergab im Grunde Sinn.

»Also gut. Er kann über Nacht hierbleiben und wir werden morgen versuchen, eine Lösung zu finden. Ihr solltet langsam zusehen, dass ihr wieder in eure Wohnhäuser kommt. Die letzten Tage waren aufregend genug.« Ich stand auf und ging zu unserem neuen Haustier. Seine Rute wedelte so stark hin und her, dass sie jedes Mal gegen die Wanne schlug wie ein Glockenschlegel. »Und du bist brav und schläfst hier, okay?«

Hanamel und Cole standen ebenfalls auf. Sie hatten meinen Wink glücklicherweise verstanden. »Danke für die Hilfe.«

»Natürlich. Ach, und Hanamel: Wir sollten uns in den nächsten Tagen nochmal über Custos Navona unterhalten. Ich habe da einige Fragen, die du mir vielleicht beantworten kannst.«

Er nickte betreten, verabschiedete sich von Cerberus und war wortlos aus dem Haus verschwunden. Ich sah Cole fragend an.

»Hanamel macht sich große Sorgen um Francesco. Er kann nicht glauben, dass er einfach gegangen sein soll – ohne jemanden etwas zu verraten.«

»Wer weiß. Es gibt Dinge, die Me- Nafish verändern. Wir können nicht wissen, was Francesco vielleicht erfahren hat, das ihn zu einem schnellen Aufbruch getrieben hat.« Ich würde Cole gegenüber ganz sicher nicht verraten, dass wir Ermittlungen anstellten.

Der Patronus nickte nachdenklich. Er sah aus, als arbeitete er daran, eine wichtige Entscheidung zu fällen. Dann endlich sah er mich wieder an. Die Entscheidung war gefallen. »Ich habe Hanamel überredet, ihn Euch zu bringen. Ich dachte, er könnte Euch vielleicht behilflich sein.«

Das war … überraschend.

Und es machte mich sprachlos.

Ginga auch.

»Ich weiß nicht, was genau Eure Aufgabe ist – neben dem Schutz der Akademie. Aber ich habe genug gehört, um zu wissen, dass da noch mehr ist. Und es gibt nicht endlos viele Möglichkeiten, nicht wahr? Zum einen ist da das gestohlene Schwert. Aber das ist ein zu aktuelles Problem. Zum anderen der Vulkanausbruch. Aber für Naturkatastrophen könnt Ihr schwerlich zuständig sein. Bleibt nur noch eins: Soweit ich weiß, wurde noch immer nicht aufgeklärt, wohin Custos Janus Navona verschwunden ist. Und zumindest dabei könnte Euch Cerbi helfen.«

Er hatte ins Schwarze getroffen.

Ein Zufall?

Oder lag es daran, dass er vor zwei Tagen in unser Haus eingebrochen war und mein Zimmer durchsucht hatte?

»Verzeihung. Ich habe mir zu viel herausgenommen. Cara hatte nur … Don't mind.« Cole tätschelte Cerbi den Kopf und flüchtete aus dem Haus, ehe ich mich zu einer Reaktion hatte durchringen können.

War Cole zu der Art von Magie fähig, die in unserem Haus oder bei Yngwie Anwendung gefunden hatte?

»Cole ist–«

»Sehr clever«, ergänzte Ginga, bevor ich den Satz zuende bringen konnte.

Ich nickte knapp und starrte Cerberus an. »Und er ist verdächtig. Woher kann er so viel wissen?«

»Dariel! Der Junge ist *clever* und die Höflichkeit in Person!«

»Ja, oder ein sehr guter Schauspieler.«

»Du musst wirklich jeden verdächtigen, oder?«

»Nein. Dich verdächtige ich nicht. Du hast ein gutes Alibi. Du warst zur Zeit von Francescos Verschwinden in einer anderen Welt.«

***

»Ginga! Ich muss mich konzentrieren!«

Ich saß vor meinen Notizen, in die ich mit zunehmender Frustration Sinn und Logik bringen wollte.

»Was hält dich davon ab?«, flüsterte meine Schöpferin an mein Ohr. Sie stand hinter mir und lehnte sich über mich, bis sich ihr Oberkörper zur Gänze an meinen Rücken schmiegte.

»Du«, war mein einziger Kommentar, während ich weiter versuchte, mein Wissen mit dem in Verbindung zu bringen, was ich von Hanamel erfahren hatte.

Er war brav nach seinem Cursus wieder bei uns erschienen und hatte mir von seiner Freundschaft mit Francesco erzählt.

»Aber ich mach doch gar nichts?«

Genauso wie die CS, mit denen Hanamel ebenfalls gesprochen hatte. Sie hatten ihm damals kein Gehör geschenkt. Seiner Einschätzung nach, glaubten die Ermittler, er wolle sich nur wichtig machen. Sie konnten sich offenbar nicht vorstellen, dass ein Druiden-Lehrling sich mit einem verlassenen Wächter abgab.

»Ein interessantes ›Nichts‹«, brummte ich nur, als ihre Hände am Hals unter mein Gewand glitten.

»Genauso ein ›Nichts‹ wie deins neulich.«

Neulich. Ja, ›neulich‹ hatte einiges verändert.

»Im Übrigen verdränge ich gerade rein gar nichts zu dir.«

Sie seufzte leise an mein Ohr und knabberte daran. »Na gut. Das gerade bin ich. Ganz allein ich.« Ihr Atem streifte meine Haut und hinterließ eine Gänsehaut. »Aber das könnte sich ja ganz schnell in ein ›wir‹ ändern.«

»Ginga!« Ich sammelte ihre Hände ein und hielt sie fest, damit sie mich nicht weiter befingerten. Dabei drückte ich ihren Oberkörper aber noch fester gegen meinen Rücken, was meiner Schöpferin ganz offensichtlich gefiel. »Komm schon. Hilf mir lieber. Wir haben eine Aufgabe. Eine wichtige. Und Hanamel könnte uns geholfen haben.«

Mit einem gedehnten Seufzen, das sehr beleidigt klang, befreite sich Ginga aus meinem Griff und ließ sich auf einen Stuhl neben mir sinken. Sie stützte ihren Ellenbogen auf dem Tisch ab und ihr Kinn in ihrer Hand – wie ein Kind, das man zu Hausaufgaben verdonnert hatte, obwohl es spielen wollte.

»Laut Cole werden in knapp zwei Wochen mehrere Exkursionen sein und zu dieser Zeit fast alle Lehrlinge außerhalb des Geländes. Das ist der perfekte Moment, um hier alles gründlich auf den Kopf zu stellen.«

»Und inwiefern unterscheidet sich das von dem, was wir schon gemacht haben, mein Süßer? Wir patrouillieren täglich über das komplette Gelände und jedes Mal durchkämmen wir einen anderen Teil besonders gründlich. Es sind kaum noch Bereiche übrig.« Ginga schüttelte ratlos den Kopf. »Hanamel hat dir erzählt, dass er am Anfang seines ersten Semesters die Prophezeiung erhielt, dass er einen Freund gewinnen und einen schweren Verlust erleiden würde. Der Junge bezieht beides auf Francesco. Aber wie soll uns das weiterhelfen?«

Ich verdrehte die Augen und fischte nach einem Zettel auf dem Tisch. »Die Prophezeiung ist mir egal. Ich les auch keine Horoskope. Aber er hat noch mehr gesagt: Er sagte, dass sie viele gemeinsame Spaziergänge unternommen haben. An Tagen, an denen keine Kurse waren und auch sonst nichts anlag, liefen sie weit in die Wälder hinein – mehrere Ortschaften weit. Und wenn dafür nicht die Zeit blieb, dann drehten sie zumindest eine Runde hier im Wald auf dem Gelände. Und Cerberus war immer dabei.«

»Und weiter?«

»Er war an dem Tag auch mit Johanna verabredet, erinnerst du dich? Also stand noch etwas anderes an. Aber Hanamel und er wollten mit Cerberus einen Spaziergang machen. Also war der Wald, der sich hinter unserem Haus erstreckt und bis hinter die Bibliothek reicht, wahrscheinlich sein Ziel.«

»Und du meinst, irgendwo dort wurde er dann auch entführt.«

»Ganz genau.«

»Aber wir waren schon x Mal im Wald. Du wegen Yngwie doch erst recht!«

»Als wir nach einem Versteck für Yngwie gesucht haben, habe ich aber nicht auf Spuren zu Francesco geachtet. Abgesehen davon haben wir jetzt einen entscheidenden Vorteil.« Mein Blick huschte zu Cerberus, der mit seiner Wanne inzwischen in mein Zimmer umgezogen war.

»Der Kebiphur?« Sie musterte den Welpen, der in den letzten fünfundzwanzig Stunden schon eine etwas erträglichere Körpertemperatur angenommen hatte. »Aber wie soll er uns nützen? Er ist klein und noch wenig wehrhaft und seine Nase ist gut, aber doch nicht besser als unsere.«

»Aber er hat einen entscheidenden Vorteil. Er weiß, wie sein Herrchen riecht.«

Gingas Mund formte ein perfektes ›O‹.

Von Ginga hatte ich gelernt, dass ein Kebiphur nahezu unsterblich war. Einem Phoenix ähnlich konnte er aus seiner eigenen Asche wieder auferstehen – das nannte sich Neubeflammung. Deshalb waren Kebiphur-Welpen ›Beflammte‹. Wenn sie starben – in der Selbstentflammung – verbrannten sie und die Zeit, die sie brauchten, um aus ihrer Asche neu zu erstehen, nannte sich Regenerationsphase. Cerberus hatte wahrscheinlich schon einige Neubeflammungen hinter sich – seiner halbwegs erträglichen Körpertemperatur nach, die mir trotzdem deutlich zu heiß war.

»Je besser wir das Gebiet eingrenzen können, um so schneller wird Cerberus fündig. Vielleicht kann er uns zu der Stelle führen, an der er diese Selbstentflammung hatte. Da müssten doch noch Spuren zu sehen sein. Dann hätten wir den Tatort gefunden.«

»Vorausgesetzt, unser Kebiphur war bei Francesco, als dem widerfuhr, was auch immer ihm widerfuhr.«

Ich nickte. Das war meine Hoffnung. Es klang doch alles sehr danach.

»Und darauf willst du warten, bis diese Exkursions-Woche ist?«

Ich zuckte mit den Schultern. »Da erregen wir am wenigsten Verdacht.«

»Dariel, inzwischen wissen sicher alle, dass Francesco verschwunden ist. Es gibt einfach Geheimnisse, die dafür gedacht sind, sich schnell herumzusprechen. Und ein verschwundener Wächter ist so ein Geheimnis. Spätestens jetzt durch Hanamel.«

»Du meinst, wir sollten direkt gehen?«

»Warum nicht? Cerbi kann uns schlecht davonrennen. Wir sind schneller. Außerdem hat er es bisher nicht einmal versucht, wenn wir mit ihm draußen waren.«

»O, bitte! Jetzt nenn du ihn nicht auch noch so!« Ich fuhr mir durchs Haar und musterte die glutroten Augen, die mich interessiert beobachteten. »Er ist ein gefährliches Raubtier, das laut deinen eigenen Worten Waldbrände auslösen und Vampire in Asche verwandeln kann.«

»Aber er ist doch noch ein frisch Beflammter!« Ginga stand auf und hockte sich vor ›Cerbi‹. »Sieh ihn dir an! Ihm gefällt sein Spitzname auch besser.« Sie streckte eine Fingerspitze aus und kitzelte seine Nase, bis der Welpe niesen musste. »Cerbi-Bär, hast du Lust auf einen Ausflug?«

Cerbi-Bär?!

Cerbi-Bär gab eine Art Bellen von sich, das merkwürdig in seiner Kehle gurgelte. Wir nahmen das als Ja und wenige Minuten und zwei, drei leichte bis mittlere Verbrennungen später waren wir auf dem Weg durch den nächtlichen Wald.

Die Sorge, er könnte uns davonrennen, war tatsächlich reichlich unbegründet. Er drehte sich alle paar Schritte um, nur um sicherzugehen, dass wir auch wirklich noch bei ihm waren. Vielleicht war er es nicht gewohnt, den Wald bei Nacht besuchen zu dürfen.

Wir hatten beschlossen, ihn zuerst einfach laufen zu lassen und zu sehen, wohin er uns selbst führen wollte. Und so wie es aussah, gefiel dem Kebiphur unser Plan. Ab und an roch er an einem Baum oder Strauch, aber er schien einen klaren Weg zu verfolgen. Wusste er, was wir von ihm wollten?

»Sieh mal, da vorn!«

Ich folgte Gingas Blick. Im Mondlicht einer kleinen Lichtung waren Ruinen zu sehen. Ja, die kannte ich. Ich hatte sie entdeckt, als wir nach einem neuen Versteck für Yngwie gesucht hatten. Die Magistri hatten überlegt, tatsächlich hier den Illusionszauber zu wirken, aber ich hatte so viele verschiedene Nafish riechen können, dass mir schnell klar war, dass dieser Ort ein beliebtes Versteck der Lehrlinge sein musste.

Glücklicherweise hatte ich nur Magnus überzeugen müssen und vor dem musste ich meine besseren Sinne ja nicht verbergen.

Cerberus ließ wieder sein kehliges Bellen hören und lief schneller.

Wir auch.

»Warte mal, Kleiner!«

Ich befürchtete schon, dass wir ihm jetzt doch durch den Wald nachrennen würden müssen, doch dann blieb er abrupt stehen, drehte sich zu uns um und wackelte wieder mit seiner Rute samt Hinterteil.

Ginga kniete sich neben ihn. »Was hast du denn hier Schönes gefunden, Cerbi?«

Ich musste mich nicht neben sie knien, um das zu erkennen. Der Boden war verkohlt – ebenso wie die umliegenden Äste. »Hier bist du also in Flammen aufgegangen?« Er bellte zur Bestätigung und ich sah mich um.

Wir befanden uns am Rande der kleinen Lichtung, keine fünfzig Meter – oder Passus, wie man hier sagte – von den Ruinen entfernt. Einige Äste waren umgeknickt oder plattgetreten. Manche davon schon vor längerer Zeit, andere erst vor kurzem. Aber wenn das hier ein Platz für geheime Treffen von Lehrlingen war, dann war das ja auch kein Wunder.

»Also schön. Hier bist du also verbrannt, Cerberus. Aber wieso hier am Rand der Lichtung? Zwischen Sträuchern und Gräsern?« Ich sah mich von der besagten Stelle aus um. Von hier aus war die kleine Lichtung samt Ruine gut einsehbar. »Hast du dich hier versteckt?«

Cerberus bellte und lief in Richtung Ruine.

Wir folgten ihm, doch dann verschwand er neben der Ruine zwischen zwei Bäumen. »Hey! Ich dachte, du wolltest mir etwas zeigen?« Er schaute zwischen den Bäumen hervor, rollte sich auf seinen Rücken – was den Rasen verkohlte – und bellte wieder. »Ich komm nicht mit, wenn es nur darum geht, dein Revier zu markieren!«, rief ich ihm nach und begann damit, die Ruine zu untersuchen. ›Cerbi‹ war eben ein Welpe. Wie viel Ernsthaftigkeit konnte man da schon von ihm erwarten?

»Wir sollten Magnus fragen, was es mit der Ruine auf sich hat. Irgendwas muss hier doch früher gewesen sein. Sieh dir den Fußboden an.« Ginga stand inzwischen neben mir und zeigte auf die Bodenplatten im Inneren der Ruine. »Lauter Verzierungen und

Mosaike. Das war definitiv mehr als nur eine kleine Hütte im Wald.«

»Du meinst, das könnte von Bedeutung sein? Die Ruine ist doch aber mit Sicherheit schon älter.« Ich musterte einige Steine der vorderen Außenwand, die schwarz waren. »Wahrscheinlich ein weiteres Opfer dieses Großbrands.«

»Schon möglich. Aber je nachdem, was das vorher war, erklärt es vielleicht, weshalb Francesco mit Cerbi herkam.«

»Ich weiß nicht. Vielleicht sind die beiden auch jemandem gefolgt. Oder womöglich gefiel ihm auch einfach die Lichtung. Hast du dich hier mal umgesehen?«

»Ist das dein Ernst?« Gingas Blick traf mich zielsicher. »Ich bin diejenige, die Magnus verhören will und du sprichst von der schönen Landschaft?« Sie versuchte, streng auszusehen.

Ernst.

Konzentriert.

Aber schon nach wenigen Sekunden begann sie zu lachen.

»Ich sage nur, dass eine Ruine, die deutlich älter als ›wenige Wochen‹ ist, wohl kaum etwas mit unserem Verbrechen zu tun haben kann, das erst wenige Wochen her ist.« Ich klopfte gegen eine der hüfthohen Mauern der Ruine und sah mich nochmals um – nicht nur um der Landschaft Willen.

Ich konnte mir beim besten Willen nicht vorstellen, dass diese alten Mauern das Entscheidende an der Lichtung waren. Der Wald barg viele gute Verstecke rings um die Ruine, während die größtenteils niedrigen Steinmauern kaum einen Schutz boten. Man saß hier wie auf dem Präsentierteller. Und der Ort, an dem Cerberus in Flammen aufgegangen war, war das perfekte Versteck unter den guten Verstecken, um diesen Präsentierteller zu beobachten.

Ich fixierte das Versteck, als würde es mir irgendetwas verraten, wenn ich es nur lange genug anstarrte.

»Francesco hat hier etwas beobachtet.«

»Hm?«

»Etwas muss seinen Verdacht erregt haben und daraufhin hatte er sich dort drüben«, ich zeigte auf die verkohlten Äste, »mit Cerberus zusammen auf die Lauer gelegt.«

»Und was soll er von dort aus beobachtet haben? Hier ist doch nichts.«

»Außer einem guten Ort für heimliche Treffen, nicht wahr?« Ich drehte mich im Kreis und ließ die Lichtung auf mich wirken. »Die Frage ist: Wen hat er hier beobachtet und wer hat ihn dabei bemerkt?«

FORTSETZUNG FOLGT.

An dieser Stelle muss ich unser Abenteuer leider unterbrechen. Nafishur II wurde länger und länger. Nicht zuletzt, um Yngwie mehr Platz zu geben – nachdem er Euch alle von meiner Schulter aus erobert hat. Dieses Mehr an Platz sorgte aber in den letzten Wochen dafür, dass Nafishur II zu dick geworden ist und so werden nun aus einem Band zwei.

Im Winter gibt es dafür direkt Nachschub mit Nafishur III – Custos Abest.

Bis dahin: Hast Du schon in Caras Sicht der Dinge hineingelesen?

P.S.: Dir gefällt Nafishur? Dann lern mich doch in den Social Media kennen, folge mir für News und erzähle anderen von Yngwie, Ginga, Dariel und Co. Eine kleine Hilfe dafür, findest Du in diesen beiden letzten QR-Codes. Der erste führt auf die letzte versteckte Seite samt des zu dieser Perspektive gehörenden Buchtrailers. Der zweite fasst alle Links zusammen, auf denen Du mich finden kannst.

352